Madrinha DE ALUGUEL

MEGHAN QUINN

Madrinha de ALUGUEL

Tradução
Laís Medeiros

essência

Título original: *Bridesmade for hire*

Preparação: Elisa Martins
Revisão: Wélida Muniz e Bárbara Parente
Projeto gráfico e diagramação: Vivian Oliveira
Capa e ilustração de capa: Luísa Fantinel

Dados Internacionais de Catalogação na Publicação (CIP)
Angélica Ilacqua CRB-8/7057

Quinn, Meghan
Madrinha de aluguel / Meghan Quinn; tradução de Laís Medeiros. – São Paulo: Planeta do Brasil, 2025.
416 p.

ISBN 978-85-422-3694-1
Título original: *Bridesmaid for Hire*

1. Ficção norte-americana 2. Chick lit I. Título II. Medeiros, Laís

25-2448 CDD 813

Índice para catálogo sistemático:
1. Ficção norte-americana

MISTO
Papel | Apoiando o manejo florestal responsável
FSC® C112738
FSC www.fsc.org

Ao escolher este livro, você está apoiando o manejo responsável das florestas do mundo

2025
Todos os direitos desta edição reservados à
Editora Planeta do Brasil Ltda.
Rua Bela Cintra 986, 4º andar – Consolação
São Paulo – SP – 01415-002
www.planetadelivros.com.br
faleconosco@editoraplaneta.com.br

PRÓLOGO

MAGGIE

— VOCÊ ESTÁ RESPIRANDO NO MEU PESCOÇO.

— Não estou, não.

— Está, sim. — Gesticulo para meu pescoço, onde ele está pairando enquanto espiamos o restaurante do bar. — Tem uma respiração no meu pescoço formando uma condensação viscosa e, sinceramente, está me dando ranço. — Viro para o pior ser humano que já conheci e o olho bem nos olhos. — Você está me dando nojo.

Por um momento, ele me encara, irritado, com aqueles olhos castanho-escuros feito holofotes, examinando cada centímetro meu.

— Esse espinafre preso nos seus dentes há uma hora e meia é que está me dando nojo.

Solto um arquejo horrorizado antes de esfregar freneticamente meus dentes com o dedo.

— Onde? Já saiu?

Exponho os dentes para ele, que joga a cabeça para trás e ri antes de balançar a cabeça.

— Jesus, você cai fácil demais.

E é por isso que eu não suporto esse homem.

Passo a língua nos dentes só por via das dúvidas antes de dizer:

— Eu te odeio tanto.

Ele escancara o sorriso mais irritante já visto por qualquer outro ser humano.

— Não tanto quanto eu te odeio.

E isso resume o meu relacionamento com Brody McFadden.

A minha cruz nessa vida.

Meu atual pesadelo.

E o melhor amigo do meu irmão.

Eu gostaria de dizer que nem sempre houve essa repulsa entre nós, mas sinceramente, não sei. Meu irmão, que é sete anos mais velho que eu, conheceu Brody na faculdade. Ambos faziam parte de uma fraternidade.

Sigma Phi Delta! Vamos nessa! ← dito na voz irritante de marmanjo.

É, também estou regurgitando.

Conheci Brody quando eles se formaram, e ele era apenas o "melhor amigo do meu irmão". Só isso.

Meu irmão, Gary, ficou conhecido na época da faculdade por saltar do telhado da casa da fraternidade e mergulhar direto na piscina, quebrando a perna em três lugares. Uma atitude obviamente estúpida, mas, ei, ele foi aplaudido por todo mundo, então é claro que foi uma decisão bem-sucedida.

E, então, tem o Brody, que ficou conhecido por dar uns amassos com duzentas e trinta e duas mulheres durante seus anos de faculdade. Ele registrou tudo. Eu sei disso porque ele me contou... duas vezes. Podemos chamar de... babaca?

Essa dupla de idiotas se aproximou por causa do Chicago Rebels, o time de beisebol que amam tanto que, até hoje, choram feito bebezinhos se o time querido perde nas eliminatórias.

Já presenciei a cena.

É desagradável e desconfortável de se testemunhar.

O rosto de Gary fica com um tom assustador de vermelho, enquanto Brody fica fungando, de novo e de novo... e de novo. Assoe logo esse nariz! Já sabemos que você está chorando.

E, é claro, como eles não têm o mínimo de responsabilidade, em vez de procurarem emprego assim que terminaram a faculdade, os dois passaram o verão visitando cada estádio de beisebol do país, montando uma lista detalhada de qual deles tem o melhor cachorro-quente. Eles criaram um site para essa empreitada e, na última vez que verifiquei, tinha somente mil e poucos acessos, então... que tempo bem aproveitado. Ficaram megapopulares com essa ideia.

Então por que eu o odeio?

Ótima pergunta.

Porque na noite em que Gary e sua agora esposa, Patricia – abençoada seja por aguentar o meu irmão –, se casaram, eu me tornei a mulher número duzentos e trinta e três. Hã... bom, provavelmente mais do que isso, mas você entendeu.

Fui vítima no ato de dar uns amassos com Brody McFadden.

E não paramos nos beijos.

Ahhhh, não, teve mão boba também.

Respiração pesada.

Gemidos.

Lábios estalando.

Ele passou a mão no meu peito.

Eu toquei sua ereção.

Apalpei, na verdade.

Às vezes, ainda consigo senti-la em minha palma. *O cara tinha volume, viu?*

É exasperante. Mas o que é ainda mais exasperante do que a marca do pinto grande de Brody McFadden em minha mão é o fato de que ele me deu o beijo mais intenso e apaixonado que eu já experimentei em todos os meus vinte e três anos de vida.

Todo o treino que ele teve na faculdade o transformou no Mestre das Bocas.

O Conquistador das Carícias.

O Sultão das Línguas Obscenas!

Aquele beijo me despertou sensações que desceram até os dedos dos meus pés com unhas pintadas de cor champanhe aquela noite.

Ele me possuiu com sua boca, carregando-me para o vórtice de seu antro de lascívia.

Fiquei inútil.

Facilmente manipulada por suas mãos enormes e seus beijos primorosos.

Pressionada contra uma parede, vivendo a fantasia de todo coração romântico enquanto um homem de smoking incrivelmente atraente me devorava usando apenas os movimentos de seus lábios. Foi um sonho.

Uma fantasia se tornando realidade.

E no instante em que apalpou meu seio por cima do tecido chiffon bordô do meu vestido, ele beliscou levemente meu mamilo, me arrancando o som mais feroz que já emiti.

Aos meus ouvidos, o gemido soou como anjos no céu, mas para ele... mas para ele... parece ter sido um cobertor molhado e gelado sufocando sua ereção e transformando-a em uma coisinha murcha.

Ele se afastou tão rápido que um fio de saliva ficou pendurado entre nós antes de cair no meu queixo.

E, então, eu nunca... jamais... vou me esquecer dessa parte. Foi humilhante.

Degradante.

Pura grosseria.

Com seus olhos castanhos profundos bem focados nos meus, cor de avelã, ele limpou a boca com o dorso da mão. *Pois é...* limpou bem na minha frente, como se estivesse se livrando da camada de luxúria que criamos para evitar contrair alguma doença. *O que ele achava que ia pegar? Cólera?*

Então, sem dizer uma palavra, soltando apenas um rosnado baixo, ele se virou e deu no pé, deixando-me ali excitada, confusa e sexualmente frustrada... no casamento do meu irmão.

Aham, pode começar a vaiar.

Pode xingá-lo à vontade.

Qualquer correspondência de ódio pode ser endereçada a Brody McFadden, no Beco do Babaca Beijoqueiro, 233.

Você tem permissão para odiá-lo. Na verdade, torço para que o odeie. Imploro que o odeie.

Então, depois de ouvir tudo isso, deve estar se perguntando: por que estou deixando esse sósia do Henry Cavill – com covinha no queixo e tudo – respirar pesado no meu pescoço depois de ele ter me atiçado com sua língua e me deixado na mão? Bom, às vezes, momentos de desespero pedem por medidas desesperadas.

Às vezes, nos deparamos com situações na vida que são mais difíceis de resolver do que se esperava.

E, às vezes, você está presa em uma pequena ilha polinésia sem qualquer alternativa além de fingir que a pessoa que você mais odeia no mundo inteiro é, na verdade, seu namorado...

CAPÍTULO UM

BRODY

— FELIZ ANIVERSÁRIO — DEANNA DIZ AO SE APROXIMAR DA MINHA MESA, segurando um prato com um pedaço de bolo e sorrindo como se soubesse de algo que eu não sei.

Nossa, ela é um ser humano desprezível.

Com a caneta na mão, recosto-me na cadeira e tento parecer o mais despreocupado possível, embora a pupila do Satanás esteja bem na minha frente.

— Obrigado. — Aceno com a cabeça para o bolo em sua mão. — Vejo que está desfrutando das festividades.

— E eu vejo que a sua escolha de bolo é tão sem graça quanto a sua cara.

Viu só? Pupila do Satanás.

— Marion escolheu o bolo. Eu te desafio a dizer isso a ela.

Marion é a mãe do escritório, a velhinha excêntrica que está nesse emprego desde que Reginald Hopper fundou a Hopper Industries. Antes uma chefe sofisticada de saia-lápis e chapéu elegante, agora é uma idosa que vive se queixando da necessidade de fazer um permanente, embora nunca marque um horário no salão, fazendo com que ela ande por aí com os cabelos em um estilo meio Albert Einstein. Na minha opinião, combina muito com ela.

Deanna comprime os lábios e se remexe, claramente não mordendo a isca. Ninguém mexe com Marion, nem mesmo Reginald. Isso explica por que suas responsabilidades incluem pedir bolo, reabastecer a geladeira e ser rabugenta com todo mundo.

— Você ficou sabendo que o Papi Reggie vai decidir qual vai ser o novo ramo da empresa depois que a Princesinha Haisley se casar?

Primeiramente… Haisley é tudo, menos uma princesinha. Haisley Hopper é tão incompreendida dentro da empresa. Caçula dos três irmãos

Hopper, ela se demitiu da Hopper Industries e, com o próprio dinheiro, investiu em uma casa de aluguel para férias que decorou com o tema Dolly Parton, em Nashville. Com o faturamento, ela investiu em outra casa aqui em São Francisco, que decorou com o tema do filme *As Patricinhas de Beverly Hills*. E, pelo que ouvi falar, ela está expandindo o negócio cada vez mais.

Segundo, o termo "Papi Reggie" só é usado perto dos funcionários que ficam nos andares mais baixos, e se ele soubesse que é assim que o chamamos, seríamos colocados no olho da rua.

Terceiro... como ela sempre sabe dessas informações privilegiadas? Isso me deixa louco. Juro, ela nunca trabalha, só perambula pelo escritório feito um duende pentelho, bisbilhotando conversas alheias e anotando tudo para vir encher o meu saco depois.

— Sim, eu soube — minto. Nunca entrego os pontos para essa mulher. — Está nervosa?

— Nem um pouco — responde com um sorriso de orelha a orelha que exibe um deboche tão descarado que assustaria até uma cobra trocando de pele.

Clico o topo da minha caneta, mantendo o olhar nela.

— Talvez devesse estar.

Ela revira os olhos.

— Ah, por favor. A família Hopper vai estar nas nuvens quando voltar do *casamento* extravagante em Bora Bora. A marcha nupcial ainda vai estar tocando nos ouvidos deles, e quando lhes forem apresentadas duas ideias, vão se atrair bem mais pela minha proposta de serviços de casamento do que pela sua proposta idiota de lojas para alugar.

Não é idiota.

É bem inteligente, na verdade.

Uma proposta de negócios que pode ajudar não somente a economia da cidade, mas também a Hopper Industries. Deanna se recusa a abrir suas pálpebras inflamadas para enxergar isso.

Mantendo a expressão neutra, digo:

— Bem, acho que veremos.

— Admita logo, você está com medo.

— Não estou com medo. — Talvez eu esteja com um pouco de medo. A ideia dela tem mérito. Ela quer expandir para a indústria de casamentos, usando prédios comerciais como espaços para cerimônias. E diante do fato de que os Hopper voltarão logo após presenciar votos matrimoniais em uma praia em frente a um lago, a revista *The Regency* publicou um artigo completo sobre o evento, talvez eu esteja ferrado. Porra. — Que fofo você achar que eu te considero uma competição.

Ela espeta um pedaço de bolo com o garfo e o leva à boca.

— Continue fingindo. Isso o manterá iludido e evitará que o seu ego masculino frágil se estilhace em mil pedaços. — Ela começa a se afastar, mas antes aponta a cabeça para a tela do meu computador. — Ah, e talvez seja melhor não abrir o site da concorrência no seu computador para todo mundo ver.

— Isso se chama pesquisa — digo quando ela se afasta, com seu rabo de cavalo estúpido e cheio de frizz balançando a cada passo. — Chata pra caralho — murmuro ao voltar a atenção para o computador, onde o site da Cane Enterprises está completamente à mostra.

Huxley, JP e Breaker Cane, os irmãos donos da empresa, são os maiores concorrentes da Hopper Industries. Sua sede fica em Los Angeles e eles já expandiram o negócio para as duas costas, além de também terem se instalado na Costa do Pacífico e começado a reformar antigos edifícios comerciais para transformá-los em unidades de moradia popular. Isso lhes garante uma enorme isenção fiscal e deixa a empresa deles muito bem na fita. Também acaba impulsionando a economia, criando um ambiente onde famílias de baixa renda não tenham que gastar tudo o que ganham somente para ter um teto sobre a cabeça, o que significa que podem gastar com outras coisas. É brilhante e tenho acompanhado a transformação de longe.

Papi Reggie também. E ele não está nem um pouco feliz com os Cane "invadindo seu espaço". Foi por isso que ele nos encarregou de elaborar uma nova ideia para expandir a Hopper Industries para o espaço comercial. Com os avanços tecnológicos permitindo que funcionários trabalhem de casa, há espaços comerciais vazios surgindo por toda a cidade. Papi Reggie quer investir nesses edifícios com uma ideia grandiosa.

Deanna e sua calça mal ajustada teve a ideia de expandir para a indústria de casamentos.

E eu... bom, eu tive uma ideia bem mais criativa e com alto valor. Algo moderno e inovador. Minha proposta é pegarmos alguns dos espaços comerciais menores e transformá-los em lojas temporárias para aluguel.

Eu sei o que está pensando... como isso vai competir com a bilionária indústria de casamentos?

Bom, não compete.

Mas... acrescenta uma perspectiva moderna à empresa.

Atualmente, a Hopper Industries é conhecida por sua cadeia de hotéis, que vai desde estadias luxuosas até pernoites acessíveis, e também são os maiores produtores de amêndoas da Califórnia. Com mais de duzentos hectares de terras agrícolas na região central do estado, é possível encontrar a Hopper Almonds em todos os supermercados, postos de combustível e aeroportos. Mas é só isso.

Entre fazendas e hotéis, não há nada moderno na Hopper Industries.

E é aí que eu entro.

Minha proposta: pegar lojas vazias em áreas comerciais populares, reformá-las transformando-as em amplos espaços brancos ou dar um toque mais sombrio e melancólico, e alugá-las como butiques temporárias ou até mesmo espaços de reuniões para empresários que vierem à cidade por curtos períodos e precisarem de um local físico para isso.

Como eu disse, é uma indústria bilionária? Não.

Mas vai atrair um mercado mais jovem, criar um *buzz* nas redes sociais e ser algo que poderemos expandir por todo o país como uma experiência única? Sim.

Acho que vai ganhar do espetáculo que Deanna está armando? Bom, digamos apenas que... talvez eu esteja com um pouco de medo.

— Você comeu bolo? — Jaleesa pergunta ao se aproximar da minha mesa, arrancando-me dos meus pensamentos desesperados.

Jaleesa é minha gestora direta, minha melhor amiga na empresa e a razão pela qual consegui a oportunidade de elaborar uma proposta para a família Hopper.

Viro-me para ela, mais relaxado, já que nos damos tão bem. É fácil trabalhar com alguém que acredita na gente.

— Bolo branco com cobertura de baunilha não é muito a minha praia — respondo.

— É a da Marion, por isso que ela pede toda vez.

— Não me surpreende.

Ela olha por cima do ombro e, em seguida, puxa uma das cadeiras ali perto.

— Vi Deanna aqui. Ela estava te provocando?

— Quando é que ela não me provoca? — Balanço a cabeça. — Ela acha que está em vantagem com a ideia de expandir para a indústria de casamentos.

Diante de seu silêncio imediato e o jeito com que ela retorce os lábios, deduzo que Jaleesa sabe de algo que eu não sei.

— O que foi? — pergunto.

Ela olha em volta novamente e quando se certifica de que a barra está limpa, inclina-se para mim.

— Na verdade, eu vim aqui porque fiquei sabendo que Reginald está mais inclinado a aprovar a ideia de Deanna.

É claro que ele está, porra. É a escolha mais fácil.

— Merda — resmungo, esfregando a testa.

— E essa nem é a pior parte.

Minha mão congela na testa.

— Qual é a pior parte?

A expressão pesarosa no rosto de Jaleesa quase faz as minhas bolas murcharem e entrarem para dentro do corpo, indo parar no meu estômago. Seja lá o que ela estiver prestes a dizer, sei que vou odiar.

— Se a Deanna ganhar, ela vai se tornar gestora, este setor vai ser desfeito e você vai acabar sob a gestão dela.

Sinto minha alma fugir do corpo.

E sabe as minhas bolas, que estavam querendo visitar meu estômago? Pois é, elas acabaram de passar direto e estão presas na minha garganta.

Mas nem fodendo.

Imagine chegar ao trabalho, dia após dia, sendo subordinado ao ser humano mais arrogante que você já conheceu. Tendo que dizer "Sim, senhora".

Vou providenciar os relatórios para você.

Oh, claro, eu adoraria trabalhar até mais tarde com você.

Era isso que você tinha em mente com essa apresentação? Ou devo refazer tudo o que passei duas semanas aperfeiçoando e terminar em cinco horas para que possa aprovar?

Isso não pode acontecer.

Ela faria da minha vida um inferno.

— Pelo seu olhar desolado, acho que não era isso que você queria ouvir.

— Não era mesmo — confirmo. — Mas e você, para onde iria? Não seria mais gestora? Ah, porra, você seria chefe da Deanna e a Deanna, minha chefe?

— Não sei bem da logística, mas sei que tenho pensado em pedir demissão.

— O quê? — pergunto, endireitando as costas. — Por quê?

— Eu quero um trabalho remoto. Minha esposa se aposentou e nós queremos viajar. Estamos pensando em pegar uma van e sair pelo país. Quero um trabalho que eu possa fazer enquanto estiver viajando.

Isso é novidade para mim. Sou bem próximo de Jaleesa e é a primeira vez que ouço isso.

— E a sua casa? — Jaleesa e Mary Anne têm uma linda casa de tijolos marrons no cobiçado bairro Marina, em São Francisco.

— Se der certo, vamos vendê-la. Já está quitada e vale mais de um milhão de dólares. — Ela dá de ombros. — Seria o suficiente para nós.

— Jesus — digo ao me recostar na cadeira, tentando assimilar os últimos minutos. — Então... você vai pedir demissão de qualquer forma?

— Provavelmente — ela responde. — Odeio ter que te dar essa notícia assim, mas achei que você deveria saber. Vou ficar até que a decisão seja tomada, para que você tenha mais chances de ganhar a proposta. Não quero que o Reginald pense que estou abandonando o projeto.

— Fico grato por isso — digo com um suspiro. — Que merda, Jaleesa, não vai ser a mesma coisa sem você.

— Eu sei. — Ela abre um sorriso sugestivo. — Mas tenho fé na sua proposta. Tanto que vou te dar isto.

Ela me entrega um envelope cor de creme com o brasão dos Hopper gravado em alto relevo.

— O que é isso? — questiono.

Ela tamborila no envelope.

— Abra.

Viro-o e deslizo o dedo por baixo da aba, abrindo-o. O papel grosso grita luxo e, ao retirar o conteúdo, entendo exatamente por quê.

— Um convite para o casamento de Haisley? — indago.

Jaleesa faz que sim.

— Todos os gestores executivos foram convidados, mas com a venda da casa e a tentativa de colocar a vida em ordem, não tenho disponibilidade. Mas você pode ir no meu lugar.

— Por que eu iria? — pergunto.

Ela me lança um olhar, como se eu fosse idiota.

— Primeiro, é o evento do século. Segundo, vai ser em Bora Bora. Terceiro, isso te dará a oportunidade perfeita para ficar mais próximo de Reginald. Não vai te garantir acesso à família, mas se de alguma forma você conseguir causar uma boa impressão, sem falar de negócios, ele vai se lembrar de você no instante em que apresentar a sua ideia quando eles voltarem. Pode ser a vantagem extra de que você precisa. E, ah, se conseguir fazê-los notarem você chorando durante a linda e comovente cerimônia, talvez isso te dê mais vantagem ainda.

Eu nem sei chorar, muito menos em um casamento no qual não tenho o menor interesse.

Se bem que... se Deanna se tornar minha gestora, talvez eu acabe descobrindo como fazer minhas vias lacrimais funcionarem.

— Você não acha que eles vão ficar bravos se eu for no seu lugar?

— Eu vou dizer ao Reginald que surgiu alguma emergência familiar, mas que vou mandar alguém para me representar e ajudar com qualquer coisa que possam precisar. Não que eles já não tenham umas cem pessoas ajudando, mas, sabe, isso o fará sentir que apoiamos a família e que nos importamos com a ocasião.

Baixo o olhar para o convite, tracejando com o dedo os nomes dourados em alto relevo.

Haisley Hopper e Jude Galloway

Será que consigo mesmo fazer isso?

Pegar um voo para Bora Bora, comparecer ao casamento e me aproximar de Reginald o suficiente para causar uma boa impressão?

Parece-me mais uma missão suicida.

Como isso pode dar certo?

Claro, eu poderia ir ao casamento, mas teria algum momento livre em que eu poderia realmente conversar com ele, cara a cara?

Reginald estará ocupado com a família. Não sei se ele me daria ao menos um segundo de seu tempo. Sem contar que ele provavelmente nem vai me reconhecer.

— Não sei — digo, tentando devolver o convite para ela.

Mas ela não o pega.

Jaleesa pousa a mão em meu braço.

— Brody, se é isso que você quer, se realmente acredita na sua proposta, é hora de testar a sua coragem. Você precisa fazer tudo ao seu alcance para se sair melhor que Deanna. Nesse momento, ela está com mais vantagens do que você. Então ou você agarra essa oportunidade e extrai dela o melhor que puder, ou fica aí sentado torcendo para que, quando Reginald voltar de Bora Bora, ele esteja disposto a te ouvir apesar de estar com os olhos brilhando com coraçõezinhos de casamento.

Meu Deus. Olhos brilhando com coraçõezinhos de casamento.

Ela tem razão. O coroa provavelmente vai voltar cheio de críticas ou elogios depois de celebrar o amor de sua filha, e vai querer aplicar tudo isso em um novo empreendimento. E a proposta de Deanna estará lá, implorando para ser esse empreendimento.

— Vendo por esse lado... — resmungo, fazendo-a rir.

— Parece que você vai para Bora Bora.

Esfrego o rosto.

— Como é que eu vou pagar isso?

— Pegando um voo mais barato e alugando um quarto na casa de alguém. Gaste o seu dinheiro em roupas e bebidas. Finja costume.

Solto uma lufada de ar pela boca.

— Jesus... é melhor que eu ganhe essa proposta.

CAPÍTULO DOIS

MAGGIE

JÁ VIU UM DAQUELES FILMES EM QUE A CÂMERA FOCA NO PERSONAGEM PRINCIpal caminhando pomposo vivendo seu dia, peito estufado, um sorriso enorme enfeitando o rosto, tudo indo exatamente como o esperado, enquanto a música "Walking on Sunshine" toca ao fundo, indicando aos espectadores que não tem como a vida ficar melhor?

Bem... essa sou eu nesse momento.

Considere-me *#abençoada*.

O sol está brilhando.

Estou em um paraíso tropical.

Meus seios nunca estiveram tão atraentes em um biquíni.

E meu bronzeamento artificial me confere um brilho que faz parecer que estou nesta ilha há um mês, quando, na verdade, ainda é o meu primeiro dia.

Chapéu de aba baixa, óculos escuros enormes e uma canga cor-de-rosa que expõe o suficiente para chamar atenção, mas ainda cobre a calcinha fio dental ousada do biquíni que escolhi.

Aham... adivinhou corretamente. Estou de férias aqui com um único propósito: conhecer um homem de sunga e fazer sexo selvagem com ele na beira da piscina particular do meu bangalô flutuante com vista para o Monte Otemanu.

É por isso que meus seios estão cobertos pela mixaria de tecido em formato de triângulos que é a parte de cima do meu biquíni. É por isso que escolhi uma calcinha fio dental de cintura alta para exibir minhas curvas, e é por isso que borrifei perfume no meu pescoço, pulsos... e parte interna das coxas.

Está na hora de limpar as teias de aranha e permitir que meu corpo seja meticulosamente dominado, de preferência por um homem com covinhas na lombar e um volume duas vezes maior que o meu punho.

Essa garota aqui tem trabalhado para caramba.

Casamento após casamento após casamento.

Caso ainda não saiba, sou a orgulhosa proprietária da Momentos Mágicos da Maggie, uma empresa promissora de organização de eventos em São Francisco. Abri o negócio assim que me formei, e no decorrer do último ano, trabalhei com clientes muito importantes, o que colocou meu nome em revistas de noiva por todo o país. Toda essa exposição impulsionou meu negócio de um jeito que me permitiu pagar um bangalô flutuante em Bora Bora, e também um voo de primeira classe no qual eu bebi champanhe demais, apaguei antes de servirem as refeições e acabei babando todo o meu travesseiro de cortesia da Saks Fifth Avenue.

E, claro, posso ter conseguido um desconto no bangalô, mas isso não vem ao caso. O que importa é que passei os últimos anos me esforçando pra cacete e estou pronta para tirar uma folga e focar em mim.

Porque, vou te dizer, meu ano tem sido um inferno, discutindo com pais bêbados que não conseguem compreender que suas filhinhas cresceram e tentam controlar festas de casamento com drama em excesso – como quando a dama de honra costumava transar com um dos padrinhos e agora não consegue sequer olhar para ele, muito menos estar perto dele. Lidei com pais divorciados chutando um ao outro "acidentalmente". Bolos de casamento tortos com péssima estrutura porque a tia Susan achou que era melhor do que os profissionais. Velas caindo e incendiando o gramado de uma cerimônia ao ar livre – mesmo que eu tivesse avisado aos noivos que isso aconteceria. Flores sendo pisoteadas porque os convidados não entendiam que tinham que acessar as fileiras de cadeiras pela parte de fora, não pela passarela do altar. Juízes de paz atrasados, noivos caindo na água, noivas chorando e borrando a maquiagem antes da cerimônia, alianças desaparecendo, e tantas, tantas coisas mais.

Estou exausta.

O que significa que esta semana girará em torno de mim.

Nada de e-mails.

Nada de mensagens.

Nada de telefonemas às duas da manhã porque a noiva não pode caminhar até o altar sem seu gato ao seu lado e eu preciso encontrar um jeito de convencer os responsáveis pelo espaço do evento a permitirem felinos em suas instalações.

Não... essas férias se resumem a somente meus biquínis provocantes, meu bronzeamento artificial reluzente e meu tão necessário prazer feminino.

E eu não podia ter escolhido um lugar melhor.

O Saint Hopper.

Localizado no nordeste da ilha de Bora Bora, rodeado por uma lagoa turquesa cheia de recifes de corais protegidos, é completamente pitoresco e inclui piscinas livres de crianças, espreguiçadeiras sombreadas por palmeiras e serviço à beira da piscina.

Paraíso.

Um paraíso completo.

— Bom dia — diz um funcionário que segura uma toalha enquanto me aproximo da área coberta ao lado da piscina.

— Bom dia — respondo, ao pegar a toalha com ele. — Oh, obrigada.

— Srta. Mitchell, certo? — pergunta.

Pouso a mão no peito, meus seios quase totalmente à mostra.

— Sim, sou eu.

Ele estende um dos braços para mim.

— Posso levá-la até sua espreguiçadeira?

— Seria um imenso prazer — digo ao segurar o braço dele, que é bem carnudo. Não demoro muito a perceber que a manga de sua camisa polo branca está bem apertada em seu bíceps volumoso, assim como as tatuagens que cobrem seus braços até os pulsos. Também noto as veias em suas mãos, indicando que esse homem gosta de ir à academia quando não está acompanhando mulheres até suas espreguiçadeiras à beira da piscina.

— Você trabalha aqui há muito tempo? — pergunto, querendo puxar assunto, já que meu corpo parece aprovar as tatuagens dele. Parece que basta isso para despertar os desejos dentro de mim.

— Há dois anos — responde ele ao me conduzir até uma espreguiçadeira no deque de madeira bem ao lado da piscina. Coberto por uma palmeira gigantesca e com uma pequena mesa ao lado, é o local perfeito para que eu possa relaxar e ler, talvez ouvir algumas das músicas de Hayes Farrow que costumam me fazer entrar no clima... *mexe as sobrancelhas* se é que você me entende. — Minha esposa também trabalha aqui, e foi ela que me ajudou a conseguir o emprego.

Esposa? Hã, não é um termo que estou a fim de ouvir por aqui. Estes seios não estão reluzindo sob esse sol lindo e radiante para homens casados.

Mas, é óbvio, o Sr. Tatuado é comprometido. Com a beleza desse homem, só existia duas possibilidades: ou ele era comprometido ou um solteirão convicto, que pegava todas as solteiras que frequentavam o resort.

Uma pena que ele se encaixe na primeira categoria.

— Que amor. — Ofereço um sorriso, apesar da vontade de me desvencilhar dele. — Vocês se veem durante o expediente?

— Sim, vejo o rosto lindo dela toda vez que passo pelo saguão.

E, pior ainda, um homem perdidamente apaixonado.

Será que devo perguntar se ele tem algum irmão… primo… amigo? Quem sabe com os mesmos tipos de tatuagens?

— Meu nome é Makani, e estarei a seu serviço hoje, então, por favor, srta. Mitchell, não hesite em me pedir qualquer coisa de que precisar.

Um orgasmo. Vocês vendem isso por aqui?

Abro ainda mais o sorriso.

— Obrigada, Makani. Fico muito grata.

— Quer que eu pegue alguma coisa agora?

— Um pouco daquela água com pepino seria fabuloso.

— É pra já — diz ele antes de se afastar.

Estendo a toalha na espreguiçadeira acolchoada e penduro a bolsa depois de pegar meu celular. Em seguida, retiro a canga e a penduro no encosto da espreguiçadeira, ajustando as tiras da calcinha do biquíni em meu quadril enquanto olho em torno da piscina.

Brisa na minha bunda.

Brisa nos meus mamilos.

Brisa em meus cabelos.

Sim, vai ser um dia maravilhoso. Posso sentir.

Alameda do orgasmo, aqui vou eu!

Há um casal ali a pouca distância de mim, juntos em uma cabana e, aparentemente, em lua de mel. Ótima escolha de lugar para privacidade.

Há outro casal na piscina, com suas bebidas empoleiradas na beira junto com um prato de frutas. Hum, parece delicioso.

Avisto mais um casal deitado nas espreguiçadeiras de frente para mim, de mãos dadas e de frente um para o outro.

E mais um casal, dessa vez mais velho, sentado junto nas escadas. Um dos homens está com um braço envolvendo outro homem, os dois com peitos robustos e peludos, e claramente nem um pouco interessados no meu decote saliente.

Sento-me na espreguiçadeira e dou mais uma olhada em volta da piscina.

Casal.

Casal.

Casal.

Casal.

Mas que droga é essa?

Procuro o contato da minha melhor amiga, Hattie, e envio mensagem.

Maggie

> Primeiro dia aqui e acho que devo ter cometido um grande erro.
> O hotel está cheio de gente apaixonada.

Hattie e eu nos conhecemos na faculdade. Ela era tudo que eu sempre quis e precisava em uma irmã e, sem que ela ao menos aprovasse, apeguei-me a ela imediatamente. Ela não ia mais a lugar algum. Eu a reivindiquei como minha pessoa e fim de papo.

Enquanto ela foi fazer mestrado, eu abri o meu negócio. Ela passou algumas noites no nosso apartamento em São Francisco me ajudando a encher envelopes ou me dando assistência enquanto eu montava uma apresentação de slides para um jantar de ensaio, mas sempre mantivemos o meu negócio e a nossa amizade separados. Porque se tem uma coisa capaz de arruinar uma amizade entre duas pessoas é elas empreenderem juntas.

E quando sua irmã morreu de câncer de mama, larguei tudo para estar ao lado dela. Eu sou capaz de mover montanhas só para arranjar tempo para Hattie, mesmo que signifique contratar outra planejadora de casamentos, uma concorrente, para coordenar um fim de semana de casamento para mim enquanto ajudo a minha melhor amiga.

Hattie

> Você não gosta de estar rodeada por gente apaixonada? Você adora
> estar perto de mim e Hayes.

Aff, mencionei que ela está namorando e mora com o cara da voz mais linda da nossa geração? Hayes Farrow.

Pois é.

O homem que escreveu a linda letra da música número um do mundo inteiro: "The Reason".

O próprio Sr. Turnê Mundial, com camisas em gola V, músculos proeminentes, dedos masculinos dedilhando as cordas de seu violão como se estivesse arrancando os corações de cada pessoa que cai aos seus pés. E pontos a mais pelas mechas de cabelo que caem por sua linda testa.

Sim, esse Hayes Farrow.

Maggie

Eu gosto de estar perto de você e Hayes porque ele tem cheiro de corpo quente em uma noite de verão, excitado e sarado, pronto para a ação.

Hattie

O que eu te disse sobre falar do meu namorado desse jeito?

Maggie

E o que eu respondi? É inevitável. Você está comprometida com o homem mais atraente do mundo.

Hattie

Coitado do cara de quem você tentar tirar a sunga em Bora Bora.

Maggie

Pelo visto, não vou poder tirar a sunga de ninguém. Não há homens solteiros por aqui. Parece que todos já estão envolvidos. Enlaçados. Tão apaixonados que ninguém sequer notou que eu quase paguei peitinho quando me sentei na espreguiçadeira.

Hattie

Você escolheu o biquíni cor-de-rosa no seu primeiro dia?

Maggie

Claro que sim. Tinha que fazer uma entrada triunfal já de cara. Infelizmente, não tem ninguém aqui para assistir à minha entrada triunfal perfeitamente planejada.

Hattie

Vai ver os homens solteiros ainda estão dormindo depois da noitada de ontem.

Maggie

Hum... não tinha pensado nisso.

Hattie

Sugiro então que, por enquanto, você relaxe, aproveite o sol e, mais tarde, quando os solteiros saírem de seus bangalôs, de ressaca, você vai ter a chance de pagar peitinho para o público-alvo.

Maggie

Só me resta esperar. Mas anote as minhas palavras, Hattie, se eu não acabar tendo pelo menos dois orgasmos que não tenham sido autoestimulados nessa viagem, ficarei tentada a ir até o seu irmão, agarrá-lo pelos cabelos e apresentá-lo aos meus seios esfregando a cara dele bem no meio deles. Fazer aquele homem voltar à vida.

Hattie

Pelo amor de Deus, nem chegue perto do Ryland. Ele mal consegue dar conta do Mac, uma criança de quatro anos, então seria impossível ele dar conta de você. Além disso, seria estranho.

Maggie

Você está namorando o melhor amigo dele. Por que ele não pode namorar a sua melhor amiga? E você não pode dizer que é pela diferença de idade, porque é a mesma que há entre você e Hayes. Doze anos... por mim, tudo bem.

Hattie

Seria estranho porque vocês dois não têm nada em comum. Você trabalha em São Francisco, a vida dele está em Almond Bay, e na última vez em que você me visitou, disse até que ele era como o irmão mais velho que você nunca teve. Quer mesmo esfregar o rosto do seu irmão mais velho nos seus peitos?

Maggie

É tão irritante quando você tem razão.

Hattie

Apenas relaxe, pare de se preocupar em "dar para alguém" e divirta-se.

Maggie

Tá bom. Mas hoje à noite... os peitos serão usados como arma letal.

Hattie

Vou orar pelas pessoas em Bora Bora.

Maggie

É melhor mesmo.

Assim que deixo o celular de lado, Makani se aproxima com uma bandeja.

— Aproveitei e também trouxe algumas frutas frescas. Espero que não se importe.

— Ai, meu Deus! Eu ia mesmo te pedir isso depois de ver o prato daquele casal ali.

Makani pousou a água e o prato de frutas na mesinha ao meu lado.

— Suspeitei. — Ele enfia a bandeja sob um dos braços e pergunta: — Gostaria de mais alguma coisa, srta. Mitchell?

— Acho que não. Isso está ótimo.

— Bom, estarei logo ali no bar, caso precise de algo.

— Obrigada. — Aceno rapidamente para ele e coloco o prato de frutas no colo.

Essa deve ser a disposição de frutas mais linda que já vi. Cada pedaço está minuciosamente esculpido na forma de flores ou folhas, servindo mais como um deleite para os olhos do que um agrado refrescante para o estômago.

Como sou do tipo que gosta de fotografar tudo, tiro rapidamente uma foto do prato de frutas e envio para Hattie.

Solto o celular novamente e pego um pedaço de abacaxi em formato de folha.

— Você é uma belezinha, mas, agora, vou te comer — digo para a fruta tropical amarela antes de dar uma mordida.

E, meu Deus do céu, é o pedaço de abacaxi mais fresco e suculento que já encostou em minhas papilas gustativas. Se eu estivesse sozinha, estaria gesticulando loucamente para demonstrar o quanto estava delicioso. Em vez disso, gemo baixinho e dou mais uma mordida. Makani acabará ficando de saco cheio de mim, porque vou pedir mais e mais desse abacaxi até seu turno terminar.

— Delícia — murmuro ao pegar um morango, porém a fruta escapuliu da minha mão e caiu no deque da piscina. — Nããão! — grunhi.

Que desperdício de um morango perfeito.

Resmungando, coloco o prato sobre a mesinha novamente, me levanto da espreguiçadeira e tento alcançar o morango que caiu debaixo dela.

Minha bunda quase nua, coberta somente pelo tecido ínfimo do biquíni fio dental, fica empinada para todo mundo ver quando me ponho de quatro para tentar alcançar o morango. Levo alguns segundos, esticando e balançando os dedos, mas consigo recuperar a fruta teimosa e a levanto, erguendo-a cheia de triunfo.

— Ah-rá! — digo no mesmo instante em que alguém esbarra com tudo em mim. Torno a derrubar o morango e caio por cima da espreguiçadeira, dando com a barriga no assento, ficando com as pernas penduradas de um lado e os braços pendurados do outro, e um corpo pesado aterrissa bem em cima de mim. — Ufff! — Fico sem fôlego.

— Merda, desculpe — ouço uma voz masculina dizer.

Masculina.

Um homem.

Caído por cima de mim.

Imediatamente, minha mente começa a se encher de fantasias românticas.

Aquela voz profunda, pedindo desculpa.

O corpo robusto bem em cima de mim.

E, pelo que consigo ver pelo canto dos olhos, um antebraço bem torneado se agitando ao lado do meu.

É isso.

É o meu encontro romântico.

E que encontro romântico perfeito.

Eu, com a bunda de fora, procurando por um morango – o jogador mais valioso desse cenário.

Ele, vagando sem rumo, provavelmente de ressaca da noite anterior, procurando por um lugar para se sentar quando, de repente, uma mulher curvilínea que teve a prudência de usar um biquíni minúsculo surge do nada com um morango na mão.

E, então, bum.

Colisão.

Queda.

E… amor.

Não é assim que sempre acontece nos primeiros encontros em comédias românticas que roubam o coração de qualquer um?

Um cenário bobinho e, então… o primeiro olhar.

Ela arfa, porque a linha da mandíbula dele é tão bem esculpida que ela poderia fatiar presunto ali, fazer um sanduíche e dividir com ele ao estilo *A Dama e o Vagabundo*.

E ele também arfa porque, ops, a parte de cima do biquíni acabou escorregando e ele nunca viu um seio mais perfeito e luxuriante do que aquele em toda sua vida. É fim de jogo para ele. Aquele mamilo capturou sua atenção da maneira mais encantadora possível.

Ela parabeniza seus seios por cativarem o cara.

Ele agradece aos céus por ser tão descoordenado.

E, então, eles vivem felizes para sempre.

Insira aqui o gesto "beijo do chef".

Não acredito que isso está acontecendo. Meu encontro romântico digno de filme.

— Desculpe — murmura ele novamente ao sair de cima de mim.

Sem problemas, bonitão, futuro marido e pai dos meus filhos bem-comportados.

Contenho o sorriso ao me levantar da espreguiçadeira.

Umedeço os lábios, querendo que eles reluzam ao sol.

E ao me virar para ficar de frente para o meu amante, o homem que me fornecerá paixão e orgasmos infinitos pelos próximos dez dias – e quem sabe um futuro repleto de sexo selvagem e um felizes para sempre –, estufo o peito, jogo o cabelo por cima do ombro e me preparo para olhar nos olhos do meu...

— Maggie?

Maggie? Espere, como o meu amante já sabe o meu nome?

Makani contou a ele?

Confusa, termino de me virar, porém o sol acaba ofuscando os traços da figura alta diante de mim.

Ombros largos.

Cabelo bagunçado.

E uma camisa justa que fica coladinha em seus bíceps grandes e cintura esguia.

Não conheço ninguém com esse tipo de corpo, além de Hayes, que saberia meu nome, mas ele está em São Francisco.

— Meu Deus, é você mesmo — diz ele.

Os pelos dos meus braços se eriçam, meus mamilos murcham feito feijões desidratados e minha pele se arrepia.

Não pode ser.

Ergo a mão para tapar o sol e, conforme começo a eclipsá-lo, o rosto do cara entra em cena. *Merda.*

Brody McFadden.

— O que é que você está fazendo aqui? — pergunto, enquanto meus sonhos e esperanças por um encontro romântico digno de filme se transformam em uma pilha de escombros em chamas.

— Eu deveria te perguntar a mesma coisa — responde ele, com o queixo empinado.

Gesticulo para minhas vestes apropriadas para um resort – bom, mais ou menos apropriadas.

— Estou de férias. — Só então percebo sua calça de moletom verde-clara, camiseta preta e tênis esportivos. — O que você está fazendo?

— De férias também — responde, percorrendo meu corpo com o olhar por um breve segundo, fazendo com que eu sinta a necessidade de me cobrir.

— Você não parece estar de férias.

— Mas estou. — Ele olha em volta, examinando a área da piscina.

— Então cadê a sua roupa de banho?

— Por que você se importa?

— Porque você está interrompendo a minha paz e estou tentando descobrir por quê.

— Quem disse que não é *você* que está interrompendo a *minha* paz? — Ele cruza os braços, e esse é exatamente um dos motivos pelos quais esse homem é tão irritante. Ele sempre tem uma resposta para tudo.

— Foi você que esbarrou em mim e me derrubou.

— Foi mesmo? — ele pergunta. — Me parece que eu estava passando inocentemente quando você surgiu do chão e quase acertou a mão na minha cara, o que me fez perder o equilíbrio e cair por cima de você. — Ele pressiona uma das mãos no peito. — Se quer saber, você me assustou e agora talvez eu precise que me pague uma bebida para acalmar os meus nervos.

— Meu Deus, você é um idiota. — Balanço a cabeça para o melhor amigo do meu irmão.

— Idiota ou negociante esperto?

— Idiota — digo ao me sentar na espreguiçadeira, ficando de péssimo humor. — Quanto tempo você vai ficar aqui? Só para que eu saiba por quanto tempo vou ter que suportar esse seu fedor.

— Dez dias — responde. — E esse fedor está vindo dos seus pés.

— Ah, vê se cresce! — E ele disse dez dias? NÃO! A menos que... — Quando começaram os seus dez dias?

— Hoje. — Ele sorri.

Escondo a decepção. É claro que começaram hoje. É claro que ele está no mesmo resort que eu. E é claro que ele é, sem dúvidas, o único homem solteiro por aqui. Apostaria o meu negócio inteiro nisso, porque foi com esse tipo de sorte que fui abençoada nessa vida.

Aqui estava eu, pensando que estava prestes a transar várias vezes em Bora Bora com um estranho bem-dotado feito um cavalo. E, em vez disso, vou ter que desviar do melhor amigo do meu irmão pelas piscinas, praias e atividades do resort.

— Pelo desdém no seu rosto, vou chutar que essa não era a notícia que você queria ouvir — zomba ele.

— A única coisa que quero ouvir agora é o som dos seus passos indo para bem longe de mim.

— É assim que se cumprimenta um velho amigo, Maggie?

Olho irritada para ele.

— Você não é um velho amigo, é o amigo *idiota* do meu irmão que acha que maionese faz parte da pirâmide alimentar. E eu não estou cumprimentando você, estou dispensando você. — Gesticulo para o lado. — Então circulando.

Com as mãos nos bolsos, ele abre um sorriso presunçoso para mim. Evito olhar diretamente para aquele sorrisinho, porque embora ele seja o homem mais irritante que já conheci, também é insanamente atraente – se lembra do *gemido*? – e não posso me deixar levar por... bem... ele.

— Foi um prazer ver você também, Maggie. Talvez possamos beber alguma coisa mais tarde, colocar o papo em dia.

Pego meu celular, que apita com a notificação de mensagem.

— Posso garantir que isso não vai acontecer. Adeus.

E, assim, dou as costas para ele e agradeço aos céus por ele ir embora.

Fico olhando para o celular, incapaz de assimilar a mensagem diante de mim enquanto minha mente gira de desgosto. Sério, Universo... por quê?

Por que você trouxe Brody McFadden ao meu lugar de paz?

Até onde sei, ele vai acabar fazendo as minhas férias serem insuportáveis. Provavelmente vai me ver conversando com algum cara solteiro no bar e começar a presenteá-lo com todas as histórias constrangedoras que Gary contou a ele.

Essas férias estão fadadas ao desastre.

Grunhindo de frustração, afundo na espreguiçadeira e abro minhas mensagens.

Estou pronta para encontrar uma mensagem de Hattie, mas, em vez disso, vejo uma notificação do meu Google Alerta. Eu o programei para certas pesquisas, o que inclui qualquer coisa relacionada a casamentos em São Francisco.

Dou uma olhada no alerta e vejo *Casamento Hopper marcado em Bora Bora.*

Como é que é?

Antes que eu possa abrir, recebo uma mensagem da minha assistente, Everly. Esqueço-me completamente de Brody ao começar a ler.

Everly

Desculpe por incomodar, mas você disse que estava hospedada no Saint Hopper?

Maggie

Sim, por quê? Conhece alguém que também está aqui?

Everly

Se conheço pessoalmente? Não. Mas meu palpite é que VOCÊ vai querer conhecê-lo pessoalmente.

Maggie

Por favor, me diga que é um Chris Evans com barba e solteiro.

Everly

É Reginald Hopper e família. Você recebeu o alerta do Google?

Maggie

Acabei de receber, mas não li ainda. O que diz nele?

Everly

O casamento vai ser no Saint Hopper... essa semana. Que legal, não é? Você vai estar no mesmo resort do casamento do século.

Endireito as costas na espreguiçadeira, soltando um pequeno arquejo.

Reginald Hopper estará aqui? Neste resort? Para o casamento da filha?

Ai, meu Deus!

Reginald Hopper é o proprietário da Hopper Industries, e há boatos de que ele vai se aposentar em breve, deixando a empresa para um de seus três filhos: Hudson, Hardy ou Haisley. Pelo que fiquei sabendo, Reginald é bastante antiquado quando se trata de seu negócio. Ele tem feito algumas mudanças modernas recentemente graças às sugestões dos filhos, e grande parte do motivo se deve ao fato de que a Hopper Industries está começando a ser ofuscada pela Cane Enterprises – sim, eu estou por dentro das fofocas dos bilionários. E já que a Hopper Industries possui uma grande fatia do mercado hoteleiro, o que acaba oferecendo uma gama variada de espaços para casamentos, eu basicamente trocaria a minha melhor amiga por uma chance de fazer alguma conexão com esse homem. Afinal de contas, sou uma mulher de negócios, e ser uma organizadora de casamentos recomendada para cerimônias nos hotéis Hopper seria *muito* bom para a minha empresa.

Por favor, não conte à Hattie que eu a trocaria.

Em vez de responder por mensagem, ligo para Everly e me afundo novamente na espreguiçadeira, olhando em volta para me certificar de que ninguém possa me ouvir. Ao que parece, já que vim parar no vale dos casais, ninguém está lá muito incomodado comigo.

— Por favor, me diga que acabou de vê-los — diz Everly ao telefone. Não seria incrível? Em vez de esbarrar com Brody, eu poderia ter esbarrado em um dos Hopper. Mais uma vez, a sorte não está ao meu lado.

— Não, mas preciso dos detalhes. Eles virão mesmo para cá?

— Vão. Li em algum lugar que Haisley sempre sonhou em se casar em frente ao Lagoonarium que fica no meio do resort.

— É estranho eles não terem fechado o resort para o casamento. Quer dizer, seria a primeira coisa que eu faria se fosse a organizadora. — *Com os milhões que teria à minha disposição, se fosse uma Hopper.*

— Pensei a mesma coisa, mas Haisley insistiu em não estragar as férias dos outros. Ela é a pé no chão dentre eles, lembra?

— Sim, e ela vai se casar com o empreiteiro, não é? Uma situação tipo da pobreza à fortuna?

— Sim — Everly confirma. — É uma história tão linda.

Olho em volta da piscina, minha mente gira com possibilidades.

— Hum... será que há alguém aqui perto de mim que vai ao casamento?

— Maggie... o que você está tramando nessa sua cabecinha?

— Nada — digo, mesmo que minhas engrenagens estejam girando.

— Maggie, você está de férias. Só mencionei isso para que você não fosse pega de surpresa caso encontrasse com algum deles sem querer.

— O que seria totalmente ideal — digo. — O que eu não daria por pelo menos cinco minutos com Reginald.

— Isso soou meio pervertido.

Eu a ignoro e digo:

— Sabe, não faria mal eu ao menos me apresentar, não acha?

— Não faria mal, mas o que você vai fazer? Sair procurando por ele pelo resort inteiro? Duvido que ele vá estar passeando por aí para ser abordado pelo público.

— Eles são pessoas normais — digo. Mas isso parece tudo, menos normal.

A essa altura, eu faria praticamente qualquer coisa para cair nas graças de Reginald. Formar uma parceria com ele mudaria a minha vida. Faria o meu negócio decolar, me permitiria contratar mais pessoas e o nome Momentos Mágicos da Maggie cairia na boca do povo. Eu poderia expandir o meu negócio de uma costa a outra... as possibilidades são infinitas.

— Por que ficou calada? — pergunta Everly.

— Só estou pensando — respondo.

— Maggie, é sério, não vá se dar ao trabalho de fazer nada. Lembre-se... você precisa relaxar.

— Eu sei, e vou. Não se preocupe comigo — digo ao ver Makani levar um casal mais velho a espreguiçadeiras a poucos metros de onde estou. Chuto que eles têm quarenta e poucos anos, com aquele brilho jovial ainda presente. A mulher está usando um maiô com recortes nas laterais, e o homem, que presumo ser seu marido, diante das alianças em seus dedos, usa um calção de banho verde-limão. Ousados, mas gostei. Ofereço um sorriso simpático para eles.

— Mas *estou* preocupada — diz Everly. — Lembre-se, você está de férias porque tem estado muito estressada e precisa relaxar. Descanso e sunga. Descanso e sunga. Fique repetindo isso para si mesma.

— Sim, eu sei — digo com um suspiro pesado. É isso que acontece quando você contrata uma assistente competente: ela se importa com o seu bem-estar. Mas... estamos falando sobre Reginald Hopper. Entããão... o que os olhos de Everly não virem, o coração não vai sentir, não é? — Já estou relaxando com um prato de frutas. O modo férias foi ativado.

— O pai dela não permitirá isso — ouço a mulher ao meu lado dizer, quase alto o suficiente para todos em volta da piscina se envolverem na conversa.

— Ele gosta de tudo uniforme, tudo certinho. Eles terão que encontrar alguém para preencher o lugar.

— Mas as circunstâncias são diferentes — diz o marido. — É um casamento.

— Alô, você está aí? — Everly pergunta.

Não respondo, inclinando-me mais um pouco na direção do casal para poder xeretar melhor.

— Mas é o casamento de uma *Hopper*. Há padrões. Sinceramente, estou com pena de H. É uma droga a sua melhor amiga não poder comparecer ao seu casamento. Acho que vamos descobrir na festa de boas-vindas que eles vão dar hoje à noite.

— Vai ser a que horas mesmo? — pergunta o marido.

— Às seis, no Lanai Bar.

— Maggie?

— Espere aí — murmuro.

— Tenho que ir bem-vestido? — o cara pergunta. Tão típico de homem. Eu nem faço parte do evento e consigo sentir o cheiro do luxo daqui. *É claro que você vai ter que ir bem-vestido, cara.*

— Você vai precisar se vestir bem durante todo esse fim de semana, por isso fui eu que arrumei a sua mala. — Pois é, a mulher segurando as pontas para o marido, como sempre.

— O que está acontecendo, Maggie?

Viro de costas para o casal e digo:

— Acho que acabei de encontrar a minha porta de entrada.

— Sua porta de entrada para o quê? — pergunta Everly.

Sorrio.

— Para cair nas graças de Reginald Hopper.

CAPÍTULO TRÊS

BRODY

PUTA QUE PARIU, QUE LUGAR ÚMIDO.

Olho para o terno de linho que comprei dentre as várias roupas para o fim de semana. Jaleesa me levou para fazer compras assim que concordei em ir ao casamento como seu representante. Ainda não sei por que querem alguém do trabalho aqui, já que é um evento de família, mas Jaleesa me assegurou de que eles gostam de criar uma proximidade unificada. Estão determinados a mostrar aos funcionários que não são um bando de ricaços nariz em pé que vivem escondidos em suas coberturas com o objetivo de foder a vida de todo mundo.

Ainda acho estranho, mas enfim.

Cheguei depois de um voo de onze horas, saindo de São Francisco, seguido por uma viagem de barco, onde eu vomitei na água azul-celeste. Descobri uma coisa sobre mim hoje: passeios de barco me deixam extremamente enjoado. De ficar debruçado na lateral do barco me segurando com todas as forças que eu tinha enquanto me despedia das duas barrinhas de proteína, do pacote de pretzels e da tangerina que tinha comido no avião.

E então, depois de deixar a minha mala na portaria, acabei esbarrando por acaso com Maggie Mitchell.

De todas as pessoas nesta ilhazinha de Bora Bora, tinha que esbarrar com a irmã do meu melhor amigo em um biquíni cor-de-rosa minúsculo.

É claro que, assim como em todas as nossas interações – exceto uma sobre a qual não falamos –, ela se aborreceu, ficou brava e foi bem grosseira. E eu não fiz nada com ela. Ela é assim comigo desde o primeiro instante. Simplesmente fica irritada ao me ver. Deve ser algo no meu rosto. Sei lá.

Mas não posso focar nisso. Tenho que tirá-la da minha mente e me lembrar de por que estou aqui e do plano para esta noite.

Ainda um pouco nauseado e inquieto, olho para meu reflexo no espelho do banheiro masculino do saguão do Saint Hopper. A melhor forma de descrever este hotel é: paraíso opulento. Com um piso de madeira polida, paredes ladrilhadas que imitam os efeitos de uma sobreposição de bambu, vigas de madeira pelo teto e luminárias de sapê, o lugar inteiro emana a sensação de paraíso com o toque de elegância que é a marca registrada dos hotéis Hopper.

Sem contar que isso significa que há um funcionário no canto do banheiro com uma toalha pendurada no antebraço, todo quieto na dele, mas também é provável que esteja esperando pelo momento em que terei um colapso mental enquanto me encaro no espelho.

Inclino-me sobre a pia e abro a torneira. Jogo um pouco de água no rosto, na esperança de que isso ajude a melhorar a náusea. Algumas horas atrás, eu me perdi e não tive tempo de ligar para o meu colega de quarto da semana, um morador da cidade que me ofereceu uma cadeira para dormir – sim, uma cadeira. Os sacrifícios que estou fazendo para ganhar essa proposta são inigualáveis.

Passar mal no barco.

Dormir em uma cadeira.

Esbarrar com uma chata.

Estou dando conta de tudo e ainda consigo abrir um sorriso.

Quando ergo o tronco novamente, terminando de esfregar o rosto, quase tenho um treco ao me deparar com o funcionário que agora está a poucos centímetros de distância de mim, me estendendo uma toalha.

— Puta que pariu — digo, afastando-me um pouco. — Cara, faça ao menos algum barulho antes de assustar alguém desse jeito.

Ele faz um aceno de cabeça, sem dizer uma palavra, ainda me oferecendo a toalha.

Dou uma olhada rápida nele de cima a baixo, tentando desvendar se ele é de confiança ou não, mas quando ele continua imóvel, com a toalha estendida, me dou conta de que ele deve ter sido programado dessa maneira e vou ter que aceitar.

Pego a toalha e enxugo o rosto enquanto ele retorna à sua posição perto da porta. Aham, programado.

— Então — começo. — Está animado com o casamento desse fim de semana?

Ele fica olhando para a frente, completamente parado, feito um guarda do Palácio de Buckingham. Já estou vendo no que isso vai dar.

— É, eu também — digo ao tirar a camiseta, dobrá-la e colocá-la sobre a bancada. Pego a toalha que usei para secar o rosto e a umedeço para poder limpar o restante do meu corpo. Sim, é o que tem para hoje. Se eu tivesse como, tomaria um banho antes da recepção de boas-vindas, mas diante do fato de que esses bangalôs custam mais de mil e quinhentos por noite, nem a pau eu vou desembolsar uma grana dessas para me hospedar aqui. Até que eu ganho bem, mas não bem a ponto de poder pagar mil e quinhentos por noite... durante uma semana.

Passo a toalha pelo peito, deixando as axilas por último e, quando termino, meu amigo assistente do banheiro surge ao meu lado novamente, me oferecendo outra toalha.

— Valeu — digo ao pegar. — A propósito, sou o Brody. Eu trabalho para o sr. Hopper na empresa em São Francisco.

O homem assente e retorna à sua posição perto da porta.

— Sabe, eu não contaria a ninguém se você falasse comigo. Pode ser o nosso segredinho. Seria uma boa ter uma companhia, já que estou fora da minha área. — Como ele não diz nada, *que chocante*, continuo: — Na verdade, estou aqui para tentar cair nas graças do sr. Hopper. Depois do casamento, ele vai ter que escolher um projeto em que investir, e um deles é meu. Espero poder, sei lá, ficar bem na fita, sabe? — Ele segue olhando para a frente, e eu suspiro. Abro minha bolsa de artigos de higiene e pego desodorante, pasta e escova de dentes. — O clima aqui é muito diferente do de São Francisco. Aqui é... é como andar em meio a uma névoa densa, essa umidade está fazendo até os pelos do meu nariz enrolarem. — Olho rapidamente para ele e, não, nem mesmo um sorrisinho. — Na verdade, não tenho pelos no nariz. Sabe o meu melhor amigo, Gary? A esposa dele nos obrigou a deixá-la enfiar cera em nosso nariz com a ajuda de um palitinho e responder a algumas perguntas. O primeiro que errasse duas respostas perdia um palito. De qualquer forma, nós dois perdemos, porque não podíamos viver com aquela cera no nariz. Tinha que sair, de algum jeito. E, porra, doeu pra caralho, mas sabe... — Inclino a cabeça para trás e examino meu nariz. — Minhas narinas nunca estiveram tão limpinhas. Então talvez tenha valido a pena, no fim das contas.

Aplico desodorante e abano minhas axilas, deixando-as secarem um pouco antes de vestir a camisa.

— Sabia que eu nunca usei linho na vida? Mas a minha gestora me levou para fazer compras e disse que é isso que devo usar. — Gesticulo para o terno de linho que vim carregando comigo durante todo o trajeto, com medo de amarrotá-lo ou perdê-lo. — Não sou muito fã, parece que estou usando gaze como roupa. Jaleesa tentou combinar o conjunto com uma camisa cor-de-rosa, e eu disse "Nem fodendo". Não ia dar as caras aqui parecendo a porra do Don Johnson de *Miami Vice*. Então concordamos com uma camisa branca. As cores têm uma diferença sutil, apenas suficiente para ter um pouco de dimensão, mas não me deixam parecendo um otário. Não sei por quanto tempo vou conseguir ficar de paletó. Já estou suando só de pensar em vesti-lo. As pessoas aqui ficam desidratadas com facilidade por suar tanto?

Coloco um pouco de pasta de dente na escova e, então, começo a escovar. Encosto-me na bancada, ficando de frente para meu novo amigo silencioso e o analiso. Que emprego de merda. Ter que ficar apenas ali de pé e entregar toalhas. Será que não falar é escolha dele ou é exigência do cargo? Eu não conseguiria fazer isso. Enlouqueceria fácil.

Cuspo a pasta de dentes, enxáguo a boca e, então, enxugo o rosto com... uma toalha novinha, graças ao meu amigo.

— Agora, vou me trocar na sua frente, tudo bem? Não vou tentar colocar um terno de linho perto de uma privada dentro de uma cabine apertada. Isso tem tudo pra dar merda. Mas tenho que te avisar, estou usando uma cueca boxer nude. Jaleesa que escolheu para mim. Disse que eu não podia usar preto por baixo de uma calça de linho cor de creme. Porra, mas nude? Fico parecendo um boneco Ken, sem pau, só uma virilha sem nada. Não sou muito fã. Só avisando para que você não se assuste. — Retiro a calça de moletom, jogo-a sobre a bancada e, em seguida, visto a calça de linho.

— Argh, merda, odeio a textura dessa calça. Encosta na pele de um jeito estranho. Ah, sabe o que me lembra? Já assistiu a *Meu papai é Noel*, com Tim Allen e aquele menininho irritante? Bom, quando Tim, ou Scott Calvin, se preferir, tem que colocar a roupa do Papai Noel morto e o tecido fica todo esvoaçante e nojento e ele diz: "Nunca se sabe por onde isso esteve". É essa a sensação que tenho ao vestir essa calça.

Ele muda o peso do corpo de uma perna para outra, e sinto que causei uma reação. Ele gostou da referência – eu sei que sim.

Enfio a camisa por dentro da calça, em seguida pego minha colônia, mas o meu chapa está ao meu lado antes que eu possa sequer tirar a tampa. Ele pega o frasco da minha mão e o estende para mim, pronto para borrifar.

— Ah, isso faz parte do pacote de serviços do banheiro? Tudo bem, claro, manda ver, cara. — Abro os braços, meio sem jeito, e ele borrifa meu pescoço, meu peito e na linha da minha cintura, logo acima da virilha. Olho para ele com uma sobrancelha erguida, questionando a última borrifada, mas ele simplesmente me devolve o frasco e volta para o seu posto perto da porta.

— Isso foi... diferente. Mas obrigado. — Então pego o paletó do cabide e visto. Nossa, vou ter que tirar isso no instante em que eu entrar nessa festa de boas-vindas; porque o casamento do século precisa de uma recepção extra no início.

Complemento o visual com um cinto e sapatos marrons, sabendo que não vai demorar muito até meus pés estarem chapinhando em suor.

Olho no espelho, ajeito meu cabelo curto, modelando no estilo bagunçado que faz ser muito fácil não ter que me preocupar com ele, e puxo as lapelas do paletó.

— Nada mal para alguém que acabou de fazer uma viagem de onze horas e vomitou em um barco. — Sorrio para mim, todo convencido. — Modéstia à parte, estou bem garboso. — Viro-me de lado e ergo a parte de trás do paletó para dar uma conferida na minha bunda. Dou uma reboladinha de um lado para o outro. — Aham, tô um gostoso. Os exercícios de glúteos na academia têm valido muito a pena. Olhe só isso — digo ao virar a bunda para o assistente do banheiro. — Se eu soubesse que você o faria, te daria permissão para dar uma apalpada. Mas você não fala comigo, então duvido que vá querer testar a minha bundinha dura feito aço. — Endireito-me. — Você que sai perdendo.

Reúno as minhas coisas, enfio tudo na mala e a fecho. Vou deixá-la na portaria e torcer pelo melhor.

Aproximo-me do assistente e fico bem diante dele. Pego a carteira e retiro uma nota de vinte dólares para colocar no pote que há sobre a mesa ao lado dele.

— Eu ia dar só dez, mas a borrifada no pau dobrou a sua gorjeta. Obrigado pela ajuda, cara. — Coloco a mão em seu ombro e aperto bem firme.

Assim que estou prestes a sair, ele me surpreende ao dizer:

— Disponha.

— Ei, olha só, você fala. — Sorrio para ele.

Ele me encara.

Abro ainda mais o sorriso.

Ele franze o cenho.

Será que irritei essa coisa?

Quero dizer, esse cara. Será que o irritei?

Não tenho tempo para descobrir. Começo a sair novamente, então ele abre a porta para mim e sussurra:

— O sr. Hopper odeia ternos de linho.

E, então, fecha a porta do banheiro na minha cara.

Acabando com a minha autoconfiança com poucas palavras.

Mas que porra.

...

MAGGIE

Maggie

Esse vestido me faz parecer piranha?

Olho no espelho, analisando o vestido comprido de estampa tropical. A parte superior é um pouco precária, do tipo que a gente improvisa conforme a necessidade. Basicamente, são duas tiras compridas conectadas a uma saia esvoaçante, que a gente amarra da maneira que preferir para cobrir as partes interessantes.

Quando eu o comprei, estava sonhando com sungas bem recheadas, mas agora que o coloquei para ir a um evento de negócios, ou pelo menos é o que espero, estou em dúvidas quanto ao estilo. Infelizmente, é o item mais discreto que tenho no closet.

Meu celular apita com a chegada de uma mensagem.

Hattie

Algumas pessoas diriam que não ficou piranha o suficiente.

Eu sabia que ela ia dizer isso.

Pego a bolsa e a chave-cartão, e calço as sandálias antes de sair do bangalô. Sempre sonhei em me hospedar num lugar assim, onde é possível acordar e se deparar com uma vista para o mar. Há uma piscina particular com cerca de privacidade, então se eu quiser mergulhar pelada, posso. Há também um deque privativo que leva até a água azul cristalina da lagoa. Dinheiro muito bem gasto.

Sem contar que também vem com um carrinho de golfe e bicicletas para que possamos nos locomover. Achei uma fofura.

Entro no carrinho de golfe, coloco a bolsa no assento ao meu lado e ligo para Hattie, sabendo que já é bem tarde na Califórnia, mas ela deve estar acordada desfrutando da rotina sexual que tem com Hayes.

Ela atende no segundo toque.

— Está tarde aqui, sabia?

— Então por que está acordada? Hein?

Consigo praticamente ouvir o sorriso em sua voz.

— Não é da sua conta.

— Foi o que pensei.

— Está de saída para ir flertar com alguém e levá-lo para a cama?

— Tivemos uma leve mudança de planos.

— Uhhh, você já conheceu alguém?

Bom, alguém entrou, sim, na minha vida de resort, mas não há a necessidade de preocupar a minha amiga com essa notícia, porque ele será evitado a todo custo. Se eu não tocar no nome dele, então posso fingir que sua presença não existe aqui. É a lógica na qual estou me convencendo a acreditar.

— Não — respondo ao pisar no pedal do carrinho de golfe, que arranca e me faz soltar um gritinho. *Comece devagar, Maggie, comece devagar*. — Eu, hã... fiquei sabendo de uma coisa quando estava na piscina hoje, antes de eu lhe contar o que é, quero que você saiba que passei o dia inteiro pensando nisso e no que eu deveria fazer, depois pesei todos os prós e contras. Então não quero que você ache que não pensei bem na situação.

Ela fica em silêncio por um segundo e, então, diz:

— Se você me disser que vai trabalhar enquanto estiver aí, eu vou te deserdar.

— Hattie, apenas me escute.

— Meu Deus, Maggie. Você vai trabalhar, não vai? O objetivo dessas férias era te ajudar a relaxar. Não para você ajudar alguém com um casamento. É isso, não é? Você ouviu alguém falando sobre um casamento que vai acontecer aí e não conseguiu ficar na sua e deixar tudo dar errado quando sabe que pode ajudar.

— Bem, não exatamente — digo ao manobrar o carrinho devagar pela ponte de madeira sobre a água. — Foi mais algo do tipo: fiquei sabendo de uma notícia que pode ser muito favorável ao meu negócio.

— A menos que seja o rei do mundo, não vale a pena.

— É quase o rei do mundo — retruco. — É Reginald Hopper. A filha dele, Haisley, vai se casar neste fim de semana. E, pelo que fiquei sabendo, há um problema com a cerimônia, e pensei que, já que tem um evento hoje no resort, justo no resort onde estou hospedada, eu poderia, sabe, dar uma perambulada por lá e ver se posso ajudar em alguma coisa.

— Maggie...

Ela suspira e ouço Hayes resmungar ao seu lado:

— Deixe ela fazer o que quiser, amor.

— Obrigada, Hayes! — grito.

— Ela está trabalhando — argumenta Hattie, ao mesmo tempo que ouço o som inconfundível de beijos.

— Ei, mande-o parar com isso — exijo. — Se está acordada, é minha agora. Ele pode ter você depois.

— Espere aí. Se eu ficar na cama, ele não vai parar de me tocar, o que vai acabar se transformando em um showzinho para você. Me dê um segundo. — Ouço Hayes resmungar novamente e, então, o som de uma porta se fechando. — Ok, acho que tenho cinco minutos antes que ele invada o banheiro.

— Minha inveja está tão grande nesse momento que dá nojo.

— Desculpe. — Ela dá risada. — Ok, então quem é esse sr. Hopper?

— Hã, Hattie? Hopper dos hotéis Hopper, a maior cadeia de hotéis do país.

— Caralho, sério? Espera... você quer dizer que isso inclui o Saint Hopper Resort onde está hospedada?

— Sim — digo, exasperada. — É colossal, entende? Ele é dono de vários hotéis e que tipo de eventos costumam acontecer em salões de hotéis? Casamentos. A minha empresa poderia se tornar a escolha de qualquer casamento realizado nos hotéis Hopper em São Francisco. Isso pode ser astronômico para mim. — Paro em frente ao prédio principal do resort, que é rodeado por uma selva de flores tropicais, e estaciono meu carrinho de golfe em uma das vagas; sério, que ideia bacana.

— Está bem, vou deixar você se safar com a possibilidade de falar com ele esta noite, mas, depois disso, você precisa relaxar.

— Ah, claro — digo, embora saiba que, se ele pedisse, eu largaria tudo para ajudar a família Hopper. Quando se trata de fazer um negócio crescer, o que importa é aproveitar esse tipo de chance e se arriscar. Posso falhar feio aqui e ali, mas nunca saberei como poderia ter sido se eu nunca tentar.

— Ótimo. Então para onde está indo agora? A propósito, o vestido é meio vulgar, mas também sofisticado. Um ótimo decote, mas nada como o biquíni de mais cedo.

— Bom saber — digo ao começar a andar pela passagem ladeada por gramado, em direção à área de jantar. — Estou indo para a recepção de boas-vindas que eles estão dando hoje, onde espero topar com o sr. Hopper.

— Recepção de boas-vindas para o resort ou para os convidados do casamento?

Congelo, pensando nisso.

— Merda, você tem razão, é para os convidados do casamento. O que significa que eles devem ter uma lista.

— Uma lista na qual você não está — aponta Hattie.

— Aff, eu nem pensei nisso. Cara, o modo férias acabou me desconcentrando. — Continuo caminhando em direção ao Lanai Bar, querendo ao menos dar uma espiadinha nas festividades. — Você acha que cola se eu disser "Ah, mas o meu nome deveria estar na lista"?

— Você cai nessas quando trabalha nos seus eventos?

— Nunca — respondo. — Mas quem sabe? Aqui é o paraíso, talvez eles sejam mais... — Minha voz some conforme meus olhos encontram um rosto muito familiar.

— Ainda está aí? — pergunta Hattie.

— Puta que pariu — sussurro, escondendo-me rapidamente atrás de uma pilastra no saguão.

— O que foi? — pergunta Hattie. — Você o viu? O sr. Hopper? Acha que ele está procurando por uma mulher solteira? Não sei nada sobre o cara. Ele está de sunga?

— Ele é casado com uma mulher chamada Regina, que é a elegância e classe em pessoa — sibilo ao celular. — E, não, eu não o vi, vi outra pessoa.

— Quem? — Hattie quer saber.

Dou uma olhada por trás da pilastra, só para conferir e, como esperado, ali de pé, usando um terno de linho cor de creme, uma das mãos enfiada no bolso e a outra segurando o celular, está ninguém mais, ninguém menos do que Brody McFadden.

É exatamente por isso que não se deve falar o nome do diabo – porque ele acaba surgindo onde quer que você vá. Olhe só para ele, ali parado, todo indiferente. Ele vai à festa dos Hopper?

Parece até que foi a avó que o vestiu.

Mas por que ele iria?

E, então, me dou conta.

Ele trabalha na Hopper Industries.

— O que está acontecendo? — questiona Hattie.

Seguro o celular bem próximo ao ouvido e sussurro:

— Brody está aqui.

— Brody? Quem diabos é...? Espere... nããããããoooo!

— Sim. — Engulo em seco.

— Brody... o sr. Dá-Uns-Amassos-e-Dá-no-Pé?

— O próprio. Ele está no saguão, em frente ao restaurante, usando um terno de linho cor de creme que ficou ridículo nele.

— Qual é a cor da camisa dele? — pergunta Hattie.

— Branca.

Ela solta o ar.

— Pelo menos não é cor-de-rosa.

— Nem me fale. Estou surpresa por esse otário não ter escolhido uma camisa cor-de-rosa. É bem mais a cara dele.

— Quais as chances de ele estar no mesmo resort e ao mesmo tempo que você?

— Muitas — respondo, fechando os olhos com força. Infelizmente, são muitas. — Ele trabalha na Hopper Industries.

— Espere, trabalha?

Faço que sim com a cabeça, me lembrando da conversa que tive com Gary há duas semanas.

— Sim. Gary me ligou, dizendo que achava que estava na hora do Brody sossegar, e me perguntou se você ainda estava solteira. E então me contou que ele tem um ótimo emprego na Hopper Industries, mas nem dei muita bola para isso, porque fiquei horrorizada por ele sequer considerar me perguntar se você ainda estava solteira.

— Fico lisonjeada, mas... não.

— Pois é, eu disse a ele que você estava namorando alguém com um status bem melhor. E aí, comecei a falar e falar sobre o Hayes e isso acabou dando fim à conversa. Mas... não acredito que me esqueci disso.

— Então isso significa que ele está aí para o casamento, o que significa... que ele pode ser o seu meio de entrada.

Eca, não, obrigada.

Prefiro fingir que sou uma prima perdida e distante de Reginald e enfrentar uma enorme ridicularização e rejeição do que pedir ajuda a Brody.

Sabe por quê?

Porque Brody não é o tipo de cara que faz favores sem pedir algo em troca, e ainda ficaria lembrando constantemente o quanto serviu de ajuda. Não preciso disso.

— Não, obrigada — digo. — De jeito nenhum eu vou pedir ajuda a ele.

— Por que não? Seria tão fácil. Ele te ajuda a entrar na festa e no casamento, você causa uma ótima impressão, talvez ajude com qualquer que seja o problema que esteja acontecendo e, então, bam, consegue uma parceria com a Hopper Industries.

— Não acho que vá funcionar.

— Com esse pensamento negativo, não vai mesmo — aponta ela. — Me diga quais opções você tem além dessa, porque mandar um "Meu nome deveria estar na lista" vai ser um fracasso instantâneo.

Penso mais um pouco, tentando descobrir um jeito de conseguir entrar, mas, infelizmente, nada me vem à cabeça, o que significa que... ela deve ter razão.

Mas isso não faz com que a ideia seja menos nauseante. Brody seria o jeito fácil de entrar. Seria uma aposta segura. Ele concordaria, porque sou irmã do Gary e, sim, ele nunca mais me deixaria esquecer disso, mas entraria na onda.

Porém, mais uma vez, nós não nos damos bem. Isso pode ser um empecilho. Nós discutimos, brigamos e insultamos um ao outro sempre que temos chance. Será que ele seria capaz de conter suas farpas na frente dos Hopper? Seria de se esperar, o homem é profissional afinal de contas. Mas sempre que ele está com o meu irmão, e eu acabo aparecendo, ele é um babaca comigo, eu devolvo a babaquice na mesma moeda, nós entramos em um conflito e acabamos arruinando qualquer que seja a festinha que Patricia tenha sido gentil o suficiente para organizar. Parece arriscado demais.

— Ele poderia ser o meu meio de entrada — digo. — Mas, considerando o nosso histórico, duvido que ele se animaria em me incluir nesse casamento. Ele não gosta de mim, lembra? Me acha repulsiva.

— *Eu* o acho repulsivo.

— Obrigada — digo, com um suspiro. — Merda, isso não é o que eu queria que acontecesse.

— Já terminou, amor? — ouço Hayes perguntar. — Estou duro pra caralho e preciso da sua boca.

— Minha nossa — digo, sentindo meus mamilos se animarem. A voz desse homem, vou te contar... incomparável a qualquer coisa que já ouvi na vida.

— Me dê um segundo — diz Hattie logo antes de eu ouvir mais um beijo. Me pergunto onde terá sido. — Desculpe, tenho que ir, mas saiba de uma coisa: não quero que você trabalhe, não nas suas férias muito merecidas, mas se surge uma oportunidade que pode ajudar a fazer o seu negócio crescer, você não tem escolha além de aproveitá-la, não acha?

— Está dizendo que tenho que usar Brody McFadden a meu favor?

— Estou. Use-o muito, a ponto de ele se arrepender de ter agarrado você no casamento do seu irmão e fugido em seguida como se nada tivesse acontecido.

Olho por trás da pilastra mais uma vez e, lá no fundo... sei que ela está certa.

Se eu quiser progredir, tenho que me arriscar.

Qualquer homem de negócios faria a mesma coisa.

Talvez seja carma por ir embora insatisfeita.

Então está na hora de tocar "The Man", da Taylor Swift, na minha cabeça e fazer o que preciso fazer: usar Brody McFadden ao *meu* favor.

CAPÍTULO QUATRO

BRODY

OLHO PARA O ITINERÁRIO QUE JALEESA ME ENVIOU E CONFIRMO QUE ESTOU NO lugar certo e na hora certa.

Aham e, olhe só, há um letreiro anunciando um evento privado em frente ao bar e restaurante do hotel.

Guardo o celular no bolso, sentindo-me tão deslocado que a náusea do barco começa a ressurgir. Pelo menos, é assim que estou chamando. Recuso-me a admitir que é uma náusea de nervosismo e insegurança.

Sou o homem de negócios implacável que queria ser? Não. Eu ainda peço desculpas se demoro muito na máquina de cópias. Tenho boas ideias? Sim. Tenho autoconfiança suficiente para andar por aí como se fosse o dono da parada? Nem de longe.

Nasci e fui criado em uma família modesta na qual baixamos a cabeça e trabalhamos duro. Coisas boas vêm para pessoas boas. Não há necessidade de abrir os caminhos da vida dilacerando as pessoas que os atravessarem, mas, porra… é assim que se faz, não é? Você não pode me dizer que o Papi Reggie subiu na vida dizendo "por favor" e "obrigado" e abriu negócios multibilionários sendo um homem gentil e honesto.

Não, ele aproveitou bem as oportunidades que surgiram.

Então aqui está uma oportunidade. Pode pegar.

Olho na direção do Lanai Bar bem a tempo de ver o sr. Hopper se aproximar da entrada e começar a cumprimentar as pessoas. Puta merda, lá está o homem. E olhe só para ele. Elegante, com o queixo erguido. Fino, usando um terno que presumo custar mais que uma estadia semanal em um dos bangalôs de mil e quinhentos por noite daqui. E confiante, cumprimentando a todos com um aperto de mão firme e um leve aceno de cabeça.

Ele sabe como se portar.

O líder de sua família, líder de sua empresa, e o homem que detém o destino da minha carreira – e da minha sanidade – em suas mãos.

É tudo ou nada.

Com dois de seus charutos favoritos no bolso do meu paletó, uma leve hesitação em meus passos e a sensação desconfortável da cueca nude acariciando as minhas partes, vou em direção a ele.

Jaleesa me disse para andar com charutos o tempo todo para conquistar Reginald. Eu não fumo, mas ela não se importou. Apenas exigiu que eu os comprasse.

Gostaria de colocar a culpa das minhas pernas bambas nas minhas aventuras nauseantes pela lagoa, mas acho que a maior parte dessa tremedeira se deve à adrenalina e ao nervosismo que estão me deixando extremamente tenso.

E à cueca nude, porque, né... já sabemos por quê. Aquela breve conferida na minha imagem de perfil no espelho do banheiro desmoronou a minha autoconfiança quando me dei conta de que ela me fazia mesmo parecer um boneco Ken com trajes de resort.

Não é assim que eu quero me apresentar. Quero colocar o pau na mesa – metaforicamente, é claro – e dizer: "Papi Reggie, aqui estou eu. Morra de inveja".

Mas acho que todos podemos concordar em uma coisa... isso não vai acontecer, porque ao me aproximar do bar e entrar na fila para ser cumprimentado, chegando cada vez mais perto, consigo sentir meu pau se retrair e querer se esconder nos meus testículos para sempre.

Eu deveria ter mais autoconfiança, já que meu objetivo é escalar a hierarquia corporativa? Obviamente. Mas não é quem eu sou. Não me sinto confortável com a socialização quando se trata de negócios. Acredito que, se uma pessoa faz bem o seu trabalho e dá tudo de si por ele, deveria ser recompensada, e não ser obrigada a se engajar nessa baboseira político-social. Gosto das coisas direto ao ponto. Fiz o meu trabalho, então agora me recompense.

Infelizmente, não é assim que a banda toca, e é por isso que estou na fila para puxar o saco do Papi Reggie, usando essas vestimentas cor de creme que agora estão grudando em mim de maneiras extremamente desconfortáveis.

— Obrigada por nos receber. Estamos animados por estar aqui — diz Beatrice, chefe do departamento de Recursos Humanos, que está na minha frente na fila. Marion e Beatrice são amigas, duas bruxas rabugentas que basicamente competem para ver quem tem o pior olhar de desprezo. Marion tem uma vantagem sobre Beatrice, mas... Marion não está aqui, então...

Hopper abre um sorriso para ela.

— Disponha. E divirta-se. — Ele gesticula em direção ao salão, dando as boas-vindas a eles e indicando que sou o próximo.

Lá vamos nós.

Ele se vira para mim. Seu cavanhaque está perfeitamente alinhado e as lentes dos óculos que cobrem seus olhos austeros são azul-acinzentadas. Suas sobrancelhas parecem adagas se movendo em sua testa, indicando cada emoção que ele está sentindo. E diante do vinco que se forma entre seus olhos, sei imediatamente que Papi Reggie não só está confuso com a minha presença, como também não me reconhece.

E lá vem o suor.

Um tsunâmi de suor.

Começando na nuca, descendo pelas costas e sumindo no meu rego, feito um jorro de nervos rolando por um desfiladeiro.

E enquanto ele continua a me fitar, suas sobrancelhas mudando de confusas para irritadas já que eu ainda não disse uma palavra, me dou conta de que esse provavelmente é o pior cenário possível. Esse momento bem aqui.

Ele não saber quem eu sou.

Eu sem saber o que dizer.

E ninguém por perto para intervir.

Onde está sua assistente para sussurrar sutilmente e explicar com quem ele está falando? Já a vi fazer isso antes em outros eventos. Casamentos não contam como um também?

Claro que não, seu imbecil. Ele conheceria todos que convidou para o casamento de sua filha.

Mas a mim, não.

Minha náusea está emergindo novamente.

— Hã, oi — digo com um breve aceno. — Sr. Hopper, que noite formidável, não acha? — Gesticulo para o teto. — Linda noite. Magnífica. Um pouquinho úmida, mas não se pode controlar a Mãe Natureza, não é? Ainda bem que não está chovendo. Não que isso fosse importar, já que temos um teto sobre nós, mas, sabe, pela atmosfera do lugar. Se bem que chuva oferece uma atmosfera tranquila, então talvez devesse chover. — Ele ergue uma sobrancelha para mim. — Quero dizer, só se o senhor quiser que chova. O senhor... quer que chova? Não responda, é claro que o senhor não quer que chova. Ninguém quer andar por aí na chuva, a menos que seja uma árvore morrendo de desidratação. — Dou uma risada nervosa. Aponto para ele.

— Mas árvores não andam, então, hã, deixe para lá... — *Abandonar o navio, cara. Abandonar o navio.* — Então, enfim, para resumir: linda noite, que bom que não está chovendo, árvores não andam e estou feliz por...

— Desculpe por isso, amor — diz uma voz feminina ao mesmo tempo que uma mão pousa em meu peito e um braço envolve minha cintura. — Você sabe como noivas são, sempre parecem precisar de suas organizadoras de casamento, mesmo que seja para uma tarefa extremamente simples como o tipo de fita do laço do buquê.

Errr... o quê?

Olho para a mulher ao meu lado e levo um segundo para processar – porque, meu Deus, os seios dessa mulher –, mas então vejo seu rosto, seus olhos... seus lábios.

Maggie Mitchell.

O que diabos ela está fazendo?

— Você é organizadora de casamentos? — pergunta o sr. Hopper, interrompendo meus pensamentos confusos.

Tantos pensamentos.

Tipo... de que buraco Maggie saiu?

Por que está me chamando de "amor"?

E por que diabos está grudando o corpo no meu como se fôssemos um casal?

— Sou, sim — responde Maggie ao retirar a mão do meu peito e estender para o sr. Hopper. — Sou Maggie Mitchell, namorada do Brody. — Como é que é? — Estamos tão animados por estar aqui esta semana. Este lugar é absolutamente estonteante.

Hã... o quê?

Namorada?

Eu sei que apaguei por um segundo no barco depois de vomitar, mas acordei em um universo alternativo?

Hopper me examina lentamente e diz:

— Brody McFadden, certo?

Ah, veja só, ele sabe quem eu sou. Não sei se deveria ficar entusiasmado ou aterrorizado depois de ter mandado um "árvores não andam".

Engulo em seco e assinto.

— Hum-hum. — *Faça alguma coisa, dê um jeito nisso. Ah! Charutos. Dê os charutos a ele!* Nervoso, procuro por eles em meu bolso, me atrapalhando todo feito um imbecil de primeira antes de puxá-los e dizer: — Eu, hã, trouxe isso para o senhor para parabenizá-lo pelo casamento, bom, o casamento da sua filha, não o seu... o senhor já é casado com Regina. Quer dizer, a sra. Hopper, o senhor é casado com a sra. Hopper. — Estendo os charutos para ele, que os recebe com cuidado. — Meus parabéns — acrescento humildemente.

E então, para meu completo choque, ele sorri para mim. Sorri de verdade. Exibindo as lentes branquíssimas e tudo.

— Obrigado, foi muita gentileza da sua parte. — Meu Deus do céu, os charutos funcionaram.

Mas isso não impede o suor de brotar em minha têmpora.

Não limpe, não na frente dele.

— Imagine. Fico feliz por fazer parte de...

— Srta. Mitchell — diz Hopper, focando a atenção nela. Ah, sim, claro, vou ficar aqui quietinho, os charutos já foram uma vitória. — Você se importaria se conversássemos sobre algumas coisas depois que eu terminar de receber nossos convidados?

— Nem um pouco — responde Maggie com tranquilidade. — Vamos beber alguma coisa e, quando o senhor estiver pronto, podemos conversar.

— Maravilha. Obrigado. — Hopper olha para mim. — Não sabia que você tinha uma namorada tão encantadora, McFadden. Que bom que a trouxe.

Encantadora?

Como raios ela se tornou encantadora em menos de um minuto?

E eu? Eu te dei charutos e forneci uma anedota engraçada para você compartilhar mais tarde com os seus amigos que também fumam charutos, sobre seu funcionário matreiro que disse que árvores não andam. Acho que é melhor eu me conformar.

Maggie prende o braço em torno do meu, trazendo-me de volta para o presente e para a namorada que, pelo que parece, agora eu tenho. Juntos, entramos no restaurante e vamos direto para o bar. Avisto um espaço vazio, o local perfeito para ter uma conversa que começa com "Que porra é essa?".

Conduzo-a até o canto e, então, coloco-a de costas para o balcão do bar e de frente para mim, prendendo-a ali.

É nesse momento que olho para ela como um todo pela primeira vez, assimilando seu vestido tropical estampado com uma amarração cruzada no busto, deixando pequenas partes de pele exposta, na barriga, nos ombros... e nos seios.

Jesus Cristo.

Seus cabelos naturalmente ondulados caem em cascata até o meio das costas. Um dos lados está puxado para atrás da orelha e foi preso com uma presilha de flor, e seu rosto tem pouca maquiagem, apenas uma cobertura leve, fazendo com que ainda seja possível ver as sardas no nariz e nas bochechas. Seus olhos cor de avelã se destacam com uma sombra marrom suave nas pálpebras, e os lábios, o evento principal, estão com um gloss brilhante, assim como no casamento de Gary.

— Você está me encarando — diz ela, interrompendo meus pensamentos.

— Porra nenhuma — retruco, estendendo a mão para pegar um guardanapo atrás dela e pressioná-lo em minha testa e têmporas. Porra... lugares tropicais não são para mim. Quando termino de enxugar o suor, amasso o guardanapo. — Que merda foi aquela?

Ela cruza os braços.

— Aquilo fui eu ajudando você.

— É isso que você considera me ajudar? — pergunto. — Você acabou de dizer que é minha namorada na frente do meu chefe.

— Estou ciente.

Eu a fito.

— Por quê?

— Hã, não é óbvio?

— Não — quase grito.

— Sabe, acho que esse não é o melhor lugar para discutirmos isso. — Ela olha em volta. — Não queremos fazer uma cena.

Pouso uma das mãos no balcão atrás dela e me inclino para a frente, para que somente ela e eu possamos ouvir a nossa conversa.

— Eu quero saber o que diabos está acontecendo, porque você acabou de tornar impossível eu me livrar de você essa semana.

— Acredite, a última coisa que eu quero é ficar com você. Foi muito difícil de engolir.

— Por que você teve que engolir, para começo de conversa?

— Vocês, homens, não gostam quando a gente engole? — Aquele sorriso sabichão que é a marca dela se espalha em seus lábios, o mesmo sorriso que fez eu me meter em encrenca por causa dessa mulher, para início de conversa.

Deixe-me contar uma coisa sobre Maggie Mitchell. Ela é um tipo diferente de garota – quer dizer, de *mulher*.

Diferente de qualquer uma que já conheci.

Ela é uma combinação de disciplina, autoconfiança e receptividade. Maggie não vê problema algum em falar o que lhe vem à mente, mal possui qualquer aptidão a sentir constrangimento – testemunhei isso quando ela cantou "Don't Stop Me Now", do Queen, no ensaio de casamento do irmão. Totalmente desafinada, às vezes atingindo notas que somente cachorros eram capazes de ouvir. Mas ela também tem um coração generoso e é capaz de mover montanhas para fazer qualquer um se sentir mais confortável. Bem, qualquer um, menos eu.

Ela é atrevida.

Naturalmente sociável.

Tem uma energia contagiante.

Mas também pode ser implacavelmente cruel quando deseja alguma coisa, mesmo que signifique arrancar sangue de alguém.

E diante da expressão ardilosa em seu olhar, já posso ver que ela vai me sugar até a última gota.

De sangue.

Não de outra coisa.

Só de sangue.

— Aun, olha só você, todo espantado. — Ela dá tapinhas na minha bochecha. — Uma garota nunca engoliu para você?

Viu só do que estou falando? Ela simplesmente diz o que quer. Nunca conheci uma mulher assim.

— Para sua informação, muitas garotas já engoliram... — Faço uma pausa e respiro fundo; não é por isso que eu deveria estar brigando. Mas, só para que fique registrado, garotas adoram engolir para mim. — Não é disso que estamos falando.

— Do que estamos falando mesmo? — Ela toca o queixo com o indicador, me deixando ainda mais irritado.

Inclino-me e aproximo a boca de sua orelha.

— Pare com essa merda, Maggie — sussurro. — O que é que você está fazendo aqui? Você me seguiu?

— Ah, pelo amor de Deus, eu tenho coisas muito melhores para fazer do que seguir o idiota do melhor amigo do meu irmão pelo resort onde estou passando as minhas férias.

Recuo um pouco e olho em seus olhos.

— Então o que está fazendo aqui, bem diante de mim? — Quando vejo que ela está prestes a me dar mais uma alfinetada, eu a corto: — Me diga a verdade, droga.

Ela bufa e olha para trás por cima do ombro. Quando constata que a barra está limpa, diz:

— Eu fiquei sabendo que os Hopper estavam aqui para o casamento de Haisley. Ouvi uma convidada falando que havia algum problema com a cerimônia e, considerando a minha profissão, imaginei que seria vantajoso para o meu negócio dar pelo menos uma farejada nesse tal problema. Infelizmente, quando comecei a farejar, senti o seu cheiro.

— E, mesmo assim, o cheiro não estava ruim o suficiente para evitar que você me reivindicasse como namorado.

— Para conseguir entrar nessa recepção. — Ela revira os olhos.

— Hã, sim, gênia, mas adivinhe só quem também vai estar aqui a semana toda? Eu. — Aponto para meu peito. — E a menos que você queira que nós dois façamos papel de otários, vai ter que ficar me farejando pelo resto da sua estadia graças à sua jogada brilhante.

Ela dá de ombros.

— Que seja.

— Que seja? — Endireito um pouco as costas. — Essa é a sua resposta? E se eu não quiser a sua companhia? Posso ir até o sr. Hopper e contar a verdade: que você é uma maluca qualquer que inventou que é minha namorada só para ter um jeito de se aproximar da família dele e ter alguma vantagem para o seu negócio.

— Você não teria coragem — diz ela, estreitando os olhos.

— Maggie, eu faria praticamente qualquer coisa para humilhar você. — Na verdade, não acredito muito nesse sentimento, mas fui pego desprevenido, a tensão está nas alturas e as palavras estão voando da minha boca sem filtro algum.

Ela retorce os lábios para o lado, e posso ver seu cérebro tentando pensar em uma resposta. Por fim, ela diz:

— Então vá em frente.

É claro que ela ia me desafiar.

E em qualquer outra situação em que eu não me importasse em fazer papel de palhaço, eu ferraria com Maggie Mitchell com o maior prazer, mas, neste caso, há muito em jogo. Acabei de chegar aqui, o Hopper mal me reconheceu, me atrapalhei e fiz papel de idiota, e agora tenho que buscar uma forma de causar uma boa impressão, apesar desse novo percalço.

Antes que eu possa responder, ouço uma voz doce se aproximando ao meu lado:

— Brody McFadden, é você?

Olho para minha direita e, como imaginei, Haisley Hopper está diante de mim usando um vestido de verão branco e curto, com os cabelos semipresos caindo em ondas pelas costas, com flores brancas enfeitando as mechas.

Haisley e eu fizemos estágio juntos na Hopper Industries. Ela e os irmãos decidiram desde cedo que queriam provar à empresa que não havia nepotismo na família e trabalharam duro por suas promoções. Eles exerciam cargos diferentes dentro da empresa e, embora Haisley tenha decidido seguir uma direção diferente, ainda podia sentir o gostinho de como era trabalhar na Hopper Industries.

— Oi, Haisley — digo, vendo Maggie se endireitar ao meu lado. — Meus parabéns pelo casamento.

— Obrigada. — Com um sorriso confuso, ela se inclina para mim. — Você foi promovido a gestor e eu não fiquei sabendo? Papai convidou apenas algumas pessoas da empresa. Os *mandachuvas*, como ele gosta de chamar.

Dou risada e enfio uma das mãos no bolso.

— Jaleesa Richards me enviou no lugar dela. Espero que não tenha problema.

— Está brincando? Prefiro ter você aqui do que... bem... na verdade, eu gosto de Jaleesa. Prefiro ter você aqui do que alguém como Beatrice, que é uma fofa, mas não é lá tão divertida, se é que me entende. — Ela pisca.

— Do que você está falando? — pergunto. — As palestras de Beatrice sobre o uso adequado dos materiais de escritório não são fascinantes o suficiente para uma semana de casamento?

— Não muito. — Ela olha para Maggie. — Oh, me desculpe. — Ela estende a mão. — Sou a Haisley. Você veio com o Brody?

Maggie aperta a mão de Haisley e abre um sorriso radiante.

— Sim. Sou a Maggie, namorada do Brody. — E lá vai ela de novo, solidificando a mentira inevitável. — É um prazer te conhecer. E meus parabéns. Esse lugar é lindo.

— Namorada? — Haisley torna a olhar para mim. — Achei que tivesse dito que nunca se comprometeria com ninguém. Acredito que suas palavras exatas foram: "Vou morrer sozinho, e o único e verdadeiro amor da minha vida é o Chicago Rebels".

Remexo-me desconfortável, porque, sim, eu disse isso e, sim, estava falando sério.

— Parece que a garota certa foi capaz de fazer o Brody mudar de ideia — diz Maggie, pousando a mão nas minhas costas suadas.

— Fico feliz. Vocês formam um lindo casal. Como se conheceram?

— Ele é o melhor amigo do meu irmão — responde Maggie. Viu, eu disse, naturalmente sociável. Ela é capaz de conversar com qualquer um sobre qualquer coisa e ser extremamente simpática. — Gary e Brody se conheceram na faculdade. Como os dois são sete anos mais velhos do que eu, não passávamos tempo juntos, mas nos reconectamos no último ano. Parece que esse cara aqui vinha nutrindo sentimentos por mim desde o meu aniversário de vinte e um anos.

De onde foi que ela tirou esse papo?

E como é que ela sabia... quero dizer... é, ela está certa, mas não aconteceu nada naquela noite.

Lembro-me daquela noite como se fosse ontem. Gary me convidou para comemorar e assistir à sua irmã passar vergonha. Gosto de beber e de rir, então eu sairia ganhando de qualquer forma. Lembro-me de entrar no bar e chegar bem a tempo de ouvir seu anúncio: ela ia colocar piercings nos mamilos. Nunca pude confirmar se isso chegou mesmo a acontecer, mas dançamos juntos uma vez naquela noite. Ela disse que eu cheirava a Cheetos e eu disse que a cara dela parecia uma foto de ficha policial que deu errado. Ela me empurrou e, enquanto fui tomar uma bebida, ela se mandou com sua amiga Hattie.

A cara dela parecia uma foto de ficha policial que deu errado?

Não.

Foi a primeira vez que eu a vi em muito tempo, e me lembro especificamente de achar que, porra, ela era uma tremenda... bom, não precisamos nos aprofundar nisso.

— Que amor. Então, quem tomou a iniciativa? — pergunta Haisley e, no mesmo instante, um homem alto e corpulento usando camisa social com as mangas enroladas se aproxima e pousa sua mão nas costas dela, que olha para trás e abre um sorriso tão brilhante que só me resta deduzir que se trata de Jude Galloway, seu noivo.

— Foi o Brody — responde Maggie. — Sou uma dama, afinal de contas.

Quase solto uma risadinha pelo nariz.

Uma dama?

Ah, tá.

Isso vindo daquela que, de acordo com suas histórias lendárias de faculdade, pagava as taxas de consumo mínimo nos bares mostrando os peitos para o segurança.

— Adorei. — Haisley pousa uma das mãos na barriga de Jude. — Este é Jude, a propósito. Jude, este é Brody. Ele trabalha para o papai, e esta é a namorada encantadora dele, Maggie.

Encantadora... de novo isso. Jesus.

Por que eu não ganhei um adjetivo para ser usado junto ao meu nome também?

Nesse momento, acho que suado se encaixaria bem. Ensopado. Saturado. Alguns diriam... com certa umidade entre as pernas. Está engulhando? Fiz isso de propósito.

— Prazer em conhecer vocês — diz Jude em uma voz profunda que me faz pensar que ele seria capaz de derrubar uma árvore com apenas um berro.

Eu sou um cara bem masculino. Consigo deixar a barba crescer, tenho um pau bacana e levanto peso o suficiente para ganhar uma briga com alguns dos marombeiros da academia. Mas estar ao lado de Jude quase me faz sentir um adolescente que acabou de entrar na puberdade.

Onde raios ela conheceu esse brutamontes?

Tipo, quanto ele tem de altura? Aposto que uns dois metros, no mínimo.

— Ah, vejo que se conheceram — diz o sr. Hopper ao se juntar ao nosso grupo.

O som da voz do chefão me faz voltar à realidade. *Se liga, McFadden.*

Mas ao me aproximar um pouco mais da querida tão encantadora fico nervoso e não consigo evitar sentir que tudo isso escalou rápido demais. Achei que ia chegar a este evento sozinho. Tomaria um drinque ou dois para criar mais coragem e parabenizar o casal, sem ao menos ter certeza se Haisley me reconheceria. Mas, agora, estou rodeado de Hoppers, com uma namorada ao meu lado e nenhum drinque à vista.

Haisley fica ao lado do pai e diz:

— Na verdade, Brody e eu fizemos estágio juntos. Foi ele que me ajudou a planejar o meu negócio de aluguel de casas de férias. — *Isso mesmo, eu colaborei com o sucesso da sua filha. Euzinho aqui.* — Mas acabei de conhecer a namorada dele, Maggie, e ela é um amor.

Os lábios do sr. Hopper se repuxam para o lado enquanto seu olhar permanece em mim, quase como se estivesse me medindo.

— Sim, eu também a conheci brevemente. — Ele retorna a atenção para a filha. — Ela disse que é organizadora de casamentos, o que acho que seria muito favorável ao nosso atual problema.

— Papai, eu não acho que...

Hopper se vira para Maggie, ignorando completamente a filha.

— Estamos com uma madrinha a menos.

— *Papai*. Não quero incomodá-la com isso. Ela está de férias. — Haisley puxa o braço dele.

— Uma madrinha muito importante. Você já lidou com uma situação dessas?

— Ah, sim — responde Maggie. — Algumas vezes.

— Como resolveu?

— É sério, não deveríamos incomodá-la com isso — diz Haisley.

— Tudo bem — diz Maggie, fazendo um gesto vago com a mão. — Minha vida é resolver problemas. Teve um casamento em que eles seguiram sem uma das madrinhas e a cerimônia ficou desigual, mas uma das garotas entrou com dois rapazes. Em outra ocasião, uma parente substituiu a madrinha faltante. Felizmente, o vestido era do mesmo tamanho.

— Ah, entendi. Substituiu — diz Reginald, pensando. — Sabe...

— Papai, é melhor parar agora — diz Haisley, mas Reginald apenas coloca o braço em torno da filha.

— Sabe, Maggie, já que você tem experiência com casamentos, seria uma boa ideia se você pudesse substituí-la.

Nossa. É um pedido e tanto.

Haisley dirige-se a Maggie.

— Por favor, não ache que ele está falando sério.

— Oh, estou falando muito sério. Precisamos preencher essa falta ou a cerimônia ficará desigual, e isso é algo que não vou relevar. Três homens, três mulheres. Se não quiser pedir à Maggie... podemos pedir à Beatrice.

Está aí uma coisa que eu gostaria de ver.

Beatrice ou Marion. Estou até tremendo aqui.

— Mas, papai, as gêmeas disseram que uma delas pode ficar de fora e termos uma pessoa a menos em cada lado.

— E não termos os seus dois irmãos no casamento? — Hopper balança a cabeça. — Não. Não vai servir. A Maggie vai nos ajudar, não vai?

Hummm, é assim que os ricos pedem alguma coisa. Um pedido disfarçado pela possibilidade de que a tal pessoa rica está oferecendo uma opção, quando na realidade você não tem escolha.

— Seria uma honra — Maggie responde, o que me traz de volta à realidade, porque... puta merda, Maggie acabou de dizer que aceita ser uma das madrinhas de Haisley, o que significa que a minha "namorada" vai participar do casamento dos Hopper.

— Ah, você não precisa dizer isso. Nós a colocamos contra a parede. — Haisley gesticula para Maggie.

— Imagina. — Maggie abre um sorriso exultante, e quase posso sentir quanto ela está adorando tudo isso. — Acredite, tenho bastante experiência quando se trata de madrinhas de casamento, e já fui substituta antes, em um dos casamentos que organizei. Você ficaria surpresa com quanto isso é comum. Considere como um novo serviço da minha empresa. Vai se chamar Madrinha de Aluguel, mas não vou cobrar de vocês, é claro. — Maggie passa uma das mãos por meu braço. — Eu faria qualquer coisa por aquilo que é importante para esse carinha aqui.

Porra, se não fosse pela companhia, eu engulharia diante dessa baboseira.

— Então está combinado — diz Hopper, batendo uma palma na outra. — Não tocaremos no assunto pelo resto da noite para podermos aproveitar a festa, mas manteremos contato. — Hopper dá uma piscadela e, então, estende a mão para mim. *Ah, sim, com todo prazer*. Aperto sua mão, grato por ver que ao menos uma coisa parece estar indo como eu queria. — Você tem muita sorte, McFadden.

Consigo sentir a falsidade do meu sorriso pela maneira com que a pele do meu rosto se estica.

— Tanta sorte.

Praticamente zumbindo de arrogância, ele conduz a filha e Jude pelo salão. Haisley olha para nós por cima do ombro e murmura "Obrigada" antes de direcionar sua total atenção aos outros convidados.

Bom, isso foi... completamente diferente do que eu estava esperando.

Devagar, nos viramos de frente um para o outro e, quando encontro o olhar de Maggie, vejo a presunção nele.

— Você tem muita sorte. — Ela se balança nos calcanhares, repetindo o que o coroa acabou de dizer.

— Claramente, eles não viram você pela manhã. Tenho certeza de que mudariam de tom.

— Como se você soubesse como eu sou pela manhã. Fugiu assustado antes que pudesse descobrir.

É, acho que mereci essa alfinetada.

Ela vai para a frente do bar, onde chama pelo bartender e pede um drinque. Um drinque. Como se nada espetacular – *ou insano pra caralho* – tivesse acabado de acontecer. *A irmãzinha do meu melhor amigo, posando como minha namorada, estará no casamento da filha do meu chefe.*

Como caralhos isso aconteceu?

Seja lá o que ela tenha acabado de pedir, vou precisar de pelo menos cinco deles para conseguir enfrentar o resto da noite.

CAPÍTULO CINCO

MAGGIE

— AONDE VOCÊ VAI? — PERGUNTO A BRODY AO VÊ-LO IR EM DIREÇÃO AO saguão.

— Como assim, aonde vou?

— Hã, os bangalôs ficam para aquele lado. — Aponto o polegar em direção ao estacionamento de carrinhos de golfe.

Ele pausa por um momento, seus olhos examinam os meus e, então, olham para trás de mim. Há um segredo escondido atrás daqueles olhos castanho-escuros, um segredo capcioso.

— Sim, eu só preciso pegar uma coisa rapidinho. — Ele sai andando pelo saguão, com passos bem apressados.

O que ele está aprontando?

Durante o resto da festa, nós nos entrosamos com os outros, Brody tentou parecer que estava apaixonado por mim enquanto eu carregava o time inteiro nas minhas costas ao acariciar seu braço, me aconchegar nele e elogiá-lo na frente de seus colegas de trabalho. Já ele permaneceu praticamente paralisado naquele terno de linho cor de creme ensopado de suor. Espero que ele não pretenda mais usá-lo, porque aquela coisa precisa ser queimada.

Encosto em uma pilastra no saguão, desejando que a diferença de horário entre aqui e a Califórnia não fosse tão extrema. Do contrário, mandaria uma mensagem para Hattie, contando que eu não somente tinha conseguido me infiltrar na festa, como também na cerimônia de casamento. Quais são as chances?

Não sei se ela ficaria tão feliz assim, já que eu *deveria* estar de férias, mas, às vezes, é preciso agarrar o touro pelos chifres.

Brody surge na minha linha de visão novamente, puxando uma mala. Ele se próxima de mim e sorri.

— Pronto.

— Pronto para quê? — pergunto.

— Bom, imagino que seja melhor conversarmos, não é? Alinhar nossas histórias, já que você se infiltrou no casamento da filha do meu chefe.

Talvez ele tenha razão.

— Está bem, mas por que essa mala?

— Não consegui fazer o check-in mais cedo. Em qual bangalô você está?

— Dezessete — respondo.

— Ótimo. — Ele sorri. — Estou no dezoito.

— É uma coincidência muito estranha. — Volto a encará-lo, mas, sinceramente, ainda estou com jet lag e tão cansada depois de hoje que não tenho energia nem para questionar.

— Vai ver eles sabiam que você era uma víbora calculista e nos hospedaram em bangalôs vizinhos.

— Ou vai ver eles sabiam que você era um patife choramingão e covarde que precisaria de uma mulher forte para te dar uma mãozinha.

— Não sou covarde — diz ele ao me seguir em direção ao meu carrinho de golfe.

— Diz o cara que não podia tirar o paletó porque estava suando tanto que sabia que a camisa branca devia estar transparente.

— Esse lugar é mais quente do que o cu do cão. Meu corpo não se ajustou.

— Talvez fosse melhor não usar um terno, então.

— Isso é ser profissional. Talvez você devesse experimentar — ele retruca enquanto subo no meu carrinho. Ele se senta ao meu lado e coloca a mala no colo.

— Hã, o que está fazendo? — pergunto.

— O que parece que estou fazendo? Pegando uma carona, ué.

— Cadê o seu carrinho?

— Precisa ser recarregado, então vão me entregar amanhã. Disse a eles que pegaria carona com você.

— Ah...

Coloco o carrinho em movimento e parto em direção à ponte de madeira que leva ao meu bangalô, a paisagem exuberante da noite ganha vida com os sons dos insetos. Ficamos em silêncio durante todo o trajeto, o que me deixa grata, porque a última coisa que quero fazer é ficar de papo forçado com ele. E tenho certeza de que ele não quer ter essa conversa comigo enquanto estamos passando em frente a um monte de bangalôs onde provavelmente estão hospedados vários convidados do casamento.

Então absorvo o silêncio.

Quando chegamos ao meu bangalô, estaciono o carrinho, conecto-o ao carregador e, então, vou para minha porta, com Brody vindo logo atrás de mim. Olho para ele por cima do meu ombro.

— Não quer ir guardar a mala no seu quarto?

— Nah, estou de boa — ele responde. — Podemos conversar primeiro, depois vou me instalar.

— Também podemos conversar amanhã de manhã — sugiro ao abrir a minha porta.

— Prefiro hoje — diz ao entrar logo depois de mim.

— Hã, tire os sapatos, por favor. Não quero que espalhe terra por toda parte. — Retiro as sandálias e as coloco ao lado da porta, onde meus outros sapatos estão enfileirados.

Ele dá uma olhada e revira os olhos antes de retirar os sapatos e deixá-los de qualquer jeito perto da porta.

Aff, homens.

Em seguida, arrasta a mala pelo quarto, largando-a no meio do cômodo e, para meu completo horror, se joga na cama, colocando as mãos atrás da cabeça.

— Hã, o que você pensa que está fazendo?

Ele quica algumas vezes, testando o colchão.

— É, vai servir.

Coloco as mãos nos quadris e marcho até o lado da cama.

— Como assim, *vai servir*? — pergunto.

— Ah, eu me esqueci de mencionar que estava mentindo sobre o meu bangalô? Pois é, eu estava. Na verdade, não tenho onde ficar... tá, isso também é mentira. Um morador da cidade me ofereceu uma cadeira para dormir, mas essa cama parece ser uma opção muito melhor.

Uma risada horrorizada escapa da minha boca conforme dou a volta na cama para ficar bem ao lado dele.

— Esta cama não é uma opção para você.

Ele ergue o tronco, apoiando-se nos cotovelos.

— Claro que é. Você acha mesmo que vai ser prudente eu ter que ficar indo e voltando para dormir em uma cadeira quando deveria estar hospedado em um bangalô com a minha *namorada*?

— Talvez eu seja recatada e não durma com meus namorados antes do casamento.

— Acredite em mim, depois de terem visto você nesse vestido, vão achar que você pode ser qualquer coisa, menos recatada.

Ele não está errado... mas isso não vem ao caso.

— Você não vai ficar aqui.

— Acho que vou, sim — ele diz ao se levantar da cama e retirar o paletó. Ele joga a peça na poltrona do canto e, em seguida, vai até a mala, deita-a no chão e abre o zíper.

— Opa, opa, opa. — Vou correndo até ele. — Nem pense em desfazer a mala.

— Desfazer a mala? Por que eu preciso desfazer a mala quando ela comporta tudo? Só preciso dos meus produtos de higiene. — Ele pega um nécessaire cessaire preto e leva para o banheiro.

— Hã, primeiro: viver com tudo dentro de uma mala é péssimo, especialmente quando os hotéis oferecem acomodações para pendurar e guardar as suas roupas. Segundo, você não vai ficar aqui, então não precisa pegar seus produtos de higiene.

Ele se desvia de mim e vai para o banheiro.

— Eu vou ficar aqui e preciso de um banho. — Ele coloca o nécessaire na bancada e, então, puxa a camisa pelas costas e retira pela cabeça, revelando seu peito incrivelmente definido.

Deus do céu.

Olhe só esse peitoral.

Seus ombros.

Aqueles braços.

Seu abdômen...

Quem diria que Brody McFadden era tão... sarado? Gary sabe disso? Gary se exercita com ele?

Isso me faz rir mentalmente. Gary não faz exercícios. Acho que ele nunca foi a uma academia na vida...

Brody retira o cinto e a calça, joga as peças no chão junto com a camisa, e eu volto à realidade.

— O que você está fazendo? — pergunto, sabendo exatamente o que ele está fazendo, mas seu peitoral musculoso causou um leve curto-circuito em meu cérebro.

— Estou indo tomar um banho. Já disse. Você pode ficar aí olhando ou ir para qualquer outro lugar, mas, de qualquer jeito, é o que vai rolar.

Ele prende os polegares no cós da cueca boxer... espere, ela é nude?

— Você usa cueca nude?

Ele abre um sorriso sugestivo.

— Não queria que ficasse marcando no terno de linho.

E, então, ele começa a abaixar a cueca. Dou um gritinho e viro de costas bem a tempo de ver a peça cair no chão ao lado do meu pé.

Ouço o chuveiro ser ligado e a porta de vidro fosco do boxe abrir e fechar.

Como é possível que isso esteja acontecendo?

— Eu... eu disse que você não vai ficar aqui.

— Ouvi da primeira vez, princesa — ele diz, enquanto olho para trás e visualizo sua silhueta através do vidro. — Isso não muda o fato de que eu vou dormir na sua cama esta noite.

Indignada, viro-me bem a tempo de vê-lo ensaboando o corpo, deslizando até seu...

Cubro os olhos com uma das mãos, enquanto minha mente viaja de volta para os amassos de quando eu o apalpei.

Tão grande.

Tão comprido.

Meu Deus do céu, a silhueta é igual à marca que ainda consigo sentir na mão.

Espio por entre os dedos e vejo-o enxaguando o corpo, de costas para mim.

Foco, Maggie.

— Nem a pau você vai dormir na minha cama — digo, com a voz trêmula e menos confiante.

— E como você pretende executar essa proeza? — ele pergunta, aplicando xampu nos cabelos.

— Hã, dizendo que não — respondo, meus olhos percorrem seu corpo.

Não consigo realmente ver nada além de um contorno borrado, mas conforme meu olhar desce, posso confirmar que há uma linguiça bem carnuda entre suas pernas que está me deixando com água na boca.

— O que te faz achar que eu vou te dar ouvidos? — ele pergunta.

Bem observado. Acho que ele nunca me deu ouvidos.

— Vou chamar a segurança — respondo. — Fazer com que você saia à força.

Ele se enxágua novamente e desliga o chuveiro. Viro de costas no mesmo instante em que ele abre a porta do boxe sem vergonha alguma e pega uma toalha.

A audácia desse homem.

— Vá em frente, chame a segurança para o seu *namorado*. Veja o que acontece. Não tenho problema algum em te expor para a família Hopper. Tenho quase certeza de que isso não vai ser nada bom para o seu negócio.

Sinto a frustração vibrar em minhas veias ao me dar conta de que ele tem razão. Eu posso arruiná-lo. Ele pode me arruinar. É uma situação olho por olho, e acho que não há como contornar.

— Está se dando conta de que eu estou certo, não é? — ele pergunta ao passar por mim, com uma toalha em volta da cintura, felizmente.

Mas isso não me impede de olhar as pequenas gotas de água caindo de seus cabelos e deslizando por suas costas macias e musculosas.

Ele se curva diante da mala e começa a afastar roupas para o lado até encontrar uma cueca boxer preta. Suas mãos pousam na cintura e, sem aviso, ele arranca a toalha do corpo, expondo sua bunda redonda e durinha, o que me faz babar e gritar ao mesmo tempo.

— Você não tem decência? — grito ao cobrir os olhos mais uma vez.

— Por favor. Como se você já não estivesse olhando. Só estou facilitando para você. — Ele estala o cós da cueca, indicando que está apropriadamente coberto.

Retiro a mão dos olhos e ele se vira para mim, muito mais alto do que eu, e recolhe a toalha para esfregá-la nos cabelos, deixando-os bagunçados e apontando para várias direções.

— Eu não estava olhando.

— Maggie, eu te vi. A porta do boxe do chuveiro pode ser fosca, mas eu ainda conseguia ver o que estava acontecendo do outro lado. Os seus olhos estavam em mim.

— Hã, porque eu estava conversando com você.

Ele balança a cabeça e passa por mim novamente, indo para o banheiro, onde começa a escovar os dentes.

— Você está se aprontando para ir dormir? — pergunto.

— Aham — ele responde, com a boca cheia de pasta de dente.

— Você não vai dormir aqui. — Bato o pé no chão desta vez, na esperança de que isso o faça me dar ouvidos, mas a quem estou tentando enganar? Estamos falando de Brody McFadden.

Ele cospe a pasta de dentes e me lança um sorriso irônico, sem dizer nada. Quando termina, ele apaga a luz do banheiro, pega um carregador de celular na mala e pluga na tomada em um dos lados da cama.

— *Alô*, você me ouviu?

— Até os peixes lá embaixo conseguem te ouvir — ele diz. — Não significa que eu vou obedecer. — Ele sobe na cama, conecta o celular no carregador e se acomoda no colchão. — Eu gosto de dormir pelado, mas pelo jeito que o seu olho está tremendo, vou ficar de cueca, só por você. — Ele afofa o travesseiro. — Os sacrifícios que estou tendo que fazer. Eu devia receber um prêmio.

— Meu Deus, como eu te odeio — digo ao sair pisando duro até a cômoda e pegar meu pijama. Sei que não vai adiantar mais discutir com ele esta noite. Ele não vai sair daqui, e isso só vai me deixar ainda mais furiosa, então decido me preparar para dormir também, sem pressa, para poder me acalmar. Mas, diferente dele, fecho a porta do banheiro.

Ao retirar o vestido e fazer o que tem que ser feito, penso em alguma maneira de resolver o problema que está nesse momento deitado na minha cama, mas nada me vem à mente. Absolutamente nada. Não posso pagar um outro bangalô para ele. Consegui este com desconto, graças a alguns contatos hoteleiros. Foi uma pechincha de sorte, especialmente considerando que o casamento Hopper será aqui essa semana. E armar uma cena com ele também não será útil. Não gosto do cara, mas também não sou uma megera sem coração que quer ver a carreira de alguém afundar só porque não consigo me dar bem com ele.

Termino de escovar os dentes e, em seguida, visto o pijama. Quando olho no espelho, me dou conta de um enorme problema.

As únicas roupas de dormir que eu trouxe são conjuntos de lingerie que gritam "mulher à caça". São confortáveis para passar a noite, mas não são o tipo de roupa que eu deveria usar perto do melhor amigo do meu irmão. Este, em particular, é um conjunto com uma camisola coral de renda, transparente na barriga e calcinha de renda. A área do busto mal contém meus seios e há uma fenda na parte da frente que se abre conforme me movo.

Talvez eu deva pegar uma camiseta... mas eu não trouxe nenhuma. Só trouxe isto aqui. E não é como se eu pudesse ir correndo até a loja de presentes. E nem a pau eu vou pedir uma camiseta dele emprestada. O que significa que... ele tem que lidar com isso.

Olho meu reflexo no espelho e percebo quanto estou maravilhosa, na verdade. Rosto limpo e fresquinho, cabelos ondulados descendo pelos ombros, corpo bronzeado em todas as partes. Ok... talvez não seja tão ruim assim. Ele quer dividir a cama, então ele que lute. Foi ele que começou a andar por aqui só de cueca, e nesse bangalô não há dois pesos, duas medidas, então... vamos de lingerie.

Com um pico de autoconfiança, abro a porta do banheiro e dou a volta na cama. Posso sentir o instante em que os olhos dele pousam em mim e no que estou vestindo, porque ele se remexe na cama.

— Vestiu isso para mim? — pergunta, em um tom convencido. — Não precisava, princesa.

— Não me chame assim, e não se iluda. Gosto de me sentir sexy quando vou para a cama.

— É... gosta de ficar cheia de tesão?

Estreito os olhos para ele.

— Será que você pode não ser um pervertido? Eu, hein.

— Só estou tentando te conhecer melhor. — Ele se vira para mim enquanto me acomodo na cama. Pego um dos travesseiros king-size e coloco entre nós dois.

— Nem pense em atravessar esse travesseiro. Esse aí é o seu lado, e este, o meu.

— Não precisa se preocupar, não vou encostar em você — ele diz, pegando o travesseiro e colocando sob a cabeça. — Estou aqui a negócios e nada mais. E se você se considerasse uma mulher de negócios, teria a mesma atitude.

Sento-me na cama e o encaro.

— Está questionando as minhas práticas empresariais?

— Só estou dizendo que se você enxergasse isso sob uma perspectiva comercial, não estaria perdendo tempo arrumando briga. Veria como uma oportunidade. Eu posso te ajudar e você pode me ajudar.

— E como, exatamente, *você* pode me ajudar?

— Bom, já que, obviamente, Haisley e eu somos chegados, posso falar bem de você, apoiá-la na sua nova empreitada de madrinhas de aluguel, ser o namorado amoroso.

— Aham... e como isso justifica você ter que dormir no meu bangalô durante as minhas férias?

— Escute aqui, foi você que se meteu nessa como minha namorada. Foi você que puxou o gatilho nesse relacionamento falso. Eu só ia comparecer ao casamento, quem sabe ter algumas conversas com o Hopper, mas agora você transformou isso em muito mais. E eu posso ser seu assistente nessa missão maluca... ou posso ser o seu pior inimigo. Você que escolhe. — Ele abre um sorriso diabólico que me dá vontade de gritar.

— Se você vai agir feito um escroto, eu também vou ser escrota.

— Tá, mas é a sua reputação que está em jogo. O seu negócio. Eu posso muito bem procurar outro emprego, mas você consegue mesmo aguentar a ideia de perder a empresa que vem construindo desde que se formou?

Aff, ele tem toda razão, e isso o deixa ainda mais irritante. Porque eu nunca faria nada para comprometer o meu negócio. Depositei todo o meu sangue e suor na minha empresa e apenas pensar em arruiná-la para provar um ponto para um homem que não suporto é... bom, não é uma opção.

O que só pode significar uma coisa: está na hora de elaborar um contrato. Não posso correr o risco de ele se rebelar. Tenho que mantê-lo na linha, e a única forma de fazer isso é firmando um contrato.

Afasto as cobertas e vou até a escrivaninha onde coloquei meu computador, alguns papéis e minhas canetas favoritas. Sim, eu deveria estar de férias, mas gosto de ter as coisas a postos e disponíveis só para o caso de surgir alguma emergência com os meus casais.

Volto para a cama com o bloco de papéis e uma caneta.

— O que está fazendo? — ele pergunta.

— Vamos elaborar um contrato.

— Um contrato? — ele questiona ao se sentar na cama e se recostar na cabeceira. Olho para o lado por um breve instante, avistando seu peito impressionante mais uma vez e odiando-o por malhar. Isso seria bem melhor se ele estivesse ao menos vestido. — Para quê?

— Para manter você na linha — respondo.

— Me manter na linha? — Ele aponta para o próprio peito. — Não sou eu que estou dizendo por aí que sou namorado dos outros. Quem fez isso foi você. Eu só estava tentando viver a minha vida. Se tem alguém que precisa se manter na linha, é você.

Ele nunca vai me deixar esquecer isso

— Tá, então é porque eu não confio em você. Você simplesmente entrou aqui e ficou à vontade sem consideração alguma pelos meus desejos. Já pensou que esse podia ser o meu santuário e eu não queria que fosse importunado com os seus sapatos fedorentos e sua mala desleixada e escancarada pelo chão?

— Não — responde, mordaz. — Já considerou que talvez eu não quisesse você como minha namorada *encantadora* durante essa viagem? E se eu tiver uma namorada em São Francisco?

— Não tem, porque Gary me perguntou se a minha amiga Hattie ainda estava solteira. Ele queria arranjar alguém para você.

— Por que é que ele perguntaria isso? — questiona Brody com expressão de desdém. Nunca tinha me dado conta do quanto ele era averso a relacionamentos, até agora. Com o que Haisley disse e agora com seu total horror diante da ideia de sair com Hattie. Ele teria muita sorte. Hattie é um partidão.

— Gary perguntou isso porque ele está seguindo com a vida dele e quer que você sossegue também, para poder fazer coisas de casais com você.

Brody coloca a mão no peito.

— Aun, que amor.

— Eca, pare com isso. — Estremeço. — Não preciso ver você se derretendo pelo meu irmão.

— Sabe, não tem problema nenhum homens terem amigos próximos. Você tem a Hattie, me deixe ter o Gary.

— Gary é um pateta — digo ao escrever "Contrato de Maggie e Brody" no topo da folha de papel.

— Até que eu concordo com isso, mas não significa que ele não deveria ser amado.

Reviro os olhos.

— Vamos acabar logo com isso para que eu possa ir dormir e me esquecer de que tenho que dividir uma cama com você.

— Mais uma vez, por culpa sua. — Ele apoia as mãos atrás da cabeça e sorri para mim.

— Você é muito irritante, sabia?

— Na verdade, eu me acho adorável.

— Número um — vocifero. — Não haverá absolutamente nenhuma interação de natureza sexual entre Brody McFadden e Maggie Mitchell.

— Graças a Deus. — Ele solta uma lufada de ar pela boca. — Sem ofensa, mas você não faz o meu tipo.

Mas.

Que.

Babaca.

Olho para ele.

— É, você deixou isso bem claro no casamento do Gary.

E a expressão presunçosa que ele estava ostentando vacila. Parece que não somos tão inabaláveis quanto achávamos.

— Maggie...

— Não — digo, erguendo a mão. — Não quero ouvir. Para mim, aquela noite foi apenas um erro bêbado que nunca, repito, *nunca* vai se repetir.

Então vamos em frente. — Entrego a caneta e o papel a ele. — Rubrique aqui. Nada de conduta sexual.

Ele não rubrica. Em vez isso, posso sentir seu olhar em mim.

— Rubrique logo, Brody — digo, não gostando nem um pouco do jeito como ele me analisa.

Mas ele nem se mexe e, nossa, isso é tão exasperante...

— Mas e se tivermos que ter intimidade? — ele finalmente pergunta.

— Como assim? — Ergo o olhar para ele e, quando encontro seus olhos castanhos cheios de alma, vejo aquele olhar. Então recordo com muita clareza como me senti quando ele me empurrou delicadamente contra a parede antes de me beijar. Foi tão eletrizante.

Revigorante.

Uma sensação que tenho buscado desde então.

— Bom, nós temos que fingir que somos namorados, e isso vai exigir um certo nível de intimidade.

Ah... verdade.

— Fora do horário — digo. — Nada sexual. Esse é o seu lado da cama, e este é o meu. Respeite-o. Ah, e também aprenda a usar a porta do banheiro. Não preciso ver você se acariciando no chuveiro.

— Gostou, hein? — ele pergunta, aquela expressão arrogante voltando com força total.

— Rubrique logo — quase grito.

Com um sorriso malicioso, ele rubrica ao lado da regra e, então, puxo o bloco de volta.

— Continuando. Número dois. — Vou falando em voz alta conforme escrevo. — Nenhuma das partes, sob quaisquer circunstâncias, poderá humilhar ou constranger a outra de propósito. Incluindo, mas não somente, contar histórias pessoais sobre o outro que possam ser minimamente constrangedoras, tentar rebaixar ou depreciar o outro na frente da família Hopper, apesar do ódio que sentem um pelo outro.

— Você acha mesmo que eu faria isso? — ele pergunta.

— Sim — respondo ao rubricar e, em seguida, entregar o papel a ele.

— Você sabe bem mais coisas constrangedoras de mim do que eu sei de você.

— Sim, mas o Gary sabe muitas sobre mim, e ele está a uma mensagem de distância. Não posso correr o risco de você contatar um amigo para conseguir material. Nada de constrangimento.

— Por mim, tudo bem — ele diz.

— Número três, devemos permanecer como namorado e namorada durante toda a semana do casamento, com um adendo para possíveis datas após isso caso seja com o fim de firmar quaisquer contratos de negócios conseguidos por meio deste acordo. Nada de olhares errantes. Nada de flertar com outras pessoas. Você é meu e eu sou sua até nós dois concordarmos com o fim do contrato.

— Você é minha? — ele pergunta, com uma sobrancelha erguida. — Nunca pensei que ouviria essas palavras saírem da sua boca, direcionadas a mim.

— Considere-se abençoado — digo ao entregar-lhe o bloco de papel.

Antes de rubricar, ele pergunta:

— Isso inclui possíveis datas daqui a, digamos... um mês, quando o Hopper escolher a minha proposta e tiver um jantar de comemoração que exigirá a sua presença?

— Sim. Qualquer evento pós-casamento ou datas que se relacionem ao que conquistarmos durante esta semana serão obrigatórias até inventarmos um término falso que favoreça as duas partes.

— Justo — ele diz e assina.

— Número quatro.

— Jesus, serão quantas cláusulas?

— Precisamos cobrir todas as bases aqui. — Posiciono a caneta no papel. — Número quatro: nossa história. Brody McFadden e Maggie Mitchell concordam com a história de que nos conhecíamos há alguns anos, mas foi no meu aniversário de vinte e um anos que faíscas começaram a voar entre nós. Gary está feliz por estarmos juntos e nosso relacionamento é sério. Não moramos juntos ainda e não pretendemos nos casar por enquanto, mas Brody considera Maggie como o sol de sua vida e nada, nem ninguém, se compara a ela. — Entrego o bloco para que ele rubrique, mas Brody fica apenas olhando para mim.

— Por que eu que sou o mais apaixonado da relação? — pergunta.

— Não é óbvio? — pergunto ao jogar os cabelos para trás e empinar o peito. Os olhos dele descem para meus seios e, em seguida, voltam para o meu rosto.

— Não, não é óbvio. — Estreito os olhos e o fito. Que babaca. — Além disso — ele continua. — Você acha mesmo que sou tão fácil assim?

— Sim — respondo e aponto para o papel. — Assine.

Mas ele não assina. Em vez disso, começa a acrescentar:

— E Maggie não consegue pensar em um peitoral que se compare ao que Brody tem debaixo de suas camisas bem passadas. Também não quer saber de outra piroca em sua vida, porque a que recebeu é mais do que suficiente para ela. Às vezes, ela engasga...

Dou um tapa em sua mão.

— Não escreva isso.

— Já escrevi. Devo fazer um desenho também?

— Nada de desenhar pirocas! — grito. — Este é um contrato sério. — Arranco o bloco de papel de sua mão, irritada ao ver que ele arruinou meu contrato perfeitamente escrito. — Aff, a sua letra feia estragou tudo.

— Não estava ciente de que precisava ser uma obra-prima da caligrafia. Está tentando competir com a Declaração da Independência?

— Você não está levando isso a sério? — vocifero.

— Ah, sim — ele responde em um tom sarcástico. — Estou levando muito a sério.

— Por que você tem que ser tão babaca o tempo todo?

— Por que você tem que ser tão quadrada o tempo todo? — ele retruca.

— Eu não sou quadrada.

— Diz a garota que enfileirou os frascos de cosméticos por altura.

Dou uma rápida olhada nos frascos alinhados sobre a bancada do banheiro.

— Isso não é ser quadrada, é apenas gostar de um apelo visual.

Ele solta um suspiro pesado.

— Tem mais alguma coisa que você precisa acrescentar ou podemos ir dormir?

— Tem que ter cinco cláusulas, é um número melhor.

— Quadrada... — ele sussurra.

— Isso não é ser quadrada, é ser metódica.

Ele esfrega o rosto com a palma da mão.

— Que tal "Maggie deve relaxar mais"?

— E "Brody deve parar de ser um cretino".

— Tá. — Ele pega o bloco de papel da minha mão, escreve a última regra e, então, a rubrica. Por fim, ele traça uma linha sob a regras, assina e coloca a data no final da página, me devolvendo o bloco antes de voltar a se afundar no colchão. — Agora, por favor, apague a luz para que eu possa dormir. Estou exausto.

Assino e escrevo a data no contrato também e o guardo em um lugar seguro. Volto para meu lado da cama, onde abro a gaveta da mesinha de cabeceira e pego minhas vitaminas. Abro a garrafa de água e vou engolindo uma cápsula de cada vez.

— O que você está fazendo? — ele resmunga.

— Tomando minhas vitaminas.

— Não deveria fazer isso de manhã?

— Estas são as vitaminas noturnas. — Engulo a última e coloco o estojo de cápsulas de volta na gaveta da mesinha de cabeceira. Em seguida, pego o esfoliante labial e o esfrego em meus lábios.

— E agora? — ele pergunta.

— Estes lábios não vão ficar macios sozinhos — digo, esfregando bem o produto. — Eles precisam de uma máscara noturna.

— Jesus — ele murmura.

Em seguida, abro a tampa do hidratante.

— Porra, tá de sacanagem, né? — ele pergunta, erguendo o tronco para me olhar.

— Hã, como é que é? Você acabou de assinar um contrato que diz que você não vai ser um cretino.

— E você assinou um que diz que você não vai ser quadrada.

— Essa é a minha *rotina* — retruco.

Ele joga um dos braços robustos sobre os olhos.

— Porque você é quadrada.

Ignoro-o e passo hidratante nas mãos, apago a luz e me aconchego no travesseiro.

— Não se esqueça. Este é o meu lado. Esse aí é o seu.

— Acredite, não terei problema algum em me lembrar desse pequeno detalhe.

CAPÍTULO SEIS

BRODY

A BRISA SALGADA DO MAR FLUTUA PELO QUARTO, SEGUIDA PELO SOM TRANQUILO de ondas batendo contra os pilares do bangalô. Serenidade é a única palavra possível para descrever enquanto os raios de sol se esgueiram pelas persianas de madeira, despertando-me lenta e suntuosamente. *Nossa, que delícia*. Muito melhor do que o alarme diário que me faz sair correndo pela porta para poder chegar ao escritório antes de todo mundo.

Sim, é bem assim que quero acordar toda manhã, especialmente por ter algo muito macio se esfregando em meu pau. Um toque muito delicado, quase como uma pluma, mas está com certeza me deixando bem alerta lá embaixo.

Ajusto-me levemente, abrindo mais as pernas enquanto o esfrega-esfrega continua.

Nossa, que gostoso.

Porra, muito gostoso.

Solto um suspiro pesado, mordendo o lábio inferior.

Caralho... isso...

— Hummm...

Congelo diante da voz feminina.

Por que tem uma mulher na minha cama?

E, então, me dou conta. Abro os olhos de uma vez e olho para minha virilha, onde Maggie, aparentemente ainda dormindo, está aconchegada no meu pau, aninhando-se nele como se fosse a porra de seu urso de pelúcia favorito.

Mas que merda é essa?

Ela está atravessada na cama, perpendicular ao meu corpo, com o rosto apoiado em cheio na minha – felizmente, coberta – virilha, esfregando a bochecha em minha ereção, alternando o movimento com o nariz.

Bochecha no cacete.

Nariz no cacete.

Bochecha no cacete.

Porra... nariz no cacete.

E a cada carícia, vou ficando cada vez mais duro, de forma que, se ela continuar, posso muito bem acabar gozando na cara dela. Tenho quase certeza de que isso viola o contrato que assinamos ontem à noite.

Tudo nessa situação viola o contrato que assinamos ontem à noite.

Então me remexo para o lado, na esperança de que ela acorde, mas então ela desliza a mão para baixo e apalpa minhas bolas.

— Puta... que... pariu — grunho, meu pau fica ainda mais duro conforme sua respiração quente percorre meu comprimento.

Ok, isso não vai dar certo.

Quer dizer... está dando certo, mas não deveria estar. Não foi isso que combinamos. Não que isso signifique que eu não tenha fantasiado com a boca da Maggie em torno do meu pau. *Caramba, não pense na boca da Maggie em torno do seu pau.* É certeza de que vou acabar gozando com essa visão do paraíso. Mas, ainda assim, é quebra de contrato.

Veja bem, ela não conseguiu se segurar por sequer doze horas antes de vir esfregar a cara no meu pau.

E eu sei que isso soa escroto, e tecnicamente ela não está ciente do que está fazendo, mas espere só para ver. Vai concordar comigo.

Agora, voltando para a pauta em questão... ou pau em questão... sacou? É hora de acordar a princesa.

Estendo a mão e cutuco seu ombro. Ela não se mexe, então repito o movimento com mais força.

— Hummm, agora não — ela diz ao se virar de lado, presenteando-me com a visão de seu peito saindo da camisola e, puta que pariu... olhe só para ele.

Jesus.

Tão redondinho, polpudo, com uma auréola escura e um mamilo perfeitamente pontudo. Duro e excitado.

Fico com água na boca só de vê-lo, enquanto ela esfrega a bochecha em meu pau mais uma vez.

Aham, eu vou gozar.

Porra, sua mão, seu rosto e seu peito vão me fazer gozar.

Assim, para evitar um desastre e uma situação horrível, decido que há somente uma coisa a fazer: sair voando dessa cama e ir direto para o chuveiro.

No três.

Um...

Dois...

Trê...

Ela abre a boca em torno do meu comprimento. Solto um grito ao me levantar da cama de uma vez e ir correndo para o banheiro. Fecho a porta com força, ligo o chuveiro, tiro a cueca e, então, entro debaixo da água.

Agarro meu pau e começo a bater com força.

Apoio a outra mão na parede de azulejo e abaixo a cabeça sob o jato de água, deixando as gotas quentes descerem por minhas costas enquanto, sem vergonha alguma, visualizo o peito perfeito de Maggie saindo de sua lingerie.

Porra... tão sexy.

Tudo nela é tão sexy.

Seu corpo curvilíneo.

Seu lindo rosto.

Seus cabelos longos e ondulados.

Seus lábios exuberantes e perfeitos.

Sim, você adivinhou: Maggie Mitchell é a garota dos meus sonhos.

A paixonite que passei os últimos anos nutrindo e reprimindo se liberta, e a noite do casamento de Gary volta com força total à minha mente. O jeito como ela me apalpou, como seus lábios me fizeram derreter naquele exato momento. Seus gemidos sedutores. Seu toque delicado e hesitante que, então, se tornou mais intenso, mais desejoso quanto mais eu a beijava. Se eu não tivesse interrompido e ido embora como fiz, teria transado com ela naquela noite e teria sido o maior erro da minha vida.

Mas isso... isso eu posso fazer.

Isso eu posso aguentar.

Posso imaginá-la enquanto me masturbo.

Posso imaginar como seria passar a mão em seu seio. Sentir seu mamilo entre os dedos, ver sua boca se abrir e emitir um arfar quando eu deslizasse minha mão por sua barriga...

Porra, ela é tão gostosa.

Agarro meu pau com mais força ainda, e em questão de segundos meu corpo enrijece, meu pau se retesa e eu gozo no azulejo do boxe do banheiro.

— Caralho — resmungo ao respirar fundo, deslizando a mão em meu pau por mais alguns segundos antes de me recompor.

Não sei se eu deveria estar feliz ou perturbado, mas, de qualquer forma, o diabinho dentro de mim torce para que eu acorde assim todos os dias dessa semana.

Algo que Gary Mitchell nunca, nunca saberá. Porque eu sou jovem demais para morrer.

...

MAGGIE

Balançando-me para a frente e para trás na espreguiçadeira que fica na parte externa do bangalô, de frente para a água azul cristalina, digito freneticamente no celular, mandando mensagem para minha melhor amiga.

Maggie

Ai, meu Deus. Ai, meu Deus. Ai, meu Deus. Eu esfreguei a cara no pênis dele. Bochecha no pau. Quase fiz besourinho nas bolas dele. Usei o pau dele como um bigode. Eu... eu respirei pesado na ereção dele. Tipo, funguei mesmo, praticamente cozinhei as bolas dele no vapor.

Hattie

Hã... o quê? Quem? Você encontrou um cara de sunga? Não era isso que você queria?

Olho por cima do ombro, vendo a porta do banheiro ainda fechada. O cara deve estar desinfetando o pênis pela terceira vez nesse momento. Digito fervorosamente para responder Hattie, meus dedos se movendo tão rápido que quase não consigo compreender o que estou dizendo.

Maggie

BRODY! Estou falando do Brody!

Hattie

Epa, calma aí. Por que você sequer está no mesmo ambiente que o pau dele?

Maggie

Você transou tanto que ficou lerda, por acaso? Lembra, você me disse para tomar uma atitude, e foi o que eu fiz. Me aproximei do Brody quando ele estava conversando com o sr. Hopper e me apresentei como namorada dele. Então me dei bem com a família, me tornei madrinha substituta e acabei tendo que dividir a cama com Brody porque ele precisava de um lugar para ficar. Acordei hoje de manhã com a cara na virilha dele! Se liga!

Hattie

Como diabos você conseguiu tudo isso em apenas algumas horas?

Maggie

Sou eficiente, você sabe disso.

Hattie

Sim, eu sei, mas, nossa. Ok, então você enterrou a cara na virilha dele. Pode me explicar como isso aconteceu?

Maggie

Eu bem que queria. Eu bem que queria descrever para você um sonho em que eu estava comprando um travesseiro novo e testando todas as opções, e acabei escolhendo a virilha dele, mas, não. Não tenho evidência alguma de algo assim.

Hattie

Então você só foi parar lá do nada...

Maggie

Exato. Sou uma pervertida.

Hattie

Hahaha, não é, não. Só deve ter ficado confusa enquanto dormia. E tudo bem. Só precisamos decidir como vai ser de agora em diante.

Maggie

Eu não faço a menor ideia! Não fiz por querer. Só acordei com ele voando da cama. Acho que... ai, meu Deus, acho que estava apalpando as bolas dele. Estou mesmo com tanto tesão assim? A ponto de passar a mão em homens enquanto durmo? Eu o violei.

Hattie

Verdade, mas não parece ter sido de propósito. Pedir desculpas pode ser uma boa ideia.

Maggie

Você acha que eu deveria pedir desculpas?

Hattie

De que outra forma você vai abordar o assunto? Não dá para ignorar algo assim.

Maggie

É, aquele pênis é impossível de ignorar. Caramba, Hattie, eu ainda consigo senti-lo no meu rosto. Estava tão duro, como se... como se eu estivesse dormindo em um cano de PVC.

Hattie

E como você sabe a sensação de dormir em um cano de PVC?

Maggie

Uma suposição. Mas eu gostei. Gostei de cada segundo, e não deveria. Eu determinei especificamente no nosso contrato ontem à noite que não teríamos absolutamente nenhum contato sexual, e lá estava eu, fungando no pau dele, tentando tirar a cueca dele aos sopros.

Hattie

HAHAHA. Desculpe, mas isso foi engraçado.

Maggie

Você não está ajudando.

Hattie

Não sei o que você quer que eu faça. Você fez um contrato com ele? Muito formal. O que mais tinha no contrato?

Maggie

Não importa. Estou presa a esse homem por uma semana e, agora, tenho que enfrentá-lo. Ele vai ter que olhar nos meus olhos sabendo que, esta manhã, eu esfreguei o nariz nas veias do pênis dele sem seu consentimento. Acho que não tem como remediar isso. E eu sei que ele está naquele banheiro neste momento tentando desinfetar o meu rosto do pau dele.

Hattie

Você acha mesmo que é isso que ele está fazendo?

Maggie

O que mais ele estaria fazendo? Ele ficou morto de vergonha. Pulou da cama, saiu correndo e bateu a porta do banheiro. Ai, meu Deus! E quando me virei para tentar entender o que estava acontecendo, senti meu peito saindo do pijama.

Hattie

O peitinho viajante da noite ataca novamente!

Maggie

Você acha que ele viu?

Hattie

Sorte a dele se tiver visto. Hummm, aposto que ele viu o peitinho viajante, ficou com uma ereção por causa da sua boca no pau dele e foi correndo para o banheiro para bater uma.

Maggie

Não, não pode ser.

Hattie

Maggie...

Maggie

Hattie...

Hattie

Ele bateu uma, com certeza.

Maggie

Não bateu, não.

Hattie

Acabei de perguntar ao Hayes e ele disse que é impossível ele não ter batido uma. 100% de certeza de que tem gozo escorrendo pelo ralo neste exato momento.

Maggie

Você acha...

Hattie

Sem dúvida. Ele deve ter se levantado correndo para não gozar na sua cara.

Maggie

Se bem que... eu estava massageando as bolas dele. É, talvez ele tenha feito isso.

Hattie

Aposto qualquer coisa que ele fez, sim.

— O que você está fazendo? — diz uma voz profunda atrás de mim.

— Jesus Cristo! — grito, jogando o celular para o ar e vendo-o cair no deque. Olho para Brody, que está ali de pé com uma toalha em torno da cintura e aquele peito impressionante ainda úmido do banho. Esse homem não sabe se secar direito? Meu Deus. — Será que você pode não me assustar assim? — peço ao recolher o celular.

— Eu não estava tentando assustar você. — Seu olhar desce um pouco. — Vejo que você guardou o peito de volta na camisola.

Sinto meu corpo inteiro esquentar de constrangimento, do couro cabeludo até as unhas dos pés pintadas de branco.

Então ele viu mesmo. Que ótimo!

— Um cavalheiro nunca faria um comentário desses.

— Eu nunca disse que era um cavalheiro — ele rebate. — A propósito, o que você me deve por violar o contrato? Vou ganhar algum prêmio?

— Não sei do que você está falando — digo ao me levantar e começar a passar por ele, que me impede ao colocar a mão em minha barriga. Viro minha atenção para a esquerda e ergo o olhar para ele. Como pode o corpo dele ser tão grande, tão avassalador que me sinto minúscula em comparação?

— Você estava usando o meu pau como toalha de rosto quando acordei. Se tivesse esfregado um pouco mais, teria recebido uma limpeza de pele com um creme especial. Tenho quase certeza de que isso viola a regra número um.

Eu já devia saber que ele falaria alguma coisa. Ali estava eu, tentando descobrir como abordar o assunto, e então vem ele, fazendo isso com toda facilidade, feito o babaca que é.

— Eu não estava usando o seu pênis como toalha de rosto.

— Ah, tá. Estava fazendo o quê, então?

Penso por um momento e, como nada me vem à mente, respondo:

— Estava usando para coçar o nariz.

Ele abre um sorriso cínico.

— É para isso que temos essas belezinhas aqui. — Ele ergue a mão e balança os dedos diante de mim.

— Você é irritante — digo ao passar por ele, mas é claro que ele vem logo atrás de mim.

— Isso vai acontecer toda noite? Só para eu me preparar. Ah, mais uma coisa... você morde enquanto dorme?

Viro-me de uma vez para ele.

— Para sua informação, eu não passo a maior parte do meu tempo dormindo com outras pessoas e dividindo uma cama, então me perdoe se acabei em uma posição estranha e desagradável.

— Não foi desagradável. Até que curti.

— Bom, foi desagradável para mim. A última coisa que eu quero é o seu pau servindo de piercing no meu nariz. Agora, se me der licença, preciso passar uma hora lavando o rosto.

Vou para o banheiro e estou prestes a fechar a porta quando há uma batida na entrada do bangalô. Olho para trás.

— Tem alguém na porta?

— É o que uma batida geralmente indica — ele responde. — Eu atendo.

— Hã, você está de toalha. Deixa que eu vou.

Seus olhos escuros me fitam de cima a baixo.

— Nem fodendo você vai atender à porta vestida assim. — Ele gesticula para o meu pijama. — Desculpe, mas isso é somente para os meus olhos. — Ele balança as sobrancelhas, e isso me faz odiá-lo ainda mais.

Fico onde estou enquanto ele abre a porta. Ouço-o agradecer a alguém antes de voltar para o quarto empurrando um carrinho de comida.

— Você pediu serviço de quarto? — pergunto.

— Não, eu ia te perguntar a mesma coisa. — Ele olha para a bandeja e, então, pega um envelope, mostrando para mim. — É para o casal feliz. Acredito que deve ser você e eu, mas pelo... humor com que você acordou hoje, acho que não está tão feliz quanto eu.

Vou até ele e arranco o envelope de sua mão.

— É, porque você recebeu um carinho no pau enquanto eu fui deixada na mão... como todas as outras vezes na minha vida. — *Oh, merda. Merda. Merda.*

Como raios isso acabou de sair da minha boca?

Abro a carta, ignorando completamente o olhar de Brody, e leio em voz alta.

— Maggie e Brody, muito obrigada por terem vindo ao nosso resgate ontem à noite. Estamos muito gratos. Por favor, considerem a estadia de vocês aqui por nossa conta. Todas as refeições e bebidas também estão inclusas. Logo abaixo, está o número do mordomo pessoal de vocês. Ele estará aos seus serviços sempre que precisarem. Por favor, juntem-se a nós para tomarmos mimosas à beira da piscina às dez. Grato, Reginald Hopper.

— Ora, ora, ora — diz Brody ao pegar um pedaço de abacaxi e colocar na boca. — Está feliz por ter amarrado o seu boi a essa carroça?

Cruzo os braços, tentando esconder a minha exultação com essa sucessão de eventos.

— Está feliz por eu ter fingido ser sua namorada e você não ter ido dormir em uma cadeira ontem à noite?

— Quer saber? Estou, sim. Tive uma ótima noite de sono, recebi uma esfregadinha na virilha ao acordar e, agora, um café da manhã espetacular. Até que não é tão ruim assim estar aqui com você, Mitchell.

...

— O que você está fazendo aí? — Brody reclama pela quarta vez. — É só uma reuniãozinha com mimosas à beira da piscina, não um chá da tarde com o rei.

— Estou tentando escolher um biquíni um pouco mais comportado.

— Usa uma camiseta, então, ou algo assim.

Entreabro a porta do banheiro e coloco a cabeça para fora.

— Não vou usar uma camiseta. Haisley e as outras madrinhas vão estar lindas. Não posso aparecer de camiseta.

— Então me mostre o que você tem aí para acabarmos logo com isso. Eu te digo se estiver muito vulgar.

— Eca, eu não vou fazer um desfile para você.

— *Eca* — ele zomba. — Eu não estava pedindo um. Só quero dar logo o fora daqui e ir para o sol onde poderei beber mimosas até cansar e esquecer que vi você escarrando uma bola de pelos quando escovou os dentes mais cedo.

— Eu não estava escarrando uma bola de pelos. Isso se chama limpar o muco para não ficar com bafo.

— Foda-se, me mostre logo as drogas dos biquínis.

Suspirando, abro mais a porta e fico diante de Brody, usando meu biquíni amarelo com babados. A parte de baixo tem um cós recortado e a parte de cima é composta por dois triângulos com babados que, mais uma vez, são minúsculos, exibindo um belo decote e um pouco das laterais externas dos meus seios.

— É muito vulgar?

Brody está sentado na cama, e eu o observo se recostar lentamente para trás, apoiado nas mãos, e me dar uma bela conferida.

— Bom... você ficou gostosa. Era essa a intenção?

Ai, meu Deus, ele me chamou de gostosa?

Sinto minhas bochechas pegarem fogo diante do elogio. Brody McFadden não diz coisas assim para mim.

É mais a cara dele dizer coisas do tipo: "O amarelo do seu biquíni me lembra do cocô de passarinho em que eu quase pisei durante a minha caminhada matinal". E não: "Você ficou gostosa".

Nervosa, digo:

— Hã... minha intenção era ficar mais sofisticada.

Ele balança a cabeça.

— Não, nem um pouco sofisticada. Seus peitos estão sensuais demais para isso.

Ignore o elogio.

Ignore.

— Aff — grunho. — Este é o meu biquíni mais comportado.

Ele ergue as sobrancelhas.

— Sabe, pensando bem, eu não me importaria se você fizesse um desfile.

Reviro os olhos.

— Deixe de ser cara de pau. — Vou até o closet e pego uma canga combinando. — Esse vai ter que servir. Não quero chegar atrasada, então vamos.

— Eu já estava pronto. Não me venha com "vamos". Eu que estava esperando por você.

Ele começa a andar ao meu lado e pega minha mão. Afasto-o rapidamente com um tapa.

— O que pensa que está fazendo?

— Hã, levando a minha namorada para a piscina. Ou se esqueceu de que você determinou isso ontem à noite?

— Eu nunca me esqueceria disso, mas ninguém está nos vendo, então você não precisa me tocar.

— Diga isso para a sua boca que quase engoliu meu pau esta manhã.

Ele passa por mim e abre a porta.

— Eu não engoli nada. Meu Deus.

— Foi o que pareceu. — Ele sobe no carrinho de golfe no lado do motorista. Fecho a porta do bangalô e paro bem ao lado dele.

— Você acha mesmo quc vai dirigir?

Ele apoia o pulso no volante, lindo até demais em sua camisa social branca com mangas curtas - com os três primeiros botões abertos - e seu calção de banho azul-claro. Ele mal arrumou os cabelos, o que é frustrante, porque ficou incrível mesmo assim. Ele não se deu ao trabalho de se barbear, o que lhe conferiu aquela aparência sombria e sinistra proporcionada por uma barba por fazer. Ele completou o visual com um par de óculos Ray-Ban preto e dourado. Homens são tão frustrantes. Têm a vantagem de fazer o mínimo possível e ainda assim ficarem bonitos.

— Vamos deixar uma coisa bem clara. — Ele coloca os óculos na cabeça, para que eu olhe em seus olhos. — Eu vou dirigir para onde formos, você vai segurar a minha mão sem afastá-la com um tapa e nós vamos nos lembrar das malditas regras que você insistiu em determinar. Ou seja: nada de histórias constrangedoras.

— Eu sei. — Dou a volta no carrinho, pisando duro, e sento-me do lado do passageiro. — Mulheres podem dirigir, sabia?

— Estou muito ciente do progresso que a população feminina tem feito no decorrer dos anos. Na verdade, eu diria que as mulheres já são melhores do que os homens, mas isso não significa que eu não possa ser um babaca cavalheiro que cuida da própria namorada. — Ele apoia o braço no encosto do meu assento e continua: — Então é bom ir ficando à vontade, porque quando estivermos em público, serei o cavalheiro mais cavalheiresco do mundo com você.

— Quem fala desse jeito?

— Eu falo. — Ele pisa no pedal e dá a partida no carrinho, levando-nos pela ponte de madeira em direção ao resort.

É uma linda manhã, com a brisa leve vinda do mar e o céu azul-claro. Há uma imensidão de água, da cor azul mais linda que já vi, dando a impressão de que estamos realmente no paraíso em vez de em uma ilha ativamente turística.

E é tudo de graça.

Cada parte desta viagem.

Tudo bem que, para isso, tenho que aguentar dividir uma cama com Brody e fingir ser sua namorada enquanto também trabalho, mas, ainda assim, uma estadia grátis faz com que isso seja muito melhor.

— Por que você trouxe um monte de biquínis vulgares? — ele pergunta conforme seguimos pela ponte.

— Prefiro o termo "pouco comportados".

— Tá, por que você trouxe um monte de biquínis *pouco comportados*?

— Uma mulher não pode se divertir sem ter que se explicar? — questiono.

— É isso que está fazendo? — ele indaga. — Tentando se divertir? Tentando encontrar alguém para se divertir?

— Não acho que isso seja da sua conta.

— Você sabe que, se estava querendo se dar bem, deveria ter procurado um lugar melhor para passar as férias, não sabe?

— Por que diz isso? — pergunto.

— Porque… você acha mesmo que as pessoas vêm para cá sozinhas e pagam todo esse dinheiro para ficar em um bangalô só para encontrar alguém para transar? Esse é um resort de casais.

— Não é verdade.

— É mesmo? — ele pergunta, olhando-me de relance. — A Hopper Industries é conhecida por divulgar este exato resort para casais como um destino de lua de mel. Não reparou que quase ninguém aqui está sem parceiro?

Hum... isso explicaria o que vi ontem à beira da piscina.

— Se a sua intenção nessas férias era encontrar um cara para trepar, escolheu o lugar errado.

— Bom... talvez essa não fosse a minha intenção.

— Mentirosa. — Posso ouvir o sorriso em sua voz sem ao menos ter que olhar para ele. — Depois do seu comentário mais cedo sobre estar mais na seca do que um deserto e a escolha do seu vestuário...

— Eu não disse que estava mais na seca do que um deserto.

— Paráfrase. — Ele me lança um sorriso. — Me diga que estou errado. Isso explica você ter quase me mamado esta manhã.

— Dá pra você parar de tocar nesse assunto? — quase rosno para ele. — Foi claramente um erro cometido enquanto eu dormia. Deixe para lá.

— Não sei, não. Vai ser muito difícil superar a sensação da sua boca no meu pau.

— Não estava no seu... — Respiro fundo e tento acalmar meus nervos. — Não estava no seu pau. Esqueça isso de uma vez.

— Como quiser. — Ele abre um sorriso arrogante conforme paramos no estacionamento de carrinhos perto da piscina. Ele guarda as chaves no bolso e dá a volta no veículo, parando ao meu lado. Brody me estende a mão, e fico olhando para ela por um segundo antes de voltar minha atenção para seu rosto. — Prometo que não vou te morder. — Ele pisca para mim e agarra minha mão.

A mão dele é tão maior do que a minha.

Muito maior mesmo.

Seus dedos envolvem toda a extensão da minha palma e quando ele entrelaça os dedos nos meus, de um jeito bem mais íntimo, na minha opinião, as pontas de cada um chegam a roçar no meu pulso.

Imediatamente, minha mente começa a imaginar o que ele poderia fazer com essas mãos, como ele poderia usá-las a seu favor e acariciar lugares dentro de mim que nunca foram acariciados antes, mas me livro rapidamente desses pensamentos conforme nos aproximamos da área da piscina, onde a família Hopper está reunida sob uma cabana espaçosa. Não posso sentir nenhum resquício de tesão agora. Preciso dar o melhor de mim.

Haisley é a primeira a nos avistar.

— Aqui! — ela grita, acenando para nós.

Brody aperta minha mão duas vezes e, então, nos conduz até o grupo. Reginald e quem presumo ser sua esposa, Regina, estão sentados a uma mesa no canto. Jude conversa com dois homens em outro canto, enquanto Haisley deixa duas mulheres relaxando em uma espreguiçadeira para vir nos cumprimentar.

— Estou tão feliz por terem decidido se juntar a nós. — Ela olha para trás rapidamente e, em seguida, sussurra: — Se não quiser fazer isso, por favor, sinta-se livre para cair fora a qualquer momento. Sei que o meu pai a pressionou.

— Não pressionou, não — digo. — Nem um pouco. Como eu disse, já substituí madrinhas em outros casamentos. Apenas lamento que você tenha passado por esse problema, para começo de conversa.

— Obrigada, Maggie. É muita bondade sua. Mas, falando sério, precisamos de uma palavra de segurança caso você queira escapar? Por mim, não tem problema algum.

— Não se preocupe — diz Brody. — Essa mulher vive e respira casamentos. Desde que a conheci, sempre foi muito encantada por amor e romance.

— Que fofo — diz Haisley.

Sim... estranhamente fofo. Talvez Brody esteja mesmo disposto a cumprir sua parte do acordo, afinal de contas.

— Venham, quero apresentá-los a todos. — Haisley nos leva até o grupo. — Pessoal, estes são Brody e sua namorada, Maggie. Brody e eu fizemos estágio juntos há algum tempo. E Maggie vai ser a substituta da terceira madrinha, e estamos muito gratos por isso. Aparentemente, não é incomum que isso aconteça, e como Maggie é proprietária de uma empresa de organização de eventos, já foi madrinha substituta antes. Nada disso é estranho. — Ela solta uma risada tensa.

Toco o braço de Haisley, para que ela saiba que estou de acordo com a situação.

— Agradecemos muito por isso — diz Regina do canto. — Nós entramos em contato com algumas revistas influentes que farão uma matéria sobre o casamento. Todas disseram que uma cerimônia uniforme é fundamental.

Bem, ela parece ser bem direta ao assunto.

— O prazer é todo meu. — Sorrio.

Os dois homens que estavam conversando com Jude se aproximam e consigo finalmente pegar um vislumbre deles – meu Deus, como são atraentes. Devem ser Hudson e Hardy, irmãos de Haisley.

Um deles é a cara e o cheiro da riqueza. Os cabelos perfeitos são de um tom castanho mais claro que os de Brody, mas com olhos azuis brilhantes e pele bronzeada, ele é deslumbrante. Enquanto isso, o outro é mais rústico, com barba curta e cabelos desalinhados, como os de Brody, mas com os mesmos olhos azuis do irmão.

— Hudson — diz o sr. Luxo, estendendo a mão para Brody. — Você está encarregado do projeto das butiques, não está?

Olho de relance para Brody, que parece surpreso.

— Sim, sou eu mesmo.

Hudson assente.

— Ótima ideia.

— Obrigado — responde Brody com orgulho.

— Sou o Hardy — diz o outro. — Obrigado por aceitar a ideia maluca do meu pai de colocar uma estranha no casamento. — Aham, Hardy parece ser o mais divertido dos dois. *Desculpe, Hudson.*

Entretanto, os dois são muito atraentes e, pelo que parece, é provável que estejam solteiros.

— Não é problema algum — diz Brody. — É um prazer estar aqui.

— Maggie, deixe-me apresentá-la às gêmeas. — Vou com Haisley até as duas garotas que estão sentadas nas espreguiçadeiras. As duas parecem ser alguns anos mais novas que eu, devem estar na faculdade ainda. E embora sejam gêmeas, não são muito parecidas. — Estas são as irmãs de Jude, Sloane e Stacey.

— Prazer em conhecê-las. Estão gostando de estar neste paraíso?

— Estamos, sim — responde Sloane em uma voz tão doce que parece um abraço quentinho. — Nunca saímos do país antes, então tudo isso é novidade.

— Imagino — digo. — Não me lembro da última vez em que tirei férias, então estou no mesmo barco. E é engraçado, vocês duas não se parecem, mas se parecem. Se colocarem vocês ao lado de Jude, então, é inegável.

— É o que todos dizem — comenta Stacey.

— Porque é verdade — diz Haisley e, então, se vira para mim. — O melhor amigo de Jude só vai chegar mais próximo do dia do casamento. Vai ser uma cerimônia pequena, somente com familiares e amigos mais próximos.

— Que amor. Sinto muito pela sua melhor amiga.

— Ela está mais chateada do que eu, acho. Está grávida e teve que ficar de repouso quando estava perto de viajar. Eu disse que prefiro que ela cuide do bebê a vir para o casamento. Mas isso não a impede de ficar ligando e se certificando de fazer parte das atividades. Tenho certeza de que ela vai fazer chamadas de vídeo em algum momento enquanto estivermos aqui.

— Minha melhor amiga provavelmente agiria da mesma forma. Somos envolvidas até demais na vida uma da outra.

— Sei como é. — Haisley dá risada. — Venha, vamos pegar uma mimosa para você.

Vamos até a mesa onde estão as bebidas, massas folhadas e frutas.

— Fique à vontade — diz Reginald do canto.

— Obrigada. — Sorrio para ele. — E obrigada pelo café da manhã. Não precisava, mas ficamos muito gratos.

— É um prazer. — Ele me dá um aceno de cabeça em aprovação e, tenho que confessar, para alguém que tem bilhões e bilhões de dólares em sua conta bancária, ele é um cara bem legal. Às vezes, acho que os ricos não têm motivo algum para serem legais, mas talvez seja apenas uma ideia estúpida que construí em minha cabeça a partir de inúmeros filmes e programas de TV. Pelo menos Reginald Hopper parece se diferenciar dos estereótipos.

Haisley me entrega uma taça de mimosa e tomo um gole, surpresa por sentir que parece ter apenas uma gota de suco de laranja na taça. Se bem que talvez seja assim que pessoas ricas vivam. Muito champanhe e quase nada de suco.

— Então, você e Brody. Tenho que dizer, vocês formam um casal perfeito. Quando fizemos estágio juntos, ficávamos tão entediados às vezes e passávamos dias fazendo perguntas um ao outro. Foi assim que ele ficou sabendo sobre os meus sonhos e acabou me ajudando com um plano de negócios. Mas eu me lembro de perguntar quem era a garota dos sonhos dele, e ele olhou para o teto, pensando bem. As outras, ele respondeu na hora, mas essa ele pensou bem e acabou descrevendo uma garota igualzinha a você. É quase como se ele tivesse manifestado.

— Foi mesmo? — pergunto, um tanto incrédula.

Haisley assente.

— Aham. Você o conhecia naquele tempo?

— Creio que não — digo. — Ele é sete anos mais velho que eu, então quando estava fazendo estágio, eu ainda estava no ensino médio.

Haisley coloca a mão no peito.

— Nossa, isso me faz sentir uma vovó.

Dou risada.

— Acredite, você está muito longe de ser uma vovó.

— Tem certeza de que não vou precisar de uma bengala para ir até o altar?

— Absoluta.

Reginald se levanta e dá batidinhas em sua taça para chamar a atenção de todos.

— Eu gostaria de propor um brinde para o lindo casal de noivos.

Hudson, Hardy e Brody juntam-se a nós. Brody coloca o braço em volta da minha cintura e me puxa para perto de si conforme Haisley lhe entrega uma taça.

— No início, fiquei receoso quando minha filha me disse que estava apaixonada, mas então conheci Jude, e me inteirei de seu coração protetor e bondoso, e soube que não havia ninguém melhor para receber a mão da minha filha em casamento. Queremos lhe dar as boas-vindas à família esta semana, Jude, assim como a suas irmãs maravilhosas, Sloane e Stacey. Estamos muito felizes por termos vocês. Um brinde a uma semana magnífica. — *Nossa. Ricaço e genuíno*. Não me admira Haisley ter escolhido tão bem seu futuro marido.

Erguemos as taças, e toda a cena parece surreal ao brindar a um casamento e a um casal que mal conheço, mas que sei que adoraria conhecer melhor. Que oportunidade maravilhosa.

Às vezes, oportunidades caem no seu colo, e você tem que aproveitá-las. Estou feliz por poder aproveitar esta.

CAPÍTULO SETE

BRODY

COMO ELA FAZ ISSO?

Como ela se torna o centro das atenções sem se tornar o centro das atenções?

As habilidades de conversa dela são inigualáveis. Sua habilidade de encantar é diferente de qualquer coisa que já vi na vida. *Sim, admito que ela é encantadora pra caralho.*

E aquele sorriso. Todos são cativados por ele... até mesmo eu.

Ela assumiu os holofotes nessa reunião regada a mimosas e, mesmo assim, ainda consegue fazer com que tudo gire em torno de Haisley e Jude.

Acho que nunca vou entender.

Maggie se recosta em mim na espreguiçadeira onde estamos sentados juntos. Essa é mais uma coisa. Ela faz com que seja tão fácil ser receptivo a ela quando todos os olhos estão em nós. Dentro do bangalô, quando fica dando tapas na minha mão e me afastando, a história é outra, mas essa garota só pode ter sido atriz em uma vida passada, porque até mesmo sua linguagem corporal exala verdade na história falsa que estamos projetando.

Ainda encostada em mim, ela pousa a mão em minha coxa e apoia a cabeça em meu ombro. Ela é a namorada perfeita nesse momento, e fico aliviado por ela ser tão boa nisso que ninguém suspeita de nada – mas também fico apavorado, porque estou gostando.

Gosto do jeito que ela sorri para mim.

Gosto quando ela coloca a mão em minha perna casualmente.

Gosto quando ela se recosta em meu peito e me faz de encosto.

Porque assim posso sentir o cheiro doce de seu cabelo e receber o sorriso que me cativou, *sim*, em seu aniversário de vinte e um anos. O exato dia em que decidi que nunca me permitiria ficar próximo dela, porque representava perigo. Ela era viciante. E eu não ia cair nesse vício. Existe o código implícito que diz que você não deve tentar nada com a irmã do seu melhor amigo, principalmente porque, se esse relacionamento não der certo, como poderá manter a amizade depois disso? Não tem como. E Gary é meu parça, então, como eu disse, não ia cair nessa tentação.

Mas, porra, o casamento de Gary foi um momento de fraqueza para mim, um vacilo na minha determinação, mas no instante em que me dei conta do que estava fazendo, recuei. Fiz todo o possível para garantir que nunca ficaria tão próximo de Maggie novamente. Transei com outras mulheres. *Superei* aquela atração que não iria a porra de lugar nenhum.

E estava indo muito bem, até ela surgir no mesmo resort que eu.

Agora... merda.

Não, não vou seguir por aí. Isso é completamente platônico. *Desviar, desviar, desviar.*

— Uhhh, vocês torcem pelos Bobbies? — pergunta Maggie. — Opa, você ouviu isso, Brody? O inimigo está sentado bem na sua frente.

Hardy, o mais descontraído dos irmãos, diz:

— Não me diga que você é torcedor dos Rebels.

— Culpado — respondo, levando a taça de champanhe aos lábios.

— Ah, dá um tempo! — Hardy joga as mãos para o ar. — Eu aqui pensando que você era um cara legal e você joga uma bomba dessas. Como você pode gostar dos Rebels quando os Bobbies têm a dupla dinâmica?

— Duas palavras. — Ergo dois dedos. — Maddox Paige.

Hardy revira os olhos.

— Só isso?

— Jason Orson — retruco.

Hudson balança a cabeça.

— A única vantagem em Jason Orson é a salada de batata dele.

— Salada de batata? — Maggie pergunta ao meu lado. — Ah, espere... é por isso que você leva salada de batata para a casa do meu irmão toda vez que ele dá uma festa?

— Você leva salada de batata para festas? — pergunta Hardy. — É caseira?

Antes que eu possa responder, Maggie diz:

— Você tem que entender uma coisa. Brody e o meu irmão, Gary, se uniram por causa dos Rebels desde o começo. Eles têm rituais que sempre executam antes de cada temporada eliminatória. A salada de batata é só a pontinha do iceberg.

— Ah, é? — diz Hardy com um sorriso. — O que mais vocês fazem?

— Hã, não precisamos entrar nesse…

— Eles trocam as cuecas — responde Maggie.

Jesus Cristo.

— O quê? — Hudson e Hardy perguntam ao mesmo tempo.

— Contrato — murmuro, tossindo para disfarçar. — Contrato.

Mas ou ela escolhe me ignorar ou não me ouve, porque continua falando:

— Ah, sim, eles trocam as cuecas. Limpas, é claro, mas escolhem quatro peças diferentes e trocam, e só têm permissão para usar essas cuecas em dias de jogo. A tradição começou na faculdade quando os Rebels estavam arrasando durante um jogo de eliminatórias, e Gary se deu conta de que estava usando uma cueca de Brody. Eles dividiam um dormitório. Foi nesse momento que determinaram o ritual de trocar cuecas.

Hardy vira para Hudson e lhe acerta com o cotovelo.

— Por que não trocamos as cuecas quando os Bobbies jogam?

— Porque não precisamos. Os Bobbies sempre ganham.

Estou prestes a protestar quando Haisley diz:

— Eu troco com você, Hardy.

Hardy ergue as sobrancelhas e inclina a cabeça para o lado, pensando no assunto.

Jude empurra o ombro de Hardy.

— Nem pense nisso. Não preciso das suas bolas nas calcinhas da minha esposa.

Isso faz todos rirem.

— Que outros rituais vocês têm? — pergunta Hudson, trazendo a atenção de volta para mim.

Faço um gesto vago com a mão para ele.

— Ah, não tem mais…

— São tantos — Maggie intervém mais uma vez, alheia à minha insinuação. — Por onde eu começo? Eles se abraçam três vezes antes de cada entrada. Durante a pausa da sétima entrada, eles tocam o nariz um do outro. E se os Rebels ganham, eles dão um tapa na bunda um do outro e dizem "bom jogo".

Então quer dizer que o contrato foi pra casa do caralho?

— Sem contar o que acontece se o time chegar à World Series.

— Uhhh, o que acontece? — pergunta Hardy, inclinando-se para a frente com sua mimosa.

— Não precisamos falar disso — digo, cutucando Maggie dessa vez. Mas ela parece estar pouco se fodendo.

— Se os Rebels chegam à World Series, Brody e Gary têm que executar os seguintes rituais nesta ordem. Primeiro jogo: os dois ficam deitados de costas de mindinhos dados. — *Meu Deus, não os mindinhos dados.* — Segundo jogo: deitam de costas um para o outro, rotacionando a cada meia entrada para não machucarem o pescoço. — *Essa simplesmente faz sentido.* — Terceiro jogo: eles dão salada de batata na boca um do outro a cada entrada. Essa é bem nojenta de presenciar. — *Nós deixamos em um cooler para que não esquente. Não que estejam perguntando.* — Quarto jogo... hum, o que eles... ah, sim. Eles fazem de conta que os pés deles são telefones e ligam um para o outro a cada entrada para chamar a jogada. — *Essa podia ter ficado de fora.* — O quinto, o sexto e o sétimo jogo ficam em aberto. Mas se chegam ao sétimo jogo, eles têm que usar as roupas pelo avesso com a cueca por cima e cantar "Brilha, brilha, estrelinha" antes de cada entrada, de mãos dadas e girando em círculos.

Olha... que merda.

Isso é muito comprometedor.

E, só para constar, eu carrego essa música nas costas sozinho. Gary tem uma voz terrível, e eu deveria ser canonizado por ter que aguentar sua cantoria desafinada.

Hardy, Hudson, Jude e Haisley estão chorando de rir, enquanto Maggie sorri para mim, como se não tivesse a menor ideia do que acabou de fazer. As gêmeas estão na piscina, completamente alheias ao meu constrangimento perpétuo e, graças a Deus, Reginald e Regina saíram para dar uma volta.

Mas o estrago está feito.

Os irmãos Hopper sabem, e somente o tempo dirá quando as notícias se espalharão. Aquele idiota do Gary e suas tradições.

— Sensacional. — Hardy enxuga as lágrimas. — E é por isso que não torcemos para os Rebels. Nosso time consegue ganhar sem que a gente tenha que cantar "Brilha, brilha, estrelinha". — Ele ri ainda mais.

É, eu vou matar essa garota.

...

— Esse sanduíche está uma delícia. Ai, meu Deus, a carne é tão suculenta. Quer um pedaço?

Estou sentado de frente para Maggie, que ataca o almoço que pedimos enquanto ainda estávamos batendo papo com os Hopper, mas assim que chegou, todos nos dispersamos para o próprio canto da área da piscina. Encontrei uma mesa mais distante para poder ter uma conversinha com a minha *namorada*.

— Por que você parece zangado? Não precisa experimentar se não quiser.

Arranco o sanduíche de sua mão e enfio o troço inteiro em minha boca.

— Ei, eu disse um pedaço, não o sanduíche inteiro. Quem faz uma coisa dessas?

Mastigo, engulo e, então, digo:

— Sério? Vai reclamar agora? Depois da surra brutal que você me deu ali? — Aponto com o polegar em direção aos Hopper.

— Surra brutal? — Ela junta as sobrancelhas, confusa. — Do que você está falando?

— Achei que a gente não ia constranger um ao outro na frente dos Hopper.

— E não vamos — ela diz e, pois é, não faz a menor ideia.

— Você teve um apagão, por acaso? — pergunto. — Ou só está se fazendo de desentendida?

— Por que você está falando em charadas?

— Não estou — quase grito. — Estou dizendo, Maggie, que você me constrangeu.

— O quê? Como?

— Como? — Sinto meu cérebro a ponto de explodir. — Falando de todos os rituais dos Rebels que Gary e eu fazemos.

— Por que isso é constrangedor? — pergunta. — É tipo… conversa de vestiário.

— Primeiramente, garotas não fazem parte de conversas de vestiário e, segundo, Gary e eu nunca contamos a ninguém sobre esses rituais. São sagrados e, graças a você, provavelmente não vão mais funcionar e os Rebels vão sempre perder, tudo por culpa sua. Espero que esteja pronta para conviver com essa mácula.

Ela coloca a mão na testa, parecendo tão exasperada quanto me sinto.

— Ok, para começar, esses rituais mal funcionam, e as vitórias ou derrotas dos Rebels não têm nada a ver com você tocar o nariz do meu irmão ou dar salada de batata de qualidade duvidosa na boca dele.

Aponto para ela e sibilo:

— Aquela salada de batata é feita para heróis, e você sabe disso. Tem todos os sabores de um dia fresco de verão e propõe questões reflexivas para as suas papilas gustativas, tipo... isso é coentro?

— Você é perturbado. — Ela balança a cabeça e estende a mão para pegar mais um de seus sanduíches, mas eu o roubo antes que ela consiga. Aproximo-o da boca e ela dá um gritinho: — Nem pense.

— Peça desculpa.

— Desculpa pelo quê? Você ficou constrangido mesmo?

— Sim — respondo. — Eles ficaram rindo de mim.

— Ai, meu Deus, Brody, foi só uma história idiota.

— Que me fez parecer um idiota.

— Bom, fico feliz que veja dessa forma, porque quando você começa a girar cantando "Brilha, brilha, estrelinha" com as suas roupas pelo avesso, fica mesmo parecendo um idiota.

Aproximo ainda mais o sanduíche da boca, e ela ergue a mão.

— Pare, não faça isso. Está bem, desculpa. Eu não sabia que estava te fazendo passar vergonha. Não vai acontecer de novo.

Eu a analiso por um segundo e, então, devolvo o sanduíche.

— Obrigado. Agora... me conte alguma coisa constrangedora sobre você, para ficarmos quites.

— Acha mesmo que vou fazer isso?

— Se você fosse metade da mulher que finge ser, faria.

— Isso nem faz sentido.

— Na minha cabeça, faz — digo ao colocar uma de suas batatas fritas na boca.

— Dá licença! — Ela posiciona o braço pairando sobre o prato, para protegê-lo das minhas mãos. — Você pediu uma salada, lide com a sua escolha.

— Pedi uma salada para não ficar inchado mais tarde quando você tentar enterrar a cabeça na minha virilha de novo.

Ela infla as narinas.

Estreita os olhos.

E seu rosto fica vermelho.

— Eu disse para não tocarmos mais nesse assunto.

— E você assinou um contrato dizendo que não ia me bolinar nem me constranger, e parece que você já fez as duas coisas em menos de vinte e quatro horas, então... me desculpe se não está muito claro para mim se vamos cumprir nossas promessas ou não.

Ela fecha os olhos e respira fundo. Então apoia as mãos com cautela sobre a mesa e pergunta:

— Precisamos apertar um botão de reiniciar?

— Hã? — Ergo uma sobrancelha, intrigado.

— Parece que levantamos com o pé esquerdo esta manhã, e seria conveniente se deixássemos essa animosidade de lado. Então, se apertarmos um botão de reiniciar, talvez possamos voltar aos eixos.

— Não sei que tipo de controle remoto você carrega por aí, mas eu não tenho um botão de reiniciar, a menos que... o seu botão de reiniciar é o seu mamilo? Toda vez que eu aperto o meu, sinto um arrepio por dentro. É assim que reinicia?

Ela enfia as mãos nos cabelos e, lenta e calmamente, diz:

— Como eu detesto você.

— Igualmente, princesa — respondo ao reunir um pouco da salada no garfo e enfiar na boca.

Após alguns instantes de silêncio, ela volta a falar.

— Sabe, não foi minha intenção fazer você passar vergonha. — Preparo uma réplica para deixá-la no chinelo, mas então assimilo a expressão em seu rosto. Ela parece... calma. Serena. *Arrependida*. De alguma forma, ela deixou a irritação que sente por mim de lado e está falando a verdade. *Essa garota nunca deixa de me surpreender.* — Às vezes eu acabo me deixando levar e me esqueço de pensar antes de falar. Me desculpe.

Bom, foi um pedido de desculpas sincero, e sendo assim, posso aceitá-lo.

— Obrigado — digo. — Fico grato por isso. Apesar de ter sido humilhante, parece que Hudson e Hardy deram boas risadas.

— E Haisley também.

— É, acho que não foi tão ruim assim.

Reúno mais um pouco de alface no garfo e, quando ergo o olhar para Maggie, ela está com um sorriso sugestivo no rosto.

— O que foi? — pergunto.

Ela pega uma batata frita e leva à boca.

— E é assim que se aperta o botão de reiniciar.

— Jesus Cristo — murmuro, voltando a comer a salada. Porra, essa mulher sempre tem que ter razão em relação a tudo, não é?

Guardar as roupas quando está em um hotel.

Comer bacon – sim, tivemos uma discussão sobre isso. Enfiei o troço inteiro na boca, e ela me disse que eu precisava comer em pequenas mordidas.

E agora isso – como apertar o botão de reiniciar.

Ela é irritante.

— E você estava errado sobre aquilo dos solteiros.

— Hein? — questiono, pegando minha água.

— Sobre não ter solteiros na ilha. Uma pesquisa rápida no Google me ajudou a descobrir que Hudson e Hardy estão solteiros. O que significa que parece que tenho uma chance com dois dos bilionários mais atraentes desta ilha.

Fico murchinho, enquanto ela abre um sorriso radiante de orgulho.

— Acho que você está se esquecendo de uma coisa — aponto.

— O quê? — ela pergunta.

— Você já está comprometida comigo, então nada de flertar, nada de ir atrás de outra pessoa. Você está presa a este pedaço de mau caminho aqui. Lembre-se, é uma das regras idiotas que você insistiu em determinar.

Agora, é a vez dela de ficar murchinha. *Espere. O quê? Ela estava mesmo considerando ir atrás de Hardy ou Hudson?*

— E, enquanto você for minha namorada de mentirinha, significa que você pertence a mim — digo, ficando muito irritado só de pensar em Maggie flertando com Hudson ou Hardy. — Você não pode sequer olhar para outro homem.

— Calma aí, troglodita. Não tem como não olhar para eles.

— Me refiro a não olhar para eles como olharia para mim.

— Com desdém? — ela pergunta, com seu lado espertalhão ressurgindo.

— Com total adoração.

— Ah, é assim que acha que olho para você? — Ela estremece. — Desculpe por te iludir. Deve estar confundindo adoração com indigestão.

Tão querida.

— Você sabe o que quero dizer. Enquanto estivermos aqui, você é minha. Lembre-se disso.

Ela coloca o cotovelo sobre a mesa e apoia o queixo na mão.

— Brody McFadden, você está com ciúmes?

Faço careta.

— Não. Ciúmes de quê? Você com outro homem? Nem de longe, princesa. Só estou mantendo nossa pele a salvo. A última coisa de que precisamos é que você flerte com Hudson e...

— Acho que Hardy faz mais o meu tipo.

Por que isso me deixa possesso?

— De qualquer forma — digo entredentes. — Você não pode dar em cima deles. Se sentir necessidade de atenção, me procure.

— E o que raios você vai fazer? — pergunta.

— Permitir que você pratique as suas tentativas falhas de paquera. O que mais?

— Não são falhas.

— Disse a solteirona — rebato, fazendo seu queixo cair de ultraje.

É, acho que foi mesmo um golpe baixo, mas, nossa, ela desperta isso em mim.

— Para sua informação, eu não tenho tempo para flertar com ninguém. Não que você seja capaz de entender, mas administrar a própria empresa toma bastante tempo, e quando eu tenho alguns momentos livres, geralmente gasto com autocuidado, porque estou cansada demais para fazer qualquer outra coisa. Não estou solteira por não saber flertar. Estou solteira porque sou uma viciada em trabalho que baseou toda a sua vida e o seu valor pessoal em torno de seu negócio.

Ela se recosta na cadeira e apoia as mãos na mesa, respirando fundo algumas vezes e provavelmente repassando na cabeça as palavras que acabou de dizer.

Foram bem pesadas.

Uma confissão significativa de si mesma que, ao que tudo indica, ela não entendia até agora.

— Olha...

— Esqueça isso. — Ela solta mais uma lufada de ar pela boca. — Tudo bem. Vamos apenas seguir em frente.

— Sim, ok — digo, vendo que a pressionei demais.

Se alguém estivesse nos olhando de longe, provavelmente deduziria que estávamos tendo uma briguinha de casal. E talvez estejamos mesmo. Tecnicamente, é uma briguinha, mas não entre amantes, está mais para inimigos. Mas, de qualquer forma, não parecemos o mesmo casal apaixonado que estava bebendo mimosas momentos atrás.

Após alguns minutos de silêncio, digo:

— Eu sei como é querer tanto algo a ponto de ser capaz de fazer qualquer coisa para conseguir. — Olho para ela. — Tipo aceitar o convite da minha gestora só pela possibilidade de me aproximar do meu chefe, que vai decidir se essa ideia na qual venho trabalhando há um ano é viável ou não.

Ela ergue o olhar para mim, seus olhos cor de avelã levemente marejados se enchem de clareza quando ela se dá conta do que estou tentando fazer.

— Então — ela limpa a garganta — talvez você entenda um pouco o que estou passando.

— É... só um pouco — digo e deixo por isso mesmo.

Não quero que ela se sinta mal por sua confissão, mas também não quero que nossa intimidade cresça. Não quando já estou nutrindo sentimentos por ela. Fazer um mergulho profundo na pessoa que esta linda mulher realmente é, desenterrar as complexidades de sua personalidade... isso seria a minha perdição.

Tenho que manter as coisas na superfície.

Porque se tem uma coisa que eu sei com *toda certeza* é que Gary não gostaria nem um pouco que eu saísse com sua irmã, nem aqui, nem na China. Ele não queria ter que sacrificar o nosso relacionamento se algo desse errado, e eu entendi isso. Concordei com ele.

Mas acho que ele viu em meus olhos. A atração.

O desejo involuntário.

Porque na noite antes de seu casamento, ele reiterou suas preocupações, suas exigências, quando me flagrou olhando para ela durante o jantar de ensaio.

Deixe-a em paz.

Ela não é para o seu bico.

Eu te amo, cara... não quero te perder.

Não faça isso.

E eu me apeguei a essas palavras. E continuarei a fazer isso.

Porque é melhor perder a oportunidade de algo incrível do que arriscar perder tudo o que você já tem.

...

— Está pronto? — pergunta Maggie ao chegar por trás da espreguiçadeira onde estou sentado, olhando para a lagoa.

Levanto-me e, quando dou uma olhada nela, sinto meu estômago dar uma pequena cambalhota. Ela está usando um macaquinho azul e coral adorável. O short é conectado ao corpete, e a parte da frente é aberta em um V profundo que vai até seu umbigo, dando-me uma vista e tanto de seu decote incrível. Ela calçou um par de sandálias de salto alto que fazem suas pernas parecerem incrivelmente compridas e torneadas, e arrumou os cabelos em um rabo de cavalo alto, com suas ondas naturais acrescentando dimensão.

Porra, ela é tão linda que dói.

Enfio as mãos nos bolsos e ofereço-lhe um breve sorriso.

— Aham, pronto.

— Então vamos — ela diz, girando nos calcanhares e indo para a porta da frente.

Fico olhando sua bunda empinada balançando para lá e para cá, o short mal cobrindo as popas de seu traseiro. Pois é, parece que ela veio mesmo aqui para conhecer algum cara e trouxe todas as roupas certas para isso.

Ela está me fazendo babar, sem dúvida alguma. Eu me pergunto se está causando o mesmo em Hudson e Hardy.

Sendo bem sincero, acho que, num estalar de dedos, qualquer mulher me largaria por eles. Faria sentido se Maggie fizesse isso. Duvido que alguém ficaria surpreso. Se Maggie decidisse me dar um pé na bunda por um Hopper, acho que isso ao menos me faria sair como trouxa e talvez eles sentissem pena de mim e aprovassem a minha proposta em vez da de Deanna. Seria algo a se considerar.

No entanto, acho que eu não conseguiria suportar o choque de ver a minha namorada falsa me trocar por outro bem na minha frente. Nosso relacionamento pode não ser real, mas ainda sou um homem orgulhoso.

Após trancarmos o bangalô, sento-me no carrinho de golfe, mas então hesito e pergunto:

— Quer ir andando?

Ela olha para seus saltos e, em seguida, para mim.

— Hã, talvez outro dia — responde. — Acho que não ajudaria Haisley se eu acabasse torcendo um tornozelo atravessando a ponte de madeira.

— É, acho que tem razão — digo, dando tapinhas no assento ao meu lado. — Suba.

Ela pausa.

— Posso tirar as sandálias e ir andando, se você quiser mesmo.

— Não, tudo bem. Quanto mais rápido chegarmos ao bar, melhor, não é?

— Sim — ela responde ao subir no carrinho. — Depois daquela prova de vestido, estou precisando de álcool.

Maggie encontrou Haisley pouco depois do almoço para experimentar o vestido da melhor amiga que não poderá vir. Felizmente, o negócio tinha cintura império, seja lá o que isso significa. Pelo que Maggie tagarelou, ficou bem apertado na área dos seios e foi preciso fazer alguns ajustes bem complicados. Só imagino quanto deve ter sido divertido.

Eu queria ver o que Hudson, Hardy e Jude estavam fazendo, mas não queria me meter no tempo dos três juntos, então voltei para o bangalô e fui nadar pelado na piscina.

Isso me relaxou o suficiente antes de decidirmos nos aprontar para o jantar.

Apoio o braço no encosto do assento atrás dela e piso no pedal do carrinho de golfe.

— Haisley nos convidou para uns jogos na praia amanhã, se você estiver interessado. Eu disse que teria que falar com você. Não quero te obrigar a nada que não queira fazer, tirando todo esse lance de namorado e namorada.

— É, pode ser — respondo, me dando conta de que ela está mais contida que o normal. Está assim desde o almoço. Olho de relance para ela, sentindo falta daquele espírito impetuoso. — Você está meio quieta. Se quiser conversar sobre aquele lance de ser viciada em trabalho...

— Não quero — ela responde, olhando para outra direção.

— Tudo bem, mas é que isso parece estar te incomodando...

— Eu disse que não quero falar sobre isso, Brody. Então esqueça — ela vocifera.

Ok... ela não quer falar sobre isso, o que significa que ou seu comentário tocou em uma ferida e ela não sabe como processar o fato, ou está com vergonha do que disse. Meu palpite é a primeira opção, porque me lembro bem da surpresa em seu rosto quando fez o desabafo.

Ao chegarmos ao estacionamento de carrinhos de golfe, tento mudar de assunto.

— Precisamos repassar as regras desse compromisso? — pergunto, de maneira descontraída, estacionando o carinho.

— Não — ela diz ao descer e começar a sair andando.

— Hã, alô! — chamo, indo atrás dela. — Você não pode sair zangada assim. As pessoas vão achar que estamos brigando.

— Não estou saindo zangada. Só quero pedir logo uma bebida e você é lento demais.

— Ei. — Puxo sua mão, forçando-a a me olhar. — Sério, Maggie. Sei que você me detesta, como deixou bem claro no almoço, mas se algo estiver te incomodando, você pode conversar comigo.

— Brody. — Ela pousa uma das mãos em meu peito e sussurra: — Você é a última pessoa com quem eu gostaria de falar disso. — E, então, ela segura minha mão e me conduz pelo caminho até o bar.

Certo, então é assim que vai ser esta noite. Saquei. E, sendo sincero, é justo. Estabeleci vários limites no decorrer dos anos para evitar demonstrar minha atração por ela. Indiferença. Desdém. *Acolhedor e bom ouvinte* são dois atributos que ela nunca associaria a mim. Nada mais justo.

Juntos, entramos no restaurante já cheio e seguimos direto para o bar, onde Maggie se senta em um dos bancos. Ela endireita os ombros, inflando o peito e capturando a atenção de praticamente todos os homens em volta, incluindo o bartender.

— Boa noite — ele diz, colocando um guardanapo sobre o balcão diante de Maggie. — O que gostaria de pedir?

— Um mai tai, por favor — responde Maggie.

O bartender olha para mim, tendo a decência de não ficar encarando Maggie quando digo:

— Qualquer chope que você tiver.

Ele assente e começa a preparar o nosso pedido. É nesse momento que Maggie gira em seu banco e fica de frente para mim. Ela cruza as pernas sedosas e se recosta no balcão, a abertura de seu macaquinho testando perigosamente o poder de seu decote. Consigo ver seu esterno e toda a curva da parte interna de seus seios. Gary teria um treco se a visse assim.

— Então, me diga. — Ela me olha de cima a baixo. — Quais são as suas jogadas preferidas?

— Hã? — pergunto, me remexendo no lugar. Escolhi usar uma calça casual cinza e uma camisa social branca de mangas curtas com uma estampa de palmeiras bem suave. Nada que eu usaria normalmente, mas combina com o ambiente.

— Se eu estivesse no bar e você me visse e me achasse atraente, como me abordaria?

— Hã... sei lá — respondo, confuso. Por que essa curiosidade agora?

— Não sabe? — ela pergunta, enfiando um dedo em um dos meus bolsos frontais e me puxando para mais perto. — Não parece muito do seu feitio. Já te vi em um bar antes. Se lembra do meu aniversário de vinte e um anos? Você foi embora com quem mesmo?

Queria que tivesse sido com você.

— Ninguém — respondo.

— Você foi, sim. Não foi com aquela garota de cabelos pretos compridos e orelhinhas de gato?

— A garota fantasiada de gato que ficou ronronando no meu ouvido? Hã, não, com um sinal vermelho daqueles, dispensei.

— Eu podia jurar que você foi embora com alguém.

— Estava de olho em mim? — pergunto conforme sua mão sobe por meu abdômen, confundindo-me novamente. O que ela está tramando?

Mas... também estou adorando cada segundo.

— Talvez. — Ela abre um sorrisinho sugestivo. — A propósito, você nem disse nada sobre o meu colar.

Ela está usando um colar?

Hum, não percebi... por que será?

Ela desvia minha atenção para seu peito e desliza os dedos por sua pele bronzeada, próximo a um colar dourado.

— Você gostou? — pergunta, arrastando os dedos pelo peito, bem entre os seios e, porra, fico com água na boca.

— Hã, sim. — Engulo em seco. — É bonito.

— Saí para comprar mais conjuntos de lingerie e acabei me deparando com ele. Não conseguia parar de olhar. — É, eu também não consigo parar de olhar. — E achei que ficaria lindo em mim. O que você acha?

Engulo e, lentamente, faço que sim com a cabeça, sentindo-a pesada enquanto continuo fitando seu peito, me lembrando da imagem de seu seio nu hoje de manhã. Nossa...

— Sim, ficou lindo.

— Consigo deixá-lo mais comprido, se eu quiser, mas acho que não ia dar para vê-lo com meus seios juntinhos assim. O que você acha? — ela pergunta, pressionando os peitos um contra o outro.

Hã... qual foi a pergunta?

— Eu estava certa, não é? — Ela suspira e torna a endireitar os ombros, fazendo com que a linha da abertura de seu macaquinho fique perigosamente próxima dos mamilos. — Acho que vou deixar desse tamanho mesmo.

— É. — Agarro minha nuca, me sentindo completamente zonzo. — Acho que é uma boa ideia.

Fico olhando para seu peito por mais dois segundos antes de erguer o olhar para seu rosto, onde encontro um sorriso radiante.

Nesse momento, o bartender traz nossas bebidas, e ela me entrega minha cerveja antes de se inclinar e dizer:

— E é assim que eu flerto. Não estou solteira por causa das minhas habilidades de paquera. — Seus lábios quase roçam em minha orelha. — Estou solteira porque sou muito dedicada a mim mesma.

E, então, ela coloca o canudo na boca e chupa.

Filha da puta.

Bartender, vou precisar de pelo menos mais dois desses.

...

— Como estava o jantar? — pergunta Haisley ao se aproximar da nossa mesa, com Jude ao lado.

Dolorosamente desconfortável graças à minha incapacidade de parar de olhar para Maggie. Passei o jantar inteiro com uma semiereção.

Dou tapinhas na barriga.

— Maravilhoso. Pedi o bife. Juro que derreteu na minha boca.

— É o prato predileto do meu pai — diz Haisley. — Ele nunca quer comer outra coisa quando fica aqui, mas a minha mãe o obriga a equilibrar o excesso de carne vermelha com frutos do mar frescos.

— O salmão estava tão bom — diz Maggie ao se recostar, com um mai tai na mão, o segundo da noite, sexy pra caralho com as pernas cruzadas. A noite tem sido torturante, para dizer o mínimo, especialmente depois que ela provou o porquê de estar solteira.

Fiquei dizendo a mim mesmo que estava olhando para seu colar, nada mais, quando me pegava olhando para seu peito.

— Bom, nós estamos indo para uma das fogueiras. Gostariam de ir também?

— Vai ser um prazer — respondo. — Só estamos esperando a conta.

Haisley faz um gesto com a mão.

— Nós já cuidamos disso.

Nós já cuidamos disso. Nunca vou me acostumar com esse nível de riqueza em que essas pessoas podem simplesmente *cuidar* dos custos de refeições, acomodações com duração de uma semana e uma vida de resort.

— Oh. Bem, obrigado — digo ao me levantar da minha cadeira. Vou até Maggie e estendo minha mão para ela, que a aceita e entrelaça nossos dedos.

Pode não ser real, mas a sensação é de que é, sim.

Seguimos Jude e Haisley pelas escadas que levam a um espaço aberto perto da piscina. Tochas de bambu iluminam o caminho, assim como um conjunto de fogueiras com assentos em torno de cada uma. Jude e Haisley nos conduzem para uma que fica mais próxima da praia e todos nos sentamos. Maggie e eu nos acomodamos em uma namoradeira de frente para Jude e Haisley.

Coloco um braço em volta de Maggie e puxo-a para perto. Ela coloca as pernas sobre o assento e se aconchega em mim, pousando o braço em minha perna, parecendo tão confortável que, por um segundo, quase acredito que somos um casal.

— Você já veio aqui muitas vezes? — pergunta Maggie.

Haisley faz que sim com a cabeça.

— É um dos meus lugares favoritos do mundo. Eu me lembro da primeira vez em que passei férias aqui. Meus irmãos e eu nos divertimos pra valer. Eles já eram quase adolescentes e se achavam descolados demais para brincar comigo, mas, naquele verão, nós nadamos na lagoa, andamos de jet ski, brincamos na areia... e nos divertimos como nunca. Desde então, o Saint Hopper passou a ocupar um lugar especial no meu coração. Eu soube que era o lugar onde gostaria de me casar, e tenho muita sorte por Jude ter concordado.

Ele dá um beijo na lateral da cabeça dela.

— Contanto que nos casemos, é só o que importa.

Veja só esse grandalhão todo piegas. Será que um dia estarei em um cenário em que o amor me faz dizer coisas assim?

— Já que é organizadora de casamentos, você tem o seu casamento perfeito em mente?

— Tenho, sim — responde Maggie, apoiando a cabeça em meu ombro.

— Pode nos contar? A menos que seja pressão demais para vocês dois.

— Não, eu gostaria de ouvir — digo, pegando uma mecha de cabelo de Maggie e enrolando no dedo.

Ela arrasta o polegar por minha perna em um toque calmo mais apropriado para um momento íntimo, mas, pensando bem, talvez ela esteja se redimindo por sua tagarelice sobre meus rituais dos Rebels mais cedo.

— Eu cresci no norte da Califórnia, em uma cidade pequena a cerca de uma hora de São Francisco. Não tinha muito o que ver ou fazer por lá, mas tínhamos um antigo distrito histórico, onde preservávamos construções dos primeiros colonos. Era algo que podíamos reivindicar como nossa fama: "Venha ver o velho Oeste Selvagem". Bom, lá existe uma capelinha branca que foi preservada no decorrer dos anos. Tem lindas janelas com vitrais coloridos, quase do chão ao teto, bancos de madeira esculpidos e um teto abobadado maravilhoso que faz a capela parecer muito maior do que realmente é. Tem capacidade para cerca de trinta pessoas, mas eu já a vi decorada com guirlandas de eucalipto e mosquitinhos brancos, e fica tão deslumbrante que sei que não existe outro lugar onde eu queira me casar.

— Parece encantador — comenta Haisley.

— A capela branca que fica perto da antiga escola? — pergunto. Como Gary ainda mora em Butternut, a cidade pequena onde eles cresceram, já percorri aquelas ruas várias vezes, principalmente quando ele estava tentando treinar para uma meia-maratona. Eu corria com ele aos fins de semana.

— Sim, essa mesmo — Maggie responde em uma voz distante. — O primeiro casamento que vi na vida foi lá. A bibliotecária da cidade ia se casar, e minha mãe é amiga dela. Eu não tinha mais idade para ser uma das garotinhas das flores, mas me lembro de estar sentada em um dos bancos, que para falar a verdade parecia um tronco retirado diretamente da floresta, pensando que queria que aquela experiência durasse para sempre. Adorei o vestido branco. As flores. As lágrimas de felicidade. Tudo relacionado a casamentos me fazia feliz, e se me fazia tão feliz assim, devia deixar os outros felizes também. Então senti que precisava fazer parte disso.

— Isso é tão lindo — diz Haisley.

Eu não sabia disso sobre Maggie, o que despertou sua paixão por casamentos. Não sei, acho que apenas presumi que fosse algo de que ela gostava porque era uma garota – e que pensamento machista.

É claro que Maggie tem um contexto que explica por que ela ama tanto casamentos. É o tipo de pessoa que ela é. Com ela, há um propósito por trás de tudo. Às vezes, é muito irritante, como sua determinação em me mostrar que sabe flertar, mas também há momentos como este, que é muito enternecedor.

— E você? — pergunta Jude. — Tem o casamento dos seus sonhos planejado, Brody? — Há uma leve risada em sua voz, então penso um pouco.

— Não é óbvio? Estádio dos Rebels. Não poderia ser em outro lugar. — Como se eu tivesse acabado de insultá-la, Maggie se endireita e me olha nos olhos, fazendo Jude e eu começarmos a rir. Seguro seu queixo entre meus dedos. — Nah, princesa, seria na capelinha branca. O que você quiser, eu também quero. — E não sei se é o papo sobre casamentos ou as bebidas que ingeri no jantar, mas decido aproveitar esse momento. Aproximo meu rosto do seu e dou um beijo delicado em sua boca.

Sinto-a enrijecer sob meu toque por apenas um instante antes de seus lábios se derreterem nos meus.

E, porra, que grande erro, porque, caramba... esses lábios. Tinha me esquecido do quanto são deliciosos.

De quanto são perfeitos para a minha boca.

De quanto são doces.

Tinha me esquecido de como era estar preso no sabor de sua boca e na sensação de seu corpo contra o meu.

E, mais importante ainda, tinha esquecido quanto é fácil ficar perdido e envolvido no momento e esquecer de que há duas pessoas sentadas de frente para nós, claramente testemunhando este beijo.

Isso me desperta do meu torpor e eu me afasto antes que me perca mais ainda e façamos uma cena e tanto na frente de Haisley e Jude.

Mas ao recuar e prender o olhar ao de Maggie, posso ver em sua expressão a confusão misturada à luxúria; a mesma expressão que vi na noite do casamento de Gary.

A mesma expressão que ficou gravada em minha mente pelo resto da noite. Que tentei esquecer, mas não conseguia, mesmo meses depois. Foi aí que decidi que havia somente uma maneira de fazer isso: me afundando no trabalho.

Isso que eu chamo de círculo completo. O trabalho no qual decidi me afundar acabou me trazendo de volta para Maggie.

A vida pode ser louca e doentia às vezes.

— Parece que vamos ter um casamento naquela capela bem antes do que você pensa — diz Haisley com um sorriso sugestivo, se aconchegando em Jude.

E é aí que ela se engana. Porque a garota aqui ao meu lado, cujos lábios deliciosos ainda consigo sentir nos meus, vai se casar com outro homem em sua capela.

Esse homem nunca serei eu.

•••

Maggie está no banheiro, fazendo sei lá que porra de sua rotina da noite e, como ela demora uma eternidade, não faz sentido eu tentar dormir. Ela vai acabar me atrapalhando. Então pego meu celular e abro os e-mails para ver se tem algo importante que precisa da minha atenção.

Quando vejo o nome de Deanna na minha caixa de entrada, abafo um grunhido.

Fiquei sabendo que você está em Bora Bora com o Papi Reggie. Que cheirinho de desespero. Já que você está tentando me passar para trás, pensei que seria uma boa te mandar esse recado que recebi da assistente dele hoje. Boas férias.

RE: Proposta de espaços para casamento

O sr. Hopper está bastante satisfeito com os números que você projetou. Você poderia dar alguma estimativa de custos para reformar alguns dos espaços e quais você gostaria de destacar? Acrescente-os à apresentação. Cá entre nós, essa é uma escolha óbvia para ele.

— Porra! — grito, jogando o celular no colchão. Passo as duas mãos pelos cabelos e, nesse momento, Maggie aparece no quarto. Desta vez, está usando um pijama preto de renda. Dá para ver a popa de sua bunda conforme ela anda e, como não está usando sutiã, seus peitos balançam a cada passo que ela dá. É o que eu menos preciso neste momento.

— Está tudo bem por aqui? — ela pergunta, me olhando ao dar a volta na cama.

— Está, sim — respondo ao conectar o celular ao carregador. Não preciso olhar outros e-mails, já que isso só vai dificultar ainda mais o meu sono.

— Sério? Porque você parece estar muito bravo.

— Não estou — minto, enquanto ela começa a tomar suas vitaminas.

— Olha, você já deve ter notado que sou muito boa em sufocar meus sentimentos. Mas se em algum momento quiser conversar...

— Você não disse que sou a última pessoa com quem você gostaria de conversar? — pergunto, minha voz severa, irritada. — Bom, a recíproca é verdadeira. Ok?

Isso a faz ficar quieta, o que só me deixa pior, porque não era a minha intenção ser escroto com ela, apenas aconteceu. Mas a última coisa que quero fazer é falar com Maggie sobre os meus fracassos. Aos olhos dela, eu já estou abaixo do nível de qualquer um com quem ela pudesse querer dividir uma cama. A última coisa de que preciso é que ela veja o quão baixo esse nível realmente é.

Sem mais uma palavra, ela termina sua rotina noturna e apaga a luz. A lua banha o quarto com uma luz prateada, refletindo na superfície da água lá fora.

Fico olhando para o teto, minha mente acelerada pensa naquele e-mail. Será que a assistente disse mesmo aquilo ou foi apenas Deanna tentando me desestabilizar? Eu não duvidaria de que ela fosse capaz de falsificar um e-mail só para me afetar, até porque, por que ela estaria enviando a proposta a ele agora? Não deveríamos fazer nada com nossas propostas até o Hopper voltar de férias. Acho que isso é algo que preciso discutir com Jaleesa amanhã de manhã.

Maggie se vira para mim, arrancando-me dos meus pensamentos ao se apoiar em um dos cotovelos para me olhar.

— Podemos falar sobre uma coisa?

Não estou muito a fim, mas parece que ela sim, e se tem uma coisa que sei sobre Maggie, é que ela geralmente consegue o que quer.

— Você não quer dormir? — pergunto ao olhar para ela. Droga, ela está tão linda sem maquiagem e com os cabelos emoldurando o rosto.

— Quero, mas... acho que precisamos esclarecer uma coisa.

— O quê? — pergunto. Mal posso esperar para ouvir.

— Aquele beijo, em frente à fogueira.

Está se referindo ao beijo que estou tentando bloquear da minha mente, já que tenho que dormir ao seu lado e a tentação é demais?

— O que tem? — pergunto, torcendo para estar soando casual.

— Bom, você não acha que foi desnecessário?

Desnecessário foi ele ter durado tão pouco.

Volto a olhar para o teto.

— Você está pensando demais.

— Brody, eu não acho que a gente deva fazer isso.

— Por quê? — questiono. — Fazia parte da armação. Não teve nada de mais. Isso convenceu Haisley e Jude de que somos um casal perfeito — digo, irritado, porque é a última coisa sobre a qual quero falar.

Ou pensar...

— Mas você não acha que...

Um rosnado aborrecido escapa da minha boca conforme me ergo da cama, empurro-a de costas no colchão e fico pairando sobre ela, de modo que nosso nariz chega a quase se encostar.

Ela emite um arfar espantado, prendendo o olhar no meu.

— Escute, Maggie. Aquele beijo não significou nada, absolutamente nada. Se estiver preocupada com o que isso possa causar ao nosso contrato ou seja lá o que estiver se passando nessa sua cabecinha, não precisa. Se eu tivesse te beijado com vontade de verdade, você teria ficado completamente sem fôlego. — Um desejo puro me percorre, agarra minhas emoções e acaba me fazendo perder o controle, desmoronando minha resistência a essa mulher conforme deslizo a mão pela lateral de seu corpo. — Você teria sentido o meu toque. — Meu polegar roça na lateral de seu seio. — Teria sentido meu desejo. — Subo a mão até seu ombro. — Teria sentido a minha língua. — Arrasto a mão pela base de seu pescoço delicado, imaginando como seria segurá-la ali, apertando delicadamente enquanto a fodo neste colchão. — Você saberia que é a única pessoa neste mundo que quero saborear.

Seu peito sobe e desce com sua respiração cada vez mais pesada, enquanto deslizo o polegar por seu pescoço.

Aproximo o rosto ainda mais do seu e deixo a barba por fazer roçar em sua bochecha ao falar bem ao pé de seu ouvido:

— E quando eu recuasse, você estaria tão molhada e pronta para mim que não conseguiria sequer falar. Você não teria passado vinte minutos naquele banheiro, se aprontando para dormir. Se eu te beijasse da maneira que você acha que seria um problema, não estaríamos conversando agora, porque a sua boca estaria no meu pau e eu estaria segurando seus cabelos, mantendo a sua cabeça no lugar, enquanto escutava você engasgar.

Ela umedece os lábios antes de separá-los conforme perde o fôlego.

— Então, porra, não me questione se eu te der um selinho de nada nos lábios. Não precisamos falar sobre isso, porque não significou nada — digo, saindo de cima dela e voltando para meu lado da cama, deitando de costas para ela, me arrependendo instantaneamente de cada palavra.

Bom, não de cada palavra.

Se eu a beijasse de verdade, ela reagiria exatamente como descrevi.

Porém dizer que não há nada entre nós é mentira.

Para mim, há *muita* coisa entre nós.

Há raiva.

Frustração.

Irritação.

E, porra, tanto desejo que mal consigo respirar.

CAPÍTULO OITO

MAGGIE

SUSPIRO AO SENTIR A LUZ DA MANHÃ BRILHAR EM MEU ROSTO. Mais uma vez, dormi incrivelmente bem. Uma das melhores noites de sono que já tive na vida.

E odeio isso.

Odeio porque eu não deveria estar dormindo tão bem ao lado de um cara que eu deveria odiar. Um cara que eu odeio.

Eu não deveria me sentir confortável perto dele, na cama.

Eu deveria ficar enojada ao me enfiar debaixo das cobertas.

O cheiro de seu corpo recém-lavado com sabonete e sua pele quentinha não deveriam me ajudar a adormecer.

Eu deveria odiar cada segundo com esse homem perto de mim, especialmente depois do que ele disse ontem à noite.

Mas, com Brody, só há reconforto. Uma tranquilidade que toma conta de mim quando ele está por perto, quando estamos os dois nesta cama, dormindo.

Quero dizer que é por causa do resort.

O som das ondas.

O cheiro da maresia.

A maciez deste travesseiro…

Assim, é um travesseiro muito confortável. Aconchego-me um pouco mais, deixando minha cabeça afundar na sensação felpuda…

Alguém pigarreia.

Abro os olhos, enchendo-me de pavor ao erguer o olhar e me deparar com um abdômen de tanquinho, um peitoral robusto e o olhar confuso de Brody McFadden.

Pelo amor de Deus!

Levanto-me de uma vez de sua virilha, onde estava me aconchegando mais uma vez, e começo a esfregar o rosto, tentando me livrar da sensação em minha pele.

— Dois dias seguidos. Gostaria de explicar? — ele pergunta, colocando as mãos atrás da cabeça.

É, gostaria de explicar por que você é uma pervertida, Maggie? Porque, até onde sei, isso é um problema sério, que não tenho certeza se tem jeito.

— Não estou acostumada a dormir com outras pessoas — digo ao me levantar da cama em um salto, me certificando de que meus peitos estão cobertos antes de pegar o celular e sair do quarto, fechando a porta do deque atrás de mim.

Deus, que humilhação.

Esfrego o rosto com a palma da mão, tentando acalmar meu coração acelerado. Ontem à noite, ele deixou bem claro, assim como fez na noite do casamento de Gary, que eu basicamente não significo nada para ele. E aqui estou eu, a irmãzinha, acordando com a cara enterrada no pau dele.

Ele deve me achar tão patética.

Carente.

A irmã caçula irritante que ninguém quer por perto.

Esfrego o olho.

Está tudo bem, Maggie.

Você está bem.

Você tem hábitos de sono muito estranhos, mas está tudo bem.

Não precisa ficar tão envergonhada, como em todas as outras vezes em que esteve perto desse homem. Erga a cabeça e assuma.

Sim, eu durmo com a cabeça na sua virilha. Aceita que dói menos!

Ergo o queixo e, fingindo autoconfiança, abro meus e-mails no celular para ver se alguma proposta que fiz foi aceita.

Dou uma olhada rápida na minha caixa de entrada, deletando informativos desnecessários de revistas de casamento, cujas inscrições eu deveria cancelar, porém tenho medo de que, se eu fizer isso, eles fiquem sabendo e nunca queiram me incluir em alguma matéria. Passo o olhar pelo e-mail de um fornecedor informando os diferentes sabores de biscoitos que eles têm disponíveis. Encaminho para Everly poder cuidar disso.

E, então, vejo dois e-mails, de duas noivas diferentes.

As propostas às quais estou ansiosa por uma resposta.

Sorrindo, abro o primeiro e leio rapidamente, mas quando vejo a palavra "infelizmente", meu sorriso murcha.

Ela prefere contratar a organizadora interna de um Hotel Hopper, que irônico.

Suspirando, abro o outro e-mail, e quando vejo que ela também escolheu outra pessoa, sinto uma pontada forte de medo. São dois casamentos que achei que já estavam garantidos, mas não consegui, e isso é preocupante. Um deles tinha um orçamento de duzentos mil dólares que podia ser extremamente benéfico para o crescimento do meu negócio.

Merda.

Esfrego a testa e fecho o e-mail. Responderei depois, quando estiver com mais cabeça para isso e puder oferecer a elas qualquer ajuda de que precisarem durante o processo.

Volto para a caixa de entrada e clico em um e-mail do meu contador. É o relatório semestral das finanças, e dou uma olhada com apenas um olho aberto, torcendo por boas notícias.

Que tipo de boas notícias? Bom, meu sonho sempre foi fazer a empresa crescer a ponto de poder abrir um espaço físico e fornecer um serviço completo para noivas. Um lugar onde elas possam planejar o casamento, criar uma experiência, e até mesmo participar de um casamento pocket – minha ideia brilhante de criar uma experiência de casamento secreto na cidade natal do casal. Mas tenho que atingir uma determinada faixa de faturamento para poder tornar esse sonho realidade.

Quando leio o e-mail rapidamente, sinto meu coração martelar, pulando algumas palavras inúteis que não me interessam. Só me diga logo...

Porra.

Gastos muito altos. Faturamento muito baixo.

É tudo que vejo. Começo a derreter de medo por dentro, tomada por uma sensação desconfortável como se minha pele estivesse coçando, mas fria e úmida. Meu coração está palpitando, mas também sinto como se não conseguisse respirar rápido o suficiente.

É pânico.

Pânico do fracasso.

Pânico de não atingir meus objetivos.

Pânico de provar a todos que não acreditaram em mim que eu não seria mesmo capaz de fazer isso dar certo.

E eu aqui achando que estava indo tão bem.

Achei que estivesse prosperando.

Estava me matando de trabalhar, de segunda a segunda, e para quê? Para receber um e-mail me dizendo que não foi suficiente?

Eu sei o que tem no restante dele.

Vinha aceitando muitos trabalhos gratuitos, não cobrava o suficiente, e o resultado vai ser não conseguir cumprir as minhas metas até o fim do ano.

Meu contador me alertou sobre isso, mas eu aceitei os trabalhos grátis para crescer o boca a boca. Cobrei abaixo do preço ideal para poder continuar recebendo boas avaliações no meu site. Há todo um processo, mas, aparentemente, esse processo não está me beneficiando da maneira como imaginei, o que me faz sentir um fracasso ainda maior.

E é a pior sensação do mundo.

É nauseante. E me faz ponderar o que eu disse para Brody ontem. Deus, como eu odeio a vulnerabilidade que estou sentindo agora.

"Estou solteira porque sou uma viciada em trabalho que baseou toda a sua vida e o seu valor pessoal em torno de seu negócio." Eu não estava exagerando, mas odeio ter falado isso para *ele*. Estou me sentindo tão fora de mim e perdida e, antes que eu acabe deixando essas emoções me engolirem, preciso de alguém para me acalmar. Preciso de Hattie.

Maggie

Você acha que estou desperdiçando minha vida sendo uma viciada em trabalho?

Sinto as lágrimas começarem a pinicar meus olhos e, embora eu tente respirar fundo para conter as emoções que estão me sufocando, não adianta nada, pois tudo acaba me atingindo de uma vez só.

As palavras de Brody ontem à noite, apontando que eu sou a solteirona e que ele *nunca* daria em cima de mim de verdade.

O constrangimento de apalpar um homem que claramente não me quer.

A perda das propostas.

A perda de um sonho.

Está tudo desmoronando ao meu redor ao mesmo tempo e eu não entendo por quê.

Eu me dediquei.

Eu me esforcei.

Eu fiz tudo o que deveria fazer, e ainda assim... nunca me senti tão fracassada. Nunca me senti tão sozinha.

Dobro as pernas e abraço os joelhos, fitando o mar enquanto lágrimas descem em cascatas por minhas bochechas.

Aff, não chore, Maggie.

Nós não choramos.

Somos duronas.

Então por que não me sinto nem um pouco durona no momento?

Por que me sinto tão inútil? Tão exposta?

Meu celular vibra em minha mão e vejo que recebi uma mensagem de Hattie. Graças a Deus. Sinto que preciso dela mais do que nunca.

Hattie

Por que está perguntando isso? Você não é viciada em trabalho. Você é uma jovem mulher de negócios que está moldando sua carreira em algo especial. Isso não te faz uma viciada em trabalho e, mesmo que fizesse, não há nada de errado nisso. Não há nada de errado em querer se dedicar ao trabalho.

Limpo as lágrimas e respondo.

Maggie

Tem algo de errado nisso, sim, quando se é uma solteirona patética que não tem vida.

Hattie

O que ele te disse?

Maggie

Isso não tem nada a ver com Brody.

Hattie

Tem tudo a ver com Brody, porque você não estava se sentindo assim antes de encontrar com ele, então o que ele te disse?

Solto uma lufada de ar trêmula pela boca e limpo mais lágrimas.

Maggie

Tudo está desmoronando, Hattie. Ontem, eu disse em voz alta algo de que eu nunca tinha me dado conta até então. Estávamos falando sobre o porquê de eu estar solteira e eu disse que não estou solteira porque não sei flertar, mas sim porque sou uma viciada em trabalho que baseia seu próprio valor somente na carreira. E isso me fez pensar... isso é triste? Tipo, eu passei tanto tempo aperfeiçoando esse trabalho, e para quê? Para duas noivas me rejeitarem em um dia e para o meu sonho de abrir um espaço físico ter que ser ainda mais adiado? Não estou chegando a lugar nenhum, e continuo sendo uma solteira patética que fica enterrando a cara na virilha de um homem que não me quer. Ele disse isso, sabia? Que não me quer.

Hattie

É muita coisa para assimilar.

Hattie

Primeiro de tudo, cada pessoa nesse mundo é diferente. Nossos objetivos, nossos valores, tudo isso é diferente e não existe certo e errado. Só porque você quer construir um negócio e ser a melhor organizadora de casamentos da Califórnia não significa que os seus objetivos sejam menos importantes do que, digamos, os de alguém que quer limpar a Grande Ilha de Lixo do Pacífico.

Hattie

Segundo, você não é patética. Você é uma jovem empreendedora que está ajudando a trazer mais amor para o mundo. Isso é algo a ser celebrado, não menosprezado.

Hattie

Terceiro, você vai se deparar com rejeição, é inevitável, mas o que vai definir quem você é de verdade é a maneira como você dará a volta por cima. Então você tem duas opções. Pode ficar se lamentando pela rejeição e deixar que isso acabe minando a sua criatividade e o amor pelo que você faz, ou pode se mostrar à altura do desafio, descobrir como resolver os problemas e partir para cima na próxima oportunidade.

Hattie

Quarto, sonhos não se realizam da noite para o dia. Você e eu sabemos bem disso. O sonho do espaço físico não morreu, é apenas uma conquista a qual você terá que continuar trabalhando para atingir. E isso vai acontecer. Se tem algo que sei sobre a minha melhor amiga é que ela é determinada. Você não vai ficar por baixo. Isso só vai dar o empurrãozinho extra que você precisa para atravessar a linha de chegada.

Hattie

E quanto ao Brody, se ele estiver sendo escroto com você, então ele que se foda. Isso é uma transação comercial. Se você às vezes acorda com o pau dele fazendo cócegas na sua orelha, é isso e pronto. Assuma seu B.O. Pois é, Brody, ela dormiu no seu pênis, você vai fazer o quê? Nada, porque ele deve gostar, e é ele que está na SUA cama. Aposto que fica felizão com o seu rosto na virilha dele. Aquele filho da puta tem sorte por você sequer estar perto dele. E se ele disse que não te quer... bom, adivinhe só, Brody? A gente também não te quer. Chupa essa.

Solto um risinho pelo nariz, fazendo uma bolha de ranho estourar quando limpo meus olhos mais uma vez.

Maggie

Eu te amo tanto.

Hattie

Eu também te amo. Lembre-se, é só uma fase. Você vai aproveitar, como fez no início? Ou vai deixar o sr. Três Mamilos te colocar para baixo?

Maggie

Brody não tem três mamilos.

Hattie

Tem certeza?

Maggie

Até onde sei. Não vi um terceiro.

Hattie

Hum, eu podia jurar que você me disse que ele tinha um terceiro mamilo e chegou até a tocá-lo.

Maggie

Isso não aconteceu. Aparentemente, eu só me aconchego no pau dele. Nada de terceiro mamilo.

Hattie

toca o queixo Acho que foi um sonho, então.

Maggie

Se você anda sonhando com o terceiro mamilo do Brody, pode ficar com ele e me dar o Hayes.

Hattie

Bela tentativa. Depois de ontem à noite, eu não solto esse homem por nada nesse mundo.

Maggie

Aff, o que foi dessa vez? Ele fez você gozar durante uma hora inteira? Eu acreditaria nisso.

Hattie

Digamos apenas que fizemos umas coisinhas que nunca tínhamos feito antes em um balanço novo que ele instalou em casa.

Maggie

aperta as coxas Você fazendo safadezas em um balanço enquanto eu estou aqui tentando enfiar a minha cara pelo olho mágico da cueca de um homem enquanto ele dorme. Uma de nós está se dando bem pra valer e a outra está perdendo o juízo aos poucos.

Hattie

Não sei, esse lance de olho mágico parece divertido. Talvez eu tente com Hayes hoje à noite.

Maggie

Se fizer isso mesmo, preciso de detalhes sobre o que ele acha. Se ele gostar, por favor diga a ele que é o especial da Maggie.

Hattie

Pode deixar que te darei os devidos créditos.

Maggie

E se ele gostar muito mesmo, acrescente um beijinho na cabeça do pau dele e diga que é o especial da Maggie com uma delicinha extra que eu mandei.

Hattie

Não vou dizer isso. Negativo. Nunca. Mas fico feliz por ver que o senso de humor da minha amiga está de volta.

Maggie

Um pouquinho, talvez. Obrigada pela força.

Hattie

Sempre. Sempre estarei aqui para te dar força. Te amo.

Maggie

Também te amo.

Respiro fundo, absorvendo suas sábias palavras.

Era a conversa motivacional de que eu estava precisando para conseguir voltar a pensar direito e focar o que realmente importa. Acabei me envolvendo tanto nesse não romance entre mim e Brody McFadden que tinha esquecido o que eu realmente deveria estar fazendo: ajudando Haisley.

Abro minha lista de contatos e ligo para Everly, que eu sei que, a essa hora, já está em seu computador, cuidando da empresa enquanto estou aqui. Ela atende no primeiro toque, porque é eficiente a esse nível.

— Oi, Maggie. Como vão as férias? Porque você sabe que está de férias, não sabe?

Dou risada.

— Sim, eu sei que estou de férias. E está indo tudo bem. Alguns contratempos, mas no geral, estou curtindo. — Ontem, enviei um e-mail para Everly contando tudo o que está acontecendo, e a resposta dela foi: "Você deveria estar de férias, mas AI, MEU DEUS!". — Vejo que recebeu meu e-mail.

— Sim, e tenho duas coisas a dizer. Primeiro, estou decepcionada com você por não tirar um tempinho para descansar de verdade como precisa. Só quero que saiba que estou nutrindo uma decepção enorme e profunda por você agora.

— Entendido — digo com um sorriso.

— Agora, segunda coisa. — Ela pausa por um segundo. — Puta merda, ai, meu Deus, você vai fazer parte do casamento Hopper. Não só fazer parte, como ser uma das madrinhas, o que significa que vai ter acesso total. Já conseguiu conversar com Reginald? E Regina? Ouvi dizer que ela que é a cabeça da família. Talvez seja dela que você deva se aproximar. Mas Hudson e Hardy também são ótimas opções com quem se mancomunar.

— Você disse mancomunar? — Dou risada.

— Sim, porque é bom se aproximar deles. Bom, talvez de Hudson mais do que de Hardy, porque Hardy é mais envolvido com o lado fazendeiro da Hopper Industries, enquanto Hudson é mais envolvido com o lado comercial, ou seja, os hotéis.

— Você passou as últimas vinte e quatro horas pesquisando?

— Na verdade, sim — ela responde. — Montei um arquivo de três páginas com informações sobre os Hopper, mas não queria enviar porque você não deveria estar trabalhando, mas também queria enviar para que você possa entender mais sobre a família e usar isso a seu favor.

— Me envie. Posso precisar. Vamos participar de uns jogos de família na praia hoje. Fui a uma prova de vestido ontem, então estamos progredindo, mas também estou um pouquinho irritada porque, na verdade, Haisley nem precisa de mim para nada. Faltam poucos dias para o casamento e ela fica dizendo que a organizadora de casamentos do resort já cuidou de tudo, então como vou mostrar a ela que sou um ótimo recurso se não tenho essa oportunidade?

— Você quer que eu crie algum drama para que você possa consertar? Não me importo de fazer algumas ligações.

Dou risada.

— Gosto do seu modo de pensar, mas não é bom nos atrelarmos a nenhum drama de casamento, mesmo que nosso nome fique fora disso. Só preciso tirar proveito de oportunidades menores. Vamos começar pensando em coisas que posso fazer para ajudá-la. Talvez enviar presentinhos que uma madrinha enviaria para o quarto dela. Mandar fazer um robe bonitinho com *Sra. Galloway* gravado. Talvez um par de pantufas combinando. E um cabide para seu vestido, com *Sra. Galloway* escrito nele também. Isso precisa ficar bem expressado. E eu não sei o que ela vai fazer na despedida de solteira, mas você pode dar uma pesquisada sobre o hotel e ver o que poderíamos fazer, ter ao menos um plano alternativo caso não haja nada planejado?

— Pode deixar. Isso é perfeito. Tenho uma amiga que começou a fazer suportes de alianças de bambu. Seria perfeito para o tema do casamento. É pequeno, mas dá fotos lindas. Vou mandar gravar o nome deles e a data do casamento.

— Que fofo. Sim, envie isso. Se puder mandar fazer tudo hoje e enviar amanhã, eu agradeceria muito. Mexa todos os pauzinhos possíveis.

— Sem problemas. Eu sei que Francy adoraria o trabalho. Vou aprontar tudo e depois te mando fotos para que possa aprovar. Fique no aguardo.

— Obrigada, Everly. Você é a melhor.

— Eu tento.

— A propósito, como foi o seu encontro aquela noite?

Ela solta uma risada de escárnio.

— Patético. Você sabia que não existe um homem sequer que preste hoje em dia?

— Acho que ainda existem alguns, mas são difíceis de encontrar.

— Muito difíceis — ela diz. — O cara chegou usando dois sapatos diferentes. Um Vans vermelho em um pé e um New Balance 608 no outro, que nem dele era, era do pai. Quando perguntei sobre a escolha peculiar de calçado, ele disse que não era por estilo, mas sim porque estava com preguiça e não conseguiu encontrar os outros pares. Então só calçou o melhor que pôde encontrar em sua sapateira. Pois é, preguiçoso demais para procurar um par de tênis. Quero dizer... se ele tem tanta preguiça assim de procurar por um tênis, como vou saber se ele não vai ter preguiça de encontrar todos os pontos de prazer na cama?

— Não tem como. — Balanço a cabeça. — *Red flag*!

— Exatamente. — Ela suspira. — Acho que vou desistir.

— Eu acho que você só precisa encontrar alguém mais velho que você. Um cara mais maduro. Talvez na casa dos trinta.

— É uma ideia atraente. Talvez alguém que tenha muita grana na conta bancária e olhos azuis marcantes? Sabe, pensando bem, você está ficando chegada de Hudson e Hardy Hopper. Talvez seja uma boa mostrar uma foto minha a eles e ver o que acham.

— Não me tente, você sabe que eu faço.

— Aff, é mesmo, retiro o que disse. Não mostre nada a eles. Não quero que caiam na risada ao me ver.

— Pare com isso — digo. — Eles nunca fariam isso. Eles pensariam: "Veja só essa linda moça procurando por um homem que saiba encontrar o outro par do sapato".

— Ah, sim, o conto de fadas de toda garota, se tornar uma mulher que exige sapatos combinando.

Solto uma risada baixa.

— Melhor do que chulé.

— Tudo é melhor do que chulé... tudo.

•••

— Você está quieta — comenta Brody enquanto fazemos a estupidez de andar de mãos dadas em direção à praia onde os Hopper organizaram o que só consigo imaginar que seja um festival de atividades.

— Preferia que eu estivesse tagarelando no seu ouvido? — pergunto a ele.

— Não exatamente, mas essa é a magia das nossas manhãs. Você fala pra caralho, eu brigo com você e, então, nós dois tentamos fingir que não estamos putos um com o outro.

— Não estou no clima — digo ao nos aproximarmos de uma tenda enorme que montaram junto aos vários jogos espalhados pela praia. Ai, ai. Só imagino o que eles planejaram, especialmente depois de ver que ali também há um quadro branco de placar.

Brody nos para e me puxa para o lado, abrindo caminho para outros convidados que também estão chegando para as festividades.

Haisley me mandou uma mensagem mais cedo dizendo que se Brody e eu tivéssemos alguma roupa preta, deveríamos usá-la, porque essa vai ser a cor da nossa equipe. Escolhi um top esportivo preto e um short preto cujo comprimento fica bem acima da metade das minhas coxas. Brody escolheu uma bermuda cargo preta e só. Ele disse que não fazia sentido ele usar uma camiseta quando sabia que iria acabar tirando-a em algum momento, de qualquer forma.

Então agora tenho que passar o dia inteiro com um Brody sem camisa. Nada ideal.

Assim que os últimos casais terminam de passar, ele ergue meu queixo e diz:

— Sobre ontem à noite...

— Não, não quero falar disso.

Tento passar, mas Brody me impede e me faz olhar para ele novamente.

— Maggie, me desculpe.

O pedido de desculpas me pega de surpresa. Brody parece ser muito teimoso, alguém que não pede desculpas tão facilmente.

— Desculpa pelo quê? — pergunto, incerta sobre o que dizer a ele.

— Pelo que eu disse e pela forma como te tratei. — Ele passa uma das mãos pelos cabelos cheios e desordenados. — Recebi uma péssima notícia ontem à noite e descontei em você. Não deveria ter feito isso, e peço desculpas.

Oh.

Aperto os lábios, erguendo o olhar para ele, e quando vejo aqueles olhos cor de chocolate cheios de sinceridade, uma onda de emoções me invade, me deixando em choque conforme sinto meus olhos marejarem.

Não.

Ai, meu Deus, não.

Não chore.

Infelizmente para mim, ele percebe, e a preocupação em seu rosto se acentua.

— Maggie...

Balanço a cabeça e dou um passo para trás, abanando o rosto.

— O que está havendo?

— Por favor, não faça isso — peço, meus olhos ainda estão se enchendo de lágrimas.

Ele me puxa para detrás de alguns arbustos, a fim de termos mais privacidade, e se curva um pouco para nivelar o olhar ao meu, enquanto minhas lágrimas começam a cair.

— Fui... fui eu que fiz isso com você? — ele pergunta, a voz falhando, como se ele não conseguisse aguentar a ideia de me fazer chorar.

Balanço a cabeça e respiro fundo.

— Não, só estou com a cabeça cheia.

— O que está havendo? Eu posso ajudar.

Nego com a cabeça mais uma vez.

— Não quero entrar nesse assunto, ok? — Enxugo os olhos, e o choro começa a se acalmar. — Estamos aqui para fazer um trabalho, não para formar um vínculo, então vamos manter o profissionalismo e não nos envolver na vida pessoal um do outro.

— Você ainda é a irmã do meu melhor amigo, então isso me dá o direito de me importar.

Olho para ele.

— Prefiro que não se importe. E não quero ser grosseira, mas... acho que é melhor separarmos as coisas. Vamos focar apenas o trabalho, ok?

Ele me analisa por alguns segundos e, quando penso que ele vai me puxar para ainda mais longe para me fazer mais perguntas, ele assente e segura minha mão.

— Quando estiver pronta — ele diz.

Achei que ele fosse mudar de repente para o modo negócios, já que ele quer que isso seja um trabalho, então façamos disso um trabalho, mas não é o que acontece. Sua expressão permanece preocupada, sincera.

Limpo os olhos com cuidado e respiro fundo mais algumas vezes.

— Minha maquiagem está borrada? — pergunto, virando o rosto para ele.

Ele faz que não com a cabeça.

— Não. Está perfeita.

Abro um pequeno sorriso para ele.

— Obrigada.

E, sem mais uma palavra, saímos de trás dos arbustos e tornamos a seguir pelo caminho que leva até a praia, mas, conforme andamos, reparo em uma coisa. Ele segura a minha mão com mais firmeza, como se me dissesse que apesar de eu não querer que ele me dê apoio... eu o tenho mesmo assim.

•••

— Time Preto, certo? — pergunta Hardy enquanto tomo um gole da água de pepino mais deliciosa que já provei na vida. Só mesmo os Hopper para fazer até a água ser chique.

— Sim, e graças a Deus, porque as roupas coloridas que eu trouxe não são nada adequadas para eu sair correndo por aí.

Hardy e Hudson dão risada.

— Haisley teria arranjado algo para você, tenho certeza.

— E era eu que deveria estar ajudando a irmã de vocês. Me sinto mal, porque toda vez que pergunto a ela o que posso fazer para ajudar com os preparativos para o dia, ela diz que não preciso fazer nada. Já fui madrinha de casamento algumas vezes e lido com noivas o tempo todo, então sei quais são as responsabilidades. Por favor, me diga que ela não está fazendo tudo sozinha.

Hudson balança a cabeça.

— Não, a organizadora de casamentos do resort e a nossa mãe estão cuidando de tudo. Eu acho de verdade que só a sua presença já ajuda. Tem sido difícil para ela não ter a melhor amiga aqui, mas parece que vocês estão se dando muito bem.

Hardy me dá um empurrãozinho no ombro com o seu.

— Ficamos gratos por isso.

— Bom, o prazer é todo meu. — Dou uma olhada ao redor e vejo Brody me fitando, com um copo d'água na mão enquanto conversa com alguém que não sei quem é. Deve ser algum conhecido da Hopper Industries.

Mas por que esse olhar cheio de fúria? Ele está irritado porque estou conversando com os irmãos e ele não?

— Vocês fazem essas coisas com frequência? — pergunto, ignorando Brody.

— Jogos? — pergunta Hardy.

— Sim, parece que o seu pai está pronto para se tornar um mestre de cerimônias ou algo assim.

— Ah, ele está, sim — diz Hudson, enquanto mais algumas pessoas se juntam a nós.

É interessante notar que há sempre uma mistura de familiares, amigos e funcionários em cada evento. Poucos amigos, e não entendo o porquê. Haisley parece ser uma pessoa maravilhosa. Eu acharia que ela teria mais pessoas a apoiando, mas se bem que talvez ela tenha mantido seu círculo social bem menor por causa da família. Compreendo isso. Tenho certeza de que não é fácil ser herdeira da maior cadeia de hotéis do país. Ela deve ter se deparado com sua cota de meninas malvadas.

— Meu pai gosta de organizar esses campeonatos esquisitos pelo menos uma vez por ano. Costuma ser em festas da empresa, eventos familiares...

e agora, aparentemente, em casamentos. Mas Haisley sempre adorou esses jogos, então ela topou na hora. Já o Hudson preferiria estar olhando para uma planilha — diz Hardy.

— Diz o cara que fala com as amendoeiras como se fossem suas filhas — intervém Hudson.

— Mais de duzentos hectares de bebês. Sou rodado. — Hardy pisca para mim, o que me faz rir.

— Hardy Hopper, está me dizendo que pega geral? — pergunto, colocando a mão no peito.

— É, meio que sou cadelinha de um bom solo onde possa plantar minhas sementes.

Caio na gargalhada e Hudson balança a cabeça.

— Tem tanta coisa errada nessa frase.

Dou risada e olho de novo na direção de Brody, que agora está praticamente me fuzilando com o olhar. Ciumento, hein?

Estou prestes a bolar uma maneira de incorporar algo legal sobre Brody na conversa quando Reginald dá batidinhas em sua taça de vidro com um garfo, atraindo a atenção de todos os participantes na praia.

— Bem-vindos aos Jogos Hopper — diz Reginald, aumentando seu tom de voz diante das ondas quebrando atrás dele. Brody vem até mim enquanto todos se enfileiram pela areia. Há um grupo significativo de participantes e vários espectadores curtindo os comes e bebes.

Olho em volta, tentando ver quem são as outras duplas. Vejo que as gêmeas estão juntas, assim como Hudson e Hardy, e fiquei sabendo que os dois têm que ficar cada um com uma das mãos amarradas para trás para que a competição seja mais justa. Brody e eu somos uma dupla, obviamente, assim como Haisley e Jude, e também há Beatrice com quem presumo ser seu marido. Há algumas outras duplas, mas não as conheci. Talvez eu deva fazer questão de me apresentar depois, conhecer o máximo de pessoas possível.

— Teremos uma série de jogos, com um torneio de bola como *grand finale* — diz Reginald, sua voz retumbando sobre nós. — Os pontos serão contabilizados no final, e a equipe que tiver mais pontos ganhará o cobiçado troféu Hopper. — Regina se coloca na frente de Reginald, canalizando sua assistente de palco interior ao mostrar o que parece ser uma letra H esculpida em madeira pintada com tinta spray dourada e colada em uma base feita de lata de atum.

Dou risada. *Que fantástico*. Para uma família bilionária, era de se esperar um esforço a mais no grande prêmio, mas adorei o quanto ele é comum. Sim,

Reginald é insistente e manda no jogo todo, mas, tirando isso, ele até parece ser bem pé no chão. Sua generosidade é consequência de quem ele é, ao que parece, não somente para impressionar os outros. Eu gosto dele. Não conheço Regina direito, mas eles criaram seus filhos para serem bons homens. Também gosto muito de Haisley. *E quero ganhar aquele troféu.*

Hardy se inclina para mim.

— É dentro daquela lata que está o que interessa.

— É mesmo? O que tem lá? — pergunto, inclinando-me para ele também.

— Cem dólares.

Solto uma risada pelo nariz, porque ele falou de um jeito que me fez pensar que seria um milhão de dólares.

Mas acredite, eu faria qualquer coisa por cem dólares. Porra, até por vinte pratas eu me transformaria em um monstro competitivo sedento. Mas cem dólares é trocado para essas pessoas, o que acho que deixa tudo ainda mais divertido.

Os Hopper são cheios de surpresas.

— Cem dólares por pessoa, ou teremos que dividir? — pergunto.

— Por pessoa — responde Hudson, inclinando-se para a frente para que eu possa vê-lo.

Faço aquele gesto de Robert de Niro no filme *Entrando numa fria maior ainda*, apontando dois dedos para meus olhos e em seguida para os irmãos.

— Então é melhor tomarem cuidado, porque vou acabar com vocês.

— Boa sorte. Você vai precisar — diz Hardy conforme Reginald começa a explicar as regras do arremesso de ovo. Olho para Brody para ver se ele está prestando atenção, e pela carranca com que me deparo em seu rosto, logo percebo que ele não estava prestando atenção, e sim ouvindo minha conversa com Hardy.

Ignoro-o e volto o foco para Reginald, que explica as regras básicas do arremesso de ovo.

— Em suas posições — ele instrui ao terminar.

Hardy me dá um empurrãozinho.

— Se liga, Maggie. Nós vamos acabar com *você*.

— Veremos — digo ao segui-lo, com Brody logo atrás de mim. Posiciono-me ao lado de Hardy, enquanto Brody se enfileira de frente para nós, ao lado de Hudson.

Reginald caminha pelo espaço entre as duas fileiras, entregando um ovo às pessoas do lado direito, que é onde estou.

— Após dois arremessos, vocês devem dar um passo para trás e arremessar novamente. Entenderam? Só serão eliminados se quebrarem o ovo. Se derrubarem o ovo e, por algum milagre, ele se mantiver ileso, podem seguir na competição. Recolham-no e continuem a arremessar. Que vença a melhor equipe. Já!

Foco Brody e arremesso o ovo para ele, que o pega com cuidado para não quebrar. Nós vamos nos sair bem nessa. Posso sentir.

— Pronta? — ele pergunta, olhos focados em mim.

— Pronta — respondo.

Ele arremessa o ovo e eu o apanho com as duas mãos.

— Uhuuu, peguei! — comemoro, balançando as cadeiras na frente de Hardy, que também aparou o seu. — Parece que você tem uma concorrência bem forte.

— É, essa primeira pegada foi surpreendente — ele diz, debochando.

Tudo bem que estamos a poucos passos de distância de nossos parceiros, mas a primeira pegada importa, porque já define o caminho para o sucesso. E nós teremos sucesso hoje.

As próximas seis pegadas testam nossas habilidades de concentração e comunicação como dupla. Brody é mais gracioso com seus arremessos e pegadas, enquanto eu sou um pouquinho mais irregular. Mas estou fazendo o que tem que ser feito. Hardy e Hudson estão tendo dificuldades, já que cada um só pode jogar com uma das mãos, mas seguem com a corda toda. Assim como Beatrice e o marido, e Jude e Haisley.

As outras duplas marcaram seus míseros pontos antes de serem eliminadas e agora estão nas laterais, torcendo por nós. E quando digo *nós*, quero dizer o casal prestes a se casar. Todos parecem estar do lado do noivo e da noiva. E não os culpo. Eu faria a mesma coisa se não estivesse determinada a ganhar aquele troféu de lata de atum.

— Vamos deixar esse jogo mais interessante. A partir de agora, deem dois passos para trás, em vez de apenas um — diz Reginald.

Em grupo, damos dois passos para trás, e a distância parece ficar enorme. Eu estava bem otimista, até agora. Pude ver nossa chance de vencer, senti o gosto do nosso potencial de vitória, mas dois passos para trás é bem pior do que apenas um e, ao olhar para Brody, que está se posicionando para agarrar meu arremesso do outro lado da praia, tenho a estranha sensação de que esse pode muito bem ser o fim para nós.

Acho que nosso ovo vai acabar caindo.

Como eu disse, Brody está bem longe, e não sei se vou conseguir arremessar o ovo a essa distância. Apesar do meu otimismo competitivo, parte de mim está surpresa por eu ter sequer chegado a este ponto. A primeira pegada foi um milagre, e as seguintes foram um verdadeiro fenômeno. Um ato de atletismo inesperado da minha parte. Talvez ter que fazer malabarismos para dar conta das minhas noivas tenha me preparado para este momento, mas vamos ver até onde consigo ir.

Posiciono-me e reúno a energia de que preciso para dar esse arremesso. Hardy arremessa primeiro e vejo a silhueta do ovo voar bem alto antes de Hudson conseguir apanhá-lo. Droga. Esperava mesmo que eles errassem essa.

Certo, eu consigo.

Elevo o braço para trás e, então, com um esforço hercúleo, arremesso o ovo bem alto no ar e estremeço ao vê-lo começar a descer. Quando sinto que está prestes a cair na areia, Brody lança o corpo em um dos movimentos mais atléticos que já vi e pega o ovo.

Que permanece ileso.

Nenhuma rachadura, nenhuma gema à vista.

— Uhuuu! — grito, pulando em comemoração. — A gente... arrasa... muito! — digo, dando soquinhos no ar, que acabam atingindo o braço de Hardy sem querer.

Infelizmente, para ele, foi no exato momento que ele estava tentando apanhar o arremesso de Hudson.

Meu soquinho inocente desvia a mão dele e, juntos, assistimos a seu ovo voador passar de sua palma estendida e se espatifar no chão.

Há gema escorrendo pela areia.

E sinto a terra estremecer sob meus pés quando Hardy se vira para mim.

— Ei! Qual é, Maggie Mitchell? Você fez isso de...?

— Maggie! — Brody grita, interrompendo Hardy e atraindo nossa atenção para um objeto branco voando no ar.

Não é cocô de pássaro.

Definitivamente não é um óvni.

Não, é um pontinho voador que está ficando maior a cada segundo, que... *ai, meu Deus!* É o meu ovo.

Hardy se joga na minha frente, tentando me bloquear, e o ovo que estou tentando apanhar cai bem na cabeça dele, se espatifando em seu cabelo.

Há gema escorrendo por seu rosto.

Cascas de ovo espalhadas pela praia.

E minha esperança de vencer cai ladeira abaixo.

— Nãããão! — digo, enquanto cascas de ovo descem pela lateral de seu rosto, fazendo-me rir. — Você quebrou o nosso ovo com a cabeça.

Ele arregala os olhos brincalhões.

— Você quebrou o nosso.

— Não foi de propósito — rebato, estendendo a mão e pegando um pedaço de casca em seu rosto, rindo.

— Então você por acaso socou o meu braço bem na hora em que eu estava tentando apanhar o meu ovo?

— Interferência — grita Hudson, apontando para mim e vindo até nós correndo.

— Não foi de propósito — repito, me defendendo, mas achando toda essa discussão muito engraçada. Eu deveria saber que esses homens Hopper seriam competitivos.

Hudson começa a enumerar os fatos, e no mesmo instante seu pai anuncia:

— Parece que Beatrice é a vencedora! — Os dois garotos Hopper se viram junto comigo e nos deparamos com Reginald erguendo o braço de Beatrice em vitória. Quando foi que isso aconteceu? O que houve com Jude e Haisley?

Virando-se novamente para mim, Hardy me aponta um dedo de maneira acusatória.

— Tome cuidado, trapaceira.

E, então, ele se afasta dali para limpar o ovo de sua cabeça. Dou risada.

— Maggie. — Só tenho tempo de virar a cabeça em direção à voz antes de sentir a mão de Brody em meu braço.

— Que azar, hein? — comento. — Não sabia que Hardy ia tentar pegar o nosso ovo com a cabeça.

— Contrato — ele sussurra, com o veneno de mil cobras venenosas.

— Hã? — pergunto, surpresa.

— O contrato.

Olho em volta, sem entender o que ele quer dizer.

— Do que você está falando?

Posso sentir a tensão entre nós.

A irritação emanando dele.

Mas por quê?

E quando estou prestes a pedir por mais explicações, ele elimina a distância entre nós, segura meu queixo entre o polegar e o indicador e inclina levemente minha cabeça para trás.

Seus olhos escuros encontram os meus por um momento, e quando tento decifrá-los, a única resposta que recebo são seus lábios nos meus.

Sou pega desprevenida.

Confusa.

Mas também fico excitada, porque acredito que é impossível esse homem me beijar e eu não sentir arrepios até os dedos dos pés.

Ou não suspirar com a maneira com que seus lábios se encaixam nos meus.

Ou não sentir vontade de derreter nos braços dele e permanecer ali pelo tempo que ele me permitir.

E é isso que não suporto em mim mesma. Eu não deveria *mesmo* gostar dos beijos dele.

Na verdade, eu odeio o fato de gostar da boca dele na minha, porque esse homem é muito irritante. Em um instante, ele está surtando comigo, dizendo coisas que... que me fazem sentir inferior, e então, no instante seguinte, está pedindo desculpas e me beijando.

Não faz sentido.

É tóxico.

E não é um comportamento que quero encorajar, não importa quanto isso me faça sentir uma geleira inteira se postar em minha barriga.

É exatamente disso que preciso, um lembrete de que devo ficar longe dele. Desconectar-me dele.

Mas, Deus, a boca dele é tão deliciosa.

Seus lábios.

O jeito como ele me segura.

Odeio gostar tanto disso.

Quando ele solta minha boca, fico satisfeita por ter acabado, triste por não estarmos mais nos beijando e tão desorientada com essa montanha-russa emocional que não percebo que ele está se inclinando para sussurrar em meu ouvido:

— Não se esqueça de que você pertence a mim, Maggie. Pare de flertar com Hardy e Hudson, ou vou fazer uma cena ainda maior para que eles saibam direitinho com quem você vai para a cama esta noite. Entendeu?

— Como é que é? — pergunto, afastando-me apenas o suficiente para olhar para seu rosto. — Você não pode estar falando sério.

Seu olhar encontra o meu.

— Nunca falei tão sério na vida.

— Você está agindo feito um troglodita. Eu não estava flertando.

— Podia ter me enganado.

Estreito os olhos e cutuco seu peito.

— Não me acuse de flertar com ninguém. Estou tentando conhecê-los melhor, cair nas graças deles. Talvez você devesse tentar fazer isso em vez de ficar amuado no canto. Lembre-se do que eu disse. Estamos aqui a negócios, então comece a agir como tal.

Tento passar, mas ele me impede, colocando a mão em minha barriga.

— Não fuja de mim, porra.

Esse homem. Tão enervante.

Tão quente e frio.

Se decida, cara.

— Não me dê motivo para fugir — digo.

Estou prestes a me afastar de novo, mas ele segura minha mão e a leva até os lábios. Pura encenação, para que os presentes vejam que não estamos tendo uma briga de casal, e sim conversando intimamente. Ele dá alguns beijos nos nós dos meus dedos, o que só me dá vontade de dar um peteleco em seu nariz.

Flertando.

Por favor, se eu estivesse flertando, ele saberia.

Voltamos para o grupo que está próximo do quadro do placar, que contém os pontos da primeira rodada. No momento, estamos em terceiro lugar. Nada mal. Beatrice e o marido estão em primeiro, seguidos por Haisley e Jude, nós – o casal apaixonado – e, em quarto, Hudson e Hardy.

Enquanto organizam o segundo jogo, noto a tensão nos ombros de Brody. Em qualquer outro momento – *talvez* –, eu o puxaria de canto, limparia a areia de seu abdômen e diria a ele que eu não estava flertando. Que eu assinei aquele contrato e vou cumpri-lo a qualquer custo.

Mas adivinhe quem cutucou a fera? Brody. Agora, além de estar muito irritada, também estou com sede de vingança.

Estou irritada por muitos motivos.

Estou irritada por ontem à noite, quando ele pairou sobre mim, correu os dedos pela lateral do meu corpo e me convenceu, por um breve momento, de que me achava atraente, somente para logo em seguida me insultar e jogar essa ideia pela janela.

Estou irritada por ele estar irritado, quando deveria estar focando em seu objetivo... em vez de estar focando em mim.

E estou irritada por ele ficar tão gostoso naquela bermuda preta praticamente caindo de seus quadris. Babacas, idiotas e cretinos nunca deveriam ficar gostosos em um calção de banho. Deveriam parecer monstrengos com um olho só, unhas dos pés enormes e umbigos esquisitos que parecem mais uma batatinha quebrada do que um círculo.

Então, é claro, minha irritação acaba tomando as rédeas.

Um plano começa a se formar em minha cabeça.

Um plano diabólico de vingança.

— Sabe, essa sua carranca é muito desagradável. Talvez se você ficasse menos carrancudo e se esforçasse de verdade, não estaria na posição em que se encontra. — Cruzo os braços.

Sinto os olhos dele pousarem em mim.

— Você não sabe nada da minha posição.

— Tem razão, eu não sei, mas vindo de alguém que trabalha mais do que a média, eu acharia que, se isso importasse tanto assim para você, não estaria fazendo cara feia por achar que eu estava flertando. Estaria interagindo, conhecendo os meninos. Fazendo brincadeiras com eles sobre um ovo ter quebrado na cabeça de Hardy. A oportunidade estava ali para você, mas, em vez disso, está achando que eu estava flertando com outra pessoa.

— Porque você estava.

Viro-me para ele, mantendo a voz baixa.

— Eu não estava flertando, Brody.

— Parecia pra caralho que sim.

Ui, ele está zangadinho. Tenho vontade de chutá-lo na canela. Ensiná-lo a não se meter comigo. Mas não acho que dar um chute na canela do homem por quem eu deveria estar loucamente apaixonada vá causar uma boa impressão.

— Não estava. Eu estava tentando ser amigável. Estou aqui para me certificar de que a família Hopper goste de mim, me aprecie, veja quanto sou inteligente, talentosa e gentil. Você está aqui pelo mesmo motivo. Aja como tal.

E para o caso de termos algum espectador nos observando, limpo a areia acumulada em sua barriga de tanquinho. Cada gominho dela.

Cada.

Gominho.

Delicioso.

Dela.

Começou como uma maneira de disfarçarmos para as pessoas ao nosso redor, mas agora que estou no meio da tarefa, não consigo evitar a vontade de acariciar seu abdômen, lambê-lo, esfregar minhas bochechas nas protuberâncias. É um abdômen tão sexy. Praticamente um conjunto de ilhas particulares em sua barriga.

Seu corpo contrai sob meu toque, deixando o abdômen ainda mais definido, e quando ergo o olhar para ele, não vejo mais raiva, e sim algo mais parecido com calor... voracidade.

O cara é um caos.

Mas, pensando bem, talvez eu também seja.

Então me dou conta de que é melhor parar por aqui, porque, Jesus Cristo, todos sabemos que sou uma inconsequente quando se trata desse homem – com a sorte que eu tenho, minha mão ia acabar entrando na bermuda dele, descer até o buraco da perna e acenar para todos à nossa volta. Não, não dá para confiar em mim, então afasto a mão e limpo a garganta.

— Só queria que você soubesse que eu não estava fazendo nada para te deixar mal na fita, se é o que estava pensando. Mas se *quiser* que eu te deixe mal na fita, vai ser um prazer fazer isso. É só escolher: uma história constrangedora, flertar de verdade... talvez eu tropece, caia e pague peitinho. Não me oponho a nada disso.

— Apenas aja normalmente. — Ele prende uma mecha de cabelo atrás da minha orelha. — Você pode estar competindo por popularidade, mas é a droga do meu trabalho que está em jogo aqui.

Aproximo-me dele e pressiono a mão em seu peitoral.

— Meu trabalho também está em jogo — sussurro. — Você não é o único que está respirando com a ajuda de aparelhos neste momento.

— Você não pode usar sexo para tentar se infiltrar na família — ele diz.

E isso faz minhas narinas inflarem. Passo o polegar em seu mamilo, querendo desesperadamente arrancá-lo de seu peito.

— Por que eu iria querer fazer isso quando já tenho um cuzão hostil na *minha* cama?

E deixo por isso mesmo, porque como ele ousa sequer me questionar?

...

— Para a direita — diz Brody, com meu peito pressionado em suas costas e meus braços esticados para a frente, debaixo dos dele. Estou vendada e ele só pode me ajudar me dizendo o que fazer e para que lado me mexer.

O objetivo: terminar a tigela de chantili fazendo o mínimo de bagunça possível. Comunicação com o parceiro é essencial. A dupla que terminar primeiro e tiver feito menos sujeira ganha a maior pontuação.

Já o meu objetivo... é irritar Brody o máximo possível, errando a boca dele e espalhando o chantili por todo seu rosto.

Mas foi ele que começou.

Lembre-se disso quando estiver pensando nele, em seu sorriso lindo, seu abdômen impecável e sua sagacidade charmosa. Foi ele que ME acusou – logo eu – de flertar com outros homens na frente dele. *Aquilo se chama conversar, Brody. Sugiro que experimente.*

Foi ele que me provocou ontem à noite.

Foi ele que me largou cheia de tesão e pronta para fazer estripulias sem explicação alguma no casamento do meu irmão.

Certo, não se esqueça disso. Não se esqueça de todas as coisas ruins que ele acumulou até agora.

E só mais um lembrete: foi ele que invadiu meu bangalô e o transformou em um desastre com sua mala desleixada e seus produtos de higiene espalhados.

Nós, mulheres, temos que nos unir. *Aff para o Brody. Uhul para a Maggie.*

Agora, de volta ao chantili.

— Isso, Maggie, bem aí — ele diz, como se eu estivesse cutucando seu períneo bem no lugar certo. — Isso, é só ir reto.

Sorrindo atrás dele, faço o movimento reto e no último segundo, quando sinto o calor de sua boca, desvio para o lado e lambuzo sua bochecha com o chantili.

— Ops, errei de novo? — pergunto, tentando conter a risada.

O corpo dele tensiona, e posso senti-lo respirando fundo algumas vezes em vez de surtar comigo. Pelo menos está controlando seu temperamento. Parabéns. Talvez ele tenha aprendido alguma coisa depois de me acusar de querer transar por interesse.

Babaca.

— Faltam trinta segundos — avisa Reginald.

— Acha que conseguimos mais um? — pergunto.

— Se você parar de ser escrota — ele murmura.

— Não faço a menor ideia do que você está falando. — Pego mais um pouco de chantili da tigela e aproximo de seu rosto. — Para onde vou? Esquerda? Direita? Para baixo?

— Como se você se importasse.

— Tem razão, eu não me importo — digo, aproximando minha mão do que presumo ser sua testa e lambuzando-o novamente. — Oh, não, acho que errei de novo — murmuro, tentando segurar a risada.

— Tempo esgotado — diz Reginald.

Afasto-me de Brody e em seguida me inclino para a frente, erguendo minha venda para dar uma checada nele.

Ali sentado, com um babador de adulto no peito, está Brody com o rosto coberto de chantili. O topo da testa, as sobrancelhas, os cílios, a barba. Está tudo coberto de branco, e é a melhor coisa que já vi. *Como eu queria poder capturar esse momento na minha câmera.* Aposto que valeria uma boa grana algum dia.

— Ai, minha nossa. — Cubro a boca. — Acho que você precisa trabalhar mais a sua comunicação, Brody. Parece que não conseguimos colocar nem um pouquinho na sua boca.

Ele pega uma toalha e limpa o rosto. Quando seus olhos encontram os meus, me dou conta de que talvez eu tenha me enganado. Ele é muito bom em se comunicar. Sem ter que dizer uma única palavra, está me comunicando que vai me matar.

Bem, acho que deveríamos ganhar alguns pontos por isso.

•••

Olho para minha perna, amarrada à de Brody, e depois para o rosto dele.

— Você está ciente de que tem uns trinta centímetros de altura a mais do que eu, não está? Isso significa que as nossas passadas serão diferentes.

— Você acha que sou idiota? — ele pergunta, com as mãos nos quadris, esperando o restante das duplas terminarem de se amarrar.

— Bom, você não pode simplesmente sair em disparada. Temos que trabalhar juntos, senão eu vou cair.

— Eu entendo a lógica do jogo, Maggie.

— É mesmo? — pergunto. — Porque parece que você está prestes a sair saltitando feito uma gazela assim que Reginald nos der o sinal.

— Não estou.

Hardy e Hudson vêm até nós, com as pernas presas uma à outra, dando passos extremamente eficientes. Após o arremesso de ovos, eles viraram o jogo, ficando em primeiro lugar em quase todas as atividades, além da do chantili. Hardy usou a mesma abordagem que a minha: irritar o seu parceiro o máximo que puder. Aparentemente, houve um ano em que Hudson fez a mesma coisa com ele, então foi uma revanche.

Mas Brody não parece estar muito satisfeito com o fato de que estamos perdendo. Não sei se ele está tentando provar alguma coisa, tipo que é o melhor de todos ali, mas acho que são as pessoas erradas para se chamar para a batalha.

— Se Beatrice ganhar essa, eu desisto da vida — diz Hardy.

— A vitória já é nossa — afirma Hudson, erguendo a camiseta para limpar a testa e exibindo um abdômen definido.

Todos os homens nesse grupo são sarados?

E será que conseguem chegar a esse físico sem comer carboidratos? Porque eu tentei comer saladas sem molho por um mês e isso não fez nada além de me deixar rabugenta e insuportável.

— Não sei, não — diz Brody, passando um braço em torno dos meus ombros e me puxando para si com firmeza. O cara não sabe nem disfarçar. E não é como se os garotos Hopper estivessem tentando chegar perto de mim. — Temos uma boa chance de ganhar essa.

Ai, ai, a competitividade está mostrando as garras.

Hudson sorri e coloca uma das mãos no ombro de Brody.

— Nós fazemos isso há anos, Brody. Temos todo um processo.

— Não deixe que eles te assustem — Haisley intervém, aproximando-se de nós também, com Jude amarrado ao seu lado. — Eles já caíram várias vezes na busca pela *vitória*. Eles se comunicam, berram. Jude e eu vamos ganhar dessa vez.

— Competidores, em suas marcas — diz Reginald. Brody nos conduz até a linha de partida e, posicionados entre duas duplas Hopper, a tensão da competição se intensifica no ar.

Não sei quem vai ganhar, mas se tem uma coisa que posso garantir, é: vai rolar uma briga generalizada pelo primeiro lugar.

Dou um puxão no braço de Brody.

— Lembre-se do que eu disse sobre as passadas.

Mas ele não me dá bola. Assume o que só consigo descrever como uma postura de corredor, pronto para sair correndo adoidado. Meu Deus, tenho medo do que pode acontecer agora.

— Prontos? Três... dois... um... já! — grita Reginald, e feito o diabo fugindo da cruz, Brody dispara a correr.

Meu Deus do céu, abriram as porteiras da tourada.

Seguro meus seios, que estão quicando para cima e para baixo, sentindo que é a única coisa que vai me manter a salvo conforme sou arrastada pela areia, um salto gigantesco depois do outro.

E, por um instante, fico orgulhosa ao me dar conta de que, embora Brody esteja dando passos monstruosos que só se equiparariam aos de um Pé Grande, estou conseguindo me alinhar com ele na raça.

Mas esse momento dura muito pouco. Seu ritmo é exigente demais para uma inexperiente como eu.

E exatamente como imaginei, perco o equilíbrio.

Mas penso rápido. Meu lado organizadora de eventos me conferiu essa proeza.

Analisando minhas opções, solto meus seios e tento me segurar em Brody para me reequilibrar... mas isso só faz com que eu seja arrastada por ele ao tropeçar e cair no chão.

Ao desabar feito uma árvore recém-cortada, tento me segurar ao touro furioso ao meu lado, agarrando-me à primeira coisa que encontro ao ir em direção à minha morte na areia.

Infelizmente, para todos, a primeira coisa que consigo segurar... é a bermuda folgada dele.

Com um puxão, dou de cara com sua bunda branca, e dou com o nariz em uma de suas nádegas durinhas.

— Ahhhhhhhh! — grito, minha voz vibrando em sua pele branquela. — A sua bunda está na minha cara!

— Puta que pariu — ele grita, tentando afastar meu rosto com a mão e, no processo, fazendo cócegas em meu nariz.

Minhas narinas inflam.

Minha mucosa nasal é provocada.

E quando minha cabeça tomba para trás, preparo-me para o pior ao soltar um espirro estrondoso... bem no cofrinho dele.

Olha, enquanto meu nariz desliza pelo rego dele, posso dizer com toda certeza que esse não é um dos meus melhores momentos.

— Mas que porra é essa? — ele pergunta, tombando para a frente e levando a mão direto para a bunda.

Não o culpo. Tem ranho nela agora.

E enquanto ele se remexe na areia, com o pau para baixo e a bunda brilhando sob o sol, levanto o olhar para os céus, suplicando aos deuses que, por favor, me libertem desse momento.

Ele resmunga ao meu lado, puxando a bermuda para cima enquanto as outras duplas disparam na nossa frente, nos deixando ali largados na areia com alguns espectadores rindo e apontando para a nossa desgraça.

— Eu disse para você ter cuidado com a sua passada — digo após alguns segundos.

Ele me lança um olhar cheio de ira e tão perigoso que chego a sentir meus cílios se enrolarem de pavor.

— Eu tive cuidado, você que não estava acompanhando.

— Hã, estava, sim. Eu fui uma parceira exemplar, dando passos enormes na areia com você.

— Você estava mais para um peixe morto que eu tive que arrastar.

— Se importaria em manter as calças no lugar da próxima vez, McFadden? — diz Reginald, com um sorriso pretensioso. — Este é um evento de família. — Com isso, ele se vira para as duplas restantes na corrida, enquanto Brody me encara com o que me parecem raios laser da morte saindo de seus olhos.

— Você tinha mesmo que arriar as minhas calças? — ele pergunta.

Limpo meu rosto mais uma vez e olho-o bem nos olhos.

— Acredite quando digo que eu queria que isso nunca, nunca tivesse acontecido. Cair de cara na sua bunda entrou para o ranking dos cinco piores momentos da minha vida.

— Diz a garota que trata o meu pau como seu travesseiro particular — ele murmura.

Aff!

Golpe baixo, Brody. Golpe baixo.

•••

— Sente-se no meu colo. É só isso que precisa fazer — diz Brody ao se sentar na areia, apoiando as mãos atrás de si.

— Eu sei como estourar um balão, Brody.

— Sabe mesmo? — ele pergunta. — Porque você também disse que sabia me dar chantili na boca e eu acabei com a cara toda lambuzada, sem comer quase nada. E, para completar, você disse que sabia andar, mas só o que conseguiu foi espirrar no meu rego.

Ui, ele quer partir para a artilharia pesada agora.

Só para constar, ter espirrado no rego dele foi mais desagradável para mim do que para ele.

Aproximo-me de seu rosto, fazendo de conta que estou muito apaixonada, e pouso a mão delicadamente em sua bochecha.

— Era você, *querido*, que estava direcionando a minha mão com o chantili, então se ele foi parar em outra parte do seu rosto, foi devido às suas péssimas habilidades de comunicação. E quanto ao espirro no seu cofrinho, a culpa foi toda sua. Eu disse que você não podia ir muito rápido, e você não me deu ouvidos. Quem sabe, na próxima vez, você faça diferente. — Inclino-me para a frente e dou um beijinho em seu nariz. — É você que está perdendo esse jogo por nós dois, chuchuzinho.

— Nem tente colocar a culpa em mim, princesa.

Deslizo o dedo por sua bochecha, meus lábios muito perto dos seus.

— Ah, eu vou, sim.

— Você tem noção do quanto é irritante, não tem? — Ele inspira com força, e dou mais um beijinho em seu nariz para acrescentar mais efeito.

— E você tem noção de que é *tão* antipático... — Aproximo-me mais uma vez e dou um beijo em sua bochecha. — Que eu preferiria deitar em uma cama cheia de lâminas a ter que segurar a sua mão mais uma vez, não tem?

— O sentimento é mútuo — ele diz quando me endireito. Seus olhos permanecem nos meus. — Apenas sente-se com o balão no meu colo. Só isso.

— Eu sei. — Afasto-me dele e me junto aos outros competidores, cada um de nós ao lado de um cesto com cinco balões, prontos para serem estourados.

Objetivo do jogo: estourar o balão entre você e o seu parceiro, usando qualquer meio necessário, exceto as mãos.

Não parece tão difícil assim.

— Cara, não se jogue em mim como na última vez — grita Hardy para Hudson, que está com um sorriso malicioso no rosto.

Parece que há uma história por trás disso, assim como em todos os outros jogos. Dou risada.

— Todos prontos? — pergunta Reginald. Assentimos, confirmando. — Que tal um lembrete do prêmio final? — sugere.

— Claro — diz Regina, andando diante de nós mais uma vez e exibindo o troféu. Contenho a risada diante da pose toda correta de Regina em sua túnica elegante e óculos de sol de grife, só para o caso de ela não estar brincando. Não estou aqui para insultar ninguém, muito menos a mãe da noiva.

— Obrigado, meu amor — diz Reginald antes de voltar a atenção para os competidores. — Há muita coisa em jogo. Três, dois, um... já!

Hudson sai correndo em disparada e eu o vejo saltar no ar de costas, com o balão na bunda, e aterrissar diretamente em Hardy, estourando o balão e derrubando o irmão para trás com um baque surdo.

— Seu... fodido — ele diz, enquanto Hudson ri e se levanta para pegar outro balão. E eu achei que esse era o cara que preferiria estar fazendo planilhas do que brincando em jogos de família. Parece que Hardy estava errado.

Ok, eu consigo fazer isso.

Avanço na direção de Brody, que parece indiferente, salto no ar de costas e coloco o balão atrás de mim, porém ele escapole das minhas mãos e minha bunda aterrissa bem na cara de Brody, derrubando-o deitado na areia, enquanto nosso balão sai voando por alguns segundos até ser capturado por um funcionário próximo dali.

— Acho que errei — digo, sentada na cara de Brody.

Ele balbucia alguma coisa, mas não consigo ouvi-lo, então levanto uma nádega e pergunto:

— O quê?

— Saia... de cima... de mim — ele diz.

— Ah, é.

Levanto-me e corro novamente para os balões, pegando mais um. Desta vez, decido tentar uma abordagem diferente. Coloco o balão no colo dele e, então, me sento. Parece uma ideia inteligente, mas o único problema é: o balão não estoura.

Então começo a quicar em cima do balão, no colo de Brody.

Upa, upa, cavalinho.

— Esses trecos são feitos de quê? — pergunto. — Aço?

— Ahhh, caralho — ele diz quando quico nele com força.

— Caramba, essa porcaria não quer estourar. — Agarro os ombros de Brody e começo a quicar bem forte, para cima e para baixo, e a cada vez que me sento no balão, ele se contrai. — Anda... seu... teimoso... de uma...

Pôu.

Na última quicada, aterrisso diretamente em seu colo, e ele grunhe de dor.

— Porra — Brody geme.

— Doeu?

Ele me lança um olhar furioso.

— Me diga você.

— Hã, você que mandou eu me sentar no seu colo. Só estou obedecendo.

— Está transformando o meu pau em purê, isso sim.

— Eca. — Estremeço. — Não diga isso.

Pôu.

— Uhuuu! — grita Hudson, jogando as mãos para o ar enquanto Hardy está deitado na areia, se contorcendo como se tivesse levado uma bela surra nas partes baixas.

— Pelo menos não foi só você que teve o pau transformado em purê. — Dou dois tapinhas em sua bochecha. — Agradeça por não ter sido pelo seu irmão.

•••

Brody joga um pouco de água no rosto enquanto Reginald nos divide em dois times grandes. O jogo ainda está indefinido. Hardy e Hudson estão na frente, mas por poucos pontos. Beatrice e o marido estão em terceiro lugar, enquanto Jude e Haisley estão em segundo. Brody e eu estamos em quinto, mas ainda temos uma chance – o prêmio vai para o time que marcar mais pontos e também para a dupla que ficar em primeiro lugar no individual.

O jogo será um tipo de pique-bandeira com futebol americano. Mas em vez de marcar um touchdown, o jogador precisa jogar a bola em um cesto na end zone. Se pegarem as suas bandeiras, você sai do jogo. Você só pode pegar uma bandeira se estiver com a bola. O primeiro time que marcar três pontos vence.

Hardy e Hudson estão no time adversário, enquanto Jude e Haisley estão no nosso. Observo cuidadosamente Reginald terminar de definir os times e quando ele coloca Beatrice no time dos meninos, comemoro mentalmente. Ela pode ser boa em arremesso de ovo, mas acho que consigo ser mais rápida do que ela nesse jogo.

Ok, essa já está no papo.

Viro-me para Brody.

— Temos que marcar pontos se quisermos subir no placar. Então jogue a bola para mim e eu marcarei os pontos.

Ele ergue as sobrancelhas.

— Você quer marcar os pontos?

— Hã, sim. Se você tentar fazer isso, tanto Hardy quanto Hudson vão partir para cima de você. Mas se eu tentar chegar à zona final, eles vão ser mais delicados.

— Hudson estourou um balão sentando-se na cara de Hardy. Eles não são nada delicados.

— Acredite, eles não vão me atacar como atacariam você. Além disso — dou tapinhas em meu bíceps —, eu tenho um braço firme pra caramba. Se eles vierem para cima de mim, eu vou e *bam!* — Acerto Brody com meu braço esticado. — Bloqueio os dois bem assim. Eles estão fritos.

— Você vai acabar quebrando o braço se tentar bloqueá-los desse jeito. Eles devem ter pelo menos uns trinta e cinco quilos a mais que você.

— Você não tem fé em mim?

— Sinceramente? — Ele agarra a nuca. — Não. Depois de tudo que aconteceu hoje, não tenho a mínima fé em você. Na verdade, meu nível de fé em você está abaixo de zero.

— Bom, então prepare-se para ver que estava enganado, porque euzinha aqui vou marcar os três pontos. Tenho as manhas. Sei driblar. Você não faz ideia do que eu sou capaz.

— Jesus — ele murmura, esfregando o rosto devagar.

Um funcionário do hotel nos entrega cintos com bandeiras presas a eles, e, enquanto os colocamos, Reginald passa por nós, examinando nosso time.

— Vamos ver se consegue algo impressionante, McFadden. — Ele dá dois tapinhas no ombro de Brody e sai andando, deixando-o com uma expressão frustrada.

— Difícil ser impressionante quando estou no mesmo time que isso... — Ele gesticula para mim com desgosto.

— Ei, assim você está sendo ofensivo.

Ele se inclina para mim.

— Ofensivo é ter que aturar esse dia com você.

— Por que está de mau humor?

— Por quê? — Ele me olha como se eu devesse saber a resposta. — Talvez porque você tenha me feito passar vergonha o dia inteiro.

— Não fiz, não. Eu joguei direitinho. — Tirando o jogo do chantili, mas não íamos ganhar esse, de qualquer forma. Beatrice e os meninos praticamente deslocaram a mandíbula feito uma cobra tentando engolir um ovo de avestruz. Pelo menos foi isso que me disseram. Não vi, já que estava com os olhos vendados.

— Fiz papel de idiota o dia todo. — Ele aperta seu cinto de bandeira.

— Se você fez papel de idiota, foi por culpa sua, não minha. — Aperto meu cinto também e começo a dar corridinhas no lugar. Tenho que aquecer bem essas pernocas que vão botar para quebrar nessa competição. — Agora, talvez seja uma boa ideia você parar de se preocupar com a sua imagem e começar a ganhar os jogos. Passe a bola para mim. Eu te garanto que vamos marcar pontos e subir no placar.

— Não vou passar a bola para você.

— Vai tentar bancar o herói? — pergunto, colocando as mãos nos quadris. — Porque isso só vai fazer com que você pareça ainda mais ridículo. Desculpe por dizer isso, mas Hardy e Hudson têm uma vantagem sobre você. E não estou dizendo isso para ferir o seu ego masculino frágil. Estou dizendo porque eles já jogaram isso antes, então têm experiência. Confie em mim, apenas me passe a bola que eu cuido do resto.

Dou dois tapinhas em seu peito e vou para a área do jogo, que consiste em um retângulo enorme de areia demarcado por cones. Saio oferecendo alguns "toca aqui!" para algumas pessoas e olho para o cesto atrás dos garotos Hopper. Aquele cesto é meu.

Brody se aproxima por trás de mim, claramente menos animado do que eu. Vamos apenas dizer que ele está com postura de foco no jogo, não de rabugento. Porque rabugentos nunca venceram jogo nenhum.

— O time azul ganhou o cara ou coroa — diz Reginald. — Escolheram começar com a bola.

— Quem está no time azul? — Olho em volta e percebo que nossas bandeiras são azuis. — Ah. — Dou risada, colocando a mão no braço de Brody. — Somos do time azul.

Ele não acha graça.

Ok, deixo isso para lá e me inclino para a frente, esfregando as mãos.

— Lembre-se do que eu disse. Passe a bola para mim.

Reginald toca um sino, um daqueles antigos de escola, e o jogo começa.

Haisley começa com a bola, e o time adversário avança em nossa direção. Ela arremessa para Jude, que sai em disparada, driblando e desviando dos meninos com facilidade, conseguindo chegar ao cesto e enfiando a bola dentro sem problema algum. Nossa, isso foi em, tipo, dez segundos. O cara é um monstro.

— Uhuuu! — comemoro, jogando os braços para cima. — Mandou bem, Jude. — Ofereço um "toca aqui!" para ele e, em seguida, me viro para Brody. — Viu só? É isso que vou fazer, mas com meu braço firme. — Dou tapinhas em meu bíceps novamente para mostrar a ele o quanto sou durona.

— Você está delirando — ele diz, e a próxima rodada começa.

Dessa vez, Hardy está com a bola e Jude vai para cima dele, que então passa para Hudson. Brody sai correndo para tentar pegar a bandeira de Hudson, mas ele o dribla tão bonito que Brody cai de cara na areia e Hudson marca ponto.

Putz, isso não foi nada bom para ele.

Viu só? Não sou eu que estou humilhando o cara, o problema está nele. Não em mim.

Mas só para cumprir o papel de namorada dedicada, vou até ele e dou tapinhas em suas costas conforme ele se levanta do chão.

— Boa tentativa, mas, da próxima vez, tente pegar uma bandeira.

Ele me lança um olhar praticamente homicida.

Caramba.

Talvez seja melhor eu me afastar.

— Você vai ter que ser mais ágil que isso — diz Reginald para Brody. — Os meninos são muito rápidos.

— Com certeza — diz Brody na voz mais falsa que já ouvi antes de voltar para o lado do nosso time, com o peito todo empanado de areia.

— Precisa de alguma coisa para limpar a baba?

Por que está cutucando a onça com vara curta, Maggie?

Ele me ignora e entra em posição.

— Não esqueça, jogue a bola para mim — sussurro. — Esse ponto é nosso.

Ele não me dá a mínima, mas mantém o foco na bola diante de nós. Reginald a ergue, arremessa para o nosso lado e Brody sai correndo, salta no ar e a agarra.

Ora, veja só, um pouco de atletismo. Ele enfia a bola debaixo do braço, avança em direção ao lado esquerdo do campo, escorregando por um segundo na areia, mas então dispara para o lado oposto de onde estão Hudson e Hardy, seguindo por um caminho livre direto até o cesto, onde ele enterra a bola.

Ora, ora, ora, veja só quem finalmente deu as caras. Palmas para o homem de areia.

E, meu Deus, olhe aquele homem estufando o peito, tentando agir como se não tivesse acabado de mostrar à praia inteira o potencial que ele tem. Até eu fiquei impressionada.

Quando ele retorna para o nosso lado do campo, troca alguns "toca aqui!" com os companheiros de time e olha para mim com um sorriso convencido no rosto.

— Eu te disse que dava conta.

— Realmente. — Ofereço-lhe um breve sorriso, porque ele merece. — Mas agora eles sabem o que você pode fazer, o que significa que é a minha vez. — Aponto para meu peito. — Vai ser inesperado. Eles vão atrás de você ou Jude. Então arremesse a bola para mim e veja nós dois ganharmos essa bagaça.

Mais uma vez, ele me ignora e foca nos jogadores diante de nós. Tudo bem, ele está no modo jogo, sem problemas. Vamos deixá-lo fazer como achar melhor.

Reginald arremessa a bola e, desta vez, Beatrice a agarra e, minha nossa, acho que nunca vi Brody dar uma arrancada daquelas, porque ele sai correndo pela areia feito um daqueles lagartos que conseguem correr na água e se lança na direção de Beatrice, tentando puxar a bandeira dela assim que ela arremessa a bola para Hardy, que por sua vez joga para Hudson, que está dando sopa perto do cesto. Ele agarra e enterra a bola.

Essa foi dolorosa de assistir.

Brody se levanta depois de ter enterrado os braços e as pernas na areia fina e branca e tenta se limpar, vindo em minha direção.

— Você quase eliminou a velhota. Muito bem.

— Não preciso dos seus comentários — ele murmura, passando uma das mãos pelos cabelos.

— Não estão ajudando? — pergunto.

Ele pousa o olhar zangado em mim.

— Nem um pouco.

— E eu aqui achando que estava arrasando — digo.

Reginald ergue a bola e diz:

— Se o time azul marcar ponto, será o vencedor.

— Ouviu isso? — Cutuco Brody com o cotovelo. — Jogue a bola para mim. Os garotos vão vir com tudo pra cima da gente. Mas não vão machucar uma coisinha pequena e frágil como eu.

Brody me ignora e se posiciona. Reginald arremessa a bola no ar, e Brody e Jude avançam para tentar pegá-la, mas Jude é quem consegue. Ele sai correndo pelo campo, mas Hudson e Hardy o cercam, então ele joga a bola para Haisley, que em seguida joga para Brody. Ele enfia a bola debaixo do braço e corre, mas Hudson e Hardy avançam gritando na direção dele. Começo a correr também e bato algumas palmas, pedindo que ele jogue para mim.

Ele lança mais um olhar para os meninos e então, com muita relutância, arremessa a bola para mim.

Agarro a bola como um jogador profissional no auge de sua carreira e estendo meu braço firme, pronta para bloquear esses filhos da puta – pois é, meu braço firme desperta palavrões.

— Saiam da frente, porque lá vem o trem Maggie! Chu, chu! — grito antes de sair correndo, só que acabo parando depois de dois passos quando vejo Hardy e Hudson vindo com tudo para cima de mim, como se eu fosse um pano vermelho e eles fossem dois touros prontos para detonar.

Rosnando.

Bufando.

Vindo em minha direção sem pena alguma.

Nunca vi algo mais apavorante na minha vida.

E, nesse momento, me dou conta de que Brody tinha razão. Vou acabar quebrando o braço se tentar usá-lo para bloqueá-los.

Então, movida pelo meu instinto de autopreservação, solto um grito histérico e arremesso a bola, a fim de evitar ser a vítima de um ataque Hopper.

Infelizmente, para Brody, eu não estava olhando para onde lancei a bola, nem ele.

E meu arremesso o acerta bem no pênis.

Preparem-se para o impacto! Soldado abatido!

Brody paralisa, agarra a virilha e, então, desaba na areia, com uma expressão de pura náusea tomando conta de seu rosto.

O.

Que.

Foi.

Que.

Eu.

Fiz?

A bola rola para a esquerda, onde Hardy a recolhe, salta por cima de um Brody sofrido e a leva direto para o cesto, onde ele marca mais um ponto.

Fim do jogo.

Isso não é nada bom para nós.

E quando olho para Brody, chego à conclusão de que será uma noite difícil.

Porque, se eu não tinha transformado o pênis dele em purê com a brincadeira de estourar o balão, isso acabou de acontecer.

O medo pinica em minha nuca conforme eu me ajoelho com cautela diante dele e pouso a mão em seu ombro. O outro time comemora loucamente a vitória enquanto tento acertar as coisas com Brody.

— Hum… é, essa derrota foi culpa minha. — Toco meu peito. — Entendo onde errei. O braço firme foi ineficaz, então vou aceitar a derrota, dessa vez.

— Afaste-se… para lá — ele balbucia.

— Hã?

— Afaste-se — ele grita e, então, rola para o lado e vomita na areia.

Murcho por dentro enquanto olho para ele.

Universo, por favor, salve-me da ira desse homem, porque eu sei que ele nunca vai me perdoar por isso. Nunca.

Ele vai me assassinar enquanto durmo hoje à noite. *Adeus, mundo. Foi bom conhecê-lo.*

CAPÍTULO NOVE

BRODY

— VOCÊ JÁ PODE TIRAR O GELO — DIGO COM OS DENTES CERRADOS.

— Não faz vinte minutos ainda. É melhor deixar pelo tempo necessário completo — diz Maggie sentada ao meu lado na praia, sobre uma toalha, cortesia dos funcionários do hotel, segurando uma bolsa de gelo contra meu pau e minhas bolas, que estão praticamente murchos com todo o frio.

O dia de hoje foi um desastre. Acho que não tinha como ser pior.

Eu fui humilhado.

Tive as calças arriadas.

Atingido na virilha... duas vezes.

E vomitei na areia, com Reginald presenciando enquanto eu lidava com a minha dor feito o peão fraco que sou.

Hardy e Hudson, é claro, me deram tapinhas nas costas e me disseram que provavelmente também teriam vomitado se tivessem levado uma porrada daquelas. Parece que Maggie não tinha o braço forte e rígido do qual ela ficou se gabando, mas com certeza conseguia arremessar uma bola com uma força descomunal que estava acumulada e esperando para ser liberada em mim.

Porra, não posso sequer pensar nisso, porque corro o risco de vomitar de novo.

Nunca senti o gosto dos meus testículos antes, mas quando aquela bola os acertou, eu os senti subirem até a minha garganta. Foi uma dor cruel, e eu soube, em questão de segundos, que ia colocar para fora tudo o que tinha no estômago.

Meu Deus, que vergonha.

— Mas você marcou um ponto, pelo menos — diz Maggie, obviamente tentando amenizar a situação, enquanto o restante do grupo desfruta de um almoço servido na praia. Trouxeram comida para nós, mas eu não consegui sequer olhar. Já Maggie, enquanto segurava o gelo na minha virilha, aniquilou um sanduíche de salada de ovo e descreveu os sabores para mim em detalhes tão vívidos que foi a primeira vez que pensei em atirar areia nos olhos de alguém.

Tenho vergonha de admitir, mas, porra, a última coisa que eu quero é tê-la perto de mim.

— Você pode parar de falar, por favor?

— Está mesmo tão bravo assim? — ela pergunta, completamente alheia.

— Sim — sibilo, mantendo o tom de voz baixo, porque ainda estamos rodeados de convidados do casamento. — Jesus, Maggie, eu sei que você presenciou aquele desastre, até porque foi por sua causa que tudo isso aconteceu comigo. Você não pode me dizer que eu me saí bem.

— Não foi o seu melhor momento, mas acho que pode ter sido fascinante, sabe? Tipo: veja só, esse cara levou uma pancada no pipi e ainda consegue ficar bem.

Olho para ela com uma expressão impassível.

— Ninguém leva uma pancada no... pipi — ela abre um sorriso sugestivo quando uso sua palavra idiota — e fica bem depois. Isso faz estragos.

— Hum... que tipo de estragos? Uma vez, Gary estava andando em uma barra de equilíbrio, escorregou e caiu bem no pipi. Eu nunca tinha visto alguém ir de felizão para um estado catatônico em questão de segundos. Ele rolou da barra de equilíbrio, duro feito uma tábua, e caiu no chão, onde ficou por uns bons dez minutos. Depois, fiquei sabendo que ele ficou com hematomas na parte interna das pernas e com as bolas inchadas. — Ela olha para o gelo em minha virilha. — Você acha que as suas bolas estão inchadas?

— Por quê? — mando de volta. — Quer que fiquem mais fofinhas para você deitar hoje à noite?

Isso a faz estreitar os olhos.

— E é por isso que não sinto pena de você, porque você é um panaca. — Ela balança a cabeça e sussurra: — Sabe, por um segundo, um segundinho só, achei que a gente podia se dar bem, mas estava muito enganada.

— Eu estava tentando me dar bem com você, por isso o pedido de desculpas, mas você não soube agir feito adulta e aceitar.

— Porque você disse que tinha nojo de mim.

— Eu não disse isso — rebato. — Quando eu disse que tinha nojo de você? Pelo contrário, eu te fiz mais elogios do que críticas desde que você se infiltrou na minha vida.

— Ah, você disse que tinha nojo de mim, sim. Pude ver no seu...

— Ei, como vocês estão? — pergunta Haisley ao surgir diante de nós.

Maggie se transforma de megera venenosa em fada exultante em questão de segundos, abrindo um sorriso para Haisley.

— Ele está um pouco dolorido. — Maggie inclina a cabeça na minha direção. — Mas acho que, com os devidos cuidados, vai sarar rapidinho.

— Ótimo. Jude disse que doeu até nele. Ele nunca viu uma pessoa levar uma bolada forte daquelas tão perto da virilha.

Maggie rotaciona seu braço.

— É, tenho a força de um canhão nessa belezinha aqui. Eu deveria colocar um aviso.

Jesus.

Cristo.

— Vou ficar bem — digo. — Na verdade, eu já estava indo ficar de molho no nosso bangalô por um tempinho.

— Quer que eu peça ao Jude para te ajudar a voltar para lá? — pergunta Haisley.

— Nah, eu consigo — afirmo ao me levantar devagar.

Puta.

Que.

Pariu.

A dor entre minhas pernas é tão excruciante que quero logo chegar ao bangalô só para poder checar se tudo ainda está no lugar e nada... se deslocou durante as festividades do dia.

— Você se importa se eu pegar a Maggie emprestada? Preciso de ajuda com a disposição dos assentos dos convidados, e parece que nem a organizadora nem a minha mãe estão entendendo qual é o meu objetivo. Talvez alguém com uma perspectiva nova possa ajudar.

Maggie fica de pé em um pulo, como um soldado pronto para a chamada.

— Eu adoraria ajudar. Mapas de assentos são a minha especialidade. É só me mostrar.

— Obrigada. — Haisley olha brevemente para mim, parecendo preocupada ao ver que fico com as costas curvadas ao ficar de pé. Pois é, estou meio corcunda, feito um velhinho cambaleando para procurar sua bengala.

Porra, o que eu não daria por uma bengala nesse momento?

— Quer ajuda para chegar ao seu carrinho de golfe? — pergunta Haisley. — Posso pedir a um dos rapazes para te dar uma mãozinha.

É nesse momento que Maggie se dá conta de que deveria estar cuidando de mim.

— Sim, eu posso ajudar, se quiser.

Dispenso as duas.

— Estou bem. Provavelmente vou passar o resto do dia descansando, então façam o que têm que fazer, divirtam-se. Ótimos jogos hoje. — Aceno com um sorriso forçado antes de me virar e ir para o estacionamento de carrinhos de golfe.

Nem a pau eu vou participar de qualquer outra festividade por hoje. Minha noite será de serviço de quarto e piscina de imersão. Bom, pedirei serviço de quarto se tiver sorte o suficiente de conseguir segurar alguma coisa no estômago.

Lenta e gradualmente, vou até os carrinhos de golfe, avisto o nosso e me sento com delicadeza, estremecendo quando minhas bolas encontram o assento. Devem estar inchadas. Vou ficar impressionado se não estiverem.

Saio dirigindo pelo resort sem pressa, a fim de evitar solavancos, porém me dou conta de que vai ser um pesadelo atravessar a ponte de madeira, de qualquer forma, então é melhor acelerar logo.

Confiante de que aguento, piso fundo no pedal e chego a quase gritar ao atravessar a ponte até o nosso bangalô. Felizmente, não demora tanto assim, e desço do carrinho de golfe e entro direto sem perder tempo. Caio de costas na cama, tiro o calção de banho e, então, sento-me para examinar minhas partes.

Dou uma conferida em meu pênis primeiro, que parece estar bem. Quando chego nas bolas, não vejo inchaço nem hematomas, o que significa que devo estar com hemorragia interna e não passo dessa noite... *que ótimo*. A última coisa de que os Hopper se lembrarão sobre mim é do momento em que vomitei na areia segurando o pau.

Perfeito.

Talvez sintam pena de mim e escolham a minha proposta após eu bater as botas, sabe, em minha homenagem.

Em minha lápide, estará escrito: "Aqui jaz Brody Ryan McFadden. Causa da morte: bolada na piroca. Última recordação: vomitando na areia. Segue vivo por meio de sua proposta de butiques para aluguel. Descanse em paz".

Pelo menos, terei um legado duradouro.

Levanto-me da cama e, em vez de voltar a vestir o calção, decido pegar uma toalha e ir para a piscina privada. Para minha sorte, ela é aquecida, então é o lugar perfeito para ficar de molho.

Com o celular em uma das mãos, uma toalha e uma garrafa de água do frigobar na outra, dirijo-me até a piscina completamente pelado e entro na água.

Isso, é exatamente disso que preciso. Faço um rolinho com a toalha e coloco na beirada da piscina para apoiar a cabeça enquanto me afundo mais na água.

Em seguida, pego o celular e ligo para Jaleesa antes de ativar o viva-voz e colocar o aparelho ao meu lado no deque de madeira da piscina.

Chama algumas vezes até ela atender.

— Está me ligando com boas notícias? — ela pergunta.

Porra, quem me dera.

— Não — respondo. — Na verdade, nem sei por onde começar.

— Eita — ela diz. — Me dê um segundo, vou para o meu escritório.

Ouço-a se movimentar do outro lado da linha e uma porta se fechar.

— O que houve?

— Bom, eu cheguei aqui e, na primeira noite, quando eu estava chegando à recepção de boas-vindas, a irmã caçula do meu melhor amigo veio até mim.

— Espera, ela estava aí por conta própria?

— Sim, mas parece que ficou sabendo do casamento Hopper e decidiu se meter na porra toda. Resumindo, ela agora é uma das madrinhas de Haisley, estamos em um relacionamento falso e dividindo a mesma cama, mas não está rolando nada entre nós, absolutamente nada.

— Hã... o quê?

Sim, Brody... o quê?

Não acredito que acabei de compartilhar isso com Jaleesa. Quero dizer, somos bons amigos, tanto quanto uma chefe e um funcionário podem ser, mas, sério, com quem mais eu poderia dividir isso? Gary está fora de questão, obviamente. Minha mãe e meu pai não entenderiam – não que eu entenda também. Então acho que sobrou para a minha chefe mesmo.

— Para ser sincero, nem eu sei como viemos parar aqui. Parece um turbilhão, e isso nem está funcionando muito a meu favor. Eu vomitei na frente do Reginald... bem na areia da praia.

Há silêncio e, então...

— Você está brincando, não está? É uma pegadinha?

— Nossa, como eu queria que fosse. — Arrasto a mão pelo rosto. — Tem sido um pesadelo, Jaleesa. Não estou causando uma boa impressão. Parece que Reginald fica me julgando toda vez que eu abro a boca. Ele parece ser um cara do bem, mas também tem um sarcasmo tipo RDJ, que te faz achar que ele gosta de você, quando na verdade está só te sacaneando.

— RDJ?

— Robert Downey Jr. Se atualize, Jaleesa.

— Quem o chama assim?

— Todos os seus colegas de elenco — explico.

— Ah, me desculpe, mas quando você se tornou parte do Universo Marvel?

— Me poupe desse sarcasmo — digo. — Já recebo o suficiente de Maggie.

— Esse é o nome dela? Maggie?

— Da maluca que arremessou uma bola no meu bilau hoje? É, sim.

Jaleesa cai na gargalhada.

— Foi mesmo?

— Vou sentir muita falta das suas habilidades gerenciais compassivas — debocho.

Ela ri um pouco mais.

— Desculpe, mas foi engraçado.

— Que bom que acha isso. Minhas bolas discordam. Estão de molho, no momento.

— Estão recebendo um tratamento de SPA depois da sova que levaram?

— Basicamente — respondo. — E sabe o que está me estressando ainda mais?

— Me diga, por favor.

— Deanna me enviou um e-mail ontem, insinuando que a proposta dela já está praticamente escolhida. Só precisa acrescentar mais alguns detalhes. Ela soube disso pela assistente de Reginald. Eu sei que Deanna tem se aproximado dela, então deve estar recebendo todas as informações privilegiadas possíveis. E, sim, estou aqui no resort do casamento tentando convencer Reginald de que sou eu que ele deveria escolher, mas não consigo encontrar uma maneira de falar com ele sobre trabalho. Não quero ser forçado, essa é a semana do casamento da filha dele, então fico só paradão feito um pateta enquanto Maggie sai encantando todo mundo como se fosse uma fada.

— Mas isso é bom para você, não é? Acho que, se gostarem dela, automaticamente vão gostar de você, porque foi você que a levou.

— Até parece — digo. — Não acho que vai ser assim. Eles mantêm as vidas pessoais e profissionais muito bem separadas. — Dou um peteleco em uma bolha na água. — Achei que uma família bilionária como essa falaria sobre negócios ao menos um pouquinho, mas nada. É chocante.

— Você deu os charutos ao Reginald? Seria um bom pretexto para falarem sobre trabalho, fumando charutos juntos.

— Dei dois a ele na festa de boas-vindas, depois de quase derrubá-los no chão. Fiquei tão perplexo ao ver Maggie que tropecei com eles. Obviamente, ela foi um encanto ao se apresentar para Reginald. Ele gostou dela de cara. Todos gostaram. Até Hardy e Hudson... eu vi como olham para ela.

— Hummm... está com ciúmes porque eles olham para ela?

— O quê? — pergunto. — Não.

Jaleesa dá risada novamente.

— Parece que você está com ciúmes. Você gosta dela, Brody?

— Não — respondo rápido demais. — Ela é a irmã caçula do Gary, e não tem nada que me atraia.

Mentiras... tantas mentiras, mas é bom ficar em negação. Sinto-me menos exposto.

— Pois estou achando que toda essa irritação que está sentindo não é porque os Hopper não falam de negócios com você. Na verdade, você está gostando de alguém que não pode ter, então esses pequenos momentos que você está vivendo com ela estão te enlouquecendo. Porque você quer que seja de verdade. Pra valer.

— De onde você tirou isso? — questiono.

— É tão óbvio, Brody.

— Não é, não. Isso não tem nada a ver com Maggie e tudo a ver com o fato de que eu não consigo me entrosar e mostrar a eles que sou eu quem devem escolher. Como posso provar isso se não falarmos de negócios?

— Você não tem que convencê-los de que a sua proposta é a melhor, tem que fazê-los gostarem de você. Você deveria mostrar a eles o quanto é inteligente. Mostrar o cara do bem que você é, assim, quando fizer a sua apresentação, eles já terão uma noção de quem você é, e é isso que vai te dar uma vantagem. Acho que você perdeu o fio da meada.

Solto um suspiro pesado.

— Caramba, Jaleesa. Eu não tenho ideia do que estou fazendo.

— Você diria que está, quem sabe... distraído?

— Não — digo, mas acabo soando como uma criança petulante.

— Brody, qual é?

— Tá — digo, exausto. — Sim, há uma distração. Mas não é como se eu ficasse sentado olhando para ela o tempo todo. Estou fazendo o que deveria fazer, mas ela fica... atrapalhando.

— Não sei o que te dizer quanto a isso, mas se eles gostam dela, então grude nela feito uma verruga que ela não consegue arrancar.

— Que nojo.

— É isso que você precisa fazer. Não deixe Deanna ganhar essa. Ela não merece. A ideia dela não é nada original. A sua é, e é muito promissora também. Então... use Maggie a seu favor.

Odeio admitir, mas ela tem razão. Começamos esse lance achando que íamos ajudar um ao outro, mas, de alguma forma, perdi o rumo.

— O que eu faço, se ela me enlouquece?

— Finja na frente das pessoas que importam e deixe para odiá-la quando estiverem a sós.

Exatamente o que venho fazendo, mas acho que Jaleesa está se referindo mais à minha atitude.

"*Você deveria mostrar a eles o quanto é inteligente. Mostrar o cara do bem que você é, assim, quando fizer a sua apresentação, eles já terão uma noção de quem você é, e é isso que vai te dar uma vantagem. Então... use Maggie a seu favor.*" Isso significa tentar ignorar o quanto Maggie me aborrece – e me excita, sendo sincero – e me concentrar no fato de que ela caiu nas graças deles e ficar ao lado dela. *Usar Maggie a meu favor.* Quando estivermos na frente de todo mundo, no caso.

— É, você tem razão. — Solto mais um suspiro. — Obrigado, Jaleesa.

— Pode me ligar a qualquer momento. Nós vamos fazer isso acontecer.

Depois que desligo, fico olhando para o horizonte e respiro fundo algumas vezes para me acalmar. Ela tem razão, eu tenho me distraído. Acabei me perdendo do objetivo e do que preciso fazer. Se Maggie é amada, então preciso grudar nela e fazer os Hopper perceberem que ela só está aqui por *minha* causa. Deveriam estar agradecendo a mim, não a ela.

Sentindo-me um pouco mais seguro, pego o celular e abro as mensagens. Estou com uma coisa na cabeça desde que Maggie me contou. Mando uma mensagem para Gary e espero sua resposta.

Brody

Você alguma vez já machucou as bolas tão feio que elas incharam?

Não posso dar indícios de que sei sobre seu incidente na barra de equilíbrio, porque como poderia contar como descobri sem expor o fato de que estou aqui em Bora Bora com Maggie?

Gary

Cara, uma vez eu bati as partes em uma barra de equilíbrio e fiquei cheio de hematomas nas pernas, além de ficar com as maiores bolas que esse mundo já viu. Do tamanho da minha cabeça, sem brincadeira. Tive que usar saia na primeira noite, porque a minha virilha não cabia em mais nada. Ainda tenho aquela saia para me lembrar da tragédia que sofri. Mas me recuperei e saí dessa mais forte do que antes.

O sujeito é dramático pra caralho. Um dos motivos pelos quais eu o amo.

Brody

Por que você nunca me contou isso?

Gary

Não é um momento que eu goste de reviver.

Brody

Verdade. Eu acabei de levar uma bolada no saco e vomitei.

Gary

Jesus. O meu acabou de estremecer por você.

Brody

Ele está de molho no momento. Ah, e mencionei que estou em uma viagem de negócios e vomitei na frente do meu chefe?

Gary

Meus pêsames.

Brody

Eu sabia que você entenderia.

Gary

Foi muito vômito?

Brody

Mais do que nada.

Gary

É, nada é melhor do que um pouco. Como posso ajudá-lo nesse seu momento difícil?

Brody

Hahaha. Mande pensamentos positivos e desejos de melhoras.

Gary

Considere feito. Tirando o vômito, como vai a viagem de negócios?

Penso na resposta com cuidado, para o caso de ele saber onde a irmã está. Não quero dar informações demais, o que me deixa levemente inquieto. Eu nunca minto para Gary, mas não sei como ele reagiria se soubesse que estou fingindo ser namorado da irmã dele.

Brody

Está indo tão bem quanto possível. Houve algumas situações inconvenientes, mas acho que consigo me redimir.

Gary

Se tem alguém capaz de ganhar o coração dos patrões, é o meu parça Brody.

Brody

O seu amor eterno por mim está me dando a energia de que preciso.

Gary

É para isso que estou aqui.

...

O sol está terminando de se pôr no horizonte quando ouço Maggie entrar no bangalô.

Pedi um sanduíche de bacon, alface e tomate e batatas fritas para jantar, fiquei de molho na piscina por mais tempo do que eu provavelmente deveria, e agora estou curtindo o pôr do sol, pelado, na espreguiçadeira.

E, caso esteja preocupado, eu chequei meu pênis e minhas bolas várias vezes durante esse tempo sozinho, e parece estar tudo bem. Testei até mesmo se as funções ainda estavam intactas, e continua funcionando que é uma beleza.

— Brody? — ela chama.

— Aqui fora — respondo, colocando as mãos em minhas partes.

— O que está... ai, meu Deus, você está pelado — ela diz, virando-se de costas e cobrindo os olhos.

— Ótima observação — comento.

— Por que você está pelado?

— Por que não? — rebato.

— Hã, porque eu também estou hospedada aqui.

— Como se eu me importasse com você me vendo pelado — digo.

— Deveria. — Ela continua protegendo os olhos.

— Por quê?

— Porque... não se deve sair mostrando suas partes íntimas para as pessoas. É perversão.

— Não estou tentando te mostrar as minhas partes íntimas. Se estivesse, eu abaixaria a calça na sua frente e diria: "Ei, Maggie, olhe aqui a minha rola". Mas eu fiz isso? Não, não fiz. Você que chegou em um momento privado do qual eu estava precisando muito.

— Como assim, momento privado? — ela pergunta, levantando a mão e vendo que estou cobrindo as partes mais sensíveis.

— Ah, você sabe... estava brincando com os vibradores que você tem na sua mesa de cabeceira.

Ela arregala os olhos.

— Você não fez isso.

Dou risada e balanço a cabeça.

— São... coisas particulares. Você não deveria fuçar as gavetas dos outros.

— Relaxa. Eu estava procurando pelo cardápio do serviço de quarto. Mas fiquei impressionado com as suas escolhas. Aquele dildo é bem grande.

— Se sentiu inferior? — ela pergunta, colocando as mãos nos quadris.

— Até parece. — Levanto-me da espreguiçadeira e estico os braços para cima, me alongando. Ela se vira de costas rapidamente, antes de poder ver tudo. Se tivesse olhado, saberia que não me sinto nem um pouquinho inferior.

Vou até minha mala, pego uma bermuda e visto.

— Como estão as… coisas aí? — ela pergunta ao se juntar a mim.

— Melhores. Não sabia que você se importava.

Vejo seu olhar descer rapidamente até o volume em minha bermuda e voltar para meu rosto em seguida.

— Bom, imaginei que seria melhor eu saber, já que os Hopper podem me perguntar.

Ela vai para o banheiro, onde começa a soltar o cabelo.

— Parece que você está ficando bem íntima deles — comento, sentando-me na cama e observando-a.

Hoje mais cedo, quando ela vestiu seu short coladinho, achei um pouco curto, mas agora parece quase uma calcinha depois de ficar subindo no decorrer do dia. Ela tem uma bunda sensacional.

— Foi legal ajudar hoje.

— Não tenho dúvidas — digo, analisando o modo como ela se move. É suave, impecável, como se cada coisinha que ela fizesse fosse perfeitamente ensaiada… tirando o braço firme, é claro.

— Se quer saber, eles ficaram bem preocupados com você. Jude até perguntou se deveria vir dar uma checada. Eu disse que você devia estar dormindo para melhorar. Ainda bem que eu disse para ele não vir. Ele podia ter flagrado você se acariciando.

Ela lava o rosto e enxágua.

— Não fiquei tanto tempo me acariciando — digo.

Ela estremece diante do espelho.

— Uhhh, rápido no gatilho? Sabe, muitos homens têm esse problema, acontece com os melhores.

— Não sou rápido no gatilho… geralmente. — A última palavra sai em um sussurro. Hoje, bastou um pouquinho de imaginação envolvendo Maggie e fiquei pronto para mandar ver.

— Tem certeza? Lembro-me de Gary dizendo que quando vocês estavam na faculdade…

— Pode ir parando — digo. — Qualquer coisa que Gary possa ter dito sobre mim relacionado a sexo é mentira. Era eu que dava algumas aulas para ele.

— Espera... você e Gary faziam... coisinhas?

— Não, porra! — respondo. — Credo, eu nunca encostaria no Gary, nunca. — Engulo em seco. — Acho que regurgitei só de pensar nisso.

— Então o que você quis dizer com "dava algumas *aulas* para ele"? — ela questiona ao iniciar seu processo de vinte passos de cuidados com a pele antes de ir para a cama.

Ok, eu não sei se são realmente vinte passos, mas é o que parece.

— Ele me fazia perguntas e eu respondia. Ele não tinha tanta experiência quanto eu, então eu o ajudava. Francamente, acredito que ele só conseguiu conquistar Patricia graças a mim.

— Patricia deveria te mandar para a forca, então — ela diz. Nossa, que bela irmã. — Ela é um anjo, e seu único defeito foi ter se casado com o meu irmão.

Inclino-me para trás, me apoiando nas mãos, todo orgulhoso de mim.

— Foi graças ao que ensinei a ele.

— Eca — diz Maggie ao borrifar algo no rosto. O aroma invade o quarto e eu o memorizo, sabendo que esse cheiro sempre me fará lembrar dela. Parece lavanda ou algo floral desse tipo. — Não quero ouvir você insinuando que Gary conseguiu conquistar Patricia pelo resto da vida graças a algum truque sexual que você ensinou a ele.

— Está dizendo que foi por causa da personalidade dele? Porque, pelo visto, você também não acredita nisso.

— Acho que é melhor mudarmos de assunto, então.

Observo enquanto ela aplica creme sob os olhos. Ela tem uma pele muito linda, e deve ser por causa disso.

— Por que você odeia tanto o Gary? Eu acho o seu irmão um cara incrível.

— Eu não odeio o Gary — ela responde. — Ele só é... não sei. Com a nossa diferença de idade, não tivemos tanta proximidade, principalmente depois que ele entrou para o ensino médio. Ele é meu irmão mais velho e, claro, nos damos bem, mas tivemos duas vidas diferentes enquanto crescíamos. Nunca tivemos chance de criarmos um vínculo real e formarmos uma amizade decente.

— Mas pelo visto a relação entre vocês está melhor agora — comento. — Ele foi ao seu aniversário de vinte e um anos. E, desde então, vocês se veem de vez em quando.

— Porque ele achou que seria engraçado me ver bêbada. — Ela tira a tampa de sua loção hidratante e se vira para mim. — Ele é só o Gary, só isso. Recebeu o nome do meu pai, assoava o nariz durante o banho a ponto de encher as paredes de ranho, e é o cara que achava engraçado pendurar roupas íntimas no ventilador de teto e vê-las saírem voando. Ele não gostava das mesmas coisas que eu, e tudo bem, porque sempre fomos diferentes mesmo. Ele sempre será meu irmão, e quando ele me convida para ir à casa dele, eu vou porque gosto da Patricia, mas se eu dissesse que somos amigos, estaria mentindo.

Assinto devagar enquanto ela vai até a cômoda e pega mais um conjunto de lingerie. Vamos ver como será a da vez. Já posso dizer que vou gostar, porque é cor-de-rosa...

E é exatamente a isso que Jaleesa se referia quando falou que ando distraído. Entretanto, acho que se ela estivesse no meu lugar, também ficaria distraída.

— O que fez você gostar do Gary? — Maggie pergunta, fechando a porta do banheiro para se trocar.

— Ele era engraçado e idiota — respondo, aumentando o volume da minha voz para que ela possa me escutar por trás da porta. — O tipo de amigo que um universitário procuraria. Ele não ligava para consequências, estava apenas querendo se divertir, e eu também. Levávamos os estudos a sério, mas não tão a sério assim. Ele gostava dos Rebels e, com a popularidade dos Bobbies, me senti compreendido.

Ela abre a porta do banheiro, revelando um conjunto de lingerie cor-de-rosa, com uma blusa transparente e coladinha ao torso. O short é de renda e mal cobre sua bunda. Ela está gostosa pra cacete, com o cabelo preso em um coque frouxo e o rosto limpo e fresco após sua rotina de cuidados.

Ela pode ter me deixado puto, me constrangido e me machucado sem querer hoje, mas, meu Deus, isso não me impede de comer essa mulher com os olhos. Desde suas lindas curvas até o modo como seu corpo se movimenta delicadamente pelo quarto.

— Jesus, as suas coisas estão espalhadas por toda a parte. Já ouviu falar em organização? — pergunta, empurrando meu calção de banho com as pontas dos dedos dos pés para o canto do quarto que ela determinou para mim.

— Já ouvi falar do conceito. Mas não me interesso.

— Isso é óbvio — ela aponta, curvando-se bem na minha frente e empurrando minha mala para o canto.

Caramba, olha só essa bunda.

Pode me chamar de tarado, mas foi o que notei desde o instante em que conheci essa garota. Ela tem curvas muito sensuais, e é difícil desviar minha atenção delas.

Após empurrar minhas coisas, ela se senta em seu lado da cama e começa a tomar suas vitaminas, então me enfio debaixo das cobertas e ponho meu celular para carregar.

— Você jantou? — pergunto, tentando pensar em algo para dizer, a fim de me distrair do quanto a bunda dela fica espetacular naquele short.

— Haisley e eu comemos um hambúrguer no bar. Ela é tão legal. Acho que ela também se daria bem com a minha amiga Hattie.

Que bom que alguém está se divertindo com os Hopper. Se eu ao menos conseguisse me conectar assim com um dos rapazes. Mas eles devem estar me achando um idiota.

— Por quê? Ficou preocupado com a possibilidade de eu não ter comido? — ela pergunta.

— Preocupado com você? Não. Preocupado comigo? Sim. Se você não jantar, sabe-se lá o estrago que poderia fazer na minha virilha de manhã. Não preciso de você esfomeada.

Ela revira os olhos e aplica hidratante nas mãos antes de entrar debaixo das cobertas. Porém ela não chega a se acomodar, porque ergo os cobertores e abro espaço para ela perto de mim.

— O que está fazendo? — ela questiona.

Gesticulo para meu colo.

— Pode muito bem começar onde já sabe que vai terminar.

Suas narinas inflam e ela deita de lado, de costas para mim.

— Vá se foder, Brody.

— Estou tentando ser útil — protesto.

— Isso não é ser útil. É ser escroto.

— E do que você chama a sua tentativa de ser útil hoje mais cedo?

Ela me olha por cima do ombro.

— Eu estava sendo competitiva. Você que não soube acompanhar.

— Nossa, como é ser tão iludida assim?

— É divertido, talvez você devesse experimentar. Não ficaria tão tenso o tempo todo.

— Não estou tenso — retruco. *Eles devem achar que sou um idiota.*

Assim que se acomoda sob as cobertas, ela se vira para mim e se apoia no cotovelo, erguendo a cabeça.

— Brody, posso fazer uma sugestão? — Ela fica esperando por uma resposta, mas sei que não importa o que eu diga, então faço que sim com a cabeça. — Eu sei que você quer conhecer o Reginald melhor, mas estava muito tenso o dia inteiro. Estava tão preocupado com a sua imagem e o seu ego que se esqueceu de se divertir. Era o que deveria ter sido. Divertido. Em vez disso, você ficou de cara fechada o dia todo.

— Não foi o tempo todo — murmuro.

— Na maior parte do tempo. E não sei por que estava tão preocupado com o que as pessoas pensariam de você, porque eu vi Hudson, possivelmente o próximo CEO da Hopper Industries, empurrar a virilha na cara do irmão para estourar um balão. Ninguém ali estava ligando para a imagem dos outros.

Odeio ter que admitir que ela tem razão.

Odeio com todas as minhas forças.

Eu sou mais velho que ela, deveria ser mais sábio, mais inteligente, ensinar a ela como é fazer parte de um negócio. Contudo, é ela que está me dando uma lição.

— Pela tensão na sua mandíbula, vou chutar que você sabe que tenho razão e agora queria ter feito as coisas de outro modo.

— Queria mesmo — digo, virando-me de costas para ela. — Queria que tivesse sido eu colocando chantili na sua boca.

...

— Você está ao menos respirando? — pergunta Maggie, sentada de frente para mim à nossa mesa para duas pessoas, com vista para a lagoa.

Quando chegamos para tomar café da manhã, a recepcionista sabia exatamente quem éramos e disse que o sr. Hopper queria que nos sentássemos a uma mesa com posição privilegiada. Então nos deram a mesa mais romântica dali, em um dos cantos e com bastante privacidade. A vista é espetacular, e o cheiro doce dos lírios à nossa volta nos envolve em puro romance. E a pequena luminária entre nossos pratos, apesar de estar de dia, dá um toque estranhamente especial.

Faço uma pausa quando estou prestes a pegar mais uma garfada de ovos mexidos e ergo o olhar para ela. Mais cedo, quando acordei, ela não estava com a cara na minha virilha. Em vez disso, suas canelas estavam pressionando meu pescoço. Eu estava sonhando que fazia mergulho com snorkel, e achei que estivesse me afogando, porque não conseguia respirar. Mas, na verdade, era só a minha parceira de cama tentando me sufocar com suas pernas.

— Sim, estou respirando. Está mesmo preocupada, já que tentou me asfixiar hoje de manhã?

— Não — ela diz, fincando o olhar em mim. — Só queria saber por que você não levantou a cabeça desde que o seu prato chegou. Ninguém vai roubar a sua comida. Você pode pegar mais leve.

— Estou morrendo de fome — digo ao colocar um pedaço de bacon na boca, do jeito que ela odeia.

— Isso está mais do que óbvio. — Ela corta sua pilha de panquecas.

Aponto para seu prato com a cabeça.

— Vai comer tudo isso?

Ela dá uma olhada para o prato e, em seguida, para mim.

— Provavelmente, não.

— Ótimo — digo, estendendo minha mão com o garfo e pegando um triângulo de três camadas de panquecas.

— Ei! — Ela puxa o prato para mais perto de si. — Pelo menos pergunte se pode pegar.

Enfio a garfada de panquecas na boca de uma vez e sorrio para ela enquanto mastigo. Ela estremece de nojo.

— Cadê a sua educação?

— Indisponível no momento — respondo, e no mesmo instante, Haisley chega à nossa mesa.

— Bom dia — ela diz, colocando a mão em meu ombro. — Como se sente, Brody?

Limpo a boca com um guardanapo e endireito as costas.

— Muito melhor — respondo. — A minha enfermeira deu beijinhos no meu dodói e já sarou. — Pisco para Maggie, que fica de queixo ligeiramente caído diante do meu comentário capcioso.

Haisley dá risada.

— Maggie é cheia de talentos, hein? Ela nos salvou pra valer ontem com sua experiência em mapas de assentos.

— Essa é a minha garota — digo, pegando meu café. — Excelente em tudo que faz. Especialmente nos beijinhos.

— Eu diria que nós dois temos muita sorte — comenta Haisley, e nesse momento, Jude chega e coloca a mão nas costas dela. — Não quanto aos beijinhos. Essa parte eu deixo só com vocês.

— Ótimo — digo. — Porque eu não divido.

Maggie dá um chute na minha canela sob a mesa, mas, a essa altura, nem me abalo. Depois da bolada no meu pau ontem, qualquer outra dor é fichinha.

— Já os convidou? — pergunta Jude, mudando de assunto educadamente.

— Estava chegando lá. — Haisley junta as mãos. — Nós vamos fazer uma trilha hoje até uma palapa sagrada, onde vamos participar de um jogo antigo chamado *tititorea*. Meus pais vão, assim como as gêmeas e os meus irmãos, e pensamos em convidar vocês também. Mas não se sintam pressionados a ir. Eu sei que temos monopolizado o tempo de vocês aqui na ilha, e se quiserem um descanso da gente, não tem problema algum.

Maggie lança um olhar para mim e, em seguida, sorri para o casal feliz. É claro que vamos. *Estamos tão desesperados para que gostem de nós que aceitaremos basicamente qualquer coisa.*

— Vai ser um prazer. Basta nos dizer quando e onde.

— Perfeito — diz Haisley. — O guia vai nos encontrar em frente ao lugar às dez e meia. O almoço está incluído. Ele disse para usarmos meias e tênis. Há algumas cobras por essa trilha, então nada de sapatos abertos, nem nada disso.

Sinto meu rosto empalidecer.

Porque... *cobras*?

— Ótimo — diz Maggie. — Encontraremos vocês depois.

Jude e Haisley dão as mãos e seguem para uma mesa mais distante dali.

— A gente não vai — digo, colocando meu guardanapo sobre a mesa. Perdi o apetite, muito obrigado.

— Como assim, a gente não vai? — ela pergunta, cortando uma garfada de panquecas. — Você acabou de concordar em encontrá-los às dez e meia.

— Hã, sim, antes de mencionarem cobras.

Ela para o garfo cheio de panquecas no ar, a caminho da boca, e me encara.

— Você não pode estar falando sério.

— Sério pra caralho — digo. — Não gosto de cobras, e não vou fazer trilha em uma floresta onde corro o risco de ser picado.

— Você não sabe que as chances de isso acontecer são quase nulas?

— Sim, mas ainda existe chance. O que já é demais para mim. Não vai rolar.

— Você está sendo ridículo. Esta é a oportunidade perfeita para se aproximar dos Hopper. E o que vai dizer? Que não pode ir porque tem medo de alguma cobra picar você? Se já sentiu vergonha por ter vomitado na frente deles, desistir de uma trilha porque tem medo da chance remota de levar uma picada de cobra vai ser pior ainda.

Inclino-me para a frente e sussurro:

— Está me dizendo que vai arriscar a sua vida só para cair nas graças de um magnata do mundo dos negócios?

— Arriscar a minha vida? — Ela revira os olhos. — Meu Deus, Brody. Você está se ouvindo?

— Estou, sim. — Bato um dedo na mesa. — Anote as minhas palavras: eu não vou fazer essa trilha. Nem a pau, não tem como.

...

— Você pegou a água? — pergunta Maggie ao meu lado, usando outro short curtinho e colado e um top combinando.

Seguro minha garrafa de água com força junto ao peito, olhando para o caminho de terra diante de mim.

— Sim.

— Ei — diz Maggie baixinho. — Que tal você parecer um pouco mais apavorado? Acho que o recado não está muito claro.

— Vou precisar que você não fale mais comigo.

Ela enrosca o braço no meu.

— Desculpe, mas, supostamente, estamos loucamente apaixonados, lembra?

A única coisa mais forte do que o nosso amor falso nesse momento é a minha confiança minguando.

Após o café da manhã, voltamos para o bangalô, onde Maggie ficou tagarelando durante meia hora, dizendo que eu precisava crescer e parar de ser infantil, e até mesmo ameaçou ir à família Hopper e contar que eu não era digno do tempo deles, porque tenho muito medo de picadas de cobra. Ficamos nessa um tempão, até que me levantei da cama e gritei que iria.

Foi tudo muito dramático.

E por causa disso, fui orgulhoso demais para voltar atrás, embora neste exato momento eu queria não ter um pingo de orgulho. Porque, ao fitar o caminho escuro e úmido que leva até a toca de cobras da ilha – estou exagerando, admito –, tudo o que mais desejo é poder estar no bangalô, no conforto da cama onde eu poderia me cobrir dos pés à cabeça e me livrar de qualquer imagem de cobra que me viesse à mente.

É... eu sei que estou agindo feito criança, mas é o meu único medo.

Minha única fobia.

Eu nunca, jamais quero ver uma cobra ao vivo, principalmente no meio da natureza, onde elas gostam de se camuflar nas profundezas da selva, prontas para atacar quando chegar o momento certo. Eu penso o seguinte: nós, humanos, deveríamos simplesmente deixá-las em paz em seu território e ficarmos dentro da segurança de nossas casas. Dessa forma, elas ficam felizes, eu fico feliz e ninguém pica ninguém.

— Ai, estou tão animada — diz Haisley ao passar por nós, com Jude logo atrás, segurando sua mão.

Uma coisa que percebi em relação a Jude é o quanto ele é apegado a Haisley. É possessivo, mas não de um jeito bruto. Ele deixa bem claro que ela é dele e a protege a qualquer custo. Ele é presença constante ao lado dela, carregando uma postura que diz "Não se meta nem com ela, nem comigo" que provavelmente deriva de alguém que passou por algum momento difícil na vida.

As gêmeas vêm logo atrás – usando roupas que combinam com a de Haisley –, fazendo perguntas a ela sobre algum tipo de arremesso de varetas. Não sei do que se trata, mas não vou me preocupar com isso, porque tenho apenas uma tarefa: manter meus olhos fixos no chão e focados na trilha. Não vou permitir que cobra nenhuma cruze o meu caminho.

— Você parece meio pálido — comenta Reginald, se aproximando de nós.

Aproveito esse momento para endireitar a postura e ofereço-lhe um sorriso.

— Muito protetor solar — digo. — Acho que não absorveu direito.

Ele me analisa, deixando claro que não acredita nessa balela.

— Você não tem medo de cobras, tem?

Porra, como é possível ele ter adivinhado isso? Será que tem algum gravador escondido no nosso bangalô? Eu não duvido de que ele seria capaz.

— De cobras? Rá. — Faço um gesto casual para ele, embora a mera menção à palavra me dê arrepios. — De jeito nenhum. Adoro essas... camaradas rastejantes. Quanto mais cobras, melhor.

Universo, pelo amor de Deus, não entenda isso como um pedido de verdade.

Reginald abre um breve sorriso arrogante e assente devagar.

— Que bom saber disso. Foram encontradas pelo menos dez cobras nesta trilha só hoje de manhã. Então será uma ótima caminhada para você, que quer ver as cobras. — Ele apoia seu bastão de caminhada no chão e segue andando, com Regina ao seu lado.

Quando eles se afastam o suficiente, viro para Maggie.

— Você ouviu isso? Pelo menos dez cobras. Puta que pariu, eu vou ser picado igual aquele cara.

— Que cara? — pergunta Maggie, me dando corda.

— Aquele que estava entrando em casa e, quando abriu a porta de segurança, tinha uma cobra pendurada no topo. O sujeito era careca e a cobra mordeu bem no topo da cabeça dele, que acabou caindo na varanda e rolando por cima de um vaso de planta, gritando que tinha sido picado.

— Ai, meu Deus, eu adoro aquele vídeo. Acho que assisti umas cinco vezes seguidas. Não acho que ele foi picado, só recebeu, tipo, um carinho da cobra na cabeça.

— Cobras não fazem carinho em cabeças carecas — sibilo para ela. — Elas picam. E como foi que Reginald por acaso suspeitou que eu estava pálido por medo de um possível ataque réptil hoje? Você contou a ele que tenho medo de cobras?

— Não — ela responde, parecendo tão chocada quanto eu. — Acho que você me dá tanto nojo quanto o mofo dos rejuntes de um banheiro público, mas nós assinamos um contrato nos comprometendo a não constranger um ao outro.

Regra essa que ela só faz de conta que cumpre, mas não vamos entrar nessa discussão agora.

— Então você não disse nada?

— Não, eu juro.

— É melhor vocês arranjarem um bastão de caminhada — diz Hardy ao passar por nós, com Hudson logo atrás, os dois carregando bastões que parecem arpões.

— Eles têm razão — digo ao vê-los espetarem os bastões no chão, uma arma muito útil para cobras curiosas.

Olho para os arbustos à nossa volta, nem um pouco interessado em enfiar minha mão por entre as folhas para procurar por algum galho que sirva de bastão. Então acabo encontrando um galho caído em um canto, perto da van que pegamos para chegar aqui.

— Ah, rá! — Vou até o galho e o recolho. Ele ainda está cheio de folhas e com vários galhos menores por todo o comprimento. Volto com ele para Maggie.

— O que diabos você vai fazer com isso? — pergunta Maggie. — Varrer o caminho para limpá-lo?

— Não é uma má ideia — digo, passando o galho pelo chão feito um detector de metais, só que procurando por répteis.

— Você não vai carregar isso. Vai parecer um idiota.

— Diz aquela que está desarmada. — Viro para ela. — Estamos indo para a batalha, e precisamos de alguma coisa para nos defender das cobras.

— Você é louco. — Ela pega meu galho e quebra alguns dos galhos menores, transformando-o em apenas um pedaço de madeira torto com algumas folhas na extremidade. — Pronto, pelo menos assim não parece que você tem um parafuso a menos. Você tem que arrancar essas folhas.

— Nem fodendo — digo. — São os meus chocalhos, um aviso para as cobras de que estou na área.

— Chocalhos? — Ela me lança um olhar exausto. — Esse é o termo técnico?

— Sim — respondo, e, nesse momento, o guia chega por trás de nós.

— Prontos? — Ele dá uma olhada no meu galho.

— Sim — digo e dou uma chacoalhada na minha arma. — Estamos prontos.

Ou ele me considera um gênio ou um completo otário, mas não diz nada, e vai para a frente do grupo para conduzir o caminho.

— Meu nome é Liko e serei o guia de vocês hoje. É um prazer poder levá-los até a palapa. Eu gostaria que nos mantivéssemos juntos, em grupo, então, se quiserem parar para tirar fotos, basta me avisarem e esperaremos. O caminho até a palapa é de cerca de um quilômetro e meio. Atravessaremos uma ponte com vista para as nossas grandiosas cachoeiras. Pode ser que vocês se molhem um pouco, estejam preparados. Isso poderá dar uma refrescada durante a nossa jornada. E, é claro, se precisarem de qualquer coisa, peço que, por favor, avisem a mim ou ao meu parceiro, Nakoa. Ele ficará na retaguarda.

— Maravilha — diz Reginald, com um sorriso radiante no rosto sob seu chapéu bege. E, não sei por que, mas nesse momento, depois do desastre de ontem e do seu comentário sobre cobras hoje... sinto uma vontade avassaladora de derrubar aquele chapéu da cabeça dele com um peteleco.

Não é o tipo de vontade que quero sentir em relação a um homem que estou tentando impressionar. Mas aqui estou eu.

Liko sai andando e posso ouvi-lo dizer alguma coisa para Reginald, que está logo atrás dele. Não consigo entender o que é, mas não tem problema. Não preciso saber a história da trilha, só preciso me certificar de que nada pule em mim.

— Que agradável — diz Maggie. — Você, empunhando um galho pela selva, com os nervos à flor da pele, os ombros tensos e os olhos vidrados.

Nunca pensei que presenciaria isso, mas a vida é sempre cheia de surpresas. — Pelo canto do olho, vejo-a tirar uma foto minha. — Vai para a pasta de chantagens. Guardarei essa imagem junto ao meu coração, até o dia em que precisar desesperadamente dela.

— Você age como se eu estivesse com vergonha. — Balanço a cabeça, mantendo os olhos focados à frente e ignorando a vista ao meu redor. — Nunca senti mais orgulho de mim mesmo do que neste momento.

— Pelo menos alguém tem orgulho de você — ela diz ao continuarmos andando.

O caminho da trilha é bem limpo. Há algumas plantas grandes aqui e ali, mas na maior parte é relativamente plano, com algumas rochas no meio da terra. Não sei dizer o que há ao nosso redor, porque não ergui o olhar uma única vez desde que começamos a caminhada, mas pelo que as pessoas têm comentado, foi isso que ouvi...

Oh, veja só aquela árvore, que loucura.

As flores são lindas.

Você viu o tronco daquela árvore? Estava coberto de musgo.

Parece Endor – aqui eu gostei da referência a *Star Wars*, quase levantei a cabeça para ver.

Não sabia que bambu era tão alto.

Um arco-íris. Sinal de boa sorte.

Montaram uma imagem linda na minha cabeça e, sinceramente, acho que usar a minha imaginação para me situar vale muito mais a pena do que erguer o olhar.

— Estamos nos aproximando da ponte — Liko diz. — Tenham cuidado, pode estar escorregadia. Se precisarem segurar no guarda-corpo, por favor, segurem.

O som de água caindo preenche o ambiente conforme nos aproximamos da ponte. O caminho começa a ficar mais úmido e, quando chegamos à ponte, um leve nevoeiro flutua à nossa volta, refrescando meu corpo suado e tenso, coisa que eu não tinha percebido até chegarmos às cachoeiras.

Eu estava tão focado nas cobras que não reconheci o fato de que meu corpo estava superaquecido e incrivelmente teso.

— Dá pra você olhar para cima? — diz Maggie, me puxando. — É lindo aqui e você está perdendo.

— E deixar uma cobra me picar enquanto me distraio com água? — Passo meu galho na ponte. — Bela tentativa.

— Brody... levanta essa cabeça. — Ela empurra meu queixo para cima, forçando-me a ver o conjunto de cachoeiras caindo diante de nós, assim como as montanhas verdejantes, árvores gigantescas e exuberantes, e lindas flores que salpicam o cenário com cores vibrantes.

Nossa... olhe só para isso. Este lugar é lindo e completamente diferente do que imaginei por meio das descrições das pessoas.

Acho que não sou tão bom assim em montar cenários na minha cabeça.

— Viu? Não é lindo? — pergunta Maggie.

Olho em volta, assimilando tudo, incluindo o arco-íris na água corrente da cachoeira.

Caramba, é muito lindo.

Celestial.

Surreal.

Diferente de qualquer coisa que já vivenciei antes.

Como se tivéssemos sido transportados para um planeta intocado pela humanidade.

— Uau — digo.

— Exatamente. Então será que você pode largar esse galho e viver a experiência? Acho que você vai se arrepender se não fizer isso.

Olho para ela.

— Está agindo como se se importasse comigo, ou sei lá.

— Eu me importo com a minha sanidade, e a última coisa que quero ouvir quando voltarmos para o bangalô é que você ficou tão encasquetado com as cobras que se esqueceu de desfrutar da natureza ao seu redor.

— Eu não ia reclamar.

— Ah, por favor — ela sussurra. — Você rumina demais as coisas, o tempo todo. Aposto que reclamaria que o dia foi um desperdício e culparia as cobras por roubarem essa experiência de você. Seria culpa de seus corpos rastejantes sem membros.

Dou risada, porque "corpos rastejantes sem membros" é mesmo uma frase que eu provavelmente usaria. Estou contagiando ela? Deus sabe que ela tem me contagiado...

Passamos os próximos minutos tirando fotos em frente às cachoeiras. Maggie e eu vamos por último, com meu galho. Ela posa como se fôssemos um casal, com a mão no meu peito, eu ao seu lado segurando o galho, mas sorrimos e todos dizem o quanto somos fofos – e quando digo todos, quero dizer Haisley.

Quando terminamos, Liko nos conduz para o outro lado da ponte, e quando chegamos a mais um caminho de terra, pouso meu galho no chão e começo a varrer de um lado para o outro, fazendo bom uso dos chocalhos...

Mas Maggie tem outras ideias, porque ela me para, colocando a mão em meu braço.

— Solte esse galho — ela diz quando a olho.

— Esse galho é o motivo para estarmos a salvo esse tempo todo.

— Você está delirando, e me recuso a ouvir você varrer o chão com esse treco mais uma vez. Agora, solte-o.

— Achei que você fosse minha namorada de mentira, não a minha mãe — resmungo em um sussurro.

Ela dá tapinhas em minha bochecha de maneira carinhosa.

— E você está prestes a se tornar publicamente um homem solteiro se não soltar esse galho.

— Você age como se isso fosse uma ameaça para mim.

Ela estreita os olhos e, antes que eu dê por mim, arranca minha arma contra cobras da minha mão e a atira nos confins da floresta.

— Sua megera — sibilo.

Orgulhosa de si, ela enrosca o braço no meu.

— Agora, aproveite a trilha. Você nunca mais terá uma experiência como essa.

— Vou, sim — rebato. — Vai ser a mesma experiência quando voltarmos da palapa.

— Meu Deus, como você é chato.

— Para sua sorte, não sou tão chato quanto você — digo e, nesse momento, Liko nos para diante de uma árvore gigantesca, cujas dezenas de caules se estendem pelo chão e formam algo que parece ter sido criado por Hollywood, não pela natureza.

— Esta é uma de nossas figueiras antigas. Estes troncos grossos são, na verdade, raízes externas que fornecem suporte à árvore...

Maggie me puxa para podermos olhar mais de perto, mas eu a puxo de volta.

— O que está fazendo?

— Quero ver as raízes.

— Dá para vê-las perfeitamente daqui de onde estamos. — Recuso-me a sair do lugar.

Ela puxa meu braço de novo, levando-me para mais perto da beira do caminho de terra.

— Pare com isso — digo entredentes.

— Eu quero ver melhor.

— Então vá sozinha. Não me arraste junto com você.

— Mas eu preciso me apoiar em alguma coisa — ela reclama, tornando a me puxar.

Continuo parado firmemente.

— Então talvez você não devesse ter jogado o meu galho nos confins da selva.

— Você está sendo ridículo. Chegue só um pouco mais perto. — Ela me puxa mais uma vez, fazendo com que eu me desequilibre um pouco ao tropeçar em uma pedra.

Para recuperar o equilíbrio, dou mais um passo para a frente, e um dos meus pés aterrissam bem no meio do mato escuro.

Quase dou um grito de susto, com medo de acabar caindo na caverna de algum réptil faminto, mas me contenho para não fazer papel de palhaço. Em vez disso, recupero a compostura e penso em coisas positivas ao erguer a perna para voltar para o caminho de terra, mas Maggie me mantém preso no lugar.

— Maggie — digo com os dentes cerrados, bem ao pé de seu ouvido. — Se eu não sair do meio desse mato em dois segundos, eu vou te jogar no... *ahhhhhhhhh!* — grito ao sentir algo me espetar e causar uma dor aguda em minha perna.

Mas que...

Olho para baixo a tempo de ver nada mais, nada menos do que a porra de uma cobra do tamanho do meu braço se arrastando para o outro lado da trilha.

Meus olhos esbugalham.

Meus braços se agitam para cima.

E solto um grito agudo, de gelar o sangue.

— *Ahhhhhhhhhh!*

Um tsunâmi de adrenalina e medo me percorrem de uma só vez enquanto fico dando pulinhos no lugar, ainda aos guinchos.

Gritos tão agudos que só morcegos conseguem ouvir a quilômetros de distância.

— *Co-co-cobra!* — grito e aponto. — Me... me picou. Caralho, puta que pariu, eu fui picado. Fui picado mesmo. Isso... é o meu fim. — Começo a ficar zonzo, parando de mexer as pernas e ficando paralisado. — Eu... a cobra... puta... merda.

Cambaleio para a esquerda.

Cambaleio para a direita.

E ao sentir meus olhos revirarem e meu corpo começar a tombar, ofego:

— Madeira...

E desabo no meio da trilha.

CAPÍTULO DEZ

MAGGIE

TUDO ACONTECE TÃO RÁPIDO. Em um segundo, estou admirando a beleza de uma figueira antiga, e no seguinte, vejo Brody desmaiar depois de gritar que foi picado.

Por um breve instante, acho que ele está sendo dramático, até ver o finalzinho de uma cobra rastejando para longe dali e o sangue na perna de Brody.

Meu Jesus.

Ele foi picado.

Foi mesmo picado por uma cobra. Olho para ele horrorizada, imóvel, e só consigo pensar em uma coisa...

Bom, duas coisas.

Ele está bem?

E ele nunca... repito, nunca vai me deixar esquecer isso.

Até o dia em que eu estiver com o pé na cova, quando nós dois estivermos velhos e enrugados e ele estiver cutucando Gary com uma bengala durante um jogo dos Rebels, ele vai virar para mim e dizer: "Ei, se lembra da vez em que você me fez ser picado por uma cobra?".

— Ai, meu Deus, ele foi picado mesmo? — grita Haisley, vindo até nós ao mesmo tempo que Liko vem correndo com seu assistente. Os dois se agacham ao lado de Brody, que está desmaiado, com os braços abertos, a ponta da língua para fora, como se presumisse que a picada vai matá-lo e nos preparando com o pacote completo. Se eu não estivesse tão apavorada com a possibilidade de ter contribuído com a morte do melhor amigo do meu irmão, tiraria uma foto desse momento.

Liko abre sua mochila e pega um kit de primeiros socorros, enquanto Nakoa vira Brody de bruços para ver melhor a picada. Os dois se debruçam sobre sua panturrilha e analisam o local, enquanto fico apreensiva pensando que pode haver a distinta possibilidade de Brody perecer diante de uma figueira.

O que eu diria a Gary?

À família dele?

Teríamos que levar seu corpo de volta para os Estados Unidos?

Ou faríamos um funeral viking para ele aqui, adornando seu corpo com joias e objetos antes de cremá-lo? Eu sei que Gary mencionou isso uma vez durante um jantar. Brody disse que seria maneiro.

Meu estômago revira enquanto fito seu corpo imóvel.

Eles vão ter que chupar o veneno?

Eles têm algum antídoto no kit de primeiros socorros?

Eles devem...

Meu Deus, não acredito que isso aconteceu.

— Ele está bem? — pergunto, ficando mil vezes mais preocupada agora com Haisley colocando seu braço em volta do meu ombro conforme o restante do grupo se aglomera.

Tudo bem que o cara me irrita pra caramba, e nos aporrinhamos mais do que marido e mulher, mas pensar em perder Brody me faz sentir que eu estaria perdendo uma parte preciosa da minha vida.

E se essa não for uma conclusão assustadora, não sei mais o que é.

Liko e Nakoa sentam-se sobre os calcanhares, limpando a testa, como se estivessem desistindo.

— O que houve? — pergunta Haisley.

Liko lança um olhar para Nakoa, que retribui, os dois com expressões confusas.

— Ai, meu Deus — digo, com a mão no peito, sentindo o medo descer por minha espinha. — Ele... ele vai morrer?

Liko coça a cabeça e, então, coloca um pouco de gaze sobre o sangue para estancá-lo. Ele limpa algumas vezes antes de retirar a gaze e revelar um corte reto na panturrilha de Brody.

— Ele não foi picado — diz Liko. — Foi um arranhão... feito por um galho.

— O quê? — pergunto, agachando-me para ficar mais próxima.

Liko aponta para o ferimento.

— Veja, é uma linha reta. Se ele tivesse sido picado, teria duas marcas de picada inconfundíveis, mas... — Ele passa a gaze mais uma vez na panturrilha de Brody. — Isso é só um arranhão... de uma planta.

Aperto a mão com força em minha boca após deixar escapar um risinho pelo nariz.

Meu Deus, ele desmaiou por causa de um arranhão.

Com a língua para fora e tudo.

Se ele achou que vomitar tinha sido ruim, espere até saber disso.

— Está tudo bem? — pergunta Reginald, se aproximando com seu bastão de caminhada.

Brody começa a se mexer e os rapazes viram seu corpo para cima novamente. Aos poucos, ele abre os olhos, com o rosto cheio de terra.

Ele pisca algumas vezes e, então, pergunta:

— Estou... estou vivo?

Não ria, Maggie.

Mostre empatia.

Seja a namorada compassiva que deve ser nesse momento.

Engulo o riso, pego a mão de Brody e aperto com força.

— Meu querido, você está vivo.

— A cobra não era peçonhenta? — ele pergunta, erguendo o tronco para olhar em volta.

Seguro a risada.

— Você não foi picado por uma cobra.

— Mas... eu senti. Eu a vi sair rastejando. Minha perna está doendo. — Ele dá tapinhas na perna, muito confuso, mas convencido de que foi atacado por um corpo rastejante sem membros.

— Sim, mas... bem, parece que você pode ter espantado a cobra, e não foi picado. Na verdade, o que te feriu foi um galho.

Ele fica perplexo ao se erguer mais um pouco para dar uma checada em sua panturrilha.

— Não, eu sei como é ser arranhado por um galho, e isso não foi um arranhão, foi... foi uma picada. — Ele inclina a perna, buscando um ângulo melhor para conferir a panturrilha, e consigo ver em seu rosto o momento em que ele se dá conta de que, de fato, não foi picado por uma cobra.

Ele junta as sobrancelhas, confuso, aperta os lábios e curva os ombros.

— Entããão... não teve picada de cobra? — pergunta Reginald.

Liko faz que não com a cabeça.

— Não, só um arranhão feito por um galho, mas vamos limpar rapidamente.

Brody olha pra mim e eu estremeço, sabendo exatamente o que ele está pensando, posso ver em seu olhar. Mais uma vez, ele passou vergonha, mas, sem dúvidas, isso foi bem pior do que o que aconteceu na praia.

Não sei como ele vai se recuperar dessa.

Mas, meu Deus do céu, eu nunca vou me esquecer dos gritos agudos e ferozes que ele soltou.

Sem brincadeira, o melhor presente que já recebi.

...

— Como está a panturrilha? — pergunto ao retomarmos a trilha, ficando mais para trás do grupo e nos dando bastante espaço de distância dos Hopper.

— Bem — ele diz, seco.

— Você está mancando um pouco.

— Porque se eu não mancar, vou parecer um completo pamonha que surtou por causa de um galho que o arranhou na perna.

— Ei, o Liko teve que usar um curativo para cortes, então não foi só um arranhão.

— Ele fez isso só para ser gentil. Acho que para ajudar a livrar a minha cara. Pude ver na expressão dele. O cara ficou constrangido por mim, assim como todo mundo.

— Bom, ele fez um ótimo trabalho, e o curativo em volta da sua panturrilha faz parecer que você levou mesmo uma sova da floresta.

Ele olha para mim.

— Isso deveria fazer eu me sentir melhor?

— Sinceramente, não faço ideia. Só estou tentando puxar assunto.

— Talvez seja melhor não conversarmos.

— Se não conversarmos, vai parecer que você está bravo comigo. Você está bravo comigo, por acaso?

— Hã, não sei... foi você que me forçou a vir para o meio do mato?

Ergo o olhar para ele, estupefata.

— Não. Eu não te forcei. Não tente me culpar pelo chilique da cobra.

— É assim que você vai chamar?

— Me parece um título apropriado.

Ele se aproxima mais de mim.

— Você viu aquela cobra. Era do tamanho da minha perna.

— Epa, calma aí, não exagere. Era do tamanho de um galhinho.

Ele balança a cabeça.

— Não era, não. Era do tamanho da minha perna, se não maior.

— Você pirou de vez — digo ao seguirmos o grupo, chegando a uma lagoa isolada com uma ponte de madeira que leva a uma espécie de cabana com teto de palha seca e suportes de madeira de palma. Deve ser a palapa.

Somos conduzidos pela ponte, atravessando a água azul cristalina para chegar à choupana, que é grande o suficiente para todos nós. Há um tapete vermelho e creme disposto por toda a extensão do piso de madeira, assim como travesseiros de apoio para os joelhos enfileirados no chão. Duas mulheres nos recebem na entrada, segurando varetas de madeira e sorrindo para nós.

Somos instruídos a nos sentar de frente para nossos parceiros e, então, recebemos um par de pauzinhos de madeira cada um.

Liko explica a tradição dos pauzinhos titi, cujo objetivo é auxiliar na comunicação entre casais, uma prática que requer trabalho em equipe. Fico tensa imediatamente, porque comunicação e trabalho em equipe não são um forte entre mim e Brody. Os últimos dias provaram isso.

— A sua perna está bem nessa posição? — pergunto a ele. Não sei se é capaz de aguentar mais um possível golpe no ego hoje. — Podemos ficar fora dessa, se quiser.

Ele nega com a cabeça.

— Estou bem.

Certo, então prefere partir para a completa aniquilação no departamento de humilhações hoje. Entendido.

Liko demonstra com Nakoa o que devemos fazer: começar com um titi, dando toques no chão com o pauzinho antes de jogá-lo para seu parceiro, que, por sua vez, repete o processo.

Toque.

Toque.

Joga.

Deus, nos ajude.

Endireitamos os ombros e Brody faz um aceno com a cabeça para indicar que está pronto, então toco o titi duas vezes no chão e jogo. Brody o apanha. Ele toca duas vezes e joga de volta para mim. Aparo e repito o processo. Juntas, todas as duplas se alinham, tocando os titis e arremessando-os.

Fico bastante impressionada. Estamos todos sincronizados, criando um ritmo muito legal.

— Agora, acrescentamos o outro — diz Liko.

Então pego meu outro titi e faço o mesmo.

Toque.

Toque.

Joga.

Brody apanha os titis com facilidade, toca-os no chão e os atira diretamente em minhas mãos, sem que eu precise sequer me mexer. Sorrio para ele e repito os movimentos.

Pelo canto do olho, vejo as gêmeas se atrapalharem, assim como Reginald e Regina, o que, é claro, me dá uma leve satisfação.

Após mais alguns minutos, Liko nos manda parar, e todos pegamos nossos titis. Agora, temos que tocar, tocar e jogar os quatro ao mesmo tempo. Uma pessoa apara o arremesso externo e a outra, o arremesso interno.

É uma etapa mais complexa. Brody indica que ficará com o arremesso interno, então tocamos os titis no chão em uníssono, erguemos, tocamos e arremessamos ao mesmo tempo, os dois apanhando os titis.

E somos os únicos a conseguir.

Todos os outros derrubaram ou bateram os titis uns nos outros.

Mas Brody e eu… continuamos.

Tocamos juntos, arremessamos juntos.

Tocamos juntos.

Arremessamos juntos.

Estamos tão sincronizados, trabalhando tão bem juntos, que não paramos. Continuamos tocando e jogando, criando um ritmo tranquilo que deixa até Liko e Nakoa impressionados. Os outros casais param para nos assistir. E durante todo o tempo, me concentrando nos arremessos de Brody e me mantendo em sintonia com ele, não consigo decidir se deveria ficar impressionada ou completamente apavorada.

Apavorada porque eu não deveria estar tão sintonizada com esse homem.

Não deveríamos ser capazes de nos comunicarmos sem dizer uma palavra.

Na hora de brigar, somos os melhores, mas nisso… somos excelentes nisso, o que faz com que seja ainda mais assustador. Eu não deveria me encaixar nele assim. Não deveríamos ser tão bons juntos.

E ainda assim, somos.

•••

Maggie

Está acordada?

Estou sentada a uma mesa alta, usando um dos meus vestidos curtinhos que trouxe para a viagem com o objetivo de chamar a atenção de um homem de sunga. Em vez disso, estou usando com Brody, porque era só o que eu tinha para usar no jantar esta noite.

Pensamos em pedir comida no bangalô, mas decidimos que precisávamos de uma bebida. Brody mais do que eu. No momento, ele está no Lanai Bar, encurralado por Beatrice, falando sobre sabe-se lá o quê enquanto espera por nossos drinques. Enquanto isso, peguei uma mesa para nós na parte mais afastada do bar, sob um lindo teto de colmo rodeado por tochas tiki, torcendo para que Hattie esteja acordada, mas como não recebo resposta e vejo Brody vindo em minha direção segurando nossos drinques, guardo o celular na bolsa.

— Obrigada — digo quando ele me entrega meu drinque, e tomo um gole generoso. — Eita, porra, isso não está bem misturado — digo, sentindo a garganta queimar como se eu fosse um dragão prestes a cuspir fogo.

— Acho que o bartender está com a mão pesada esta noite — comenta Brody, misturando seu drinque, enquanto faço o mesmo.

— O que você pediu? — pergunto, olhando nossos drinques parecidos. Geralmente, ele bebe cerveja. Mas parece que escolheu algo mais forte depois do encontro com a cobra mais cedo. No lugar dele, eu provavelmente também procuraria por algo com mais potência, e ainda teria uma taça em cada mão.

— O mesmo que você. Mai tai. Parecia ser o drinque mais forte que eu poderia aguentar.

— Não vai interferir nos seus analgésicos?

Ele inclina a cabeça para o lado, com desdém.

— Você sabe que não estou tomando analgésicos.

Abro um sorriso afetado.

— Ok, mas... quando poderemos falar sobre o incidente da cobra sem que você fique bravo? Porque tem muitas coisas que eu gostaria de discutir, mas também sei que você está sensível no momento e eu não quero ser insensível, então se você puder me avisar quando...

— Cedo demais.

— Droga. Está bem. Justo. Aconteceu há poucas horas, então tudo bem. Mas você precisa me prometer que quando sentir que vai poder rir disso, poderemos abordar o assunto. Tenho tantas perguntas a fazer.

— Esse momento provavelmente nunca vai chegar, então engula suas perguntas.

Suspiro, mas não me preocupo muito; sei que ele vai querer falar sobre isso em algum momento. Rir da situação. Discutir a ferocidade de seus gritos antes de desmaiar.

Tomamos alguns goles de nossos drinques e, após alguns minutos de silêncio, pergunto:

— Sobre o que você estava falando com Beatrice?

— Ela perguntou como foi a trilha. Deixei a parte da cobra de fora e contei sobre os pauzinhos titi. Ela disse que ficou chocada por nós dois termos ido tão bem, já que, aparentemente, somos o pior casal daqui.

— Ela disse isso? — pergunto, ficando na defensiva. Tudo bem, não somos um casal de verdade, mas ela não tinha que ser tão grosseira assim.

— Não com essas palavras exatas, mas a reação dela, surpresa com essa notícia, basicamente demonstrou isso.

— Não sei quem ela pensa que é para julgar. Mais cedo, eu a vi esbarrar em uma pilastra porque não estava prestando atenção, então não tem moral para falar de coordenação.

— E você não gravou isso para mim?

— Infelizmente, não. — Pauso por um momento. — Você achou estranho nós sermos tão bons com os titis?

Ele toma um gole de seu mai tai e faz que sim com a cabeça devagar.

— Foi um pouco desconcertante. Em determinado momento, meu cérebro simplesmente se desligou do que estávamos fazendo e tudo se tornou pura memória motora, e comecei a me perguntar: "Por que estamos nos saindo tão bem nisso?".

— Eu fiz a mesma coisa. Foi quase como se tivesse um mestre de marionetes controlando nossos braços. Meio que uma experiência fora do corpo. Entrei no ritmo e me deixei levar.

— Eu também — ele diz.

— Deveríamos nos preocupar com isso? — pergunto.

— Só se você quiser dissecar essa questão — ele responde. — Mas não acho que haja algo para dissecar.

— Então... você não acha que foi um desses sinais estranhos? Tipo, já que tivemos uma conexão daquelas com pauzinhos titi, agora temos que nos casar? Nada desse tipo? — questiono.

Ele dá risada.

— Porra, se esse fosse o caso, eu teria feito dupla com outra pessoa.

— Ah, tá, e com quem você teria feito dupla?

Ele pensa um pouco e, então, abre um sorriso de orelha a orelha.

— Reginald. Assim eu poderia mesmo chamá-lo de *Papi Reggie* e faria mais sentido.

Quase cuspo a bebida.

— *Papi Reggie*? Quem diabos o chama assim?

— Todos os funcionários dele — Brody responde. — Bom, pelas costas, é claro. Acho que não existe uma alma viva capaz de chamá-lo assim na cara dele.

— Não sei por quê — comento. — Às vezes, acho que seria legal ser chamada assim.

Brody ergue uma sobrancelha para mim.

— Ah, é mesmo?

Dou de ombros.

— Por que não? Se alguém me chamasse de Mami Maggie, eu saberia que estou fazendo alguma coisa certa.

— Eu diria que você está fazendo mais do que uma coisa certa — ele diz antes de tomar um gole generoso de sua bebida.

Eu o encaro por um momento, assimilando suas palavras.

— Brody McFadden, isso foi um elogio?

— Só um pouquinho, quase nada — ele responde ao se sentar à mesa alta comigo. O espaço é um pouco apertado, então suas pernas compridas roçam nas minhas.

Remexo-me no lugar.

— Os pelos das suas pernas estão me cutucando.

— Pelo menos são só as minhas pernas.

Ergo uma sobrancelha para ele.

— Tem outra coisa que poderia me cutucar?

Ele aproxima sua bebida dos lábios.

— Dê o seu melhor palpite.

Balanço a cabeça.

— É melhor não estender esse assunto.

— Foi o que pensei. — Ele termina de engolir e solta um suspiro pesado, curvando os ombros. — Isso é chegar ao fundo do poço?

— Roçar os pelos das suas pernas na irmã do seu melhor amigo? — pergunto em resposta.

Ele dá uma risada leve e balança a cabeça.

— Não, o que aconteceu hoje. — Ele esfrega o rosto. — Nossa, Maggie, eu só tenho feito besteira desde que tudo isso começou. A minha chefe me mandou para cá com uma missão: convencer os Hopper de que eles deveriam me escolher para trabalhar com eles, e, em vez disso, o que consegui foi desmaiar porque um galho me arranhou. Imagino que essa não seja a ótima impressão que ela esperava que eu passasse. — Ele passa a mão na testa, e sinto dó dele de verdade. Apesar de toda a tensão entre nós, não consigo imaginar o estresse que ele deve estar passando.

O estresse de sua chefe.

O estresse de ter que impressionar alguém.

O estresse de precisar guardar um segredo.

O estresse de ter um relacionamento falso.

Isso tudo claramente o está consumindo, e ele não está sabendo lidar com a situação.

Então apoio a mão em sua coxa.

— Não é o fundo do poço. Só alguns tropeços.

Seu olhar se conecta com o meu.

— Tropeços? Está mais para tombos... capotamentos. E com gritos escandalosos que chegam a estremecer figueiras.

Dou risada.

— Acho que você ainda não chegou ao nível de estremecer as figueiras, mas se der mais um daqueles berros ferozes, pode ser que alcance esse status.

Ele pega o drinque e o vira de uma só vez.

— Ai, ai, ai — digo. — É isso que vai acontecer esta noite?

Ele engole e faz que sim com a cabeça.

— Sim, acho que estou precisando de um pouco de álcool, e quando digo um pouco... quero dizer um bocado. — Ele coloca a mão em cima da minha. — Vai me acompanhar?

Quando ele me fita com aqueles olhos suplicantes e sinceros, sinto que não tenho outra opção. Acabo concordando.

— Sim, vou acompanhá-lo na bebedeira.

— E eu estava aqui te chamando de megera... quando, nesse momento, essa é a resposta de um anjo.

Caramba, para ele estar me chamando de anjo, o mai tai deve ter batido rápido.

De qualquer forma, eu aceito.

...

— Vamos devagar — digo quando Brody nos traz mais mai tais. Ele começa a beber o seu e eu puxo a taça para interrompê-lo. — Está me ouvindo? Devagar. E apenas o suficiente para ficarmos levemente alterados. A última coisa de que preciso é tomar um porre e acabar com a cara enfiada na sua virilha de novo.

Ele abre um sorriso sugestivo.

— Já me aconteceram coisas piores.

Empurro seu ombro.

— Nunca aconteceu uma melhor do que essa, com certeza.

— Verdade, faz um tempinho, pelo menos — ele diz, pegando um rolinho primavera, um dos vários aperitivos que pedimos para equilibrar o álcool em nosso estômago.

— Ah, é? — pergunto. — Discorra.

Ele ergue uma de suas sobrancelhas grossas para mim.

— Você quer ouvir sobre a minha vida sexual?

— Não exatamente, mas achei interessante você mencionar que não faz sexo há um tempinho. Com a sua autoconfiança, achei que tivesse mais sorte nesse departamento.

— É só por falta de tempo mesmo. O trabalho tem me engolido, você sabe disso.

— Sei muito bem — digo. Também pego um rolinho primavera e dou uma mordida antes de deixar o restante em meu prato. — Sendo bem sincera, você acertou uma. Eu vim passar férias aqui com apenas uma coisa em mente. Transar.

Ele mergulha o rolinho primavera em um potinho de molho.

— Se estivesse em outro resort, como falei, teria mais sorte.

— Outro resort *e* se eu não tivesse me prendido a você.

— O que ainda me deixa pasmo — ele comenta, balançando a cabeça. — Você sempre foi tão destemida. Simplesmente veio sem pensar duas vezes e disse que era minha namorada na frente de um dos homens mais ricos do país. Não sei se eu seria capaz de fazer algo assim.

— Como assim, eu sempre fui destemida?

Ele limpa a mão com um guardanapo e me olha bem nos olhos.

— Desde que te conheci, sempre vi você se arriscando, e toda vez parece que você nem pisca antes de se jogar. Você disse ao Gary que ia abrir um negócio de organização de eventos. No dia seguinte, já tinha um registro, um site em construção e estava indo ao banco para abrir uma conta jurídica.

— Isso é apenas bom senso empresarial.

— Você decidiu que queria fazer uma grande jogada pela sua carreira, então enviou uma carta escrita à mão para lady Garmen, perguntando se poderia marcar uma reunião com ela para discutir os detalhes de seu casamento e incluiu um portfólio e um painel de inspiração demonstrando as ideias que você tinha para a cerimônia. Foi o seu primeiro casamento notável no mercado. Porra, a mulher faz parte da nobreza britânica, e você simplesmente foi com tudo. Isso é muito corajoso.

Inclino a cabeça para o lado.

— Como você sabe disso?

Ele dá de ombros.

— O Gary fala de você.

— Sério? — indago.

Brody faz que sim com a cabeça.

— Ele sente orgulho de você. Pode não parecer, mas sente. Ele sempre fala das suas conquistas.

— Ah, eu não sabia — digo, me sentindo mal por não estar mais ciente do que o meu irmão pensa a meu respeito. E por não ter falado coisas muito boas dele.

— E no seu aniversário de vinte e um anos — continua Brody, pegando um palitinho de cenoura e mergulhando em um patê. — Você nem hesitou ao subir no balcão do bar, arrancar a mangueira de refrigerante do bartender e atirar Sprite em todo mundo.

— Você viu isso?

— Eu estava na sua festa, Maggie.

— Eu sei disso — digo, tentando me lembrar. — Mas achei que já tivesse ido embora, àquela altura.

Ele nega com a cabeça.

— Não, eu estava lá.

— Hum...

— De qualquer forma, você corre riscos que eu acho que eu não teria coragem de correr, e eles sempre dão certo para você.

— Bom, não tenho tanta certeza disso — rebato. — Já me arrisquei várias vezes e falhei miseravelmente.

— É mesmo? — ele pergunta. — Por exemplo?

Não sei se são os mai tais em mim ou o fato de ele parecer tão autêntico nesse momento, mas antes que eu possa me deter, digo:

— Tipo quando beijei você no casamento do Gary.

Ele mantém o olhar baixo ao pegar mais um pedaço de cenoura e ficar remexendo o patê. Após alguns segundos torturantes, durante os quais fico questionando tudo, ele finalmente responde:

— Você não falhou aquela noite. Fui eu.

— Brody...

— É verdade. — Ele ergue o olhar para mim. — Eu falhei miseravelmente. Eu devia... porra, eu devia ter explicado as coisas para você.

Hã... como é?

— Explicado o quê? — questiono. E, então, um pensamento horrível surge em minha mente. — Ai, meu Deus, você estava namorando outra pessoa? Foi por isso que parou tão de repente?

— O quê? — Ele balança a cabeça. — Não. Eu nunca faria isso. Posso ter pegado geral na faculdade, mas eu nunca trairia, nunca mesmo.

— Oh. — Contorço os lábios para o lado. Odeio traidores. Só fui traída uma vez, e sei que o problema era ele, não eu, mas, ainda assim, eu os odeio. E, sendo sincera, eu sei que Brody nunca trairia. Quero dizer, veja como ele se manteve fiel ao meu irmão todos esses anos. *E aqui estou eu menosprezando meu irmão de novo. Tsc, tsc, Maggie.* Bom, então se não havia outra pessoa, eu estava certa o tempo todo. — Então... o problema fui eu.

Ele coloca uma das mãos em minha coxa desnuda e desliza a palma em minha pele, atraindo minha atenção para seu olhar ao se inclinar para mim.

— Não foi você. Fui eu.

— É isso que todo mundo diz quando não quer magoar a outra pessoa.

— Mas esse não é o caso. O problema estava todo em mim. Eu estava encucado demais. E em vez de cair fora, eu deveria ter explicado isso. — Ele aperta minha coxa, e o gesto envia uma corrente de luxúria diretamente para o meio das minhas pernas, enquanto ele continua roçando o polegar em minha pele. — Me desculpe, Maggie.

Bom, isso eu tenho que admitir: se tem uma coisa em que Brody é bom, é em pedir desculpas.

Ele já me pediu desculpas duas vezes até agora, e nas duas vezes fiquei sem fôlego.

Ele me olha nos olhos.

Sua voz é sincera.

E não hesita, nem por um segundo, ao dizer essas duas simples palavras: "Me desculpe".

O cara sabe engolir o orgulho e isso o deixa exponencialmente mais atraente.

O que não é bom, porque eu já o considero incrivelmente atraente.

— Obrigada — digo. Ele abre um sorriso suave, e sinto a necessidade de fazer o que ele fez. — Me desculpe também.

Ele junta as sobrancelhas, mantendo a mão em minha coxa e permanecendo bem próximo a mim, como se estivéssemos namorando de verdade.

— Está pedindo desculpas por quê?

— Sinto que não tenho sido uma boa parceira para você nessa empreitada. Acho que eu deveria ter te ajudado mais, e acabei piorando tudo.

Ele balança a cabeça.

— Nah, você tem se saído bem. Eu que sou o idiota que não consegue tomar jeito. — Ele olha para o telhado de colmo. — Não devia ter usado aquele terno de linho na primeira noite. Me deu azar.

Isso me faz rir.

— Linho não foi feito para ser usado por um homem como você.

— Um homem como eu? — ele pergunta, deslizando o polegar pela parte interna da minha coxa. — Como assim?

Engulo o nervosismo que brota em meu estômago enquanto fito seu rosto lindo.

— Você é alto e largo. Sabe... musculoso. Acho que homens como você não foram feitos para ficarem bem em um terno de linho.

Ele abre um sorriso malicioso e pega sua bebida.

— Musculoso, hein?

Reviro os olhos.

— E é por isso que eu te acho profundamente irritante.

— Mais uma vez, o sentimento é mútuo. — Ele pisca para mim antes de tomar um longo gole de seu drinque. — Você sabia que o Papi Reggie odeia ternos de linho? — pergunta, colocando a taça de volta sobre a mesa.

— É mesmo? — Dou risada. — E você usou um bem na primeira noite. Isso que é causar uma péssima primeira impressão.

— Nem me fale — ele diz. — Vou organizar um funeral para o terno de linho antes de irmos embora, se quiser dizer algumas palavras.

— Hum, o que eu diria? — Toco meu queixo. — Terno de linho, embora suas intenções fossem puras, você amarrotou de maneiras nada favorecedoras e esses amassados já abusaram da estadia. Portanto está morto para nós.

— Muito melhor do que o que eu ia dizer. — Ele apoia um cotovelo sobre a mesa e se remexe na cadeira, ficando um pouquinho mais próximo de mim.

— O que você ia dizer? — pergunto.

— Vá se foder.

Solto um risinho pelo nariz.

— Nossa, tão poético.

— Este sou eu, o filho da puta mais poético que você conhecerá na vida. — Ele olha para sua taça vazia e para a minha, que está quase no fim. — Mais uma rodada?

— Sim… só mais uma.

...

— Espere, espere, espere… — digo, balançando a cabeça, com um sorriso que já se tornou permanente em meu rosto. — Gary fez o quê?

Brody ri e, dessa vez, pousa as duas mãos em minhas coxas expostas, enquanto nossas pernas estão basicamente entrelaçadas por estarmos sentados tão próximos.

Terminamos a comida há um tempinho, e embora tenhamos dito que seria somente mais uma rodada de mai tais, decidimos dividir um último drinque depois disso.

Aham, estou compartilhando um canudo com Brody e parece tão obsceno.

Ele toma um gole.

Eu tomo outro.

Ele toma um.

Eu, outro.

Estamos praticamente nos beijando.

Não que eu queira beijá-lo. *Eca, que nojo. Beijar Brody McFadden? Credo.*

Risadinhas

Mentira.

Eu adoraria beijá-lo.

Olhe só esses lábios.

Eles sabem beijar muito bem.

São tão perfeitos. Com a quantidade ideal de pressão e comando. Não são desajeitados, nem secos, muito menos babados demais. Sem contar que a maneira como ele usa o corpo quando beija é como se fosse um segundo par de lábios pressionando em você. Faz sentir que você está sob o controle dele, mas sem estar encurralada.

Affff, eu quero sentir tudo isso de novo.

Quero sentir o melhor beijo da minha vida.

Mas quero por todo o meu corpo.

Quero no meio das minhas pernas.

Pelo meu pescoço.

Nos meus peitos!

Meu Deus, o que eu não daria para ele chupar meus mamilos agora mesmo.

E se estiver se perguntando se estou bêbada, a resposta é sim.

O álcool bateu e está a todo vapor.

Se liguem, más decisões, estou a caminho.

Brody arrasta os dedos pela parte interna das minhas coxas e preciso conter o gemido que borbulha dentro de mim, porque, meu Jesus, quando foi a última vez em que fui tocada assim?

— Ele tirou a roupa, ficou apenas de tanguinha, ficou de quatro... e deixou os caras baterem na bunda dele com um remo.

Solto uma gargalhada, jogando a cabeça para trás.

— Por quê?

— Era o jeito dele de fazer amigos.

— Que imbecil.

— Exatamente o que pensei — diz Brody, abrindo o sorriso mais deslumbrante de todos.

Sério, como é possível um homem ser tão atraente assim? Como é possível ele ter olhos lindos e profundos, um corpo de dar água na boca e o tipo de sorriso que te deixa de pernas bambas? Como isso é possível?

— Você fez algo constrangedor na faculdade, igual ao Gary? Alguma história envolvendo tangas que queira compartilhar?

— Uma tanga minha ou de outra pessoa? — pergunta, em tom de brincadeira.

— Sua — respondo rápido.

Ele balança a cabeça.

— Sinto muito, princesa, não tenho histórias desse tipo para contar.

— Você não tem nenhuma história constrangedora dos tempos de faculdade? Duvido.

Ele ergue um dedo.

— Eu disse que não tinha histórias envolvendo *tangas*. Tenho um catálogo de histórias vergonhosas que aconteceram na faculdade.

Inclino-me para ele.

— Me conte uma.

Seu polegar desliza por minha coxa mais uma vez e, a essa altura, nossa intimidade parece natural, não forçada. Obrigada, mai tais.

— Só se você prometer me contar uma das suas histórias constrangedoras de faculdade.

Prendo o lábio inferior sob os dentes.

— Não tenho.

— Sua... mentirosa. — Ele ri, e o jeito como umedece os lábios enquanto encara profundamente o que parece ser a minha alma é tão atraente. — Você não vai ganhar uma história minha se eu não ganhar uma sua.

— Está bem — digo e pressiono meu dedo no triângulo de pele que está à mostra em seu peito. — Mas você não pode contar ao Gary.

— Por que eu contaria ao Gary? Ele não faz ideia de que estamos aqui juntos.

— Você não contou a ele?

Achei que eles contassem tudo um ao outro. Por que ele me manteria em segredo?

— Não, porra.

— Hummm, está com vergonha? — pergunto.

Ele balança a cabeça e sobe a mão por minha coxa.

— Apavorado.

E isso me faz abrir um sorriso, apoiar o queixo na mão e admirar os lindos traços de seu rosto.

— Vou me conformar com essa resposta. — Umedeço os lábios. — Ok, você primeiro.

Ele retira a mão da minha perna e a ergue diante de mim.

— Me prometa de mindinho, princesa.

— Prometer o quê de mindinho? — pergunto.

— Que você vai me contar a sua história depois que eu contar a minha. — Ele mantém a mão firme, estendendo o dedo mínimo.

Reviro os olhos, mas prendo meu mindinho com o dele, que aproxima nossa conexão de seus lábios e dá um beijo em seu polegar, obrigando-me a fazer o mesmo em seguida.

— Satisfeito? — pergunto.

Ele faz que sim com a cabeça e torna a pousar a mão em minha coxa, deslizando a palma em minha pele e fazendo com que meus músculos internos se contraiam em empolgação conforme seu toque fica cada vez mais próximo do osso do meu quadril.

— Estava no segundo ano da faculdade, quase no fim do semestre — ele começa, se aproximando um pouco mais e abaixando a voz. — Tomei um porre tão grande que, sinceramente, nem acreditei nessa história, mas tiveram fotos para provar, então não tive escolha.

— Uhhh, estou animada — digo, abaixando a mão até a dele e deslizando os dedos pela parte externa de seu pulso, confortável até demais, mas sem me importar nem um pouco.

Os mai tais estão no controle.

— Então, eu estava trêbado depois de beber uma mistura mágica que os caras fizeram e todo munido de hidratante labial, pronto para dar uns bons beijos e amassos em alguém.

— Uma sessão de Beijos e Amassos McFadden — digo.

Ele abre um sorriso largo.

— Exatamente. Estava pronto para a caça. Eu tinha uma garota em mente. Os rapazes disseram que eu ficava perguntando por uma garota de vestido marrom. Depois de um tempo, fui procurá-la do lado de fora, e acabei encontrando.

— Ai, Deus. — Sorrio. — Você ficou com um cara? Porque isso seria fantástico.

Ele nega com a cabeça.

— Quem me dera.

Penso um pouco.

— Espere, não era um cara? Então quem era?

— Bom, eu encontrei uma pessoa de marrom... ou melhor, uma *coisa* marrom.

Arregalo os olhos.

— Ai, meu Deus, Brody. Você beijou uma pilha de cocô?

— O quê? — Ele estremece, contorcendo o rosto em uma expressão de nojo. — Caramba, não.

— Ah, você disse que era pior. Fui logo para o pior cenário, eu acho.

— Eu nunca ficaria bêbado a esse ponto, valeu pelo voto de confiança.

Dou tapinhas em sua bochecha.

— De nada.

Ele vira o rosto e mordisca minha mão, fazendo-me soltar um gritinho e afastá-la, rindo.

É... nós... estamos... bêbados.

— Não era cocô... valeu por isso. Era a rena inflável que usamos para decorar o jardim para a nossa festa de Natal.

— Mentira! — digo, rindo.

— Verdade. Acho que era Comet o nome dela. Rolou língua e tudo. Também apalpei o peito dela. A foto não deixava negar. E, sendo bem franco, posso não lembrar direito, mas me lembro de pensar que tinha sido o melhor beijo do ano.

Balanço a cabeça, gargalhando.

— Que patético.

Ele olha para o nada, pensativo.

— Às vezes, ainda penso naquela noite — sussurra.

Dou um empurrãozinho em seu peito.

— Ah, para. Não pensa, não.

— Penso, sim. Porque eu queria que nunca tivesse acontecido, apesar de ter sido a melhor ficada daquele ano. Os caras passaram o mês de dezembro inteiro me mandando fotos e GIFs da Comet todos os dias. Me dá até gatilhos.

— Ah, com certeza. — Continuo rindo enquanto ele termina a nossa bebida.

— Ok, princesa. Sua vez.

O jeito como ele me toca é real.

O jeito como me olha é real.

Isso não é mais uma farsa. É um encontro de verdade.

Respiro fundo.

— Uma história constrangedora... — começo.

— Tem que ser boa. Não me venha com papo de que tropeçou na frente de um crush e derramou café na blusa.

O único crush que eu tive na faculdade era você, mas você não estava na faculdade e eu não deveria estar pensando nisso, então... continuando.

— Caramba, você tirou as palavras da minha boca.

— Engraçadinha. Anda, Mitchell, desembucha.

Não sei por que ouvi-lo me chamar pelo meu sobrenome é tão afrodisíaco, mas é. Isso me afeta com força. Me dá vontade de abrir o meu vestido e oferecer meus seios para ele aqui e agora.

— Ok. — Contorço os lábios para o lado. — Eu estava fazendo algumas aulas extras de economia. Mesmo que eu tenha a minha própria empresa agora, eu tinha dificuldade com a matéria e não conseguia entender por nada nesse mundo. Então, durante uma das aulas com o monitor gatinho do departamento de economia…

— Gatinho? — Brody pergunta, com um sorriso sugestivo. — Diria que mais gato do que eu?

Não.

— Fácil, fácil — respondo. Isso só faz seu sorriso crescer ainda mais, porque consegue ver que estou mentindo. — Bom, a minha caneta não estava funcionando, mas eu tinha acabado de ver em algum lugar na internet que se chupasse a ponta, ela voltaria a funcionar. Então foi o que eu fiz. E quando tentei escrever com ela, funcionou.

— Aham… — ele diz.

— Mas foi só quando voltei para o meu dormitório, cinco horas depois, que vi que chupei com muita força e meus dentes e meus lábios estavam cobertos de tinta azul.

Brody joga a cabeça para trás, gargalhando.

— Puta merda.

— Eu fui para a aula com os lábios e os dentes azuis, fiz uma sessão de estudos de três horas *e* andei pelo campus assim. Nenhuma alma viva se deu ao trabalho de me avisar.

— Essa foi foda.

— Foi humilhante. Fiquei incrédula porque nem o monitor me avisou. Depois disso, nem consegui mais ver beleza nele. Era só um babaca incapaz de ajudar uma garota.

Brody balança a cabeça.

— Eu teria te avisado.

— Sim, com certeza, apontando para a minha cara e rindo o tempo todo.

Ele assente.

— Aham. Na mosca.

Dou um empurrão leve em sua perna, e, nesse momento, nossa garçonete vem até a mesa.

— Estão encerrando a noite?

Brody suspira e assente.

— É, acho que sim.

— Que bom. Malana os espera no carrinho de vocês. Ela os levará até o bangalô.

— É melhor — comento. Brody desce da banqueta e, em seguida, estende a mão para mim para me ajudar a descer.

— Esta é a minha namorada — ele diz para a garçonete, com os olhos enevoados.

— Ela é uma graça. — A garçonete assente.

— Linda, na verdade. — Brody cambaleia por um momento. — Provavelmente a mulher mais linda que já vi. Não, espere, não provavelmente, com certeza a mais linda que já vi.

Sinto minhas bochechas esquentarem e lembro-me de que há convidados do casamento em volta, pessoas que precisam testemunhar que somos um casal.

Ele não está falando sério.

Está?

— Você tem muita sorte — diz a garçonete e, então, vamos em direção ao carrinho de golfe, onde ele passa um braço em torno dos meus ombros e me puxa para si.

— Não se preocupe, eu cuido dela — ele diz para Malana. — Nunca deixaria que nada acontecesse com ela.

— Muito bem — ela diz e, então, saímos em direção ao bangalô.

O sol já se pôs por completo no horizonte, deixando a iluminação por conta de tochas tiki e nos dando a vista perfeita no céu estrelado.

— Esse lugar é tão lindo — digo. — Vou sentir saudades.

— Eu também — ele diz baixinho em meu ouvido. — Poderia voltar várias vezes... mesmo que fosse para dormir em uma cadeira.

Dou risada.

— Você ia mesmo dormir em uma cadeira?

— Era isso ou a praia. Imaginei que a cadeira me daria ao menos um pouco de dignidade.

— De que tipo de cadeira se tratava? Uma cadeira de madeira de mesa de jantar ou, tipo... uma poltrona, almofadada?

— Sinceramente, não sei. Eu deveria ter pedido uma foto. Estava tão desesperado que nem pensei nisso. Só aceitei e torci pelo melhor.

— E você disse que não era bom em se arriscar. — Brinco com os botões de sua camisa.

— Pois é, eu me arrisco bastante. Serei assassinado na minha cadeira em Bora Bora? Só há um jeito de descobrir.

Dou risada e, no mesmo instante, paramos em frente ao bangalô.

— Chegamos — diz Malana. — Tenham uma boa noite.

— Obrigado — Brody e eu agradecemos ao mesmo tempo. Ele me ajuda a descer do carrinho e, em seguida, abre a porta para nós, que entramos em um bangalô limpinho pelo serviço de quarto. É, vou sentir muita falta disso.

Brody puxa a camisa pela cabeça, sem ao menos se dar ao trabalho de desabotoá-la, e a atira na pilha de roupas sujas que eu o forcei a fazer.

— Você pode usar o banheiro primeiro — digo, tirando as sandálias.

— Obrigado — ele responde, indo para o banheiro, onde ouço-o ligar o chuveiro. — Ok, acho que ele vai tomar um banho — digo para mim mesma. Esse homem toma muitos banhos. Não que seja uma coisa ruim, é apenas uma observação.

Vou até a cômoda, sentindo o quarto girar devagar, e procuro por um pijama, mas só tenho peças de renda e seda. Tudo parece tão desconfortável.

Muito desconfortável.

E então, de rabo de olho, vejo a mala de Brody. Aberta e exposta.

Contorço os lábios para o lado quando noto que a equipe do hotel deixou ali uma pilha de roupas limpas e dobradas, o que significa que ele não precisa se preocupar com a falta de vestuário e eu tenho a opção de roubar uma camiseta dele para dormir esta noite.

Ele não se importaria, não é?

Tiro o vestido, ficando apenas de calcinha fio-dental e sutiã sem alças. Não acho que ele vá se importar.

Acho que só há um jeito de descobrir.

Pego a peça do topo da pilha – uma camiseta toda preta. Retiro o sutiã e, então, visto a camiseta confortável. O tecido cai em torno de mim, chegando até a metade das coxas enquanto as mangas encostam em meus cotovelos.

Aham, é exatamente disso que preciso.

Retiro a calcinha, porque ninguém gosta de usar calcinha fio-dental para dormir, e deixo por isso mesmo.

Ele desliga o chuveiro e ouço-o sacudir a toalha antes de abrir a porta, me mostrando que, mais uma vez, ele não se secou, apenas enrolou a toalha em volta da cintura.

Nunca vou entender.

Quando ele me avista pelo canto do olho, seu corpo inteiro enrijece e seus olhos percorrem meu corpo.

— Hã, tudo bem se eu usar? — pergunto.

Ele umedece os lábios e assente.

— Sim.

— Tem certeza? Eu queria algo confortável para dormir esta noite.

— Certeza absoluta — ele responde, ainda me examinando com o olhar. — É sua agora.

— Brody.

Ele balança a cabeça.

— Essa camiseta fica mil vezes melhor em você do que em mim. — E, então, ele coloca pasta em sua escova de dentes e sai do banheiro, para que eu possa fazer as minhas coisas. Como tomei banho antes do jantar, lavo o rosto e começo a aplicar meus produtos de cuidados com a pele.

Brody se aproxima por trás de mim, pressionando seu corpo robusto contra o meu ao se inclinar por cima do meu ombro e cuspir a pasta de dentes. Quando olho para ele no espelho, ele apenas me dá uma piscadinha e enxágua a boca.

Hummm... ok.

A proximidade.

Os carinhos na minha perna.

A intimidade natural.

O que está acontecendo? E por que minha respiração está dependendo de seu próximo movimento? Talvez seja o álcool, talvez seja essa paixonite antiga ressurgindo de rompante em mim, mas, de um jeito ou de outro, estou entrando na onda dele também.

Depois que termina, ele sai do banheiro, dando-me espaço novamente, mas de onde estou, posso vê-lo retirar sua toalha pelo reflexo do banheiro, me dando uma visão lateral de sua bunda conforme ele se curva para vestir uma cueca boxer.

Aperto as coxas uma na outra por causa do pulsar leve que começa a latejar em mim, lembrando-me do quanto estou excitada e desesperada.

Não é uma boa ideia, Maggie.

Não vá por esse caminho.

Só preciso dormir até passar o efeito do álcool... e o tesão.

Termino minhas coisas e apago a luz. Brody está pondo o celular para carregar quando me sento do meu lado da cama. Não me dou ao trabalho de tomar minhas vitaminas esta noite, pois não quero colocar ainda mais líquido em meu organismo do que já tem, mas passo hidratante nas mãos antes de deitar debaixo das cobertas.

É aí que percebo que Brody está mais próximo do que nunca.

Ele se vira para mim, e posso sentir o calor de seu corpo a apenas centímetros do meu enquanto encaro o teto, com o coração acelerando, e a mente imaginando mil e um cenários sobre como esta noite poderia acabar. E cada um deles inclui um orgasmo.

Mas eu sei que isso não vai acontecer.

Brody pode estar embriagado, e eu posso estar embriagada, mas ele não vai...

Sua mão começa a subir por minha coxa, e sinto que começo a ficar molhada, simples assim; uma onda de excitação me atingindo de uma só vez, com um único toque.

Ele puxa a barra da camiseta.

— Isto é mais confortável para você? Achei que gostasse dos seus pijamas.

— Eu gosto. — Engulo em seco ao responder. — Só... queria algo diferente.

Então viro-me de costas para ele, porque talvez isso ajude a acalmar a pulsação do meu coração e entre as minhas pernas. Se eu não ficar muito perto, talvez meu corpo não reaja com tanta intensidade.

Ele pousa a mão em minha coxa novamente.

— O que você costuma usar para dormir? — pergunta, seus dedos brincando com a barra da camiseta.

— Hã... — Minha mente dá um branco. O que eu costumo usar para dormir? Hum, vejamos... o que é dormir mesmo?

— Você costuma dormir nua? — ele pergunta, subindo um pouco mais a mão, parando no osso do meu quadril.

— Nua? — pergunto, meu coração martela com tanta força a essa altura que mal consigo ouvir sua voz.

— Está afirmando que dorme nua ou me perguntando? — Ele arrasta os dedos mais para cima. — Porque, neste momento, parece que você se esqueceu de vestir algo sob essa camiseta, o que me leva a acreditar que você costuma dormir nua.

— O que, hã... o que eu esqueci?

Sua mão desliza do meu quadril para o baixo-ventre, seu dedo mínimo chegando tão perto do meu osso púbico que quase me sobressalto.

— Calcinha, Maggie — ele sussurra antes de me puxar contra seu peito, onde sinto o calor de sua pele… e o volume em sua cueca.

Porra.

Está… acontecendo.

Isso está acontecendo?

Deus, por favor, permita que aconteça.

— Você sabia que não está usando calcinha? — ele pergunta, trilhando os dedos de um lado a outro do meu baixo-ventre.

— Sim — respondo.

— Esqueceu por minha causa?

— Não — digo, mas então acrescento: — Um pouquinho, sim.

— Um pouquinho, sim? — Ele desce os dedos cada vez mais, até roçá-los levemente por cima da minha parte íntima.

— Porra — sussurro, ofegando de desejo e separando ligeiramente as pernas, torcendo para que ele desça um pouco mais a mão. Mas ele não o faz.

Brody desliza os dedos de volta para minha barriga.

— Achei que me odiasse — diz e segue subindo a mão, alcançando minhas costelas.

— Eu odeio… e não odeio.

Ele me puxa ainda mais para seu corpo, de modo que minha bunda pressione em sua ereção com mais força. Isso. *Oh, céus, preciso ter esse homem.* Rebolo minha bunda contra ele, que por sua vez aperta a mão em minha caixa torácica e roça o polegar na parte inferior do meu seio.

Ai, meu Deus.

Isso.

Por favor… estou implorando.

Quero mais.

Mais dele.

Mais disso.

Mais de tudo o que estiver relacionado a seus toques.

— Neste momento — ele sussurra, aproximando a boca da minha orelha, enquanto seu polegar me acaricia novamente. — Não parece… — Ele sobe o polegar bem devagar, chegando cada vez mais perto do meu mamilo. — Não parece que você me odeia.

Umedeço os lábios enquanto meu peito sobe e desce, suplicando para ele subir a mão só mais um centímetro.

— Vou te odiar se me provocar — digo, mandando todo o bom senso pra casa do caralho a essa altura. Eu sei o que quero, e é um orgasmo. Se ele me incitar e não for até o final, nunca vou conseguir perdoá-lo.

— Por que eu te provocaria? — ele pergunta, passando o polegar em meu mamilo.

— Oh, Deus — gemo, virando o corpo e deitando de barriga para cima, separando mais as pernas para lhe dar melhor acesso. Ele se apoia no cotovelo e fita meu rosto.

— O que você quer? — pergunta, olhando profundamente em meus olhos.

— Gozar.

Nem preciso pensar.

Está na ponta da língua.

Ele mordisca o canto da boca.

— Eu não deveria — diz ao afastar a mão do meu seio e descê-la por minha barriga. — Mas, caralho, Maggie... — Seus olhos encontram os meus. — Não consigo parar.

Palavras que eu adoraria ter ouvido alguns anos atrás.

E, ao ouvi-las agora, constato que elas têm o mesmo efeito que teriam no casamento de Gary. Encho-me de expectativa, de esperança. Porque, apesar das nossas diferenças, nossos anos de inimizade e discussões, fisicamente sempre foi outra história. Ele. Mexe. Demais. Comigo. Sei disso desde os dezenove anos. Desde o instante em que Gary o levou em casa pela primeira vez e vi aquela covinha em seu queixo. Fiquei encantada, não fazia ideia de que homens da vida real podiam ser tão atraentes, tão engraçados, tão gentis. *Deve ter sido por isso que sua rejeição no casamento de Gary me magoou tanto*. Mas, agora? *Meu Deus, por favor...*

Ele desliza as pontas dos dedos por minha pele, até o osso do meu quadril. Uma provocação tão torturante que começo a suar de desejo.

Ergo os quadris, tentando incentivá-lo a se aproximar de onde mais desejo.

— Está molhada? — pergunta.

— Muito molhada — respondo. Impulsiono os quadris, desesperada por seu toque.

Ele continua arrastando os dedos por meu abdômen, em volta do meu umbigo, me deixando cada vez mais molhada e sem tentar aliviar a tensão que está gerando dentro de mim.

— Brody — digo, minha voz um mero sussurro.

— Que foi? — ele pergunta, deslizando a mão sedutoramente por minha barriga, subindo até logo abaixo dos meus seios. Mordo meu lábio inferior e levo a mão para o meio das minhas pernas para tentar aliviar a pressão, mas ele me impede antes que eu possa me tocar. — Ainda não.

— Mas...

— Eu estou no controle, Maggie. — Sua voz é sombria, perigosa, e parte de mim acha que eu não deveria ficar tão excitada só de ouvi-la, mas fico. — E você não vai se fazer gozar, não comigo nesta cama.

Ele me encara e posso ver com clareza que está falando muito sério, então apenas assinto.

Brody abre um sorriso malicioso, subindo a mão até meu pescoço. Ele o empurra delicadamente, roçando o polegar pelo comprimento.

— Boa garota.

Ai, meu Deus... no que eu fui me meter?

Ele abaixa a cabeça, aproximando os lábios da minha orelha, e, então, pega minha mão, colocando-a em meu seio.

— Sabe o que eu quero que você faça, Maggie?

— Que eu goze? — pergunto, porque, Senhor, estou pronta.

— Não — murmura, sua voz causando arrepios em minha pele. — Vai levar um tempinho até você gozar.

Fecho os olhos com força, me dando conta de que Brody é completamente diferente de qualquer outro homem com quem já estive. Ele não quer saber de gratificação instantânea: vai me fazer merecer.

— Quero que brinque com o seu mamilo. Quero ver você deixá-lo durinho. Quero ver você se excitar tanto a ponto de quase gozar com o próprio toque.

Quando ele ergue a cabeça novamente, seu olhar desce para meus seios e ele espera por mim, pronto para assistir. E de todas as minhas experiências com homens, esta é novidade. Parece tão crua, tão... erótica.

Obscena.

E entro no papel na hora.

Empino meu peito para cima e, com meu olhar preso ao dele, contorno minha auréola com a ponta do dedo, desenhando círculos e deixando a sensação controlar a vibração dentro de mim.

— Bem assim — ele diz, sem desviar o olhar. Brody está envolvido no momento, querendo ver exatamente o que sou capaz de fazer.

Após circular algumas vezes, passo o dedo por cima do mamilo, adorando sentir o quão rígido já está.

— Porra, bem assim, Maggie. — Em sintonia com meu toque, ele desliza os dedos para cima e para baixo em meu abdômen. A combinação inebriante do que estou fazendo com o que ele está fazendo me estimula a abrir ainda mais as pernas, sentindo uma leve brisa soprar em meu clitóris.

Eu nunca gozei apenas com a estimulação dos mamilos, muito menos quando sou eu mesma fazendo isso, mas, meu Deus, consigo até ver isso acontecendo.

Porque o que estamos fazendo pode parecer simples, mas está criando um formigamento que pulsa por todo o meu corpo. *Estou com tanto, tanto tesão.*

Estou no ponto.

Estou pronta.

Se ele colocar a mão em meu clitóris, já era.

— Belisque o seu mamilo, Maggie.

Prendo o lábio inferior nos dentes e, com dois dedos, belisco meu mamilo. Estou tão excitada que acabo soltando um gemido. Mais alto do que eu esperava.

— Gostosa demais — ele diz, passando a mão por minhas costelas, descendo por minha barriga e parando logo acima de onde mais preciso que ele toque.

— Isso, me toque — suplico, minha voz tão desesperada que nem a reconheço.

Mas Brody não o faz. Ele sobe a mão novamente, em um círculo de excitação planejado que continua a me atiçar.

Estou adorando.

Mas odiando.

É tão gostoso.

Mas não é o que eu quero.

Quero *alívio.*

Quero que a pulsação entre minhas pernas pare.

Quero gritar o nome dele ao gozar.

Em vez disso, ele continua me torturando.

De novo e de novo, até que fico tão frustrada que agarro sua mão e tento levá-la até o meio das minhas pernas, mas ele é mais forte que eu.

— Brody, você está me deixando tão molhada. Preciso gozar.

— Ótimo, então está exatamente como eu quero. — Ele me solta e eu quase choramingo de frustração, mas então posiciona seu corpo grande sobre o meu.

Graças a Deus.

Isso, por favor, me deixe arrancar essa sua cueca.

Me deixe sentir o quanto está duro.

Me deixe guiá-lo para dentro de mim e finalmente saber como é estar completamente conectada a você.

Mas, para meu desânimo, em vez de satisfazer minhas fantasias de anos, ele estende a mão para a gaveta da minha mesa de cabeceira.

— O que está fazendo? — pergunto.

Ele fica em silêncio por um momento, mas após vascular um pouco a gaveta, ele ergue seu grande prêmio.

É o meu vibrador. O sugador de clitóris.

Fico olhando para o brinquedo e sinto um bolo começar a se formar em minha garganta.

Ele quer que eu use isso?

Na frente dele?

E eu achando que tocar meus mamilos na frente dele fosse obsceno. Isso já é outro nível, um que nunca experimentei.

Ele vai mesmo me mandar fazer isso?

Não é possível que seja sério.

— Brody...

Ele ergue minha camiseta, expondo meus seios ao ar frio da noite, em seguida empurra as cobertas para baixo, deixando-me completamente nua na frente dele, exceto apenas pela camiseta enrolada em volta do meu pescoço.

— Caralho — ele murmura ao abaixar a cabeça e pressionar um beijo suave em meu mamilo.

Meu corpo inteiro entorpece conforme impulsiono meu peito em direção à sua boca. Todas as preocupações, todas as inseguranças saem voando pela janela enquanto ele usa seus lábios em mim.

Mergulho a mão em seu cabelo, encorajando-o a me dar mais.

Ele apalpa meu seio por inteiro com uma das mãos.

— Você é gostosa pra caralho — ele diz antes de fechar a boca em volta do meu mamilo e chupá-lo.

— Isso, Brody — digo, empurrando o peito para cima.

— Porra, sou obcecado por esses peitos.

E ele me mostra exatamente o quão obcecado é, lambendo, beijando e chupando os dois. Ele brinca com cada ângulo, desde a parte inferior dos meus seios até as auréolas, os mamilos. Sua barba os arranha, a língua faz círculos neles, e ele até mesmo os mordisca, o que me faz arquear as costas, querendo mais.

Enquanto minha mente está perdida na sensação de sua boca, ele coloca o vibrador em minha mão e a guia até o meio das minhas pernas, dizendo exatamente o que quer que eu faça, sem ter que usar palavras. Então abro mais as pernas, pressiono o vibrador no clitóris e, respirando fundo, ligo-o.

Imediatamente, uma onda de prazer me arrebata e eu sei que vou durar apenas segundos, ainda mais com sua boca em meus peitos.

— Brody — sussurro, impulsionando a pélvis para cima e para baixo com as vibrações. — Segundos. Vou gozar... em segundos.

Sinto seu sorriso contra meu seio e ele coloca uma das mãos sobre a minha no meio das minhas pernas, de modo que agora nós dois controlamos o sugador.

Ele continua a chupar meus mamilos, roçando os dentes nos biquinhos sensíveis e dando leves mordiscadas, fazendo eu me contorcer de prazer.

— Puta que pariu, Brody. Meu... Deus — digo, sentindo meu orgasmo começar a se formar.

Ele retira a boca do meu seio e me olha.

— Desligue.

— O quê? — pergunto, ofegante.

— Desligue — exige com tanta autoridade que eu simplesmente obedeço. Imediatamente.

— Po-por quê? — questiono, e ele apenas leva a boca para meu outro seio.

Ele chupa meu mamilo enquanto fico ali em um estado de incerteza, enquanto a excitação ameaça dominar meu corpo, crescendo e crescendo, mas sem chegar ao ápice.

É uma tortura.

É doloroso.

É um êxtase total.

Após alguns segundos flutuando nesse estado louco, ele encontra o botão do vibrador e o liga novamente.

Meu corpo quase levita com o choque da sucção.

— Ah, meu… Deus — grito, empurrando o peito contra sua boca e agarrando os lençóis da cama com a mão livre, amassando o tecido entre os dedos. — Isso, bem…

Ele desliga o vibrador, e eu grunho de frustração.

— Brody — resmungo, dando um tapa no colchão.

Porra… o que ele está fazendo comigo?

Está me colocando em um estado de agonia.

Uma situação na qual não posso viver se ele não me levar ao clímax.

O controle que ele tem sobre mim, sobre meu corpo... é tudo tão novo. É um nível de intimidade que nunca compartilhei com ninguém.

E, mais uma vez, sinto seu sorriso em meu mamilo diante da minha insatisfação.

— Brody, por favor.

Ele chupa com mais força, mais brusquidão, e torna a ligar o vibrador.

Meus olhos marejam.

Meu coração salta acelerado no peito.

Minhas pernas estão completamente dormentes. Não consigo sentir mais nada além de sua boca em meus seios e da sucção em meu clitóris, criando uma tensão tão intensa… eu nunca vou conseguir obter esse nível de euforia sozinha… ou com qualquer outro homem.

— Não aguento… eu preciso…

Ele desliga o sugador.

— Não! — choramingo. Uma lágrima desliza pela lateral do meu rosto.

O domínio que ele tem sobre mim. Estou quase catatônica nesse estado de excitação permanente, sem um alívio em vista. É incomparável.

Um estado de felicidade embriagante.

Um sentimento de tão pura alegria que, embora eu esteja desesperada por alívio, não quero que acabe.

Quero me apegar a isso.

A ele.

Meus sentidos estão mais aguçados.

Minha necessidade por um orgasmo é tão forte que agora estou ofegando conforme ele faz a festa em meu peito, chupando e mordiscando um seio, depois o outro. No instante em que chupa meu mamilo, ele torna a ligar o vibrador, e estou tão perto que quase grito seu nome conforme meu orgasmo fica cada vez mais iminente.

— Eu vou... vou gozar — digo, e quando me preparo para Brody desligar o vibrador, ele não o faz.

E basta uma respirada funda para meu corpo inteiro começar a se contorcer em um tsunâmi de prazer quente percorrendo minhas veias, me deixando eufórica conforme gozo como nunca antes.

— Oh, meu Deus... ah, porra! — grito, debatendo-me em meu orgasmo, sentindo os olhos de Brody em mim o tempo todo.

Isso...

Isso é feroz.

Mágico.

A melhor sensação que já experimentei em toda a minha vida.

Quando os espasmos em meu corpo começam a se acalmar e minha respiração volta ao normal, abro os olhos e me deparo com Brody me fitando com um olhar maravilhado.

Com um sorriso satisfeito, ele desliga o vibrador e o coloca na mesa de cabeceira antes de puxar minha camiseta para baixo e as cobertas para cima, assim não fico mais exposta.

Confusa, espero que ele diga alguma coisa, qualquer coisa, mas quando ele se vira de costas para mim e se aconchega no travesseiro, sinto como se fosse novamente a noite do casamento de Gary. Claro, dessa vez, ele me deu o que eu queria.

Mas não me deu tudo.

Ele não me deu seu corpo.

Não me deu sua boca.

Não me deu o prazer de vê-lo perder o controle e gozar.

Hã... é assim que vai terminar?

Porque não é o suficiente.

CAPÍTULO ONZE

BRODY

PORRA, SEU IDIOTA.

O que é que você estava pensando?

Tocando-a.

Acariciando-a.

Vendo-a se tocar...

Você não estava *pensando, esse é o problema.*

Você a viu com a sua camiseta e perdeu a porra do juízo. Toda a clareza mental foi pra casa do caralho e você pensou com o pau.

Você ficou voraz e precisava tocá-la.

Saboreá-la.

Chupá-la.

E vê-la se desfazer nas suas mãos e na sua boca.

Idiota pra caralho.

Porque agora que vi, agora que ouvi como ela goza, nunca mais vou conseguir tirar isso da minha cabeça. Foi a coisa mais doce, sexy e erótica que já vivenciei. O modo como ela se rendeu a mim sem questionar. Como ela implorou. Como falou comigo. Disse-me do que precisava.

Jesus Cristo.

E também a vi nua. Sua boceta, barriga lisinha, quadris curvilíneos e, sem dúvidas, os peitos mais deliciosos que já vi na vida.

Já era.

Estou ferrado.

Não tem mais volta.

Nada mais vai ser tão bom assim.

Ninguém mais vai ser melhor do que ela.

Eu soube desde a porra do primeiro dia. Ela era linda demais, engraçada demais, perfeita demais. Gary também sabia. Se eu me envolvesse, ia acabar fodendo a minha vida e afastando o meu melhor amigo. E eu me contive. Tive pequenos momentos, mas esta noite... porra, esta noite foi colossal, uma ideia tão ruim, mas tão deliciosa.

E agora que acabou, e estou de costas para ela, com a ereção mais dolorosa de toda a minha maldita vida, não consigo parar de pensar em virar de frente novamente e brincar mais um pouco com ela. Seria tão ruim assim?

Sim, seu idiota do caralho.

Seria ruim.

Deixe-a em paz.

Ela não é para você.

Cara, eu te amo... mas não.

Passei anos e anos ouvindo os alertas de Gary em minha cabeça, e ainda assim... acabei de ir contra os avisos do meu melhor amigo e mexi com ela. Mais estúpido, impossível.

O colchão se move, e calo meus pensamentos ao senti-la se movimentar atrás de mim.

Porra...

Não me toque, Maggie. Porra, por favor, não me toque. Não vou conseguir te deter.

Seu corpo quente se aproxima do meu e eu fecho os olhos com força, implorando, suplicando que ela mantenha distância, mas então seu braço desliza em torno de mim e toca meu torso nu.

Sua mão corre por meu abdômen, e minha ereção se contorce em minha cueca.

Seus lábios acariciam minha escápula, causando arrepios em minha espinha.

E então seus dedos se infiltram no cós da minha cueca e minha barriga se contrai em expectativa, se retesando no instante em que seus dedos roçam na cabeça do meu pau.

— Porra — sussurro, incapaz de me controlar.

É apenas um roçar bem leve, mas suficiente para me empurrar para um caminho sem volta.

Não vou detê-la.

Eu sou dela.

Do jeito que ela quiser. Eu sou dela.

E espero.

Espero pela próxima carícia.

Totalmente intoxicado por essa mulher.

Seus dedos circulam a cabeça da minha ereção e reviro os olhos de prazer.

Isso, porra.

Se ela fizer apenas isso, já fico feliz. Suas carícias delicadas já bastam.

Porque isso é a realização de uma maldita fantasia. Eu quero isso há tanto tempo, desde o casamento; ela estava tão linda naquele vestido vermelho, e o desejo em seu rosto quando a empurrei contra a parede… Desde então, o que eu mais queria era sentir suas mãos em mim, por toda parte, me acariciando, manuseando, afagando.

Solto uma lufada de ar pesada pela boca conforme seus dedos deslizam pelo comprimento do meu pau brevemente, fazendo-o se contorcer a cada movimento.

— Você quer — ela sussurra.

— Porra, você sabe que sim — respondo.

— Então deite de costas.

Engulo em seco.

— Eu não deveria.

— Mas você não quer gozar?

Puta que pariu, como eu quero gozar.

Quero gozar nos peitos dela.

Dentro dela, bem fundo.

Em sua boca.

Quero fazer o que quiser com ela a noite inteira.

Em todas as noites que estivermos aqui.

Mas tem essa sensação chata no fundo da minha mente, me mandando parar. Afastar a mão dela da minha cueca. Ir dormir na espreguiçadeira lá de fora e ficar o mais longe dela possível.

Contudo, ela tem outros planos.

Ela puxa meu ombro, colocando-me delicadamente de barriga para cima. Estou completamente rendido a essa altura. Estou tão duro por essa mulher que, mesmo sabendo que não é uma boa ideia, não consigo fazer outra coisa além de obedecer a ela.

E então vejo que ela está completamente nua.

Minha camiseta sumiu e ela está pairando sobre mim, gostosa pra cacete, pronta para me mostrar a que veio.

Péssima ideia, cara.

Diga que não.

Mande-a parar.

Mas então ela monta em mim, e eu simplesmente deixo rolar.

Quando ela se posiciona sobre meu pau duro, com apenas minha cueca entre nós, não me movo.

E quando ela começa a mover os quadris em minha ereção, prendo o fôlego, porque, puta que pariu, isso é tudo.

Seu corpo ondula sobre mim, seus peitos empinadinhos, balançando conforme ela se movimenta.

Ela enfia a mão pelos cabelos, me dando um show e tanto.

E seu calor envolve meu pau, criando uma fricção que faz meu corpo inteiro estremecer.

— Caralho... — gemo de forma arrastada, agarrando suas coxas.

— Você é enorme — ela diz. Suas mãos se apoiam em meu peito e ela se inclina para baixo, colocando a língua para fora e passando-a em um dos meus mamilos.

É, de jeito nenhum eu vou conseguir detê-la.

O que quer que ela queira fazer, sou dela.

Ela pode me ter.

— Ainda estou tão excitada — ela diz, começando a rebolar um pouco mais rápido em meu pau.

Aperto seu seio, adorando o peso dele em minha mão, seu mamilo enrijecido em minha palma.

— Você me fez gozar tão gostoso, Brody — diz, com a voz ofegante. Ela torna a se sentar, colocando as mãos nos seios e apertando-os, continuando a se dar prazer. — E já consigo sentir mais um orgasmo... vindo... porra — ela geme, deixando as mãos caírem em minha barriga.

Seus quadris aceleram os movimentos.

Ela morde o lábio inferior.

Seu abdômen se contrai com cada rebolada que ela dá em meu pau.

— Porra, linda — digo, agarrando seus quadris para ajudá-la. Adoro ver que ela não tem problema algum em me usar para gozar de novo.

Está apenas tomando para si aquilo que quer, e não há nada mais sexy que isso.

— Isso, Maggie, goza pra mim de novo.

Ela joga a cabeça para trás.

Seus lábios se separam.

— Oh... porra — ela diz, com surpresa na voz.

Esfrego-a mais rápido em mim.

Sua excitação está pingando no meu pau, que está esticando o tecido da cueca.

Posso ver a tensão espiralando em seu corpo.

E no instante em que o orgasmo começa a atingi-la, cada músculo se contrai.

— Porra... caralho... — ela grita ao rebolar em mim tão rápido, tão forte que mal consigo acompanhar.

Ela apoia as mãos em mim, enterrando os dedos em meu peitoral, e com um último suspiro pesado, ela goza.

— Caralho, Brody... oh, meu Deus! — Ela continua a pulsar em cima de mim, se deleitando em seu orgasmo até chegar ao alívio.

Minhas bochechas estão vermelhas.

Meu pescoço está quente.

Meu pau está duro feito uma pedra.

Latejando, se contorcendo por mais.

Eu não estava esperando por isso.

E, porra, ainda assim, foi além do que eu poderia pedir.

Após alguns segundos, ela afasta os cabelos do rosto e, quando nossos olhares se encontram, ainda posso ver surpresa em seus olhos, como se ela também não estivesse esperando fazer aquilo.

— Você é sexy pra cacete — digo, fazendo um sorriso se espalhar em seus lábios deliciosos.

Ela os umedece e então, para meu absoluto prazer, começa a descer por meu abdômen, seus cabelos se arrastando por minha pele, a boca lambendo e beijando pelo caminho, acrescentando ainda mais sensações.

Por favor... porra... por favor, me chupa.

Cacete, eu nunca me recuperaria se ela me chupasse.

Eu quero.

Muito.

Deleito-me na maneira como sua língua percorre as linhas e protuberâncias do meu abdômen, se demorando na parte mais baixa, até chegar ao cós de elástico da minha cueca.

Este é o momento em que você deveria detê-la, cara.

É neste momento que você deveria erguer o rosto dela e dizer que você pode dar conta de si sozinho.

Ainda assim, fico parado, com a respiração presa no peito conforme ela puxa minha cueca para baixo, libertando meu pau que salta para fora, duro feito aço.

Ela arregala os olhos ao me ver.

É isso que você faz comigo, Maggie.

É a evidência do quanto eu te quero.

Com um movimento dos lábios, ela se inclina para baixo. Prendo o fôlego.

Ergo o tronco, me apoiando nos cotovelos, e vejo o momento em que ela desliza a língua pela parte inferior do meu pau.

— Puta... que... pariu — suspiro, desabando de volta no colchão. Porque é bom demais.

É bom pra caralho, embora ela tenha me lambido apenas uma vez. Ainda assim, estou pronto para lhe mostrar o quanto me dá tesão. O quanto eu a desejo há tanto tempo. Que posso gozar facilmente só de vê-la segurando-me em suas mãos pequenas.

Mas Maggie não fica só nisso. Ela começa a bater para mim enquanto lambe a parte inferior da cabeça do meu pau, bem no pontinho mágico. Sinto como se cada sentido do meu corpo se reunisse em apenas um lugar.

— Isso, Maggie. Porra, isso — digo, separando as pernas, dando-lhe mais espaço.

Ela continua a me acariciar até a base, com uma pressão tão perfeita que meus olhos chegam a quase rolar para dentro da cabeça conforme meu orgasmo iminente começa a se formar.

Caramba, foi rápido pra caralho.

Tento me conter.

Tento dizer a mim mesmo que não é a minha maior fantasia se realizando.

Que não pensei nisso mil vezes.

Que nunca a imaginei entre as minhas pernas, abalando o meu mundo com sua língua.

Mas não adianta.

Ela me deixa no ponto. Ela sabe como me dar prazer sem ao menos ter que pensar.

Porque é ela. É Maggie. A garota que cobicei por anos.

Isso é *real*.

Porra, é tão real que preciso ver melhor. Ergo o tronco, me apoiando nos cotovelos de novo, e toco seu rosto, adorando ver suas bochechas afundarem conforme ela chupa a cabeça do meu pau.

— Maggie — digo, ofegante.

Ela dá um sorriso malicioso, meu pau em sua boca, e isso é o suficiente para acabar comigo.

— Eu vou gozar — digo, tentando me afastar, mas ela planta o corpo com firmeza no meu e então me engole até meu pau bater em sua garganta.

Meus dedos dos pés se contraem.

Minha pélvis impulsiona.

Cada músculo do meu corpo retesa conforme minhas bolas se contraem, meu pau incha, e, com um rugido voraz, gozo na garganta dela.

Jato após jato.

— Puta merda — gemo enquanto ela continua chupando, engolindo cada gota até eu estar saciado. — Caralho. — Jogo o braço por cima dos olhos, incapaz de compreender a maneira com que ela acabou de me arrebatar.

Ela me fez gozar tão rápido.

Sua boca me solta e ela se levanta da cama, mas estou exausto demais para sequer me mover, olhar em sua direção, babar em seu corpo nu.

Ouço-a no banheiro, fazendo o que tem que fazer, e, após alguns minutos, ela vem até o meu lado da cama. Ergo meu braço e vejo-a com uma toalhinha úmida, com a qual ela me limpa antes de colocar minha cueca no lugar.

Isso nunca me aconteceu antes, é sempre o contrário. Sou eu que limpo a garota. Se bem que, mais uma vez, é a Maggie, e ela parece fazer as coisas em seus próprios termos.

Ao voltar para a cama, ela torna a vestir minha camiseta e se aconchega em seu travesseiro. Em um sussurro doce e satisfeito, ela diz:

— Boa noite, Brody.

Meu Deus.

É... boa noite, porra.

...

Desperto de um sono profundo com o som da porta da frente se fechando. Sinto o medo me percorrer ao me sentar na cama, achando que Maggie saiu, mas quando a vejo empurrando um carrinho de café da manhã, ainda usando a minha camiseta, esse medo se dissipa no mesmo instante – especialmente quando dou uma boa olhada nela.

Seus cabelos estão desordenados e jogados de lado, e seu rosto livre de maquiagem irradia uma alegria saciada diante da luz do sol que entra pela porta de vidro do deque.

Imagens de ontem à noite surgem em minha mente.

Seus gemidos.

Seu corpo se contorcendo.

Sua boca em mim.

Meu desespero.

E como ela me engoliu até o fundo da garganta.

Foi uma má ideia, mas ao mesmo tempo tão boa, e agora, sob a luz intrépida do dia, me pergunto o que ela deve estar pensando.

Coço o peito e ela dá uma olhada rápida em minha direção.

— Bom dia — diz.

— Bom dia — respondo, apreciando o fato de que minha camiseta mal cobre sua bunda enquanto ela empurra o carrinho para o deque. — Precisa de ajuda? — pergunto.

— Não, tudo bem. — Ela para o carrinho ao lado da mesinha do deque e se senta. — Você vem? — pergunta.

Porra, com certeza.

— Sim — respondo, levantando-me da cama. — Só vou ao banheiro primeiro.

Alivio-me rapidamente, lavo as mãos, e como sinto uma atração do caralho por essa garota e não quero que ela se arrependa da noite passada, arrumo o cabelo em frente ao espelho antes de ir para o deque. Ao chegar, vejo que ela retirou a tampa de um prato de ovos mexidos, um de panquecas, um de frutas e outro de bacon.

Ela está servindo café para nós dois quando me sento.

— Você que pediu? — indago.

— Não. Reginald que mandou, com mais um cartão. — Ela pega o envelope.

— Você já leu? — Ela faz que não com a cabeça, então o pego de sua mão. — Se ele tiver mencionado a picada de cobra, vou meter o pé dessa ilha. — Ela dá risada e eu leio o recado em voz alta. — *Bom dia. Espero que tenham dormido bem. A família pegará um iate hoje até uma ilha particular. Adoraríamos que se juntassem a nós. Encontrem-nos no saguão às dez.*

— Uma ilha particular? Parece chique — comenta Maggie, como se não tivéssemos abalado o mundo um do outro ontem à noite.

Ok, então não vamos tocar no assunto. Bom saber.

— Um iate parece mais chique ainda. — Coloco o cartão de volta no carrinho. — Você acha que dá para sentir enjoo em um iate?

Ela corta as panquecas, pausando quando faço a pergunta.

— Você sente enjoo?

— Bom, eu achava que não, até termos que pegar um barco do aeroporto até o resort. Foi aí que descobri que ondas e eu não nos damos bem.

— Aquele era um barco pequeno. Acho que iates são melhores. — Ela ergue uma sobrancelha para mim. — Você acha que vai ficar enjoado?

— Não faço ideia. — Pego meu café. — Mas acho melhor eu não perder um passeio envolvendo uma ilha particular. — Dou de ombros. — Não é como se eu não tivesse vomitado na frente deles ainda.

— Verdade — ela diz. — Mas talvez seja uma boa ideia você tomar algum remédio para náusea. — Com isso, ela retorna a atenção para as panquecas, casualmente, com toda a tranquilidade do mundo.

Ela não quer falar do que aconteceu ontem à noite?

Não quer ao menos reconhecer o fato de que colocou meu pau em sua boca?

Pensar em uma solução para lidarmos com isso de agora em diante?

Poderíamos colocar pelo menos uns mil adendos em nosso contrato a essa altura.

Tenho permissão para beijá-la?

Segurar sua mão enquanto tomamos café da manhã?

Isso me faz grudento demais?

Sim, Brody. Grudento pra caralho.

Sinta o clima. Ela está agindo casualmente. Então aja casualmente também, porra.

Ela deve estar agindo normalmente porque é mais profissional do que você é capaz de ser.

Aqui estou eu, todo apaixonadinho por uma garota, quando deveria estar pensando em um jeito de fazer Reginald ir com a minha cara.

Mas eu simplesmente não sou assim.

Jaleesa conseguiu sentir quando disse que eu estava me distraindo: sou meio sentimental. Claro que tenho uma casca grossa por fora, sustentada por sarcasmo e muito esforço, mas, por dentro, sou um molenga do caralho, encasquetado com o fato de que a pessoa sentada de frente para mim é a garota dos meus sonhos. Tudo que *eu* quero fazer é beijá-la e abraçá-la e dizer que ela é linda pra cacete. Mas não acho que ela esteja na mesma página.

Então em que página ela está?

Devo perguntar?

Não... não pergunte.

Vai fazer papel de trouxa.

Mas, porra, eu preciso saber.

Preciso saber como seguir em frente. Foi um lance de uma vez só para ela? Ela pode vir se sentar no meu colo agora mesmo? Posso tirar minha camiseta de seu corpo e lamber calda em seus mamilos?

Desculpe, mas não posso ficar com toda essa incerteza.

— Então... ontem à noite — digo feito um pamonha, porque não sei como abordar o assunto de outra forma.

— O que tem? — ela pergunta, comendo uma garfada de panquecas.

Hã... o que tem?

Que tal o fato de que eu me sinto um homem totalmente diferente esta manhã, como se você tivesse me transformado, e ainda estou processando o que foi a melhor e a pior decisão da minha vida?

Mas me esforço para me manter casual, como ela.

— Você lambeu o meu mamilo.

Ok, talvez isso não tenha sido tão casual assim.

Ela ergue as sobrancelhas de um jeito tão adorável que me dá vontade de puxá-la para meu colo e nunca mais soltá-la.

— Você também lambeu o meu. É um lance tipo teta por teta? — pergunta.

— Você quer que seja?

Ela enruga o nariz, confusa, até que um sorrisinho estica seus lábios.

— Aun, Brody. Você não sabe lidar com a manhã seguinte?

Aparentemente, não.

— Que fofo. — Ela se recosta na cadeira e cruza as pernas. — Não precisamos falar disso. Podemos voltar à programação normal.

Então... ela não quer que eu diga que ela me deu o melhor orgasmo da minha vida usando apenas a boca? Não quer saber que estou com medo de estar viciado nos seios dela? Ou que, se dependesse de mim, eu a puxaria para a piscina agora mesmo e tiraria sua roupa para, desta vez, poder tê-la por inteiro?

Em vez de abrir a porra do meu coração aqui – *caramba, cara, se controle* –, assinto friamente.

— Ótimo — digo. — Do jeito que eu gosto.

Ela sorri e volta a comer suas panquecas.

O quê?

Como ela consegue agir tão naturalmente?

Eu a ouvi ontem à noite.

Vi como ela tremeu.

Os sons que ela fez.

O...

Congelo quando a pior coisa em que eu poderia pensar surge em minha mente.

— Você fingiu ontem à noite?

Isso a faz paralisar a mão que segura o garfo a caminho da boca. Ela pisca duas vezes.

— Está me perguntando se eu fingi ontem à noite?

— Hã... sim? — Minha resposta sai parecendo uma pergunta, porque a expressão em seus olhos está me assustando um pouco.

Ela pousa o garfo no prato e cruza os braços.

Eita. Modo defensivo: ativado.

Será que tem como voltarmos alguns segundos no tempo para que eu possa fazer uma pergunta que não seja essa?

Talvez algo menos ofensivo e mais... instigante? Tipo... meu pau estava gostoso?

— Vamos deixar uma coisa bem clara — ela começa. *Ai, ai, lá vamos nós.* — Eu nunca vou perder o meu tempo fingindo um orgasmo. Se o cara não consegue dar conta do recado, eu mesma faço isso. Não estou aqui para preservar o ego frágil de homem nenhum.

Eu não esperava que fosse de outra forma, mas, ainda assim... estou aliviado.

— Ah, sim, claro. — Assinto e abaixo a cabeça, me concentrando em espetar minhas panquecas com meu garfo.

— E já que parece que você precisa tanto saber — ela acrescenta após alguns segundos de silêncio. — Ontem eu tive o melhor orgasmo da minha vida. Ainda dava para sentir quando acordei hoje de manhã. Isso satisfaz o seu apetite por um bate-papo na manhã seguinte?

Bom... **limpa o ombrinho**

— Aham. Valeu — digo, sentindo meu peito aquecer de orgulho.

Não sorria, seu babaca. Ela vai te odiar se te vir sorrindo.

Mantenha-se neutro. Você pode sorrir à toa no banho depois, onde ela não vai poder ver. Por ora, apenas deleite-se na sua virilidade, porque você deu a ela o melhor orgasmo de sua vida.

Mandou bem, cachorrão.

...

Então, quando digo que Maggie não gosta de conversas da manhã seguinte, não estou mentindo. Minha pergunta a deixou de mau humor.

Ela fica em silêncio, aborrecida e sem o mínimo interesse em mim, o que, é claro, me deixa magoado. E, claro, eu deveria estar feliz, comemorando o fato de que pude tirar uma casquinha, mesmo que pareça que ela não está interessada em futuros envolvimentos. Só uma vez e pronto.

O irmão dela não precisa saber. Podemos seguir em frente.

Também não há a possibilidade de uma gravidez inesperada porque, bem, não é possível engravidar com as coisas que fizemos.

Estamos a salvo.

E, ainda assim, estou irritado por ela não ter segurado a minha mão no caminho para o iate.

Estou frustrado por ela ter falado mais com Haisley do que comigo esta manhã.

E me sentindo muito solitário, porque a última coisa que quero fazer é me sentar nesse iate enorme e luxuoso de vários andares no meio da água mais cristalina que já vi e tentar agir como se estivesse interessado em impressionar essas pessoas. Tudo que eu *quero* fazer é ficar no bangalô com Maggie, curtindo uma preguiça com Maggie. Quero um tempo só com ela.

Porém, aqui estamos, mais uma vez, com os Hopper.

E, claaaaro, é para isso que estou aqui.

Mas isso não me deixa menos amuado.

Sabendo que o melhor a fazer é conversar com Reginald e seus filhos, resmungo baixinho, levanto-me de onde estou, na parte dianteira do barco, e vou em direção à parte de trás, onde os homens estão reunidos.

Parece o momento perfeito para falar de negócios.

— Oi — diz Hardy, cumprimentando-me. — Junte-se a nós. — Ele me oferece um charuto.

Que nojo.

Nunca fumei um na minha vida, mas finja até que atinja, não é?

Recebo o charuto e o seguro entre os dedos, agradecendo. Talvez eu nem tenha que acendê-lo. Posso ficar apenas segurando-o assim e ninguém vai reparar.

— Tome — diz Reginald, me oferecendo um isqueiro. *Mas é claro.* — Acenda-o, fume-o, não fique apenas segurando.

— Obrigado — digo, colocando o charuto na boca e tentando me lembrar de como o meu avô costumava fazer. Acender e tragar.

Reginald acende meu charuto e eu dou algumas tragadas para ajudar a segurar a ponta acesa, impressionado comigo mesmo, até que uma onda de fumaça acaba batendo lá no fundo da minha garganta, me fazendo engasgar e tossir.

Morte.

É a morte chegando.

Engasgo-me mais um pouco.

Tusso mais algumas vezes.

Quase caio duro no chão, esbugalhando os olhos.

— Nossa — diz Hardy, me dando tapinhas nas costas. — Tudo bem aí, patrão?

Não.

Morrendo.

Estou morrendo.

Mas só me resta tentar disfarçar, então faço que sim com a cabeça e tusso mais algumas vezes.

Assim que minha garganta se acalma, digo:

— Um pouco de saliva que desceu errado.

— Ah, foi isso? — pergunta Reginald, inclinando a cabeça para o lado, com uma expressão intrigada.

— Sim. — Sorrio e deixo o charuto aceso ao meu lado. Uma tragada já foi o suficiente. — Então, sobre o que estão conversando?

Por favor, digam trabalho. Por favor, digam trabalho.

— Sobre o casamento — responde Hudson. — Interrogando o Jude para saber se ele está amarelando ou não.

Olho para Jude, que parece mais estoico do que qualquer um ali.

— Nem um pouco — diz. — Estou contando os dias para poder chamar Haisley de minha esposa.

Reginald abre um sorriso radiante.

Os garotos fazem um aceno com a cabeça, satisfeitos com a resposta.

— Vocês vão passar a lua de mel aqui ou vão para outro lugar? — pergunto. Nesse momento, o iate começa a acelerar, nos balançando levemente de um lado para outro. Ai, caramba.

Aguente firme, Brody.

— Pretendemos passar mais algumas noites aqui, mas Reginald planejou algo para nós depois disso — responde Jude. O balançar do barco não é nem um pouco relaxante.

— Algo que sei que eles vão adorar — diz Reginald, cheio de orgulho.

Não sei se eu me sentiria confortável com o meu sogro planejando a minha lua de mel, mas é a minha opinião. Levando em conta quanto Jude é possessivo com Haisley, presumo que eles não ligam para onde vão, contanto que estejam juntos.

— Sabe quando vão voltar para os Estados Unidos? — pergunto.

— Em duas semanas — responde Jude. — Haisley e eu temos reformas para terminar, e sei que há alguns projetos pendentes nos quais ela vinha trabalhando e quer finalizar o quanto antes.

— Mas duas semanas é um bom tempo.

— Queria que fosse mais — comenta ele.

Todos queríamos poder ter mais tempo com as pessoas que gostamos, e no caso dele, amamos.

— E você? — pergunta Reginald, dando uma tragada em seu charuto e gesticulando para que eu faça o mesmo. *Droga.* — Quando vai pedir a Maggie em casamento?

Dou uma tragada em meu charuto, mas bem, bem de leve, e sopro a fumaça, sentindo meu rosto ficar verde com o gosto horrível.

Credo, que treco nojento. Como alguém consegue fumar isso e se sentir normal?

Após me assegurar de que não vou tossir... nem vomitar, apesar de a náusea estar começando a revirar em meu estômago com o balançar do iate, respondo:

— Não acho que ela queira se casar agora. Ela é bastante dedicada à sua empresa, e não quero interferir nisso.

Pronto. Ótima resposta. Demonstra que eu me importo com ela e com sua carreira, e que ela é uma empresária comprometida. Melhor do que isso, impossível.

Reginald assente.

— Me parece que ela ainda não está convencida de que você é o homem certo.

Ou não.

— Pai — diz Hardy, com censura na voz.

— O quê? — ele pergunta, como se não tivesse acabado de me insultar. — Maggie é uma mulher brilhante e merece alguém que possa oferecer a ela o mesmo tipo de brilhantismo, alguém como... Hudson.

Hã... como é que é?

— Meu Deus, pai. — Hudson revira os olhos e então olha para mim. — Não dê ouvidos a ele. Não estou querendo roubar a sua namorada. Não tenho o mínimo interesse.

— Você comentou o quanto ela estava bonita um dia desses — diz Reginald, e senti vontade de quebrar meu charuto no meio.

— Pai, o que você está fazendo? — pergunta Hardy, parecendo irritado.

Jude permanece calmo, mas desvia o olhar, entregando seu desconforto.

— Você me perguntou se eu achava que Maggie estava bonita — diz Hudson. — Eu disse que sim. Não estava procurando elogiá-la. Ela está claramente apaixonada por Brody. — Hudson gesticula para mim.

Ah, se ela estivesse...

Hudson se vira para mim, com os olhos arregalados.

— Eu nunca faria nada para prejudicar o seu relacionamento com Maggie. Respeito o fato de que vocês estão juntos e apaixonados um pelo outro.

— Fico grato por isso, cara — digo, embora esteja tentando com todas as minhas forças não empurrar Reginald para fora do barco. Velhote ao mar.

Seria uma maravilha.

Mas escolho poupar a todos de mais desconforto e, para evitar mais constrangimento vindo de Reginald, entrego meu charuto a Hudson.

— Na verdade, vou pegar uma bebida. Alguém quer alguma coisa?

— Estamos bem, obrigado — diz Reginald, com uma expressão dissimulada no rosto.

Eu, hein, que cara falso.

A princípio, ele pareceu decente, pé no chão e bastante generoso. Mas, pensando melhor nos últimos dias, em seus comentários passivo-agressivos, me dei conta de uma coisa muito importante: ele não é bondoso, é calculista.

E não vai nem um pouco com a minha cara.

E eu não faço ideia do porquê.

Exausto e enjoado demais para tentar compreender, vou em direção à área de jantar, próximo ao centro do iate, onde há comida e bebidas dispostas à vontade. Passo direto pela comida – pela segunda vez desde que comecei a me aproximar dessa gente, sinto uma náusea aumentando a cada segundo.

Pego uma latinha de água e abro. Quero tirar o gosto de fumo da minha boca, mas acho que, para conseguir isso, vou precisar de uma escova de cerdas grossas para limpezas mais profundas e um monte de água sanitária.

— Ei — ouço Hudson dizer ao chegar por trás de mim, com um olhar de desculpas.

— Cara, está tudo bem, de verdade — digo. — Não estou ofendido, nem nada disso.

— Obrigado por dizer isso, mas quero pedir desculpas pelo meu pai. Ele pode ser... meio babaca às vezes. E não sei por quê, mas ele parece enxergar fraqueza em você e está te testando.

Merda, não era o que eu esperava ouvir. Isso me faz lembrar das palavras que o meu pai costumava me dizer.

"Você sempre vai se sair bem, Brody, mas não nasceu para a grandiosidade. As pessoas sempre vão gostar de você porque você é humilde e faz o que tem que fazer." Em outras palavras, eu nunca vou prosperar. Parece que meu pai estava certo, porque o grandioso e todo-poderoso Reginald Hopper parece ver a mesma fraqueza em mim. *Merda*.

— Ele enxerga fraqueza em mim?

Hudson suspira.

— Sim. Não sei por quê, mas já o vi fazer isso vez ou outra com todo mundo: primos, funcionários, amigos. Ele começa a pegar no pé da pessoa, insistindo que está ajudando o sujeito a crescer, mas na verdade está apenas sendo hostil. Ele fez isso com Jude, e só quando Jude basicamente o mandou se foder foi que meu pai começou a respeitá-lo. Não que eu esteja sugerindo que você faça isso, já que trabalha para nós, mas... só para você saber.

Assinto devagar, minha náusea revira cada vez mais.

— Obrigado por isso. — Tomo mais um gole de água.

— Estamos de boa? — pergunta Hudson. — Não quero mesmo que você ache que sou um cretino que tenta roubar a namorada de outro cara.

— Estamos de boa — digo, sentindo meu estômago se agitar.

Ah, porra.

Hudson estende a mão para apertar a minha, mas me afasto dele, pego a primeira coisa que vejo, o balde de gelo, e vomito todo o meu café da manhã.

— Eita, porra — diz Hudson, se aproximando por trás de mim e colocando a mão em meu ombro. — Cara, você está bem?

Respiro fundo algumas vezes, longe do balde.

— Eu tenho... enjoo de movimento.

— Não diga mais nada. O capitão sempre anda com remédio para náusea. Posso pegar para você.

— Tudo bem. Eu posso pedir a ele.

— Brody — ele diz, com sinceridade na voz. — Eu pego para você. Mas primeiro é melhor você deitar.

Com a água e o balde em mãos, Hudson me guia até a parte dianteira do iate, onde as garotas estão conversando. Quando Maggie ergue o olhar, posso ver a preocupação em sua expressão.

— Ele vomitou? — ela pergunta.

— Sim — responde Hudson. — Vou pegar um remédio para náusea para ele. Acho que ele precisa se deitar, mas ar fresco também ajuda. Eu ia colocá-lo para deitar aqui.

E, oficialmente, me sinto uma criança.

Ele também vai me embrulhar e me dar uma chupeta?

De qualquer forma… não tenho forças para me importar. Na verdade, eu quero mesmo fazer o que ele disse, porque o barco está balançando demais para o meu gosto, mexendo com o meu equilíbrio.

— Eu fico com ele — diz Maggie, levantando-se e enroscando o braço no meu.

Hudson sai e as meninas me ajudam a chegar a uma espreguiçadeira. Elas empurraram o encosto para que ficasse reta. Maggie senta-se primeiro e, em seguida, me faz deitar com a cabeça em seu colo, o balde e a água na minha frente.

— Podemos falar sobre o problema das flores depois — diz Haisley.

— Tenho algumas ideias, então não se preocupe. Podemos dar um jeito — responde Maggie.

— Eu sei. Obrigada, Maggie.

— Sem problemas — diz Maggie, acariciando meu braço devagar.

Quando elas se retiram, sinto sua mão subir até meu rosto e, com um dedo, acarinhar minha têmpora.

— Brody, pelo amor de Deus. Eu disse que era melhor você tomar remédio para náusea.

Eu nem discuto com ela. Agarro suas pernas e seguro com força, deixando que ela me acalme conforme o barco balança para cima e para baixo.

Demora alguns minutos, mas Hudson finalmente retorna e me entrega um frasco sem rótulo.

— Tome dois comprimidos. Vai se sentir melhor logo. O capitão disse para tomar dois a cada duas horas. São naturais, então não precisa se preocupar com overdose, mas eles podem te deixar um pouco grogue.

Agradeço e tomo dois comprimidos, que são grossos e têm gosto de grama. Quando torno a apoiar a cabeça no colo de Maggie, fico aproveitando o jeito com que ela brinca com o meu cabelo.

— Obrigado — digo baixinho.

— Não precisa agradecer, Brody.

— Eu sei que está zangada comigo.

— Não estou zangada com você — ela diz.

— Então... por que estava sem falar comigo?

Ela passa os dedos em minhas sobrancelhas.

— Está ficando carente?

— Não. — Porém... *sim.* — Só queria saber o que está se passando nessa sua cabecinha linda.

Seus dedos pausam por um momento antes de ela continuar a acariciar minhas sobrancelhas.

— Nada — ela diz.

— Por que não acredito em você?

— Não sei, mas não vamos falar sobre isso, ok? Descanse. Vou ficar aqui.

Eu sei que sim, porque ela sempre esteve comigo, todo esse tempo.

E tenho quase certeza de que ela também estará comigo até o fim.

...

— Me sinto incrível — digo, abrindo um sorriso bobo.

Maggie está diante de mim, usando um maiô e tanto. É vermelho e com alças, colado e entrelaçado em várias direções, expondo tudo que eu adoro no corpo dela, principalmente seus quadris curvilíneos. Quando ela tirou a saída de praia, agradeci aos céus por ser o único homem nesta ilha particular que vai olhar para ela. Os garotos Hopper me respeitam o suficiente para não fazerem isso. Não preciso de competição.

Não, eu preciso dela todinha para mim.

Maggie sorri ao avançar mais na água cristalina. Demos uma escapada para a beira da praia para ficarmos a sós e, nesse momento, estou muito feliz por isso.

— Dá para ver. Você está com um sorriso permanente no rosto. Tem certeza de que não te drogaram lá no iate?

Dou de ombros.

— E daí se drogaram? — Vou em sua direção, mas ela dá passos para trás, afundando mais na água. — O que está fazendo? — pergunto, tentando me aproximar.

— Me mantendo longe de você.

— Por quê?

— Porque você está com cara de problema nesse momento, e não quero problema.

— Você quis problema ontem à noite — digo, tentando alcançar sua mão, mas ela se afasta antes que eu consiga segurá-la.

— Ontem à noite foi uma exceção.

Balanço a cabeça.

— Ontem à noite foi o início de algo.

Quando penso que ela vai se fechar para mim novamente, ela apenas abre um sorriso irônico.

— Não tenho mais dúvidas de que você está drogado.

Hã, não. Nunca tive tanta certeza de algo na minha vida. Quero isso há tanto tempo e, porra, a noite passada abriu as comportas para mim.

— Não estou.

Ela faz que sim com a cabeça.

— Está, sim. Dá para ver nos seus olhos enevoados. Está completamente chapado.

— Não, eu sei o que eu quero, e o que eu quero está bem na minha frente, então pare de bancar a difícil. — Abro os braços. — Chega mais.

— Chega mais? — Ela gargalha tanto que quase chega ao ponto de lacrimejar. — Não vou "chegar mais" coisa nenhuma. Você fique bem aí e eu vou ficar bem aqui.

Balanço a cabeça.

— Não gosto dessa ideia.

— Eu gosto.

Irritado, me ajoelho na água, deixando as ondas me balançarem para a frente e para trás.

— Por que você me odeia, Maggie?

— Dá pra falar baixo? — ela sibila, jogando água em mim.

— O que você disse? — grito, fazendo-a diminuir o espaço entre nós.

— Eu disse pra você falar baixo.

— Hein?

Ela fica ainda mais irritada e dá mais um passo em minha direção, exatamente o que preciso. Agarro-a pelo pulso e puxo-a para mim.

— Pronto, agora consigo ouvir.

— Ai, meu Deus — ela diz, dando um tapa em meu peito. — Você é um idiota.

Coloco suas pernas em torno da minha cintura e puxo-a bem firme contra mim, e ficamos flutuando juntos.

— Parece que a idiota aqui é você, já que caiu nessa. — Deslizo as mãos por suas costas, brincando com o laço de seu maiô.

— Nem pense nisso — diz, apontando o dedo para mim.

— Pensar em quê? — pergunto, passando um dedo sob uma das alças.

— Estamos em público. Se você tirar esse maiô, vou fazer você continuar a passar vergonha na frente dos Hopper.

— Amor, eu não preciso da sua ajuda com isso. Sou perfeitamente capaz de destruir minha reputação por conta própria.

— Amor? — ela pergunta com uma sobrancelha erguida.

— Não gosta desse apelido?

— Não acho que seja um apelido apropriado para você usar comigo.

Giro nós dois devagar na água. Estamos em nosso cantinho da ilha. Parece que todos os casais também se arranjaram em seus cantos, e, sim, também estou contando Hardy e Hudson como um casal.

— Por que não? — questiono. — Você é minha namorada. Acho que tenho todo o direito de te chamar de amor.

Ela apoia as palmas em meu peito.

— Sou a sua namorada *de mentira*.

— Mas achei que tivesse ficado claro depois de conversarmos esta manhã: não teve fingimento ontem à noite.

— Ai, meu Deus, Brody. — Ela revira os olhos, mas acho fascinante o fato de que ela não me empurra. Sim, posso estar um pouco grogue, mas porra, minhas preocupações sumiram. Mando a cautela pra casa do caralho e avanço.

— Há quanto tempo você queria fazer aquilo comigo?

— O quê? — ela pergunta, juntando as sobrancelhas acima de seu nariz lindinho. — Eu não queria fazer nada.

— Mentirosa — digo, mergulhando as mãos sob as tiras de seu maiô. — Me diga a verdade.

— Não tem verdade para dizer.

— Tá — digo. — Eu vou primeiro. Na primeira vez em que eu te vi na casa dos seus pais durante o recesso de Ação de Graças com Gary, te achei linda.

Seus olhos examinam os meus.

— Sério?

Balanço a cabeça afirmativamente.

— Linda pra caralho, mas nova demais para mim. Depois, eu te vi na sua festa de aniversário de vinte e um anos e, não sei... bom, você já era um pouco mais velha, e alguma coisa no seu jeito descontraído acabou despertando a minha paixonite pra valer.

— Pare, é mentira.

Ela tenta se afastar, mas eu a impeço, mantendo meus braços firmes em torno dela.

— É verdade. E então, no casamento do Gary, quando te vi caminhando até o altar no seu vestido de madrinha, eu soube que estava fodido, que não tinha mais volta. Soube que não conseguiria te evitar.

— Bom, você não teve problema nenhum em me rejeitar — ela diz, olhando para a praia atrás de mim.

— Porque se eu não fizesse isso, o Gary ia arrancar as minhas bolas. Já não devia ter beijado você. Ele me disse para ficar longe de você, mas não consegui me conter, e quando as coisas ficaram mais intensas, eu soube que precisava parar. E foi o que fiz.

— Então... você foi embora aquela noite por causa do Gary? — Seus olhos se enchem de irritação.

Faço que sim com a cabeça e desço as mãos para sua bunda, enfiando os polegares nas laterais de seu maiô.

— Eu não queria fazer aquilo, acredite. Eu queria ir muito mais além aquela noite.

— Então você deixou o idiota do meu irmão ditar o que você deveria ou não fazer?

— Ele é o meu melhor amigo, Maggie.

— É, mas aquela noite fez eu me sentir péssima — ela diz ao se afastar de mim, a intimidade entre nós indo embora com as ondas. — Achei que tivesse algo de errado comigo. Por anos, eu achei que eu tinha algum problema. Que era repulsiva para você ou algo assim.

— Maggie — digo, tentando puxá-la de volta, mas ela se desvencilha e começa a voltar para a praia.

— Não. — Ela se vira e me olha nos olhos. — Eu nunca mais quero me sentir daquela forma, como se eu fosse repulsiva ou detestável, e foi assim que você me fez me sentir. Podia ter apenas me dito, conversado comigo, qualquer coisa.

— E correr o risco de você não me dar ouvidos? — pergunto. — Precisei de todas as minhas forças só para conseguir me afastar. Se você tivesse dito que não se importava com o que Gary pensava, eu teria continuado. Teria ido até o fim com você aquela noite. Teria arruinado a minha amizade. — Vou atrás dela, emergindo para a areia quente.

— Bom, você arruinou a minha autoconfiança por uns bons dois anos — ela diz. — Acho que alguém tinha que pagar o pato. Antes eu do que você, não é? — Ela pega a toalha e a enrola na cintura.

— Maggie, pare — digo, ficando em frente a ela e segurando seus ombros. — Eu não tive a intenção de te magoar. Não sabia que importava tanto para você, achei que tivesse sido apenas um beijo.

— Pois é, você estava enganado.

Eu a analiso por um momento, compreendendo a realidade de seus sentimentos.

— Então eu importava para você?

— Mas é claro! — diz, arregalando os olhos. — Meu Deus, Brody, você é mesmo tão idiota assim?

— Gosto de pensar que não, mas essa viagem tem provado o contrário.

— Você era o amigo gostoso do meu irmão. Quando ele te levou à nossa casa, fiquei encantada. E o fato de você ter prestado atenção em mim no casamento dele me fez me sentir especial. Você estava falando comigo. Disse que eu estava bonita. Flertou comigo no bar. Fez uma brincadeirinha sobre me dar bolo na boca. Me beijou... e então arrancou tudo isso de mim. As suas ações... o desprezo no seu rosto. Nunca pensei que eu fosse tão... *ridícula*. Insuficiente. Jurei que nunca mais daria a você ou a qualquer outro homem a chance de aniquilar a minha autoconfiança de novo.

— Me desculpe — digo, me dando conta de que nunca lamentei tão profundamente. Não quero que ela fique com raiva de mim. Eu a quero... porra, eu a quero deitada ao meu lado na areia quente, curtindo o sol e o dia. Não quero que fique pensando que sou apenas um escroto que a rejeitou, embora eu tenha feito exatamente isso. — Eu sinto muito mesmo, Maggie. Não sabia que você se sentia assim. Só agi feito um idiota mesmo.

Ela cruza os braços, olhando para mim.

— E o que mudou agora?

Coço a nuca.

— O que mudou agora é que eu não sei como me convencer a parar.

— Eu deveria me sentir melhor com isso?

— Merda, Maggie, eu não sei. — Enfio a mão nos cabelos. — Estou aqui para mostrar à família Hopper que sou um cara ótimo com quem se trabalhar, que sou confiável e respeitável, que tenho a cabeça no lugar. Mas estou fazendo merda atrás de merda, vomitando sempre que tenho chance e gritando feito uma gata no cio por causa da porcaria de um galho. — Ela abre um sorriso maroto. — E, sinceramente, a única coisa com que me importo é você. Fico distraído por sua causa. Não consigo pensar direito com você por perto. E toda vez que eu te vejo, minha mente dá um branco, meu coração bate forte, e tudo que quero fazer é te abraçar... até quando não estamos fingindo. — Engulo em seco. — Eu gosto de você, ok? E não acho que esse sentimento vai simplesmente desaparecer. Acho que está aqui para ficar.

Ela assente devagar, mas não diz nada. Simplesmente olha para alguma coisa por cima do meu ombro.

— Maggie, você...

— Te achei! — ouço Haisley dizer.

Que.

Droga.

Abrindo um sorriso, viro-me e passo um braço em torno dos ombros de Maggie. Não estávamos brigando, não mesmo.

— Como se sente, Brody? — Haisley pergunta, com preocupação no rosto.

— Melhor — respondo.

Ela me examina por baixo de seu chapéu.

— Parece melhor mesmo, menos verde. Que bom que os comprimidos ajudaram.

— Sim, eles são bem interessantes. Me sinto um bocado estranho.

Ela dá risada.

— Acontece. Teve uma vez que eu os tomei e acabei indo dançar na praia com apenas um lençol me cobrindo, para o resort inteiro ver. Então, cuidado, porque coisas estranhas podem acontecer.

Maggie ri.

— Já tem coisas estranhas acontecendo.

Ela se refere à minha confissão? Porque não há nada de estranho nessa conversa. É de coração. É o que sinto há anos.

Esteve enroscada em mim até a alma, lutando para se libertar.

Contudo, já posso até vê-la usando isso como desculpa, alegando que estou sob efeito dessas porras desses comprimidos e dizendo coisas estranhas que não são verdade.

— Bom, se está se sentindo melhor, queria saber se posso roubar a Maggie um pouquinho. Preciso de ajuda com algumas coisas do casamento. Você se importa?

— Não, ele vai conseguir se virar direitinho — diz Maggie, se afastando de mim.

Merda.

— Ótimo. Obrigada. — Haisley então aponta para um grupo de palmeiras. — Os meninos estão ali, se quiser se juntar a eles. Não sei do que estão falando, mas pode ser interessante.

— Vou pensar — respondo. — Mas divirtam-se.

— Obrigada — Haisley diz e, então, ela e Maggie saem andando pela praia.

Derrotado, desabo na areia e fico olhando para a água, mas o lindo e infinito azul não faz nada para melhorar o meu humor.

Bom, assim como o resto dessa viagem, deu tudo errado.

...

— E aí, Brody? — diz Hardy, vindo até mim. — Como você está?

Abro um sorriso para ele.

— Bem melhor.

Por que ele parece ter duas cabeças?

— Ótimo. — Ele gesticula para que eu o siga. — Então vamos.

— Vamos?

— Sim, vamos fazer pesca com arpão.

— Pesca com arpão? — pergunto. — Hã, desculpe por dizer isso, meu bom senhor, mas diante do meu histórico essa semana, me levar para pescar com arpão é pedir para acabar com um arpão na bunda.

Hardy dá risada.

— É tudo bem... autêntico, eu prometo. O capitão é especialista nisso e adora nos dar aulas. A pesca é toda feita à mão, nada eletrônico envolvido.

Então você só vai acabar com um arpão na bunda se essa for a intenção da pessoa que o atirar.

Aposto que o Papi Reggie gostaria de atirar um arpão na minha bunda.

Olho para Hardy.

— Ainda parece perigoso, e estou sob efeito daqueles comprimidos para náusea.

— Você vai ficar bem. Venha ao menos nos assistir, então.

Bom, como espectador, ficarei fora de perigo. Acho que não vai acontecer nada se eu somente assistir...

Junto a camisa, a toalha e os chinelos.

— Ok, mas se acontecer alguma coisa comigo, a culpa vai ser toda sua.

Ele ergue as mãos em defesa.

— Assumirei a culpa. Prometo.

Bom, se ele vai assumir a culpa, então estou a salvo, não estou? Só há um jeito de descobrir. Levanto-me da areia, pego minha toalha e saímos andando pela praia. Na verdade, Hardy sai andando, enquanto eu meio que cambaleio atrás dele.

Gosto de Hardy e Hudson. Eles são rapazes do bem, pé no chão. O que é estranho, com o pai pau no cu que eles têm.

Ops. **Risadinhas internas** *Eu chamei o pai deles de pau no cu? Isso saiu em voz alta?*

— Pau no cu — murmuro.

— Hã? — pergunta Hardy.

Olho para ele.

— O quê?

— Você disse alguma coisa.

— Acho que foi você que disse. — Aponto para ele.

Hardy me analisa por um segundo e, então, balança a cabeça, incapaz de reprimir um sorriso.

— Cara, quantos comprimidos você tomou?

— Nem sei mais. — Sorrio para ele.

— É, vou ficar bem longe de você quando pegarmos os arpões.

Assinto para ele.

— É uma ideia muito inteligente.

— Sabe, pela sua resposta, vou deduzir que você nunca pescou com arpão.

— Cara, eu nunca estive em um barco até esta viagem, então, para mim, é um mundo completamente novo em todos os aspectos.

Ele ri.

— Por isso você teve que tomar os comprimidos especiais do capitão.

— A propósito, o que tem neles? — questiono, sentindo meus pés afundarem na areia além do que deveriam.

— Ninguém pergunta. Acho que são algum tipo de relaxante natural, mas nunca procurei saber. Tomei uma vez quando fomos fazer um passeio de parasail durante um verão. Eu estava surtando, porque não sou muito fã de grandes alturas, então o capitão me deu alguns. Foi uma viagem muito louca no céu.

Dou risada.

— Parece que tudo está em câmera lenta, mas não está.

— Sim... você está chegando no auge do efeito. Acho melhor não tomar mais, a menos que queira sair correndo pela praia, jogando a bermuda de banho para cima e ficando com o bilau de fora.

Pauso por um momento e olho para ele.

— Experiência pessoal?

— Não minha, de outra pessoa.

— Hudson? — pergunto, conforme seguimos pela praia.

— Não.

— Jude não foi — digo. Não consigo imaginar aquele ursão fazendo algo assim. Ele é tão reservado. Tão quieto. Se bem que, se os comprimidos forem tão eficientes quanto prometem, talvez sejam capazes de libertar seu lado louco.

— Também não foi o Jude...

— Então quem? — questiono.

Hardy sorri.

— Só vou te dizer isso porque você teve uma semana dos infernos. — Ele ri novamente. — Não conte a ninguém, mas foi o meu pai.

Isso me faz parar de repente.

— Tá de sacanagem. Com o bilau de fora?

Hardy gargalha e faz que sim com a cabeça.

— Aham. Ficou peladão e saiu correndo por essa praia aqui com o peru balançando. Minha mãe saiu atrás dele, gritando para ele vestir a bermuda. Hudson e eu conseguimos alcançá-lo, enrolamos ele em um cobertor e o forçamos a dormir no iate.

Não consigo conter a gargalhada, jogo a cabeça para trás e tudo.

Puta merda. Essa deve ser a melhor coisa que já ouvi.

Reginald Pau no Cu.

Papi Reggie.

Livre, leve, solto e peladão.

Meu Deus, vou guardar essa história com carinho pelo resto da vida.

— Acho que estou em dívida com você — digo, colocando a mão no peito e ainda rindo. — Porque esse deve ser o melhor presente que já recebi.

Hardy me dá um empurrãozinho com o ombro.

— Eu sabia que você ia gostar. Mas, ouça, não conte a ninguém. A minha mãe forçou a tripulação e os próprios filhos a assinarem um acordo de confidencialidade e prometerem nunca dizer uma palavra sobre isso a outro ser humano.

— Seu segredo está a salvo comigo.

— Valeu, cara.

Seguimos pela praia e, ao fazermos uma curva, avistamos os outros homens reunidos na água e segurando arpões. Há ainda mais arpões de vários tamanhos dispostos na areia. Sabia que estava sentindo cheiro de masculinidade conforme nos aproximávamos.

Desacelero os passos.

— Tem certeza de que isso é seguro para mim?

— Absoluta. Você pode ficar na praia. Nada vai acontecer com você.

— Estou confiando em você — digo ao nos aproximarmos dos rapazes.

— Ei, cara — diz Hudson. — Como se sente?

— Meio grogue, mas bem. Acho que vou só assistir.

— Boa ideia. Você pode ficar aí nos observando fazer papel de idiotas. — Hudson me dá tapinhas nas costas.

Esses dois… sério. Consigo enxergar a possibilidade de uma boa amizade com eles.

Estendo a toalha na areia e me sento, enquanto o capitão entrega arpões para os rapazes. Aparentemente, eles já fizeram suas aulas e, agora, vão testar se conseguem mesmo pegar algum peixe. Tento não ficar olhando para Reginald, mas o velhote parece que vai capotar na água a qualquer momento, pronto para ensopar aquela camisa Tommy Bahama estúpida que está usando. Seria sensacional, não seria? Ele tem sido tão babaca durante todo esse tempo que eu adoraria presenciar um momento como o de correr pela praia com o bilau de fora, mesmo que seja apenas ele se atrapalhando com um arpão no mar.

Infelizmente, para mim, ele se endireita em uma postura bem firme enquanto olha em volta em busca de peixes, com o braço em posição de ataque.

Talvez uma rajada de vento o derrube. A esperança é a última que morre.

Hudson e Hardy estão mais para a esquerda, examinando seus arpões, enquanto Jude está mais para a direita, parecendo ter bastante experiência nisso. Com seus ombros largos pra cacete, peitoral gigante e tatuagens, o homem está à caça no mar completamente imóvel, esperando os peixes virem até ele. Eu não ficaria surpreso se ele enfiasse a mão na água e agarrasse um peixe assim mesmo. Esses são os instintos primitivos que ele emana.

Ele paira sobre a água, os olhos feito lasers, e assisto ao momento em que ele, lentamente, ergue o braço que segura o arpão e, então, feito um raio, atira a arma na água e a puxa de volta, claro, com um peixe se debatendo na extremidade.

— Jesus Cristo — murmuro. — Que animal.

— Você pegou um — diz o capitão, indo até Jude para ajudá-lo a remover o peixe e colocá-lo em um cooler que está perto de mim na areia.

— Nossa, mandou muito bem — digo para Jude.

Ele me dá um leve aceno de cabeça e, então, solta uma respiração pesada ao olhar para o mar, uma das mãos no quadril, basicamente dizendo à imensidão azul que ele é o dono da porra toda.

E eu acredito nele.

Porra, se ele me mandasse ficar de quatro para bater na minha bunda e dizer que é meu dono também, aposto que eu obedeceria. Ele é imponente a esse ponto.

Mas aposto que, como ele é um filho da puta muito humilde, me agradeceria por obedecer e ficar de quatro. Depois, eu choraria nos braços dele por ser tão bondoso comigo. Ele acariciaria meu cabelo e... *caralho, esses comprimidos me deixaram chapado?*

Que pensamentos são esses?

Tentando deixar essas loucuras de lado, foco novamente nos rapazes.

Após passar alguns segundos analisando os arredores, Jude se dirige para a esquerda, passando dos irmãos trapalhões, que estão comparando seus arpões e discutindo qual é o melhor. Sério, aqueles são dois futuros bilionários, era de se imaginar que eles seriam um pouco mais caretas, como o pai.

— Não vai pescar? — pergunta Reginald, saindo da água e vindo até mim. Sua bermuda de banho está toda grudada em suas pernas de idoso, evidenciando certas coisas nada agradáveis, forçando-me a desviar o olhar.

— É, acho que não é uma boa ideia — respondo. — Com o meu histórico e os comprimidos que tomei, acho que é melhor eu me ater a objetos menos afiados.

Reginald ergue um arpão e o estende para mim.

— Esse é um arpão de iniciante. Não é muito afiado. Ajuda a nos acostumarmos a segurar o arpão sem perigo. Está vendo?

Ele segura o objeto diante de mim, e como ele parece estar sendo legal, levanto-me da minha toalha e recebo da mão dele.

— Ah, sim, bem pouco afiado.

— Jude está segurando o arpão de verdade. É melhor não chegar perto dele.

Olho de relance para Jude, que está, mais uma vez, parado feito uma árvore no mar, escaneando a superfície.

— Ele é um caçador nato — diz Reginald, claramente feliz com seu futuro genro. Que bom que pelo menos alguém consegue ganhar sua aprovação, e melhor ainda por ser Jude, já que ele fará parte da família. Eu só estou tentando manter o meu emprego.

— Sim, ele é muito bom — comento, estendendo o arpão de volta para Reginald, mas ele ergue a mão, recusando.

— Não, fique com esse. Pratique. Vou pegar um desses. — Ele pega um dos arpões dispostos na areia, com uma ponta comprida e afiadíssima. Credo, essa coisa parece ser mortal.

— Ah, vai experimentar um de verdade? — pergunto.

— Vou pegar um desta vez. — Ele vai em direção à água. — Vamos, McFadden.

— Oh, não, tudo bem. Vou ficar aqui mesmo.

— Não seja ridículo. Você está com o arpão de brinquedo. Não vai machucar ninguém, então ao menos treine um pouco. Quando terá a chance de viver uma experiência dessas novamente?

Acho que ele tem razão. Quando terei a chance de estar em Bora Bora, em uma ilha particular, fazendo pesca com arpão? A resposta é: nunca. Eu não faço parte desses círculos. A minha família fazia viagens de carro para parques nacionais – férias das quais vou lembrar com carinho para sempre, porque eram maneiras pra caralho –, mas eles não estão pescando com arpão em Bora Bora, então... já que estou na chuva, vou me molhar.

— Então como funciona isso? — pergunto ao entrar na água. — Basta jogar esse negócio em um peixe se eu vir um?

— Tem que tentar espetá-lo. Fique em uma postura ampla, firme, mantenha a calma e deixe os peixes virem até você.

Ok. Parece que estamos tendo um momento pai e filho. Eu aceito.

— Assim? — pergunto a Papi Reggie.

— Dobre mais um pouco os joelhos.

— Assim? — pergunto, minha bermuda agarrando nas coxas quando me agacho mais.

— Sim, bem... — Ele pausa e arregala os olhos.

— O que foi? — pergunto, ali parado, quase agachado, arpão erguido, parecendo a porra de um gorila pronto para atacar.

— Não... se... mexa — ele diz lentamente, erguendo o arpão no ar e apontando para mim.

— Hã... — Rio, nervoso. — O que está fazendo?

— Quieto — ele sussurra. — Vai espantá-lo.

Ainda em uma posição meio agachada e com um arpão acima da cabeça – uma posição vista somente em hieróglifos antigos – abaixo meu tom de voz para um sussurro, assim como ele.

— Espantar o quê?

— Shhh! — ele vocifera e, então, começa a recuar o braço.

— Hã, senhor...

Mas ele não hesita.

Seu olhar está fixo na água, bem no meio das minhas pernas.

Seus lábios estão contorcidos para o lado.

E ele está com um olhar de ataque tão primitivo que assustaria qualquer homem... incluindo a mim.

— Reg...

— Ahh... iá! — ele grita, impulsionando o braço para a frente e lançando o arpão bem entre as minhas pernas.

E assim como qualquer outro homem com um arpão mirado bem na direção de seu pênis e testículos, grito feito um animal.

O grito de um soldado abatido.

Um grito de arrepiar até os ossos que arranha minha garganta ao sair, no instante em que o arpão rasga a minha bermuda de banho.

— Santa Mãe de Deus! — grito no exato momento em que minha bermuda se abre bem no centro da virilha. Com a força do meu agachamento e a força do empalamento da bermuda, caio sentado na água.

Quando volto à superfície, com os olhos cheios de água salgada, tudo o que consigo ouvir é Reginald gritar:

— Mas que inferno! — Ele joga os braços para o ar. — Você o espantou!

— Está se referindo aos meus testículos? — pergunto. — Porque, sim, eles se espantaram tanto que subiram para o meu estômago.

— O que houve? — pergunta Hardy, vindo em nossa direção na água.

— McFadden espantou o peixe que eu estava quase conseguindo capturar. — Reginald gesticula para mim.

— Hã — digo, ainda segurando o arpão acima da cabeça, embora agora esteja sentado, com a água batendo em meu queixo. — O seu pai atirou o arpão no meio das minhas pernas e tenho quase certeza de que me arrancou um pedaço de pele e de dignidade.

— Não é de hoje que te falta dignidade — resmunga Reginald ao se afastar em direção à areia, claramente puto da vida. *Desculpe por não ficar feliz por você ter lançado um arpão afiado no meio das minhas pernas.*

Eu, hein, vá se foder.

— Ele fica muito competitivo — diz Hardy. — Ignore-o. — Ele me pega pelo cotovelo e me ajuda e ficar de pé, o que deixa bem à mostra o estrago feito na minha bermuda de banho, que fica aberta bem no meio.

— Merda — digo, soltando o arpão na água e tentando juntar as partes para não ficar exposto. Ergo o olhar para Hardy e ele dá risada.

— Meu pai rasgou a sua bermuda?

— Parece que sim. — *Pelo menos eu ainda tenho dois testículos inteiros.*

Ele assente devagar.

— Vamos arranjar outra coisa para você vestir.

CAPÍTULO DOZE

MAGGIE

— AGRADEÇO MUITO POR VOCÊ ME AJUDAR COM ISSO — DIZ HAISLEY ENQUANto nos sentamos na areia com seu caderno e um prato com frutas e queijos diante de nós. Os rapazes estão numa parte mais distante da praia, brincando com o que parecem ser arpões, mas eu os ignoro para tentar focar em Haisley e seu problema.

— Não é problema algum — digo automaticamente, enquanto minha mente fica repassando a conversa que tive com Brody. É, minha concentração já era. Mas como poderia ser diferente?

Ele disse que gosta de mim.

Não, ele não apenas gosta de mim, como gosta de mim há um tempo, pelo menos foi o que ele disse. Não sei até onde posso acreditar, graças à influência daqueles comprimidos para náusea. Os olhos dele estavam enevoados, como se ele não estivesse muito ciente. Então o quanto disso pode ser verdade?

"*A única coisa com que me importo é você. Fico distraído por sua causa. Não consigo pensar direito com você por perto. E toda vez que eu te vejo, minha mente dá um branco, meu coração bate forte, e tudo que quero fazer é te abraçar... até quando não estamos fingindo.*"

Essas palavras não combinam em nada com a maneira com que ele tem me tratado nos últimos anos, e é isso que está me fazendo vacilar. Nem em meus sonhos mais loucos eu imaginaria que Brody sentia qualquer coisa por mim além de desprezo. Como ele pode ir disso para "a única coisa com que me importo é você"? Em questão de dias? Até hoje, as únicas coisas que ele já me disse foi o quanto eu o irrito, que eu arruinei sua chance de impressionar seu chefe, que tem ranço de mim...

Não sei se consigo acreditar em nada disso.

Embora ele parecesse genuinamente preocupado, eu não consigo acreditar nele.

Está bem, é melhor para o meu coração se eu não acreditar.

Porque, e se tudo que ele disse for verdade? O que acontece, então? Devo simplesmente cair aos pés dele e dizer que gosto dele há tanto tempo que esse é o melhor momento da minha vida, por poder ter o que sempre quis? Isso não é do meu feitio.

Tenho que dar atenção a Haisley *e* à minha empresa, então a última coisa que preciso é me preocupar com um cara.

Preciso focar no que é melhor para mim, e Brody McFadden não é o melhor para mim.

— Então, eu não sei o que fazer — diz Haisley ao abrir seu caderno. — As flores não chegarão a tempo. A minha mãe está irada, é claro, mas não quero sair por aí cortando flores nativas só para o dia. Me soa ambientalmente problemático. E minha mãe está pronta para pedir a alguém que consiga flores de um dia para o outro aqui, mas me parece um desperdício.

— Mas essa é uma solução. Não que você queira mexer esses pauzinhos, embora possa. Você poderia pedir a uma florista para fazer alguns arranjos e enviar em um voo para cá. Temos dois dias para isso.

— Poderíamos, mas me parece excessivo. — Ela olha em direção à água. — Eu queria fazer meu casamento aqui porque adoro esse lugar. A ilha é tão linda que o evento em si poderia ser íntimo e simples. Eu sei que os meus pais querem ostentar, e eles trabalharam duro para isso, mas eu não quero fazer isso, sabe?

— Sim, eu entendo. — Apoio as mãos atrás de mim e penso mais um pouco. — E quanto aos moradores? Já falou com alguém que mora aqui?

— Tenho alguns amigos na cidade que me deram sugestões, mas não há muitas pessoas disponíveis aqui que possam fazer arranjos, e muitas das coisas que eles fazem são importadas e encomendadas para casamentos.

— Faz sentido. — Contorço os lábios para o lado, pensando. — Que tal folhas? — pergunto.

— Como assim? — questiona Haisley, confusa.

— Bom, você pode enrolar e manusear folhas em diferentes arranjos. Está procurando por um buquê, algumas flores de lapela e talvez algo para a cerimônia, não é?

— Sim, quatro buquês.

— Certo. — Olho para trás, na direção das plantações e folhagens da ilha. — Venha comigo. — Levanto-me e gesticulo para que ela me acompanhe. Pego um maço de folhas, acho que de bananeira, mas não tenho certeza. São compridas, achatadas e exatamente o que eu tinha em mente. Dobro algumas delas, entrelaçando-as e juntando-as na base. Estendo para Haisley. — Poderíamos fazer algo assim. Conforme for acrescentando camadas e juntando tudo, vai parecer uma flor de mentira. Aposto que se falarmos com a sua organizadora e a equipe do hotel, eles poderão dar um jeito de fazê-las. Contratar pessoas da cidade para ajudar. Pode ficar lindo.

Haisley examina o buquê falso, e sou recompensada com um sorriso.

— Isso é lindo.

— Você pode aproveitar até mesmo essas folhas soltas. — Recolho algumas folhas mais finas e vou intercalando em torno do buquê. — Está vendo? Assim, dá para acrescentar dimensão, se quiser. Você poderia até mesmo pegar um monte dessas folhas dobradas, transformá-las em arranjos menores e formar uma guirlanda.

— Ah, isso ficaria fabuloso — ela diz. Ao encontrar meu olhar, acrescenta: — Adorei, Maggie. É uma ideia tão eficiente e tão linda.

— Gostaria que eu explicasse à sua organizadora do casamento?

Haisley faz que não com a cabeça.

— Acho que ela está meio sensível desde o mapa de assentos. É melhor eu mesma levar a ideia, para que ela não fique na defensiva.

— Deve ser melhor mesmo. Se você precisar de ajuda, é só me avisar.

— Você já fez tanto.

— É para isso que estou aqui. No casamento do meu irmão, eu ajudei bastante a minha cunhada, não como organizadora do evento, apenas como madrinha. A dama de honra dela não curtia muito essas coisas, então me ofereci. Fiz buquês de trigo e pinhas para o casamento dela. Foi uma baita tortura, odiei cada segundo, mas acabaram ficando lindos e, até hoje, recebo noivas perguntando sobre eles quando veem meu portfólio. Encontrei uma florista para fazê-los e poupar meus dedos.

— Esperta — diz Haisley. — Você sempre quis organizar casamentos?

— Por muito tempo, sim. É a minha paixão desde que eu era criança e vi a amiga da minha mãe se casar. Amo muito todo o processo, as diferenças de opiniões, e como todo casamento é diferente, refletindo o casal… ou, às vezes, a família.

— A sua paixão por isso é tão evidente. Parece a paixão que tenho pelos meus imóveis para aluguel. Trabalhei tanto neles, cuidei de cada detalhe e cada tema. Adoro proporcionar uma experiência para as pessoas.

— Eu adoro os seus imóveis — digo, sentindo-me tímida. — Pesquisei sobre eles, obviamente. Aposto que o seu pai ficou muito orgulhoso de você por ter essa veia empresarial.

Ela faz careta, o que me deixa surpresa.

— Na verdade, ele não ficou. Não no começo, pelo menos.

— Sério? Não imaginaria isso.

— Eu sei. Ele mudou de ideia. Mas ele é antiquado. Sempre foi um desejo, ou melhor, uma exigência que *todos* os filhos trabalhassem na Hopper Industries. Então dizer que ele ficou zangado com a minha escolha de sair da Hopper e abrir meu próprio negócio é um eufemismo. Demorou um pouco até ele amolecer, e demorou um pouco para eu provar que o negócio era viável, mas ele tem bastante orgulho de mim agora. E temos nos esforçado muito para reconstruir o relacionamento que perdemos por um tempo.

— Nossa. Que inspirador.

— É, ele é um bom homem. Teimoso, cabeça dura, mas assim que compreende e concorda, dá todo apoio.

— Que bom que você se manteve firme quanto aos seus objetivos. Engraçado, mas eu estava falando sobre os seus imóveis para a minha assistente outro dia, e como seriam maravilhosos para festas de despedida de solteira.

— Como assim?

Essa é a hora, Maggie. Conte suas ideias a ela.

— Bom, a tendência do momento é fazer festas de despedida de solteira em uma casa de veraneio alugada, em cidades divertidas. Nashville é bem popular nesse quesito. São Francisco, também. Elas alugam as casas e as decoram de acordo com o tema escolhido. Minha assistente, Everly, trabalhava em uma empresa que faz decorações de festas de despedida de solteira. Seria uma estratégia de marketing perfeita para as suas propriedades, já que elas já possuem temas perfeitos.

— Nossa — ela diz. Posso ver as engrenagens girando em sua mente através de seus olhos. — Nunca tinha pensado nisso. — Seu olhar encontra o meu. — Sabe, depois desse casamento, acho que teremos que conversar.

Encho-me de esperança.

— Vai ser um prazer. Mas vamos manter o foco na tarefa em questão: realizar o seu casamento. O que me leva à minha próxima pergunta: o que você vai fazer na noite anterior à cerimônia? Sou uma das madrinhas, afinal de contas, e não estaria fazendo meu trabalho completo se não organizasse uma festa de despedida de solteira para você.

Ela dá risada.

— Não há nada planejado, mas eu não me importaria em fazer alguma coisa. Só quero que pegue leve nas bebidas.

— E o que acha de um stripper?

Ela gargalha dessa vez.

— Sou a favor, mas como minha mãe e minhas futuras cunhadas estarão lá, vou ter que dizer que é melhor não.

— Que pena — digo. — Eu poderia convencer o Brody a botar pra quebrar.

— É estranho falar isso, mas eu acredito que você poderia mesmo.

— Se mudar de ideia, me avise. — Toco minha cabeça com um dedo.

— Ei — ouvimos Jude dizer, e nos viramos para vê-lo andando pela areia em nossa direção. Meu Deus, esse homem. Quando digo que Haisley ganhou na loteria, não estou brincando. Jude se aproxima, completamente molhado, com gotas de água escorrendo por seu peitoral robusto e abdômen sarado. Seus cabelos estão jogados para trás, mas algumas mechas caem onduladas em sua testa, e ao alcançar Haisley, ele segura seu queixo delicadamente e pressiona um beijo suave em seus lábios.

— Oi — Haisley diz, olhando para ele, com amor emanando de cada parte de seu corpo por seu noivo surreal. — Como foi? Conseguiu pegar algum peixe?

Ele assente.

— Bastante. — Então ele se vira para mim. — Como está o Brody?

— Ah, acho que ele está bem — digo, mas então hesito, confusa. — Ele não estava com você?

Jude coloca um braço em torno de Haisley.

— Você não soube?

Ai, meu Deus, o que foi dessa vez?

— Soube de quê? — pergunto.

Ele faz careta e coça a nuca.

— Ele tentou pescar com arpão, com Reginald, e, bem, pelo que fiquei sabendo, tinha um peixe entre as pernas de Brody e Reginald tentou fisgá-lo. Mas ele errou o peixe e acabou acertando Brody. Vi Hardy saindo daqui com ele.

— O quê? — Haisley questiona, se afastando um pouco para olhar para Jude. — Meu pai acertou Brody com um arpão?

— Não sei os detalhes, só sei que o seu pai está zangado por ter perdido o peixe e Brody foi carregado de volta para o barco.

— *Carregado*? — pergunto, sentindo-me enjoada. — Ele foi perfurado?

— Acho que não chegou a ser perfurado, mas sei que ele teve que voltar para o barco.

— Venha — diz Haisley, segurando-me pelo cotovelo. — Vamos ver como ele está.

Pega de surpresa e realmente preocupada com Brody, permito que Haisley me guie pela praia até o iate.

Mas que azar todo é o desse homem? Reginald realmente o fisgou com um arpão? O que Brody estava fazendo para chegar a essa situação? Flutuando na água, chapado de comprimidos, tentando agir feito um peixe? Como é possível uma coisa dessas acontecer?

Entramos na água com pressa e nadamos até o iate, ignorando o bote que nos ajudou a chegar à costa mais cedo, e pegamos a escada dos fundos. Quando subimos no barco e começamos a procurar por Brody, Hardy aparece.

Quando me vê, ele ergue uma das mãos, pedindo calma.

— Ele está bem.

— O que aconteceu? — pergunto e, no mesmo instante, uma figura surge por trás de Hardy.

Alto.

Robusto.

Com o mesmo cabelo desgrenhado que aprendi a gostar.

— Olha, estou usando uma sunga. O que achou, amor? — pergunta Brody, se aproximando e girando os quadris para nós.

Meu.

Pai.

Do.

Céu.

Ali está ele, em toda a sua glória, sarado e bobão, tudo ao mesmo tempo. O cós da sunga fica bem baixo em seus quadris, e o volume está bem exposto para o mundo inteiro ver. Mas a visão me deixa com água na boca, porque eu sei exatamente o quanto aquele volume pode ficar ainda maior. Eu o coloquei na boca ontem à noite. *Um dos momentos mais eróticos da minha vida, ter Brody totalmente à minha mercê.* Nossa, eu estava insaciável, e seu pau era impressionante. Não sou muito fã de pagar boquete, mas eu não podia negar minha boca a ele depois de *dois* orgasmos sensacionais.

E não deixo de notar que, nesse momento, minha vida fez um círculo completo.

Eu vim a Bora Bora com uma coisa em mente: encontrar um cara de sunga para fazer safadezas comigo.

Bom, ali está ele.

Parecendo um bocó, dançando e girando sem música, usando somente uma cueca de nylon.

Não sei se deveria me sentir sortuda ou não.

— Acho que os comprimidos chegaram ao auge do efeito — diz Hardy, com uma careta. — Talvez seja melhor ele descansar.

— Descansar? Nah, não precisamos descansar. — Brody sacode o punho no ar. — Precisamos botar pra quebrar!

— Ai, caramba — sussurro, fazendo Haisley rir. — Hã, tem alguma cama que ele possa ocupar?

— Sim, posso te mostrar — Hardy responde. — Venha comigo. — Ele segura Brody pelo braço e o guia pelo deque até um corredor, com Brody protestando o tempo todo. Vou logo atrás.

— Não preciso dormir. Preciso ostentar essa sunga. Aposto que o seu pai ia adorar.

— Brody — digo baixinho. — É melhor ficar quieto.

— Não preciso ficar quieto quando o céu é o limite.

Hardy me lança um olhar perplexo.

— Às vezes, os comprimidos demoram um tempo até surtirem efeito total, e acho que chegamos a esse momento.

— É o que parece mesmo. E acho que, se não o contivermos, ele vai sair mostrando o pênis pra todo mundo e tentar inseri-lo em todas as conversas.

— O pipi quer conversar? — Brody pergunta, olhando para sua virilha.

— Rápido — apresso Hardy, que está rindo.

Ele nos direciona até uma cabine bem nos fundos do iate, provavelmente por um bom motivo.

— Pronto, ele pode ficar aqui — diz Hardy. — É escuro e vai mantê-lo bem confinado.

Olho em torno do quarto, enquanto Brody se joga de costas na cama.

— Por favor, me diga que esse quarto não é do seu pai. Não acho que seria uma boa ideia.

— Acredite, eu não faria isso com ele — Hardy assegura.

— Obrigada. — Olho para Brody, que está se remexendo para lá e para cá no colchão. — O que aconteceu com ele?

— Meu pai tentou fisgar um peixe que estava no meio das pernas do Brody, errou e acabou rasgando a bermuda dele com o arpão. A parte da cintura ficou intacta, mas ele ficou com as partes para fora. Ele não foi atingido. Sinceramente, não faço ideia de como o meu pai não espetou os testículos dele. Mas só a bermuda de banho levou a pior. Então eu o trouxe de volta para cá para que ele pudesse vestir outra coisa, mas tudo o que tinham disponível era a sunga. Brody disse que seria ótimo, porque você gosta quando ele usa sunga.

Sinto meu rosto corar.

— Que bom saber que ele anunciou isso.

Hardy ri.

— Sabe, esse cara gosta mesmo de você. — *Ah, é?* — Não parava de me dizer o quanto você é linda enquanto se trocava. — Hardy pisca para mim e se dirige para a porta. — Você tem um ótimo cara ao seu lado, Maggie.

Sinto meu rosto queimar ainda mais.

— Bom, obrigada por ajudar. Fico muito grata mesmo. — Dou tapinhas no braço de Hardy.

— Sem problemas.

— Saio daqui a uns minutos — digo antes de Hardy fechar a porta ao passar. Viro-me para Brody, que agora está fazendo anjos de neve no edredom.

E esse homem me acha linda… que sorte a minha.

Quando ele se der conta de todo esse desastre, tenho quase certeza de que nunca mais vai querer ver os Hopper.

— Ei, Brody — digo, me aproximando da cama e pousando uma das mãos em sua perna. — É melhor você dormir até passar o efeito dos comprimidos.

Ele pausa e olha para mim. Quando seus olhos se conectam com os meus, ele suspira.

— Você é tão linda.

Ok… eu sei que ele está meio grogue, mas isso não me impede de sentir um friozinho na barriga.

— Obrigada — respondo. — Mas vamos deitar no travesseiro, ok?

— Não quero dormir — ele diz feito uma criança teimosa.

— Eu sei, mas se eu deixar você sair, você vai passar vergonha na frente do Reginald de novo, e não acho que vai querer isso.

— Foda-se o Papi Reggie — ele resmunga.

— Sim, um ótimo sentimento, mas, como eu disse, é melhor ficarmos aqui agora. — Sento-me na cama e dou tapinhas no travesseiro. — Venha aqui.

Ele resmunga alguma coisa que não consigo entender direito, mas se arrasta na cama e apoia a cabeça no travesseiro.

— Pronto. Quer se cobrir?

— Sim — ele responde.

Puxo os lençóis e o ajudo a se enfiar debaixo deles.

— Pronto — digo após cobri-lo. — Agora, durma um pouco para descansar. Vou pegar água para você poder se hidratar.

Começo a me levantar quando ele agarra minha mão.

— Não, não vá.

— Brody, você precisa dormir.

— Durma comigo. Eu durmo melhor com você.

Ai, ele está me matando.

— Por favor, Maggie. — Seus olhos cor de café estão suplicantes.

Droga.

Como vou dizer não a essa carinha? Não consigo.

Então tiro a canga e entro debaixo das cobertas. Ele coloca o braço em torno de mim e posiciona o antebraço entre meus seios, puxando-me bem firme contra seu peito. Ele encosta o rosto na parte de trás da minha cabeça e solta um suspiro satisfeito.

— Perfeito — diz. — É isso que eu quero. Isso bem aqui.

Cerro os dentes, meu cérebro girando a mil por hora criando inúmeros pretextos para acreditar que ele está falando isso da boca para fora, enquanto meu coração palpita e descompassa no peito, desejando e torcendo para que seja real.

Já tem um tempo que gosto desse homem.

Tempo esse que também passei odiando-o.

Mas de uma coisa tenho certeza: a linha entre o amor e o ódio é muito tênue, e quando eu estava entre suas pernas, lhe dando prazer na noite passada, me sentia montada no muro. *E isso não é um eufemismo para o pau dele.*

E agora, ele está me abraçando como se sua vida dependesse disso.

"*É isso que eu quero. Isso bem aqui.*"

E, sendo bem sincera comigo mesma, é isso que eu quero também. Mas é o início de um relacionamento ou apenas um casinho de férias? *Não tenho espaço em minha vida para um namorado.* Mas será que isso é apenas um pretexto porque não tenho energia mental suficiente para conhecer uma pessoa nova? Será que é *possível* as coisas darem certo entre mim e Brody porque eu já o conheço? *Eu quero isso?*

Não sei bem. Ter um relacionamento com Brody nunca me pareceu uma possibilidade, porque eu nunca soube como ele realmente se sentia. E também precisamos considerar Gary.

Mas *eu* quero mesmo me entregar? Ele me magoou uma vez. Ainda é o mesmo homem que foi escroto comigo. Irritante, espertalhão, arrogante. *Mas você também o viu envergonhado e vulnerável. Talvez ele não seja quem você achava que era.*

Aff. É tão confuso.

Acho que, pelo bem do meu coração, tenho que confirmar se isso é real ou apenas um produto de alguma outra coisa. Localização. Tesão. Álcool. *Comprimidos da felicidade?*

Pela minha sanidade, espero que seja real, porque tem muitas coisas que gosto em Brody, mas vou manter meu coração protegido por mais um tempo.

•••

Brody perdeu o dia na ilha.

Ele dormiu o tempo todo. Fiquei com ele até sentir que ele não notaria minha ausência, então saí do quarto e juntei-me ao grupo novamente, pois não queria desviar a atenção de Haisley e o dia especial do casal.

A equipe do iate nos proporcionou um jantar maravilhoso na praia e, quando o sol começou a se pôr, voltamos para o barco para retornarmos ao resort. Dei uma olhada em Brody quando voltamos do jantar para me certificar de que ele ainda estava vivo e o encontrei roncando feito um motor, então o deixei quieto.

Enquanto navegamos suavemente pelo mar, desfruto da minha solitude no deque dos fundos. Haisley e os outros me chamaram para que me juntasse a eles, mas preferi ficar no meu canto, em um banco só meu. Não tem como se sentir sozinho com uma vista dessas. Todos os outros estão com seus pares e quietos, apenas curtindo as paisagens e a brisa fresca do início da noite. Haisley e Jude estão lá na frente, ela encostada no peito dele, que, por sua vez, a abraça com firmeza. Reginald e Regina estão lá em cima, falando com o capitão. Hardy e Hudson estão na área de jantar, discutindo o que presumo serem negócios, enquanto as gêmeas também estão lá na frente, tirando fotos do lindo pôr do sol.

Deve ser o mais lindo de todos que vi desde que cheguei. Cascatas de laranja, cor-de-rosa e amarelo se espalham pelo céu infinito, com algumas nuvens aqui e ali refletindo na água conforme o sol se cruza com o horizonte.

Aconchego-me no moletom que Hudson me emprestou, já que está friozinho na parte do barco em que me encontro.

Pego o celular e me dou conta de que preciso mandar mensagem para Hattie, especialmente depois de me esquecer de falar com ela ontem à noite. *Tenho MUITA coisa para contar*. Mas acabo deixando essa ideia de lado quando vejo que Everly está me enviando alguns e-mails.

Maggie

Você não deveria estar dormindo?

Não me surpreendo quando ela responde imediatamente. Está se transformando em uma viciada em trabalho, igual a mim.

Everly

Essa é boa, vindo da pessoa que deveria estar relaxando em vez de trabalhando em sua viagem de férias.

Sorrio diante de sua resposta sarcástica.

Maggie

Eu estou relaxando. Estou curtindo o pôr do sol neste exato momento.

Everly

Ah, é? O que você está fazendo? Está com os Hopper?

Maggie

Sim, eles nos levaram de iate a uma ilha particular hoje. Ajudei Haisley a resolver um problema com buquês e disse que ela deveria usar seus imóveis de férias para festas de despedida de solteira. Fazer um lance temático e tudo.

Everly

Meu Deus, estou trabalhando em uma proposta para você com a mesma ideia, mas incorporando a jogada da madrinha de aluguel.

Maggie

Como assim?

Everly

Então, eu sei o quanto os imóveis de Haisley são importantes para ela. Tenho feito algumas pesquisas sobre ela e seu sucesso, e tenho a impressão de que ela não vai querer correr o risco de ter suas propriedades danificadas por um monte de mulheres bêbadas. Então eu pensei: e se tivesse uma "madrinha de aluguel" inclusa, que ficaria responsável por ajudar a noiva e as outras madrinhas a terem o melhor fim de semana possível, cuidando de todo o planejamento, atendendo a todas as suas necessidades e se certificando de que elas não destruam o lugar? Quase como um mordomo, mas seria realmente uma madrinha bônus pelo fim de semana. Obviamente, não será uma madrinha de verdade, mas que assumiria os deveres de uma para que todas possam apenas relaxar e se divertir.

Maggie

Meu Deus, Everly, isso é genial!

Everly

Eu sei (Hahaha). Ainda estou trabalhando nos detalhes, e adoraria saber o que você acha quando voltar. Não sei se é algo que você gostaria de discutir com Haisley, mas acho que pelo menos deveria considerar.

Maggie

Concordo plenamente. Adorei. E também quero explorar a ideia de oferecer madrinhas de aluguel como parte do nosso pacote de organização de casamento para ajudar com o grande dia. Sei que parece uma ideia um pouco excêntrica, mas acho que se avaliarmos algumas garotas, ou até mesmo rapazes, podemos fazer dar certo, de alguma forma.

Everly

Adorei essa ideia. Expandir nossos serviços oferecidos é exatamente o que precisamos para conseguir aquele espaço físico.

Maggie

Você é incrível. Obrigada.

Everly

Eu sou mesmo incrível, obrigada por reconhecer isso.

Maggie

Hahaha. Vá dormir.

— Oi. — Levo um susto e, quando ergo o olhar, deparo-me com Brody diante de mim, usando uma calça de moletom cinza que está fazendo coisas com a minha libido. Ele coça o peito nu, fitando-me com olhos sonolentos.

— Oi. Achei que só tinham uma sunga para você usar.

— Para nadar, sim. Mas também tinham roupas extras. — Ele estreita os olhos para meu moletom enorme. — O que está vestindo?

— Ah, eu estava com frio, então Hudson me emprestou esse moletom.

Ele junta as sobrancelhas.

— O que foi? — pergunto. — Não está se sentindo melhor?

— Estou, sim — ele responde, mas seu cenho continua franzido.

— Então por que parece chateado?

Ele passa a mão pela mandíbula, analisando-me em silêncio por alguns segundos, e então, sem dizer uma palavra, ele desaparece pelo barco.

Hã... aonde ele vai?

Será que ainda está sob efeito dos comprimidos?

Espero que não.

Ele estava dizendo algumas coisas incoerentes, e agora que Reginald voltou para o iate, não quero que Brody cometa deslizes na frente dele de novo. O coroa ainda está bravo com o peixe que perdeu.

Após o que parecem cinco minutos, ele retorna – graças a Deus – com sua mochila na mão, que ele trouxe quando pegamos o iate hoje de manhã. Lembro-me de me perguntar o que ele estava levando, mas não o questionei.

Ele se senta no banco ao meu lado, abre a mochila e retira um moletom com capuz e zíper azul-escuro de dentro.

— Tome — ele diz.

— O que é isso?

— Meu moletom — ele responde. — Pode usar.

— Ah, estou bem com esse aqui — digo, dando um leve puxão no moletom de Hudson.

— Não está nada bem — ele rebate, encarando-me com firmeza. — Esse aí pertence a outro homem. — Ele empurra seu moletom para mim. — Este aqui é meu, o que significa que é seu. Vista.

Eu o encaro.

— Você quer mesmo que eu tire esse moletom e vista o seu porque está agindo feito um idiota ciumento?

— Eu *espero* que você tire esse moletom e vista o meu porque você é minha namorada, e a minha namorada usa o meu moletom, não o de outra pessoa.

— É sério? — pergunto, achando isso quase risível, mas como ele não demonstra o mínimo resquício de um sorriso, me dou conta de que talvez ele esteja mesmo falando sério.

— Muito sério, Maggie. Tire esse moletom.

Tá bom, então…

Retiro meus braços das mangas do moletom e o removo pela cabeça. Dobro a peça de roupa e a coloco de lado, pegando o moletom de Brody e vestindo-o.

E, odeio admitir, mas tem o cheiro dele e é mais macio. Fecho o zíper e dobro as pernas, puxando meus joelhos contra o peito.

— Satisfeito? — pergunto.

Ele não responde, apenas se acomoda melhor ao meu lado no banco, coloca o braço em torno de mim e me puxa para seu peito.

— Muito melhor — ele diz com os lábios perto do meu ouvido.

Quero revirar os olhos.

Dizer que ele está sendo ridículo.

Mas não tenho forças para isso, porque estou confortável.

Ele está me abraçando.

E parece mais lúcido, o que demonstra uma coisa: tudo que ele disse o dia todo… pode ser verdade.

— Então, está se sentindo melhor? — pergunto, após alguns segundos de silêncio.

— Sim — ele responde, com o rosto roçando em meus cabelos. — Por que você saiu do quarto?

Ele lembra que estive lá? Também se lembra dos anjos de neve que estava fazendo antes de ficarmos abraçadinhos sob as cobertas?

— Queria te dar um pouco de espaço.

— Eu não preciso que você me dê espaço, Maggie.

E aí está novamente, mais um sinal.

Um sinal que faz meu estômago se contorcer em um monte de nós.

E, para minha surpresa, ele abaixa a cabeça e pressiona um beijo em meu ombro. É suave e carinhoso, nada muito sexual, mas que alimenta a minha mente romântica e confusa, influenciada por filmes de comédia romântica e livros que prometem o felizes para sempre com que eu sempre sonhei.

Isso me faz achar que pode estar mesmo acontecendo algo aqui, entre nós.

Ainda com medo de dizer qualquer coisa, ou de reconhecer os pensamentos girando em minha mente, decido simplesmente aproveitar o momento com ele. O sol está terminando de se pôr agora, fazendo o céu aos poucos se transformar de um laranja intenso em um azul profundo, com estrelas começando a brilhar aqui e ali, agindo como nossas guias, a água nos carregando para o próximo capítulo.

Um capítulo que ainda não sei se compreendo completamente.

•••

— Que bom que está se sentindo melhor — diz Haisley após descermos do barco e seguirmos para os carrinhos de golfe que estão enfileirados para nós.

— Obrigado — diz Brody. — Depois devolverei as roupas.

Hardy ergue uma das mãos.

— Pode ficar com a sunga, cara. Acho que ninguém mais ficará tão bem nela quanto você.

Brody dá risada, um som profundo e um pouquinho sonolento.

— Valeu. Talvez eu a emoldure junto com a bermuda rasgada.

Hudson se aproxima para falar mais baixo.

— Eu te darei mil dólares se emoldurar mesmo a bermuda rasgada e dar de presente ao meu pai.

Brody ri e coloca as palmas para cima, pesando suas opções.

— Mil dólares ou manter o meu emprego. Hummm... essa é difícil de escolher.

Hudson ri, dá tapinhas nas costas dele e vai embora.

— Alguma coisa planejada para amanhã? — pergunto a Haisley. — Quero me certificar de estar disponível, caso precise de mim.

— Depois de amanhã, estaremos em modo pré-casamento a todo vapor, então acho que vamos pegar leve amanhã, apenas passar o dia na piscina.

— Boa ideia. Se precisar de alguma coisa, você tem o meu número.

— Obrigada. — Ela pisca para mim e segura a mão de Jude. — Pronto? — Ele faz que sim com a cabeça e os dois seguem para seu bangalô.

Sinto a mão de Brody pousar na parte baixa das minhas costas.

— Pronta?

O jeito com que ele faz essa pergunta, profundo e quase gutural, é como se estivesse me perguntando se estou pronta para mais.

— Hum, sim.

Ele me ajuda a subir no carrinho de golfe, e seus dedos deslizam por meu braço antes de ele ir para o lado do motorista, deixando uma trilha de arrepios em minha pele.

Após subir no carrinho, ele vira a chave, segura o volante com apenas uma das mãos e apoia a outra em minha coxa. Então partimos pelo caminho pouco iluminado.

— Você se divertiu hoje? — ele pergunta, roçando o polegar em minha pele exposta.

Sua palma está bem na abertura da minha canga, dando-lhe acesso a toda a minha perna, e ele faz bom proveito disso. Seus dedos se curvam, encaixando-se na parte interna da minha coxa, enquanto seu polegar acaricia o local perfeito, despertando uma excitação em mim a cada movimento.

— Sim — respondo, tentando me situar.

O que está acontecendo?

Ele está tentando me deixar excitada?

Porque está conseguindo.

E quão patética eu sou? Ele está conseguindo me excitar somente com o maldito polegar. Estou na seca há tanto tempo assim?

— Que bom. Eles gostam muito de você, Maggie. Mas não tinha como ser diferente.

Seus dedos afundam ainda mais na pele da parte interna da minha coxa e sinto o desejo distinto de abrir as pernas, mas não o faço. Permaneço quieta.

— Eles parecem gostar de você também — comento, tentando manter o foco na conversa.

— Ah, é? — ele pergunta. — Quem, exatamente? — Ele move o dedo mínimo de modo que chega a quase roçar em minha boceta, mas é tudo o que preciso para revirar os olhos.

— Hã... bom, Haisley gosta de você — respondo, engolindo em seco no instante em que seu mindinho roça bem de leve novamente, bem no meio dos lábios. Estou usando um maiô, então consigo sentir cada toque, cada milímetro de pele. — Hudson e Hardy — digo, agarrando a lateral do assento.

— E você? — ele pergunta ao atravessarmos a ponte que leva ao nosso bangalô. — Você gosta de mim? — Seu dedo desliza mais uma vez, agora aplicando mais pressão.

— Sim — quase sibilo.

— Como você gosta de mim? — ele questiona conforme nos aproximamos do bangalô.

— Eu, hã... eu não sei. — Minha mente não consegue mais se concentrar nas perguntas, pois está focada em como ele conseguiu me deixar molhada apenas com seu polegar e dedo mínimo.

Ele para o carrinho em frente ao nosso bangalô e tira a mão de mim, me fazendo cair em um espiral de desejo.

Deus, espero que ele continue o que quer que tenha sido isso, porque acho que não aguento ficar excitada assim sem chegar ao alívio.

Brody pega a mochila e vem até o meu lado, segurando minha mão e nos conduzindo até a entrada do bangalô. Ele abre a porta e nós entramos. Em um rápido movimento, ele joga a mochila no chão, se vira para mim e fecha a porta com o pé. Em seguida, segura meu corpo e me coloca de costas contra a parede, prendendo minhas mãos acima da minha cabeça e colocando a boca em meu pescoço.

Ai, meu Deus...

— Como você gosta de mim? — ele torna a perguntar, descendo os dedos pelo meu corpo, passando pela lateral do meu seio e chegando à minha canga, que ele retira e joga de lado.

— Eu não... eu não sei — respondo quando sua boca começa a explorar o meu pescoço, lambendo e chupando devagar.

Ele pausa e me olha nos olhos.

— Você me quer... assim... ou me quer apenas como amigo, Maggie? É uma pergunta simples.

Umedeço os lábios.

— Com uma resposta complicada.

— Por que é complicada? Ou você me quer, ou não. Qual dessas?

Encaro seus olhos famintos, prontos para me devorar com o desejo que emana dele.

— Não quero que você me magoe — respondo.

— Nunca — ele diz. — Não posso e não vou fazer isso de novo. Eu quero isso. Quero você. Não vou te magoar, Maggie. Eu prometo.

Sinto meu coração martelar no peito.

— E quanto a... Gary?

— Contarei a ele amanhã. Não me importo. — Ele pressiona o corpo ao meu. — Eu gosto de você, Maggie. Porra, eu gosto de você há muito tempo, e não acho que esse sentimento vá passar. Preciso ver no que isso vai dar, no que pode resultar. Eu quero você... preciso de você.

Umedeço os lábios ao ouvir aquelas palavras, que são tudo que eu sempre quis ouvir dele. Principalmente na noite do casamento de Gary. Eu teria me derretido toda se ele tivesse me dito isso.

Então por que essa apreensão agora?

— Prometa — digo, olhando-o nos olhos. — Prometa que não vai me magoar.

Ele agarra minha mandíbula, segurando minha cabeça no lugar ao me olhar bem fundo nos olhos.

— Eu prometo, Maggie. Não vou te magoar.

E é toda a confirmação de que preciso.

Passo a língua nos lábios mais uma vez.

— Eu quero... quero você.

E, com isso, ele esmaga os lábios nos meus, com uma força exigente com a qual não consigo me equiparar. Só me resta seguir o fluxo.

Ele segura meu rosto com as duas mãos conforme a boca se encaixa na minha, entrando em sincronia, nosso corpo vibrando de desejo. E é exatamente como na noite do casamento de Gary.

A euforia.

O domínio.

A pressão.

A sensação de seu corpo grande colado ao meu.

Ele me deixa chapada com sua boca, criando um turbilhão de lascívia.

E deve conseguir ler a minha mente, porque suas mãos deslizam para meu pescoço e descem para os ombros, e segura as alças do maiô e as abaixa por meus braços, expondo meus seios.

Brody imediatamente os apalpa, massageando-os enquanto me beija com tanta força que sinto até as pontas dos pés, mas então ele transfere a boca para minha mandíbula, descendo novamente para meu pescoço, onde lambe... chupa... mordisca.

Isso, isso, bem assim.

Me controle.

Me domine.

Me faça sua, Brody.

Agarro sua nuca conforme ele se aproxima cada vez mais dos meus seios.

— Mais — sussurro.

Ele ergue um dos meus seios e o leva à boca, distribuindo beijos em torno do mamilo e girando a língua sobre ele antes de chupá-lo. Puxo o ar entre os dentes com o contato, impulsionando meu peito para a frente. Deleito-me no que ele me faz sentir – como se estivesse flutuando. Como se não existisse mais nada neste mundo além de nós dois.

Ele arrasta os dentes em meu mamilo antes de mudar para o outro seio, dando o mesmo tratamento, marcando-os como seus. Tudo o que consigo fazer é ficar ali à sua mercê, permitindo que ele controle o meu corpo com cada chupada, cada beijo.

Com as duas mãos, ele junta meus seios, beijando-os mais algumas vezes antes de descer por minha barriga.

Ah, Deus, sim.

Ele vai tirando meu maiô enquanto desce pelo meu corpo. Assim que chega aos meus pés, chuto a peça, ficando completamente nua na frente dele. Brody desliza a palma para cima, passando por minha barriga e chegando ao seio, então se agacha diante de mim. Ele pega uma das minhas pernas e a apoia em seu ombro, levando os lábios ao meio das minhas coxas.

Sinto sua boca quente em minha carne antes de ele correr a língua por toda a extensão.

— Ah, meu Deus — choramingo, batendo a cabeça levemente na parede ao jogá-la para trás. — Isso, Brody.

Consigo sentir o sorriso desse cretino em mim antes de mergulhar ainda mais a língua, massageando meu clitóris por apenas um instante antes de voltar a acariciar minha entrada apenas com a pontinha.

É claro que ele vai me provocar.

Quando é que ele *não* me provoca?

Agarro seu cabelo, encorajando-o a me dar mais, mas ele me surpreende ao colocar minha outra perna em seu ombro e ficar de pé, prendendo-me contra a parede enquanto fico apoiada em seus ombros, enterrando o rosto entre minhas coxas.

Mal tenho tempo de arfar diante da mudança de altitude, ele logo me beija, movendo a boca em minha boceta de um jeito tão sensual que meus dedos dos pés ficam dormentes.

— Brody — gemo conforme ele continua a me beijar, brincando comigo, mas sem me dar exatamente o que eu quero. — Preciso da sua língua.

E ele obedece. Desliza a língua bem no meu clitóris.

— Oh, Deus. — Meu estômago afunda diante da pressão com que ele me lambe. — Brody... isso... ai, meu Deus.

Ele apoia as mãos na parede e aumenta ainda mais a pressão, fazendo com que eu quase caia de seus ombros.

Agarro sua cabeça, sentindo o orgasmo começar a descer por minha espinha e se concentrar bem no meio das minhas pernas.

— Isso, porra. — Jogo a cabeça para trás novamente, meu peito subindo e descendo enquanto fecho as mãos em punho em seus cabelos. — Meu Deus! — grito quando ele chupa meu clitóris. — Eu... eu vou... — Não consigo proferir as palavras a tempo. Meu corpo inteiro se debate e se contorce quando gozo na cara dele, meus músculos, abdômen e membros estremecendo diante do prazer que me arrebata.

Brody vai até o fim, passando a língua em meu clitóris até eu não aguentar mais.

Então ele me segura pelas costas, me afasta da parede e me carrega para a cama, me colocando sobre o colchão.

Inebriada, olho para ele e noto o volume da ereção enorme em sua calça de moletom. Ele fica me olhando, passando a mão no cabelo, com uma expressão preocupada no rosto.

— O que foi? — pergunto.

— Não tenho camisinha.

— Eu tenho — digo, sentindo-me tímida de repente. — Eu trouxe algumas... você sabe... para os homens de sunga.

— Onde? — ele indaga.

— Na primeira gaveta da cômoda — respondo.

Brody vai até a cômoda, abre a gaveta e encontra a caixa. Ouço-o vasculhar por alguns segundos antes de puxar uma fileira de camisinhas extragrandes. Ele abre uma com os dentes e tira a calça, libertando a ereção.

— Quer colocar? — ele pergunta.

Faço que sim com a cabeça e me sento na cama, com ele na minha frente. Pego a camisinha, mas não coloco de imediato. Trago a ponta de seu pau para minha boca, girando a língua em torno da cabeça. Adoro o pênis dele. É tão perfeito.

Grosso.

Comprido.

Sensível.

— Devagar, linda. Preciso entrar em você.

Continuo girando a língua nele e apalpo suas bolas delicadamente, rolando-as em minha mão.

— Maggie, é sério — ele sibila.

Contenho meu sorriso, abro bem a boca e o enfio até a garganta, deixando-o me ouvir engasgar antes de retirar.

— *Caralho* — ele quase grita ao se afastar, olhando-me com ferocidade. Simplesmente sorrio para ele e abro a embalagem da camisinha. Movimento um dedo para pedir que ele se aproxime. — Só coloque a camisinha. Não me dê essa boca deliciosa. Não agora.

Faço um aceno positivo com a cabeça, mostrando a ele que vou obedecer, porque quero a mesma coisa. Quero ele dentro de mim. Quero senti-lo se contorcer em cima de mim. Quero ouvi-lo gozar, com aquele gemido lindo e sexy.

Então coloco a camisinha nele e me afasto para trás na cama, abrindo as pernas. Mas ele balança a cabeça negativamente.

— O que foi? — pergunto.

— Quero você por cima — ele diz, deitando na cama. — Monte em mim, Maggie.

Sinto a expectativa na boca do estômago ao engatinhar até ele, subindo por suas pernas, meus olhos fixados em seu abdômen sarado e na maneira como se contrai com sua respiração irregular. E, então, posiciono-me em cima dele.

— Porra, você é gostosa demais. — Seus olhos cobiçosos percorrem meu corpo. Ele, então, segura o pau e, com um sorriso pecaminoso, diz: — Senta em mim.

CAPÍTULO TREZE

BRODY

PUTA QUE PARIU, ELA É MARAVILHOSA DEMAIS.

Desde seus lábios deliciosos.

Até seu doce sabor.

Até seus movimentos hesitantes, mas também confiantes.

Porra, essa mulher me deixa tão fraco, tão carente que se ela não tivesse uma camisinha, eu ia começar a chorar.

Porque eu preciso entrar nela. Preciso senti-la em torno de mim, me apertando com força, a ponto de me fazer apagar. Eu quero ver estrelas. Quero saber como é ser completamente dominado por Maggie Mitchell.

E como eu sou um filho da puta sortudo, ela se posiciona sobre meu pau para que eu possa me colocar em sua entrada. Respirando fundo, ela desliza devagar pelo meu comprimento, e sei imediatamente que nada será capaz de superar essa sensação.

Nada.

A maneira como ela vai me recebendo aos poucos.

A expressão de surpresa e satisfação em seu rosto.

E o leve arfar que escapa por seus lábios.

— Caralho — digo, alongando a palavra conforme ela se encaixa em mim, centímetro por centímetro, numa lentidão dolorosa, mas foi por isso que eu a quis nessa posição. Para que ela pudesse controlar o ritmo. Para que pudesse se ajustar a mim em seu próprio tempo. Porque se eu estivesse no controle agora, não seria capaz de me conter, não com tudo que ela me faz sentir.

Ela continua a respirar fundo algumas vezes, e quando está sentada em mim até o talo, suas mãos se apoiam em meu peitoral, as unhas se enterrando em minha pele.

— Ah... meu Deus — ela diz, encontrando meu olhar. Seus dentes prendem o lábio inferior e ela o mordisca, um sorriso se repuxando no canto de sua boca.

Isso, princesa, está gostoso assim para mim também.

Imito seu sorriso quando ela começa a movimentar os quadris.

— Porra, que delícia — digo ao deslizar as mãos por suas costas, descendo para sua bunda. Agarro-a com força, dando uma boa apalpada e encorajando-a a continuar se movendo. Afundo os dedos em sua pele, mantendo seu ritmo constante conforme ela rebola em mim.

Seus cabelos caem à nossa volta quando ela se inclina para a frente, pressionando os seios em meu peito e levando a boca à minha. Subo as mãos por suas costas e as enfio em seus cabelos, mantendo sua cabeça no lugar enquanto nos beijamos, impulsionando a pélvis lentamente contra ela.

Ela tem um gosto tão bom.

É maravilhoso senti-la em meus braços.

E sua reação ao meu toque me faz vibrar de desejo, ansiar por lhe dar muito mais.

Ela separa os lábios dos meus em um longo gemido, tornando a se sentar e apoiando as mãos em minha barriga. Então começa a quicar em meu colo, seu ritmo cada vez mais intenso.

Seus seios saltam perfeitamente diante de mim, me enchendo ainda mais de tesão ao balançarem para cima e para baixo, juntos no mesmo ritmo. Eu os apalpo delicadamente e esfrego seus mamilos com os polegares. Com um gemido, ela cobre minhas mãos com as suas e me força a apertar com mais força, então é o que faço. Aperto com força até beliscar seus mamilos.

— Oh, Deus — ela grunhe ao se movimentar mais rápido em meu pau, sentando-se tão gostoso que sinto minha pulsação ficar irregular. Como adorei sua reação, belisco seu mamilo novamente, torcendo um pouco desta vez.

Ela joga a cabeça para a frente, emitindo um gemido delicioso.

— Gosta assim, linda? — pergunto, e ela confirma com a cabeça.

Então faço de novo.

E de novo.

E de novo.

Até ela estar praticamente tremendo sob meu toque.

E cada vez que repito, ela me agracia com a mesma reação, porém gradualmente mais febril, até ficar ofegante.

— Está perto? — pergunto.

— Muito… perto — ela diz.

Sentindo a necessidade por mais, por aquele controle quando ela goza, viro-a de costas na cama e pairo sobre seu corpo. Ainda conectados, coloco sua perna por cima do meu ombro e seguro seus quadris antes de começar a estocar nela.

— Você é tão apertada — digo, mordendo meu lábio inferior. — Que delícia.

Ela percorre meu peitoral com as mãos, passando por meus mamilos e descendo por meu abdômen. É o que acaba me dando o estímulo de que preciso, e minhas bolas se contraem.

Merda, isso foi mais rápido do que eu queria.

— Amor, eu…

— Eu… também — ela diz e, então, seu corpo enrijece e estremece em seguida, convulsionando em torno do meu pau.

Sentir sua boceta me apertar faz minha visão ficar turva conforme meu pau incha e eu gozo, meu orgasmo me arrebatando em uma velocidade tão catastrófica que não existe mais nada além de sua boceta me apertando de novo e de novo até começar a se acalmar.

Quando é a minha vez de desacelerar, estou completamente esgotado ao desabar por cima dela e segurar seu rosto em minhas mãos, beijando-a suavemente, abrindo sua boca com minha língua. Seus beijos apaixonados se encaixam aos meus, mas diferente de momentos antes, são brandos, não sôfregos. Estamos apenas curtindo um ao outro.

Ela suspira ao separarmos nossas bocas, e ergo o rosto para olhar em seus olhos. Ainda dentro dela, repito:

— Eu prometo que não vou te magoar, Maggie.

— Eu acredito em você — ela diz, pousando a mão na parte de trás da minha cabeça e me puxando para mais um beijo.

•••

— Vem cá — digo ao puxar Maggie pela mão, fazendo-a deitar na cama. Ela tinha acabado de finalizar sua rotina noturna e, quando tentou vestir um pijama, eu disse que não era permitido. Ela apenas sorriu e deu a volta na cama, até que eu a puxei.

Ela ri enquanto eu a coloco de costas no colchão e me apoio em um cotovelo, para poder olhar em seus olhos. Afasto o cabelo de seu rosto.

— Eu fiz alguma coisa estúpida hoje com a qual preciso me preocupar amanhã?

— Bom... — Ela umedece os lábios. — Você transou com a irmã do seu melhor amigo e tenho quase certeza de que vai ter que se preocupar em contar isso a ele.

— Isso não foi estúpido, foi inteligente da minha parte. — Brinco com seu mamilo já rígido.

Ela suspira e abre um sorriso sugestivo.

— Muito inteligente.

Devagarzinho, faço círculos em seu mamilo.

— E quando eu estava com os Hopper? As coisas estão meio confusas na minha cabeça até o momento em que acordei no iate.

— Bom, nada que não vá fazer Hardy dar risada depois. Mas, até onde sei, você não fez nada de mais na frente de Reginald. Ele só ficou bravo por você ter espantado o peixe dele.

— Ele deveria ter se preocupado em não me castrar.

Ela desliza a mão entre nós e me apalpa delicadamente.

— Isso teria sido uma tristeza para mim.

— Cuidado — digo, erguendo uma sobrancelha.

— Eu poderia dizer a mesma coisa para você e esse seu dedinho sacana.

— Esse? — pergunto, deslizando-o por seu mamilo, fazendo seu peito se erguer.

— Hummm, esse mesmo.

— Maggie, não faça esse barulho quando está com a mão no meu pau.

— Por que não? — ela pergunta ao mexer nas minhas bolas.

Respiro fundo algumas vezes quando ela aperta de leve. Porra. Começo a ficar duro de novo. Nesse ritmo, as camisinhas não vão durar até amanhã.

— Você vai me fazer te comer de novo.

— Não vejo problema nisso. — Ela abre um sorriso de orelha a orelha e, juro, é a vista mais linda que já admirei.

— É um problema quando preciso conversar com você.

— O que você precisa conversar comigo? — ela pergunta, subindo a mão até a base do meu pau enrijecido. Ela fecha os dedos em torno dele, fazendo com que comece a brotar suor na minha lombar.

— Hoje mais cedo. — Engulo em seco.

— O que teve hoje mais cedo? — ela pergunta, deslizando a mão para cima e para baixo de leve.

— Maggie — grunho. — Você não pode fazer isso... não quando temos que conversar.

Ela hesita.

— Temos que conversar?

— Só quero me certificar de que está tudo bem entre nós — digo. — Fomos interrompidos quando estávamos conversando na água mais cedo e, bom, eu sinto muito por ter magoado você na noite do casamento do Gary. Quero que saiba disso. Sinto muito mesmo, pra caralho. Achei que estivesse fazendo a coisa certa ao me afastar antes de deixar os meus sentimentos me guiarem. Eu não fazia ideia de que faria você se sentir tão mal com isso. — Coloco a mão em seu rosto. — A última coisa que quero na vida é fazer você se sentir mal em relação a qualquer coisa.

Seus olhos suavizam e ela começa a me acariciar novamente.

— Então o que você disse mais cedo era tudo verdade?

— Claro que era — digo. — Eu não diria aquilo da boca para fora, Maggie.

— Eu sei, mas você estava tão estranho e grogue por causa dos comprimidos para náusea que achei que, sei lá, talvez não estivesse sendo sincero... que estivesse só falando por falar.

Balanço a cabeça.

— Não. Cada palavra foi sincera. Desculpe por ter te magoado. Desculpe por não ter confessado antes como me sinto. Desculpe por ter deixado Gary mexer com a minha cabeça. Eu deveria ter agido de acordo com os meus sentimentos há anos. E em vez de descontar tudo em você fazendo da sua vida um inferno, deveria ter simplesmente confessado que, na verdade, eu gostava tanto de você que te repelir, fingir que te odiava, era mais fácil.

— Então você nunca me odiou de verdade? — ela pergunta, com um sorrisinho malicioso.

— Assim, tiveram vezes em que você foi irritante pra caralho...

— Hã, você era tão irritante quanto, tá?

— Nunca disse que era inocente. — Abaixo a cabeça e beijo seu pescoço. Ela relaxa no colchão, abrindo as pernas para mim para que eu deslize um dedo em sua boceta, bem no clitóris, e adoro constatar que ela já está molhada para mim.

— Que perigo — ela diz enquanto provoco seu clitóris.

— O quê? — indago.

— Nós. — Ela separa ainda mais as pernas, puxando uma delas na direção do peito. — Isso é gostoso demais. Nunca mais vamos sair desse quarto.

— Ótimo — digo ao pairar meu corpo sobre o seu e posicionar-me entre suas pernas. Bem onde eu a quero.

...

— O que você está fazendo? — Maggie pergunta quando abro a porta de vidro e saio para o deque.

— Que tal um mergulho noturno? — indago, olhando por cima do ombro e flagrando-a dando uma conferida na minha bunda.

— No mar ou na piscina? — ela questiona.

— Não importa. Ambas as opções consistem em você nua e molhada nos meus braços.

— Eu ia colocar um biquíni.

Junto as sobrancelhas, ligeiramente irritado.

— Você não vai colocar um biquíni. Já falei, nada de roupas, porra.

Ela ri.

— Você é sempre exigente assim?

— Não sou exigente — rebato. — Apenas específico.

— Tenho permissão para ser específica também? — ela pergunta ao vir até mim, completamente nua. Ela tem as curvas mais suculentas que já vi.

— O que você quiser, é seu... exceto roupas.

Ela ri e pousa uma das mãos em meu peito. Minha palma desce direto para sua bunda, onde aperto de leve. Preenche a minha palma e sobra, do jeitinho que eu gosto.

— Já que posso ser específica, então não quero que você tire isto. — Ela passa um dedo em minha barba por fazer. — É tão bom sentir no meio das minhas pernas.

— Considere feito — digo. — Mais alguma coisa?

— Ah, tenho certeza de que terei mais algumas exigências, mas primeiro, preciso saber uma coisa.

— O quê? — questiono.

Vejo um lampejo de insegurança em sua expressão.

— Pode parecer uma pergunta contraintuitiva, já que você acabou de me dizer como se sente, mas preciso saber, só pela minha sanidade... esse *lance* entre nós é apenas sexo para você?

— Não — respondo, pegando suas mãos e conduzindo-a para a piscina aquecida. Eu adoraria dar um mergulho na lagoa, mas não sei qual a temperatura e não quero nada encolhendo aqui.

— O que é, então? — ela indaga ao parar nos degraus da piscina, mas eu a pego em meus braços e a levo para a água comigo.

Seus braços envolvem meu pescoço e suas pernas, minha cintura, e levo nós dois para o centro da piscina, a lua reflete na superfície da água, nos fornecendo toda a luz de que precisamos.

— Isso é o começo de algo. Algo especial — respondo, prendendo uma mecha de cabelo atrás de sua orelha. — Eu não arruinaria qualquer tipo de relacionamento que tenho com você ou com o seu irmão por uma foda de férias, Maggie.

Os cantos de sua boca se repuxam para cima.

— Então você quer dar continuidade a isso quando voltarmos para São Francisco?

— Esse é o meu plano. Sei que você vai estar ocupada, mas eu gostaria de te levar para sair. — Giro nós dois devagar, adorando senti-la coladinha em mim, tão molhada, escorregadia. — Gostaria de te levar para sair mais do que somente uma vez. Gostaria de te levar à casa do Gary e vê-lo espernear enquanto seguro a sua mão e beijo seu pescoço. — Ela ri. — E eu adoraria te levar para o meu apartamento... te mostrar a minha cama... — Escorrego as mãos para cima, pela lateral de seu corpo, parando logo abaixo de seus seios.

— Então você quer *namorar* comigo.

— Quero, sim. Você aceita?

Ela se aproxima e beija meus lábios tão suavemente, como o toque de uma pluma.

— Aceito, sim.

— Maravilha — digo ao puxá-la para a lateral da piscina.

Pressiono-a de costas contra a parede, prendendo-a no lugar, e esfrego a ereção em seu clitóris. É muito fácil ficar de pau duro quando se tem uma mulher como esta nos braços, e é exatamente isso que acontece. Sinto como se fosse um adolescente de novo, ficando duro a cada maldito segundo em que coloco minhas mãos em seu corpo.

Não consigo evitar.

Maggie é a mulher dos meus sonhos. Tudo que eu sempre quis. E agora que cruzamos essa linha, acho que nunca vou me cansar.

Ela leva a mão entre nós e posiciona meu pau em sua entrada.

— Maggie — digo logo antes de ela deslizá-lo para dentro. — Oh... porra... — Fico sem fôlego ao senti-la em torno de mim assim, no pelo.

— Não quero barreira alguma entre nós — ela diz. — Sabendo que você quer mais, que isso não é só sexo para você, eu quero essa conexão.

Minhas costas tensionam de cima a baixo quando ela começa a movimentar a pélvis.

— Mas... caralho... você... pílula... — balbucio, incapaz de completar uma frase.

— Sim — ela diz, e é o que basta.

Agarro seus quadris e a levo comigo até os degraus da piscina. Acomodo-me ali e, quando me certifico de que ela está bem apoiada, ajudo-a a se movimentar para cima e para baixo em meu pau, a água chapinhando entre nós e à nossa volta, criando ondas na piscina.

Inclino-me para a frente e capturo um de seus seios com a boca enquanto ela continua a rebolar em mim, causando uma sensação surreal de tão deliciosa.

— Adoro quando você brinca com os meus seios — ela diz, colocando as mãos acima da minha nuca. — Meu Deus, Brody, é bom demais.

Apalpo seu seio para ter melhor acesso ao mordiscar em volta de seu mamilo. Sua pélvis se esfrega na minha, os movimentos se aceleram a cada lambida e chupada que dou.

Eu poderia passar a porra do dia inteiro aqui, venerando seus seios.

Mas pelo som de sua respiração ofegante e a tensão em meu corpo, eu diria que não tenho nem ao menos um minuto inteiro. Coloco seu mamilo na boca e o prendo entre os dentes, segurando enquanto ela continua a rebolar em meu colo, a fricção começa a me consumir.

— Isso, Brody — ela grita quando aumento a força da mordida em seu mamilo. — Oh, meu Deus, mais. Mais forte.

Não tenho certeza de onde ela quer mais forte, mas não quero machucá-la, então foco no movimento de nossos quadris. Eu a ergo e puxo de volta, impulsionando minha pélvis no momento desse encontro. A combinação é o que nós dois precisamos.

Então continuo fazendo.

De novo e de novo, até ela enterrar as unhas em mim, fora de controle.

— Isso, isso... isso — ela geme, jogando a cabeça para trás. — Brody... meu Deus.

Suas súplicas me deixam louco e eu meto nela com força, sentindo um orgasmo intenso se formar, e quando ela tensiona e se entrega, com sua boceta se contraindo em volta de mim, é o bastante. Meu orgasmo se manifesta com uma força tão poderosa que chego a realmente esquecer como é que se respira.

Demora alguns segundos, mas quando nós dois nos acalmamos e finalmente fazemos contato visual, ela cobre a boca com a mão, em choque.

— O que foi? — pergunto, rindo.

Ela apoia a testa na minha.

— Brody, eu gritei muito alto.

Esfrego as mãos em suas costas.

— Foi muito sexy.

— Acho que acabei de acordar metade do resort.

— Tomara que você tenha acordado o Papi Reggie de seu sono profundo.

Ela ri e pousa as mãos em meu peito antes de suspirar.

— Você me deixa louca.

— Idem, Maggie.

Quando seus olhos encontram os meus de novo e ela sorri, sei que estou me apaixonando por essa garota.

Bastou um sorrisinho para meu coração descompassar, tentando acompanhar a sensação. Ela é mais do que eù poderia querer, e não vou perder isso. Não vou perdê-la.

...

Usando uma bermuda de treino, saio do bangalô na ponta dos pés e vou para a beira do deque, onde a água bate suavemente nas colunas de madeira que seguram toda a estrutura.

Olho o celular antes de olhar para dentro do quarto, onde Maggie está dormindo tranquilamente, enrolada nos lençóis, fazendo-me lembrar de tudo que fizemos ontem à noite.

É, eu tenho que fazer essa ligação.

Embora prefira mandar mensagem, sei que isso requer algo mais sério.

Respirando fundo, sento-me ao lado da piscina, encontro o número de Gary e ligo, tentando não me preocupar com o que ele pode dizer.

A ligação chama três vezes antes de ele atender.

— E aí, cara? Como vai? Faz um tempo que a gente não se fala.

Enfio a mão em meus cabelos e puxo um pouco.

— É, desculpe por isso. Você sabe que estou viajando a trabalho.

— Isso não é desculpa para não falar com o seu amigo favorito.

Dou risada.

— Tem razão. Me desculpe.

— Onde você está, afinal? Não chegou a dizer.

Bem... lá vamos nós.

— Foi uma viagem de trabalho de última hora, mas estou em Bora Bora.

— Bora Bora? — ele pergunta. — Que estranho. Minha irmã está aí também, de férias.

Pois é, imagine só.

— Eu vim para o casamento da filha do meu chefe. Na verdade, acabei encontrando Maggie. Ela está no mesmo resort que eu.

No mesmo bangalô.

Na mesma cama.

— Sério? E o mundo não explodiu quando vocês se esbarraram? Que surpresa. Era de se imaginar que a Terra ao menos tremeria.

Solto uma risada nervosa.

— Houve alguns tremores. — *Especialmente ontem à noite.*

— Não tenho dúvidas. Bom, que bacana. Você está se divertindo?

Imensamente, mais ainda ontem à noite. Sendo mais específico, eu me diverti quatro vezes.

— Sim, tem sido bem divertido — respondo.

— Legal. Acho que você não teve a chance de assistir aos últimos jogos dos Rebels, então. Já deu uma olhada nos placares? Cara, ontem à noite, Paige arremessou o jogo inteiro sem deixar o time oponente marcar pontos. Assumiram a liderança na divisão deles. Já consigo sentir o cheiro da temporada de eliminatórias. Deixe a salada de batata no ponto.

— Sim, foi bem legal — digo, mas minha voz sai opaca, e ele percebe.

— Bem legal? Hã, por que você não está mais empolgado? Não ouviu o que eu disse? Vamos ter uma comemoração com salada de batata nesse outono.

Ouvi, sim, Gary, meu chapa.

Mas, no momento, estou me sentindo enjoado diante do perspectiva de ter que te contar que comi a sua irmã quatro vezes ontem à noite. Ok, não precisamos entrar em tantos detalhes.

— Err, Gary, eu tenho que te contar uma coisa. — Olho mais uma vez para o bangalô, onde vejo Maggie se levantando da cama, alongando os braços para cima, seus seios me dando água na boca.

— O que você tem que me contar? — ele pergunta.

— Bom, eu te disse que encontrei a Maggie, não é?

O outro lado da linha fica completamente em silêncio, e consigo até sentir o gosto da minha pulsação de tão intensa que está.

— Aham… — Ele soa incerto.

Passo a mão pelos cabelos, tentando descobrir como dizer isso.

— Bom… hã… — Minhas palavras tropeçam e somem, deixando apenas um ar vazio entre nós.

Não sei o que dizer.

Ele ficou calado porque provavelmente sabe o que estou tentando dizer.

O silêncio é tão ensurdecedor que me dá vontade de vomitar.

E assim que estou prestes a criar coragem de dizer que beijei – bom, isso e outras coisas – sua irmã, ele diz:

— Juro por Deus, Brody, se você tiver trepado com a minha irmã…

Aham, ele acertou na mosca.

Estremeço.

— Não é bem assim.

— Como assim "não é bem assim"? — ele grita. — Puta merda, você trepou mesmo com ela?

Agarro meu cabelo com mais força.

— Bom… sim, mas não é só um lance de férias — digo rapidamente.

— Tá de sacanagem comigo, porra? — ele continua a gritar. — Eu disse para você deixá-la em paz. Anos atrás. Disse que ela não era para o seu bico.

— Eu sei, e eu te dei ouvidos — digo, grato por ele não ter desligado na minha cara. — Porra, eu te dei ouvidos apesar de não querer, mas então, quando a vi aqui, foi como se tudo que eu sinto por ela ressurgisse…

— Tudo que sente por ela? — ele pergunta com a voz tão confusa que é quase cômico. — Você *sente* algo pela minha irmã?

— Sim — respondo. — Sinto há um bom tempo. Gosto dela há anos e, bem, acabamos tendo que fingir que estamos namorando... longa história. Mas estamos dividindo um bangalô e, bom… eu tentei, cara, tentei pra caralho, mas não conseguia mais mentir para mim mesmo. Eu gosto dela. Quero namorar a sua irmã. Ter algo sério com ela.

Há silêncio do outro lado da linha novamente. Tanto silêncio que afasto o celular da orelha para ver se ele desligou.

— Gary, você ainda está aí? — pergunto.

— Sim — ele responde, parecendo distante. — Então deixa eu ver se entendi. Você é a fim da minha irmã, mas, tipo, a fim mesmo, não é somente uma atração carnal estúpida, mas sim algo mais profundo que faz com que você queira namorá-la?

— Sim — confirmo. — Eu gosto dela, Gary. Sinto algo muito forte por ela, e estou te contando porque acho que você merece saber. Não estou pedindo a sua permissão nem a sua bênção, porque não importaria. Eu não conseguiria me afastar. Nós temos uma conexão forte, e quero ver no que isso vai dar.

Maggie abre a porta de vidro e vem até mim, usando uma das minhas camisetas. Seguro sua mão e puxo-a para se sentar ao meu lado, passando um braço em volta de seus ombros.

— Eu... Como... Quando? Isso é sério? — Gary pergunta.

Dou risada e olho nos olhos de Maggie.

— Muito real, Gary. Posso te contar os detalhes depois, mas, sim, estou namorando a sua irmã e achei que você deveria saber.

Maggie sorri para mim. Retiro o celular da orelha e coloco no viva-voz para que Maggie também possa ouvir.

— É isso? Você não vai perguntar se eu aceito? — Ele quer saber. — E os meus sentimentos?

— Os seus sentimentos não deveriam importar, não acha? Não deveria apenas ficar feliz pelo seu melhor amigo e a sua irmã? — pergunta Maggie, provavelmente dando um susto do caramba em Gary, o que só me faz rir mais.

— Maggie? — ele pergunta.

— Sim, Gary.

— Mas... está de manhã aí, não está?

Jesus, Gary. Eu disse que estamos dividindo um bangalô.

— Está — Maggie confirma. — E se estiver se perguntando se nós passamos a noite juntos, a resposta é sim.

— Gary. — Suspiro. — Eu te disse que estamos dividindo um bangalô.

— E transamos quatro vezes ontem à noite — Maggie acrescenta.

Faço careta para ela, o que a faz dar risadinhas.

— Eu... eu acho que vou vomitar — diz Gary.

— Uma reação justa — digo. — Deve ser informação demais para você, então vou deixá-lo processar tudo e, quando eu voltar, podemos falar mais sobre isso, se quiser, mas de um jeito ou de outro, é o que vai acontecer. Só achei que tinha a obrigação de te contar.

— É, valeu. — Ele fica quieto novamente e, então, em uma voz mais tímida, pergunta: — Você gosta mais dela do que de mim?

— Ah, por Deus, Gary — Maggie se queixa.

— Não, Gary — respondo. — Você sempre será o meu número um. — Ao dizer isso, balanço a cabeça negativamente olhando para Maggie, fazendo-a cobrir a boca para conter a risada.

— Ok, então, obrigado por isso. — Ele soa tão derrotado. — Fico muito grato pela sinceridade. Valeu, cara.

— Lógico. E, olha, quando eu voltar, vamos sair para comer alguma coisa, só você e eu.

— Boa ideia.

— A gente se fala, cara.

— Tchau, Gary — diz Maggie antes de eu desligar.

Coloco o celular no deque e Maggie me empurra deitado antes de montar em mim.

— Meu Deus, você contou ao meu irmão.

Sorrio para ela.

— Eu te disse que isso era sério pra caralho. Nada vai me impedir de ficar com você, nem mesmo o Garyzinho.

— Eca, não o chame assim — ela diz, começando a rebolar em meu colo.

Coloco as mãos atrás da cabeça.

— Como quiser. Você é minha dona agora.

— Uhhh, agora eu gostei — ela diz ao se erguer um pouco, puxar minha bermuda para baixo e posicionar meu pau em sua entrada. Ela me enfia dentro de si e meu corpo inteiro se derrete conforme ela começa a se sentar pra valer, ali mesmo no deque, onde qualquer um poderia nos ver.

É mesmo a garota dos meus sonhos, porra.

CAPÍTULO CATORZE

MAGGIE

A BRISA ESVOAÇA AS CORTINAS DA TENDA QUE BRODY E EU CONSEGUIMOS RESERvar. No momento, ele está dormindo em meu peito, exausto da noite... e da manhã que tivemos, enquanto estou me deleitando em tê-lo assim comigo, deitado em mim, reivindicando-me como sua.

Deslizo os dedos delicadamente por suas costas, desejando que não tivéssemos passado tanto tempo brigando quando chegamos, e mais tempo assim.

Mais tempo com a liberdade de poder tocá-lo sempre que eu quiser, e não como uma farsa.

Mais tempo trabalhando juntos durante o dia e nos perdendo um no outro à noite.

Mais tempo sem me sentir tão insegura perto dele, mas sim como a mulher mais linda do mundo.

Porque é assim que ele me faz sentir agora.

Cobiçada.

Apreciada.

Desejada.

Meu celular vibra ao meu lado e, quando o pego, vejo uma mensagem de Hattie.

Sorrindo por saber que tenho um babado enorme para lhe contar, leio sua mensagem.

Hattie

Como estão as coisas por aí? Você não me respondeu ontem, então fiquei preocupada. Está ao menos se divertindo, mesmo tendo que aguentar o Brody?

Continuo acariciando as costas de Brody e digito uma resposta para ela com uma mão só.

Maggie

Sim, estou me divertindo imensamente.

Hattie

Sério? Ah, que ótimo. Conseguiu se livrar dessa pedra no seu sapato e conhecer alguém?

Maggie

Bom, eu meio que encontrei um cara de sunga ontem e ele ficou bem interessado em mim. Acabei transando com ele quatro vezes ontem à noite.

Hattie

Espera... o quê?

Maggie

Pois é. Rolou muito sexo. Ele chegou a me colocar nos ombros dele, me prendeu contra a parede e enfiou a cara entre as minhas pernas. Foi incrível.

Hattie

Hã... isso aconteceu mesmo ou foi um sonho? Não estou sabendo identificar se você está falando sério.

Maggie

Seríssimo.

Hattie

Ok, estou até hiperventilando um pouco. Você encontrou mesmo um cara de sunga! Quem é ele?

Maggie

Brody.

Eu queria tanto ver a reação dela ao ler essa mensagem.

Hattie

O QUÊ?!?!

Maggie

HAHAHA. Pois é, resumindo, ele usou uma sunga ontem. Ele me contou que gosta de mim há muito tempo e não quer mais esconder. Quando voltamos para o bangalô, ele me mostrou o quanto gosta mesmo de mim, muitas e muitas vezes, e hoje de manhã também. Tenho quase certeza de que gritei tão alto que acordei todo mundo nos bangalôs mais próximos, e não me arrependo nem um pouco. E, nesse exato momento, estou em uma tenda na praia, e ele está dormindo no meu peito enquanto eu acaricio as costas dele.

Hattie

Eu... eu estou chocada. Quer dizer, isso é algo que você quer?

Maggie

Acho que mais do que nunca. Eu gosto muito dele, Hattie. E ele contou ao meu irmão hoje de manhã. Ligou para ele e tudo.

Hattie

Puta merda, então já é, tipo... oficial mesmo.

Maggie

Parece que sim.

Hattie

Ok, então, me conte... comprimento, espessura... rotação? Não foi isso que você me perguntou quando comecei a namorar Hayes?

Maggie

Hahaha. Hum, comprimento... provavelmente do tamanho de um campo de futebol americano. Espessura um pouco maior que uma calha. Quanto à rotação, foi como estar em um carrossel de pura alegria.

Hattie

E ele conseguiu guardar tudo isso em uma sunga? Nossa, impressionante.

Maggie

Quando eu tirei a sunga, o pau dele foi se desenrolando feito um daqueles bonecos de posto, balançando e pronto para a ação.

Hattie

Por que você é assim?

Maggie

Acho que foi a minha educação.

Hattie

Eu conheci os seus pais. Eles não falam sobre pirocas se desenrolando.

Maggie

Mas isso é porque eles se comportam quando você está por perto. Já no dia a dia, são totalmente pirados.

Hattie

Hum. Então vou tocar nesse assunto na próxima vez em que os encontrar. Ei, sr. e sra. Mitchell, a Maggie me disse que compara a espessura do pênis de um homem à de uma calha por causa de vocês.

Maggie

Acho que não é uma ideia muito boa.

Hattie

Foi o que pensei. Então… quando você voltar para casa, isso vai continuar? Vocês dois vão sair? Quem sabe até encontrar comigo e Hayes para sairmos em duplas?

Maggie

Espero que sim. Ele disse que quer me levar para sair quando voltarmos, então vou mencionar isso para ele. Será que ele gosta da música de Hayes? Quero dizer, como alguém pode não gostar? Ele tem a voz de um anjo.

Hattie

Ele não está aqui, não precisa puxar o saco dele.

Maggie

Não estou puxando saco, são fatos.

Hattie

O ego dele já é grande o suficiente. Não preciso que você o deixe ainda mais inflado.

Maggie

Você prefere que outra coisa fique mais inflada, não é?

Hattie

E agora eu vou me retirar.

Maggie

Hahaha. Te amo!

Hattie

Também te amo e estou feliz por você. Você conseguiu o seu homem de sunga e está fazendo conexões que serão vantajosas para o seu negócio. Apesar de não estar relaxando totalmente, fico feliz por essa viagem estar te fazendo bem.

Maggie

Estou relaxando agora.

Hattie

Ótimo. Tenho clientes, preciso ir. A gente se fala depois.

Largo o celular e deslizo em minha espreguiçadeira, deitando um pouco mais. Brody permanece de bruços e com metade do corpo em cima de mim, cochilando. Só consigo me sentir completa e extremamente satisfeita.

•••

Brody se remexe e sinto seus lábios em meu pescoço.

Um sorriso genuíno se espalha em meu rosto, e eu suspiro, adorando o fato de que essa nossa intimidade é tão fácil e natural.

Deslizo os dedos por suas costas.

— Tirou uma boa soneca?

— Sim, eu poderia passar o dia todo aqui. — Ele ergue o rosto para que eu possa ver melhor seus olhos sonolentos.

— Então por que está acordando? — pergunto, aproximando o dedo de seu lábio, dando um leve puxão antes de ele agarrar a pontinha com os dentes, fazendo-me rir.

— Preciso me alongar. Não quero ficar cheio de cãibras.

— É isso que acontece quando se fica mais velho? Não aguenta a noite toda sem ficar cheio de cãibras?

Ele ergue as sobrancelhas.

— Não tenho problema algum em aguentar a noite toda, a manhã toda, ou agora mesmo, até. Este corpo está perfeitamente ajustado e pronto para qualquer coisa que você queira fazer com ele, mas assim como qualquer outra máquina de elite, é preciso mantê-lo bem lubrificado e calibrado. Não vou negligenciar minhas necessidades quando sei que você vai exigir mais desta... máquina de fazer amor gostoso. — Ele gesticula para o próprio corpo e eu lhe dou um empurrão, soltando uma risada.

— Meu Deus, como você é irritante.

— E você gosta — ele diz ao me puxar para seu peito e beijar minha bochecha antes de me soltar. Ele se levanta e estica os braços, alongando-os para cima. Aproveito esse momento para percorrer com o olhar faminto a "máquina de elite" que ele é.

Ombros largos, cintura esguia, contornado e esculpido em todos os lugares certos. Ele tem um corpo incrível, como se tivesse passado anos modelando-o até chegar a essa perfeição, coisa que eu não sabia sobre Brody. Nunca o vi como o rato de academia que ele parece ser, mas também nunca me concentrei de verdade nesses atributos antes.

Ele era lindo.

Tinha o sorriso mais lindo que já vi.

A covinha de seu queixo me encantou.

Mas o que realmente me cativou foi sua voz, sua postura descontraída, seu jeito de fazer piadas e brincadeiras. Passei noites e noites pensando em como seria fazer parte das piadas internas que ele compartilhava com Gary. Como seria poder dar risada, provocar, me sentir tão livre como ele parecia ser, sem estar lutando sob a pressão de me formar ou de abrir um negócio. Como seria viver o momento presente com ele e aquele sorriso?

— O que está se passando nessa sua cabecinha? — ele pergunta, arrancando-me de meus devaneios.

Quando nossos olhares se encontram, respondo:

— Só pensando em você.

— Coisas boas?

— Maravilhosas.

Ele sorri de orelha a orelha e estende a mão para mim.

— Vamos dar uma volta?

— Para você poder exercitar os seus ossos de velho?

— Tenho trinta anos, não sou um idoso com o pé na cova.

— Diz o homem que estala as articulações quando anda. — Levanto-me e ajeito a canga na cintura.

— Isso é culpa da genética. — Ele segura minha mão e saímos pela praia, nossos pés se afundam na areia a cada passo.

O dia está lindo. O céu está azul intenso, espelhando a cor da lagoa diante de nós. O sol está encoberto por algumas nuvens, fornecendo um calor agradável, não escaldante. E com a brisa leve soprando pela água e os sons suaves das ondas quebrando, o cenário não poderia ser mais perfeito.

— Aqui é tão lindo — digo.

— É, sim. — Sinto seu olhar em mim. — Parece que é a primeira vez que consigo apenas respirar tranquilo e curtir o lugar. Essa semana foi uma loucura.

Dou risada.

— Alguns diriam que foi bem cheia.

Ele esfrega a mandíbula.

— Não esperava que fosse terminar desse jeito, isso com certeza.

— Nem eu. Se bem que eu acabei encontrando, sim, um cara de sunga.

Ele balança as sobrancelhas para mim.

— Quer que eu a vista e faça uma dancinha sensual para você mais tarde?

— Você é um idiota.

Ele ri e aperta minha mão.

— E, ainda assim, você escolheu me reivindicar como seu. Não devo ser tão idiota assim.

— Não, você é, sim.

— Foi isso que te deixou atraída por mim?

Passo por cima de uma concha ao responder.

— Por mais estranho que pareça, sim. Gostei do quanto você era divertido e meio que fiquei com inveja do Gary por ter essa diversão toda só para ele.

— Inveja do seu irmão? Eita, não deixe que ele saiba. Ele nunca vai parar de pegar no seu pé por isso.

Cutuco seu braço.

— Conto com a sua discrição.

— Você não precisa se preocupar com isso. Sei que as consequências não seriam boas para o meu lado se eu contasse esse segredo. Mas, falando sério, você sentia inveja?

— Sim — confesso. — Não me entenda mal, eu sempre me diverti pra caramba com Hattie, mas quando vi você com Gary, era outro nível. Vocês emanavam diversão e empolgação, e eu queria fazer parte disso. E, é claro, você era o melhor amigo gato do meu irmão, um cara mais velho e gostoso, e isso só ajudou a imagem que eu tinha de você na minha cabeça.

— Conte-me mais sobre isso.

Empurro-o com o ombro.

— Não mesmo. O seu ego já é grande o suficiente.

— Tem razão. Se ficar maior, pode não caber nesta ilha. Pode acabar até derrubando o Papi Reggie na lagoa.

— E eu acho que ele ficaria mais puto com o seu ego o derrubando na água do que pelo peixe que você espantou.

— Papi Reggie espantou aquele peixe no instante em que mirou o arpão no meu bilau. Nem a pau eu ia conseguir ficar quieto. — Ele se aproxima e diz: — Maggie, ele quase transformou minhas bolas em espetinho. Consigo aguentar um arranhão feito por um galho ou receber uma bolada nas partes com a força de um canhão, mas Jesus, meus testículos em um arpão de pesca? Tudo tem limite.

Dou risada. A alegria que ele me traz é tão libertadora, como se todos os fatores estressantes e prazos com os quais tenho que lidar simplesmente desaparecessem. E essa alegria se tornou uma constante agora que descartamos a frustração que havia entre nós. É quase como se ele fosse uma pessoa diferente do homem que esbarrou em mim à beira da piscina do resort no início dessa semana. A frustração de ter que reprimir sentimentos e não poder expressar verdadeiramente o que sentíamos um pelo outro criou animosidade entre nós, e agora que isso não existe mais, sinto-me uma nova pessoa.

— Que bom que você tem um limite. Estava começando a ter dúvidas — comento.

— Não tenho nada contra subir de nível na carreira, contanto que o preço não seja espetinho de testículos.

— Parece justo.

Passamos por um casal deitado na areia sobre uma toalha dando amassos generosos. Ele está por cima dela, com a mão em seu seio, enquanto as pernas dela estão bem abertas e não me resta dúvidas da razão para ele estar por cima: para disfarçar a ereção óbvia que deve ter ali. Inapropriado para se estar em público, mas até que é um pouco excitante.

— Saca só aquela troca de saliva — sussurro para Brody.

Ele olha rapidamente na direção do casal e vejo um sorrisinho repuxar seus lábios.

— Elegante e um pouco vulgar. Gostei.

Dou risada.

— Como você avaliaria a nossa troca de saliva?

— Hum, ótima pergunta. — Ele olha na direção da lagoa, estreitando os olhos diante do reflexo do sol na superfície da água. Ele deixou os óculos escuros na cabana e estou bem feliz por isso. Adoro olhar em seus olhos lindos. — Bom, na noite do casamento do Gary, houve uma ação de língua um pouco hesitante com um toque de desespero. Curti demais. Me deixou duro feito pedra e querendo muito mais.

— Idem — digo, sorrindo com malícia para ele.

— E agora... bom, eu diria que não é nada eloquente. Acho que não há nada de elegante quando se trata da nossa boca se encaixando e nosso corpo se chocando um contra o outro.

— Meu Deus, não fale assim.

— Eles se *chocam*, Maggie. É o que acontece quando duas pessoas são famintas uma pela outra. O que significa apenas uma coisa. A nossa troca de saliva... é tarada.

— Tarada? — protesto. — Eu não diria tarada.

— Por favor. Nós somos dois tarados, e não tenho vergonha de dizer isso. No instante em que você enfiou o nariz onde não foi chamada e anunciou que era minha namorada, o meu taradômetro disparou. E, então, vieram os pseudopijamas que você usava à noite acompanhados pela sua cara grudada no meu pau pela manhã... e, bom, me tornei um babaca tarado implorando para que sua parceira tarada se juntasse a ele.

— Dá pra você parar de dizer tarado? — Dou risada.

— Diga que não é verdade.

— Não é.

Ele para e se vira para mim.

— Maggie — ele começa, bem sério. — Esse relacionamento não vai para a frente se começarmos a mentir um para o outro. Então, com bastante educação, porém firmeza, peço que você reconheça comigo que somos dois tarados.

Não consigo conter o sorriso. Ele é engraçado demais.

— É assim que vai ser entre a gente?

— Sim, vá se acostumando. — Ele abaixa o rosto e dá um beijo na ponta do meu nariz. — Anda, diga.

Reviro os olhos.

— Tá, a nossa troca de saliva é tarada.

Ele arfa e coloca uma das mãos no peito.

— Como você ousa minimizar a paixão que sentimos um pelo outro a um nível de sedução tão baixo?

— Ai, meu Deus. — Eu o empurro e começo a me afastar, o que só faz com que ele comece a rir e apoie seu braço pesado em volta dos meus ombros, puxando-me para seu peito. — Você é um pé no saco, sabia?

— Sim, mas você gosta disso. — Ele beija o topo da minha cabeça e continuamos nossa caminhada pela praia.

Aham, eu gosto disso.

Gosto dele.

Gosto da gente.

Com tara e tudo.

...

— Hummm... — gemo ao sentir lábios em minha pele, despertando-me do meu cochilo tranquilo.

Abro os olhos e me deparo com Brody empurrando o triângulo do meu biquíni para o lado, expondo meu seio e imediatamente fechando os lábios em torno do meu mamilo.

— Brody — gemo enquanto ele chupa. Olho na direção do mar diante de nós e me contorço ao me dar conta de que qualquer um pode passar ali e ver o que ele está fazendo. — As... cortinas — alerto, enquanto ele afasta a outra parte do meu biquíni e deixa meu outro seio à mostra.

Ele olha para trás rapidamente e se levanta da espreguiçadeira dupla para fechar as cortinas, bloqueando-nos de vista. Quando ele volta para mim, noto o volume em sua bermuda de banho e a voracidade em seus olhos.

— Esse biquíni está me deixando louco pra caralho. — Ele junta meus seios e começa a lambê-los, beijá-los, mordiscá-los, enquanto eu desço a mão até seu calção de banho e desato o cordão. Em seguida, enfio a mão ali e acaricio sua ereção, adorando encontrá-lo já tão duro para mim. — Porra — ele grunhe, impulsionando o quadril de encontro à minha mão. Seus olhos se conectam aos meus. — Eu nunca fui tão tarado assim.

Isso me faz rir.

— Já definimos isso mais cedo. O que significa que... está dizendo que eu te deixo excitado?

— Sim — ele responde ao tirar a parte de cima do meu biquíni, seguido da calcinha, deixando-me completamente nua. A ideia de que as pessoas próximas à nossa tenda podem nos ouvir só me deixa com mais tesão ainda.

Com os pés, empurro sua bermuda para baixo até ele ficar pelado comigo e sorrio para ele.

— Como quer fazer isso?

Ele me lança um sorriso diabólico ao me puxar mais para baixo na espreguiçadeira para que eu fique completamente deitada e com os pés pendurados na extremidade. Em seguida, ele separa minhas pernas e monta em mim ao contrário, com a cabeça bem no meio das minhas coxas e o pau diretamente em meu rosto.

Sinto uma onda ainda maior de excitação ao ver a posição que ele quer, então ergo um pouquinho a cabeça, tomando seu pau na boca.

— Isso, linda — ele diz ao estocar a pélvis levemente, deixando-me chupar a pontinha. — Porra, a sua boca é uma delícia. — Ele se deleita na sensação por mais alguns segundos antes de descer a cabeça para o meio das minhas pernas e começar a me lamber.

Paro de chupar quando ele desliza dois dedos dentro de mim.

— Ai, meu Deus — sussurro.

— Demais, amor?

— Não — digo, buscando fôlego. — Tão bom. — Coloco-o novamente na boca e brinco delicadamente com suas bolas, coisa que eu sei que ele adora.

Ele geme em minha boceta, a vibração de sua voz intensifica minha excitação já tão potente. E embora eu nunca tenha feito essa posição antes, estou adorando. Adoro a maneira com que podemos controlar um ao outro, dar o que queremos um ao outro. Podemos nos deleitar enquanto nos certificamos de que o outro também está recebendo prazer.

Adoro poder tocá-lo tão livremente, brincar com ele.

Adoro o jeito como ele responde tão bem ao que faço com minha boca.

E adoro o fato de que ele nem sequer precisa pensar em como me fazer gemer. De alguma forma, ele simplesmente sabe.

Com seus dedos, ele me abre mais, expondo meu clitóris à maresia logo antes de tornar a provocá-lo com a boca, massageando, beijando, chupando... lambendo freneticamente.

É intenso.

É poderoso.

É tudo de que eu preciso neste momento para me levar ao precipício primeiro do que ele.

— Isso — digo, afastando a boca por um segundo. — Isso, Brody.

Meu incentivo o estimula a continuar movimentando a língua em meu clitóris, mais e mais rápido, enquanto seus dedos dentro de mim se curvam e atingem um ponto intocado que ninguém foi capaz de atingir antes.

— Ah, caralho — grito, provavelmente assustando quem estiver por perto, mas não me importo. Contorço-me sob ele conforme um prazer profundo se acumula na boca do meu estômago.

Eu me perdi no que estava fazendo, me esquecendo dele, focando toda a minha energia no meu orgasmo iminente. Ele me chupa mais uma vez e eu chego ao ápice, impulsionando os quadris várias vezes. Brody me segura no lugar, fazendo com que eu despeje todo o clímax do meu prazer em sua língua até eu não aguentar mais e me afastar.

— Você está bem? — ele pergunta ao vir para o meu lado, dando beijos em meu pescoço.

— Mais do que bem. — Abro os olhos e encontro seu rosto lindo cheio de êxtase.

Estendo a mão e começo a acariciá-lo novamente, sentindo cada veia, cada nervura de seu comprimento.

Ele apoia a testa na minha, respirando fundo.

— Maggie, eu vou gozar rápido.

— Ótimo — digo. — Adoro ver você se desmanchar de prazer.

Solto seu pau e seguro meus seios, juntando-os, e quando ele vê o que estou insinuando, seus olhos vão de castanho-chocolates para quase pretos de tanta luxúria.

Brody então se levanta, coloca uma perna de cada lado do meu corpo e desliza o pau bem no meio dos meus seios. Ele se inclina para a frente, apoiando-se no encosto da espreguiçadeira, e começa a foder os meus seios.

— Ah, porra — ele geme. — Tão gostosa. Bom demais.

Olho para ele, assistindo ao seu peito e abdômen flexionarem a cada estocada, o jeito com que seu tendão se destaca na pele, e o macho alfa raiz que ele é se contorce em cima de mim, buscando por seu prazer. É sensual pra caramba e um momento que quero guardar na mente para sempre.

— Estou perto, amor — ele diz. Então solto meus seios e trago seu pau para a boca, abro bastante e deixo-o deslizar até o fundo da minha garganta. Engasgo levemente e vejo seus olhos se revirarem.

Deixo que ele estoque em minha boca mais algumas vezes antes de agarrar suas bolas e deslizar um dedo por seu períneo, estimulando o local sensível. Ele dá um solavanco para a frente, se contrai… e então seu pau incha ainda mais conforme chupo a pontinha e ele goza na minha boca.

— Puta que pariu, Maggie — ele diz, tentando recuperar o fôlego.

Brody desaba de costas ao meu lado na espreguiçadeira e fica olhando para o teto da tenda, ofegando.

— Que porra foi aquela?

Dou risada e arrasto os dedos por seu peito.

— O quê?

Ele vira o rosto para mim.

— Você sabe exatamente do que estou falando.

Sorrio e distribuo alguns beijos em seu peitoral.

— Só uma coisinha que gosto de fazer de vez em quando.

— De vez em quando? Amor, você pode fazer aquilo o tempo todo.

Rio e deslizo os dedos em seu pau.

— Se for o tempo todo, não vai ter o mesmo impacto. — Curvo-me e dou um beijo na pontinha de seu pênis, adorando senti-lo espasmar. Quando ergo a cabeça, deparo-me com Brody me fitando, com suavidade no olhar.

— O que foi? — pergunto.

— Nada... só estou pensando na baita sorte que eu tenho.

Sorrio para ele.

— E eu esse tempo todo achando que você me odiava.

— O ódio era apenas uma máscara para esconder o que eu sentia de verdade.

— E o que você sente de verdade?

Ele acaricia meu rosto com o polegar.

— Que posso ser feliz pra caralho com você na minha vida.

Meu rosto cora no mesmo instante.

...

— Você está me encarando de novo — digo para Brody, que está sentado de frente para mim durante o jantar.

— Porque você está muito linda — ele rebate.

Após um longo dia na tenda, voltamos para nosso bangalô, onde tomamos banho – juntos – e nos aprontamos para o jantar. Ficamos ouvindo música enquanto ele me observava passar uma maquiagem leve. Deixei meu cabelo secar naturalmente, prendi-o na lateral com um grampo e acrescentei uma flor para combinar com a minha roupa. Escolhi um conjunto composto de um short curto de cintura alta e uma blusa justinha com mangas caídas nos ombros. Agora que peguei um pouco de sol, intensificando meu bronzeamento, a cor turquesa da roupa ficou linda em contraste com a minha pele.

Brody escolheu uma bermuda cargo simples e uma camisa social azul-marinho de mangas curtas. E, é claro, ele deixou os primeiros botões abertos, exibindo seu peito impecável e as marcas óbvias de chupões que deixei.

Perguntei se ele queria cobri-las, mas ele negou com a cabeça. Disse que tinha orgulho delas.

Pensar nele andando pelo resort ostentando meus chupões me deixou de rosto quente. E agora que estamos no restaurante, com as marcas ainda à mostra, posso sentir minhas bochechas corarem ainda mais.

— Você já disse isso umas três vezes — comento, pegando minha água com o intuito de refrescar meu rosto fervente.

— E provavelmente direi mais dez vezes, no mínimo — ele responde. — Então aguente. — Ele pisca para mim.

— Bom, obrigada desde já. Acho que nenhum dos caras que namorei foi tão gentil assim comigo.

— Então você só namorou otários — ele diz, o que, é claro, me faz rir.

— Oi, gente — diz Haisley ao se aproximar de nós, com o estoico Jude ao seu lado. — Como foi o dia de vocês?

— Maravilhoso — respondo, lançando um olhar para Brody, que está com um sorrisinho sugestivo que não disfarça que tipo de dia tivemos.

— Que bom. — Haisley alterna olhares entre nós dois e dá risada.

— O que foi? — pergunto.

Ela se encolhe um pouco.

— Ok, não me odeie, mas isso é engraçado demais para não compartilhar com vocês. O papai acordou ontem à noite com um barulho que parecia um animal morrendo. Ele saiu para o deque para investigar e ouviu você gritando o nome de Brody... de um jeito bem prazeroso.

Cubro a boca com a mão, enquanto o sorriso de Brody se alarga.

— Ai, meu Deus! Mentira!

Haisley faz que sim.

— Ele estava muito ranzinza por causa disso hoje de manhã, resmungando que as pessoas precisam manter esse tipo de travessura entre quatro paredes.

— Estou horrorizada — digo.

— Eu, não — diz Brody, recostando-se na cadeira como se fosse O Cara.

E, surpreendendo a todos, Jude dá um leve aceno de aprovação para Brody. Meu Deus, só imagino como deve ser a vida sexual de Haisley e Jude. Ela deve escalar uma árvore toda noite, tenho certeza.

Haisley ri antes de acrescentar:

— E depois, aparentemente, ele ouviu vocês dois em uma tenda na praia quando estava fazendo uma caminhada.

Arregalo os olhos para Brody. O homem está radiante de orgulho. Peito estufado, queixo erguido, agindo como se tivesse ganhado o prêmio supremo.

— Brody, pare com isso — digo, dando um tapa em sua mão.

— Que foi? — ele pergunta. — Um cara não pode ter orgulho de suas conquistas?

— Não quando isso significa assustar o proprietário do hotel enquanto ele está fazendo uma caminhada. Ele vai acabar nos expulsando por sermos vândalos tarados.

— Ele não vai expulsar vocês — Haisley assegura, com a voz cheia de diversão. — Talvez ele os evite, mas não vai expulsá-los.

— Ai que vergonha — comento, mas Brody estende a mão por cima da mesa, pega a minha e dá um beijo carinhoso nos nós dos meus dedos.

— Não há por que ficar envergonhada — ele diz, prendendo os olhos nos meus e amenizando meu constrangimento. — Tenho certeza de que Haisley e Jude já passaram pelo mesmo problema.

Haisley faz que sim com a cabeça.

— Acho que ele está melindrado porque nos ouviu no início dessa viagem. Depois disso, aprendemos a ser mais silenciosos... na maior parte do tempo. — Ela ergue o olhar para Jude, que dá um beijo em sua testa.

Sério, ele deve ser um monstro na cama.

— Viu só? — diz Brody. — Está tudo bem, Maggie. Além disso, o que ele esperava ao construir um resort como esse, no meio do paraíso, e divulgá-lo como o destino perfeito para casais? Aposto que esses bangalôs vivenciam uma variedade de posições regularmente. Se essas paredes pudessem falar...

Haisley ri.

— Elas não falariam, e sim gritariam.

— Exatamente. — Brody dá uma piscadela e sua postura casual consegue acalmar a minha mente. Adoro o fato de que ele faz isso por mim.

— Bom, vou deixá-los em paz para terminarem o jantar, mas nos vemos amanhã no brunch?

— Sim, estaremos lá — respondo antes de me despedir deles com um aceno. Quando estão longe o suficiente, escondo o rosto com as mãos. — Meu Deus, Brody.

Ele gargalha.

— Que foi? Eu acho os seus gritos um tesão. É provavelmente uma das minhas coisas favoritas, principalmente quando você grita o meu nome.

— Bom, isso não vai mais acontecer.

Ele ergue as sobrancelhas para mim.

— Boa sorte, amor. — Ele pega seu copo d'água e o leva aos lábios. — Ainda não mostrei metade do que quero fazer com você. Quero ver você tentar não fazer barulho quando a porra ficar séria de verdade.

Inclino-me para a frente.

— Tem mais? — sussurro.

Ele ri e assente.

— Tão inocente.

...

— Como está o seu ravióli? — Brody pergunta ao pegar um de seus tacos e dar uma mordida.

— Uma delícia. Quer experimentar?

Ele faz que sim, então corto um pedaço e estendo o garfo para ele. Observo com atenção seus lábios deslizarem pelos dentes do utensílio. Parece que esse homem consegue fazer tudo ser sensual.

— Cacete, isso é muito bom — comenta enquanto mastiga. — Excelente escolha.

— Obrigada. — Olho na direção do restaurante, notando que Reginald e Regina estão jantando juntos em um canto mais privado. Jude, Haisley, Hudson, Hardy, as gêmeas e mais um homem e uma mulher que não conheci ainda estão comendo juntos, bebendo vinho e dando risadas. E, então, enquanto observo a família Hopper, me lembro dos motivos que nos trouxeram até aqui, para começo de conversa. Olho para Brody, que mais uma vez, está me fitando. — Por que você quer cair nas graças deles?

— Hã? — ele questiona, endireitando um pouco as costas em uma reação clara de quem não estava esperando por essa pergunta.

— Os Hopper. Por que você está aqui para cair nas graças deles? Sei que você queria causar uma boa impressão, mas acho que nunca conversamos sobre o porquê.

— Ah. — Ele bebe um pouco de água para empurrar o taco. — Estou trabalhando em uma proposta de negócios para eles. Tenho uma concorrente, uma mulher insuportável pra caralho com quem trabalho. Eu a odeio, sério. O nome dela é Deanna. E quando os Hopper voltarem, Reginald vai analisar essas propostas e decidir qual das duas vai levar para a frente. Se a minha não for escolhida, vou ter que trabalhar sob a gestão de Deanna. E, se for assim, vou ter que procurar outro emprego.

— Ela é tão ruim assim?

— Feito uma pedra no sapato que não sai nunca.

Dou risada.

— É péssimo mesmo. Então, qual é a sua proposta?

Vejo-o sair do modo casual e entrar no modo negócios em um segundo ao começar a falar de sua ideia. Gosto disso. Gosto de vê-lo revigorado, cheio de paixão por algo além do meu corpo – não que eu esteja reclamando.

— Com a Cane Enterprises entrando no mercado de São Francisco, os Hopper querem encontrar um jeito de monetizar alguns dos prédios e espaços comerciais que estão vagos há alguns anos. Os Cane começaram a converter prédios antigos em moradia popular para famílias de baixa renda. Então eu tentei pensar em uma maneira de utilizar esses espaços, assim como eles, só que com uma ideia diferente, que também fosse vantajosa para a economia.

— Muito inteligente. — Apoio o queixo na mão enquanto ele continua.

— Então tive a ideia de modernizar alguns desses espaços vazios e utilizá-los com propósitos variados.

— Como assim, exatamente? — pergunto.

— Bom, primeiro faríamos reformas para que os espaços ficassem bem neutros. Na minha proposta, criaríamos alguns espaços mais claros e outros mais sombrios. Os espaços claros seriam bem iluminados e animadores, e poderiam ser usados, por exemplo, por empresas que fazem trabalho remoto, mas que precisam fazer reuniões ocasionais, para ensaios fotográficos ou como lojas temporárias. E os espaços mais sombrios poderiam ser voltados para fins de marketing de influência. Assim, poderíamos ficar por dentro das tendências utilizando alguns dos espaços físicos principais em bairros bem conhecidos. Isso ajudaria a economia e traria uma nova vida para prédios que não teriam mais utilidade.

— Adorei, Brody. — Ele abre um sorriso orgulhoso. — É uma ideia brilhante e tem tantas possibilidades. Teria mobília disponível e a possibilidade de alugar para festas?

— Esse seria o plano. Os espaços seriam criados de uma certa forma, mas as áreas para aluguel também ficariam disponíveis, assim como cenários para ensaios fotográficos, e assim por diante.

— É brilhante. Me faz lembrar do que quero colocar no meu espaço físico.

— Você quer um espaço físico? — ele pergunta.

— Sim, é o meu sonho. Um lugar onde eu possa receber noivas, deixá-las confortáveis e discutir cada aspecto de seu grande dia. Quero que seja um serviço centralizado. Assim, não precisamos rodar São Francisco inteira para planejar os casamentos. Elas podem simplesmente ir até mim e eu mostrarei as opções de flores, convites, bolos, tudo. Já tenho alguns fornecedores que trabalham comigo e sei que seguiriam sendo parceiros assim que eu tiver o espaço físico. E também quero uma área nos fundos ou em uma espécie de loft para podermos fazer casamentos pocket.

— O que é um casamento pocket?

Sorrio.

— Que bom que perguntou. Um casamento pocket seria tipo um casamento em fuga, mas sem sair da cidade. Tem pessoas que vão ao cartório para se casar e, às vezes, esses lugares não são nada atraentes, especialmente quando você tem que esperar com outras pessoas que estão esperando por uma licença ou algo assim. Isso não tem o clima de um casamento. Mas, com um casamento pocket, poderíamos customizar o casamento no "cartório" em uma pequena área dedicada a isso em nosso espaço físico. Tipo uma minicerimônia que decoraríamos e deixaríamos mais especial.

— Nossa — ele diz, recostando-se. — É uma ideia incrível, Maggie.

— Obrigada.

— Então algum juiz de paz iria até você? É assim que funcionaria?

— Sim. Conheço vários que já expressaram interesse na minha ideia. Tem uma que disse que costuma ter espaços estranhos em sua agenda. Tipo, um casamento pela manhã e depois outro somente à noite. O meu espaço poderia oferecer o horário perfeito no meio desses para ela.

— Casamento ao meio-dia. Até que soa bem. Como sinos de igreja.

Dou risada. Ele é tão bobo. Mas também achei que soa bem.

— Infelizmente, parece que isso não está nos planos para este ano. Achei que poderia abrir esse espaço físico muito em breve, mas recebi um e-mail do meu contador essa semana dizendo que não tenho orçamento suficiente para fazer isso acontecer ainda este ano. Foi no dia em que fomos convidados para os jogos dos Hopper e um dos motivos do meu mau humor.

— Você deveria ter me contado — ele diz, com sinceridade no olhar. É tão louco pensar que, em questão de dias, fui de nutrir uma paixonite secreta por esse homem enquanto, por fora, o odiava, a me deleitar no reconforto que ele me oferece com apenas um olhar.

Balanço a cabeça.

— Não, de jeito nenhum eu ia mostrar a você que fracassei. E, não sei, acho que ainda estava me agarrando às esperanças, sabe? De que se eu conseguisse me sair bem com os Hopper, talvez eles quisessem trabalhar comigo. Quem sabe fechar algum contrato e trabalhar nos casamentos deles. Improvável, eu sei, mas talvez me aproximar dos Hopper fosse um jeito de fazer o meu negócio crescer e me deixar mais perto de conseguir o espaço físico, entende?

— Sim — ele diz, roçando os dentes nos lábios e baixando o olhar para as mãos. Pela mudança em sua postura, posso ver que tem alguma coisa passando em sua cabeça. Alguma coisa perturbando-o.

— Você está bem? — pergunto.

— Merda — ele murmura, esfregando o rosto.

— O que foi? — questiono.

Ele olha em volta.

— Preciso te dizer uma coisa, mas não quero fazer isso aqui.

— Ok — respondo, preocupada. — Quer voltar para o bangalô?

Ele faz que sim com a cabeça.

Então chamamos nossa garçonete e colocamos o jantar na conta do quarto, que sei que Reginald pagará. Em seguida, ele segura minha mão e nos leva até o carrinho de golfe. Brody me ajuda a subir no veículo antes de ir para o lado do motorista e nos levar pela ponte de madeira. Não demoramos muito a chegar ao bangalô e, no instante em que entramos, tiro meus sapatos e me viro para ele, com os nervos à flor da pele.

— O que houve?

Ele me leva até o deque, onde nos sentamos em uma espreguiçadeira. Ele se vira para mim com uma expressão quase enjoada.

— Eu nem tinha pensado nisso até agora — ele diz, sua mão tremendo em seu colo.

— Você está me assustando, Brody.

— Desculpe — ele diz. — Mas, porra, estou com medo de você ficar puta comigo, e estou muito feliz agora com você. Essas últimas vinte e quatro horas foram as melhores de toda a minha vida e não quero perder isso. Não quero perder o que temos.

— Me conte logo — insisto.

Ele solta uma lufada de ar pela boca.

— Sabe a Deanna, a demônia de quem te falei?

— Sim.

— Bom, a proposta dela é expandir a Hopper Industries para a indústria de casamentos.

— Oh — digo, sentindo meu coração afundar.

— Ela quer usar os espaços vazios maiores dos prédios comerciais espalhados pela cidade e transformá-los em salões onde podem acontecer tanto cerimônias quanto recepções. Fazer casamentos clichês, um atrás do outro, com a equipe de organização da própria empresa e, bom... parece que Reginald gostou muito da ideia.

— Certo. E por que você estava com medo de me contar?

— Porque... — Ele engole em seco. — Acho que o plano de Deanna tem potencial para prejudicar a sua empresa. Não sei de todos os detalhes, mas acho que ela está tentando contratar certos fornecedores de maneira exclusiva e dominar o ramo dos casamentos de São Francisco. E acho que isso é algo que eu deveria ter dito a você antes, mas acho que estava tão envolvido nos meus próprios objetivos que me esqueci desse detalhe. — Ele segura minhas mãos. — Me desculpe, Maggie.

— Não há por que pedir desculpas — digo, colocando uma das mãos em seu rosto. — Se fosse você que estivesse tentando prejudicar o meu negócio, seria outra história, mas não é você. É a Deanna Demônia.

Ele dá risada e, então, me puxa para um abraço.

— Sim, é a Deanna Demônia.

Relaxo em seu abraço, e Brody nos deita na espreguiçadeira. Eu me aconchego e coloco uma das pernas por cima das dele, apoiando a cabeça em seu peito.

— Obrigada por me contar. Não é a melhor das notícias, mas acho que a sua ideia é muito melhor. A dela não é nem um pouco original.

— Também acho — ele diz. — Mas Reginald só enxerga números, e a indústria de casamentos é bem lucrativa. Nem todo mundo quer se casar em um hotel, e por isso Deanna quer expandir o negócio para outros espaços e usar todos os recursos de dentro da empresa.

— Não sei se isso é muito viável — comento. — Quero dizer, no meu caso, posso oferecer descontos aos meus parceiros, mas nunca teria exclusividade com fornecedores, porque as pessoas gostam de ter opções. Gostam de ter uma variedade de alternativas, e quem sou eu para tirar isso delas? Acho que se Deanna tiver fornecedores exclusivos, vai acabar fazendo um desserviço aos clientes e irritando os outros fornecedores, principalmente se incluírem todas as propriedades Hopper.

Ele desliza os dedos para cima e para baixo em minhas costas.

— Já falei que ela não é tão inteligente assim?

— É o que parece.

Mas é inteligente o suficiente para tentar dominar uma indústria com o apoio de uma empresa multibilionária que tem o potencial de fazer o meu negócio fracassar.

Isso poderia muito bem ser o início do meu fim.

Dramática, talvez? Mas estou tendo dificuldades para acreditar que existe uma maneira de isso não me prejudicar.

— Você está bem? — Brody pergunta após um momento de silêncio.

— Sim. — Suspiro. — Queria achar que, depois desse fim de semana, depois de ajudar Haisley e formar uma conexão, eles ao menos considerariam fazer algum trabalho comigo, sabe?

— Sim, seria estúpido da parte deles não fazer isso.

Mas, por algum motivo, estou quase sentindo que todo esse esforço que fiz para me aproximar dos Hopper não vai me fazer conseguir o que eu quero.

Acho que não vou conseguir me inserir nos negócios deles.

Acho que, na verdade, acabei de ficar sabendo que eles é que vão se inserir nos meus.

E não de um jeito favorável. *Será que a Momentos Mágicos da Maggie vai sobreviver se a proposta da Deanna Demônia for bem-sucedida?* Existem outras formas de expandir o que eu faço?

...

— Eu poderia mesmo me acostumar com esse lance de não usar roupa de banho — digo ao terminar de entrar na lagoa.

A noite está escura.

A lua está refletida na superfície da água.

E os bangalôs à nossa volta estão silenciosos, o que faz com que mergulhar na lagoa pelados seja a atividade noturna perfeita.

— Sim, é o meu lance predileto — diz Brody ao me puxar pela mão e me grudar ao seu peito. Ele está sentado em uma boia espaguete e eu estou montada em seu colo.

Quando sinto sua ereção entre minhas pernas, ergo uma sobrancelha.

— Você não tem controle?

— Quando você está nua? Não — ele diz, passando a palma em minhas costas conforme flutuamos juntos sob a luz da lua. Parece um sonho. Tão romântico. Tudo que eu queria quando marquei essa viagem. Só não imaginava que compartilharia esse momento com Brody.

Mas estou feliz por ser com ele.

Tão feliz.

Coloco os braços sobre seus ombros, abraçando-o pelo pescoço.

— Além do meu aniversário de vinte e um anos e do casamento do Gary, teve algum outro momento em que você sentiu algo por mim?

— Toda vez que te vi nos últimos anos — ele responde. — Quando eu ia jantar na casa do Gary, perguntava casualmente se ele receberia mais alguém, torcendo em segredo que fosse você, e ao mesmo tempo torcendo que não fosse.

— Por que torcia para que eu não fosse?

— Porque era muito difícil estar na sua presença. Era doloroso tentar não olhar demais para você e esconder o fato de que estava caidinho. E, meu Deus, quando você aparecia, entrava na casa e ia direto para o vinho. Teve uma vez que você estava com alguns botões da blusa abertos, mostrándo um decote, e eu quase entrei em coma. Graças a Deus eu tinha o jogo dos Rebels para monopolizar o meu foco.

— Espere… foi a noite do primeiro jogo da fase eliminatória? Eu me lembro de desabotoar a blusa porque parecia estar me estrangulando e vi quando você me olhou de relance, descendo os olhos por um segundo. Fui pega desprevenida e fiquei surpresa por ver que você me deu um segundo de atenção.

— Pois é, um segundo bem duradouro, porque Gary também me flagrou.

Arregalo os olhos.

— Sério?

Brody faz que sim, deslizando a mão para cima e para baixo em minhas costas.

— Sim. Quando você saiu da sala, ele me perguntou o que eu achava que estava fazendo. Quando eu disse que não sabia do que ele estava falando, ele não acreditou e disse que me viu olhando para você. Eu só dei de ombros e disse que achei que você estava mostrando a sua blusa nova pra gente, ou sei lá.

— Meu Deus, esse é o pior disfarce que já ouvi.

Ele abre o sorriso lindo que só ele tem.

— Pior que ele engoliu essa. Ou ele é muito ingênuo ou quis seguir em negação e não se aprofundar no motivo do meu olhar descarado.

— Talvez um pouco dos dois — digo, sentindo sua mão descer mais, chegando à minha bunda.

— Provavelmente. Teve outra noite em que todos fomos ver um filme ao ar livre e ao parque em seguida, você se lembra?

— Sim — respondo, a lembrança surge em minha mente. — Você estava usando uma regata e, quando se movimentava de certa forma, dava para ver a lateral do seu peitoral. Eu me lembro de sentir meu rosto ficar vermelho e fervendo, e Patricia até me perguntou se estava tudo bem.

Ele abre um sorriso malicioso.

— Teve um momento em que você se curvou para a frente, o seu vestido subiu um pouco e consegui ver a popa da sua bunda. Tive que desviar o olhar muito rápido, mas aquela imagem ficou gravada na minha mente.

— Ai, meu Deus, que vergonha. Você viu a minha bunda?

— A única coisa vergonhosa nessa história foi eu ter que ficar segurando meu prato em cima do meu pau para esconder o fato de que estava reagindo feito a porra de um adolescente vendo peitos pela primeira vez. O que, a propósito, me faz lembrar que teve um momento em que você se inclinou para me entregar um guardanapo e eu olhei diretamente pro seu decote. A partir dali, não teve mais jeito.

— Brody McFadden, você era meio bisbilhoteiro, não era?

— Sim — ele diz sem piscar. — Sempre que tinha chance, eu olhava para você. Às vezes, fazia isso para me convencer de que não sentia nada por você. Em outras, eu ficava tão desesperado para olhar para você de novo que esperava Gary sair de perto ou ficar distraído para poder olhar na sua direção.

Brinco com as mechas curtas de seu cabelo.

— É estranho eu achar isso muito fofo?

— Você acha que eu diria que sim? — Ele balança a cabeça.

— Acho que não. — Dou um risinho. — Bom, eu também tive a minha parcela de olhares roubados. Lembro que, quando Gary pediu Patricia em casamento, tudo em que eu conseguia pensar era que eu veria você com mais frequência, porque também estaria envolvido no casamento. E fiquei muito animada com isso.

— Olha, você conseguiu esconder muito bem. Fazia mesmo parecer que eu era o ser humano mais irritante do planeta.

— Pois é. — Inclino a cabeça para a frente e dou um beijo suave em seus lábios. — Mas eu também te achava muito divertido, extremamente atraente e uma pessoa que eu gostaria de ter por perto, apesar disso.

— Vou encarar como um elogio.

— Deveria mesmo — digo, dando mais um beijo em seus lábios, demorando um pouco mais desta vez. Quando me afasto, ouço-o suspirar. — Gosto disso — comento.

— Disso o quê? — pergunta.

— Você suspira depois que eu te beijo, como se estivesse muito aliviado.

— E estou — ele diz, prendendo o olhar ao meu. — Passei tanto tempo querendo isso.

— Então por que você encheu tanto o meu saco no começo dessas férias? Estávamos dividindo uma cama. Poderia ter dado início a isso muito antes.

— Hã, você não se lembra da determinação com que você estabeleceu a regra número um? Parecia uma diretora de escola, batendo a régua na mão, pronta para me punir, e não de um jeito bom, se o meu dedão do pé ultrapassasse o limite no meio da noite. — Suas mãos deslizam para cima pela lateral do meu corpo e sinto seus polegares roçarem na parte inferior dos meus seios. — Mas aí, você acordou com a cara na minha virilha...

— Fiquei surpresa por você não ter feito nada naquele momento.

— Ah, mas eu fiz — ele diz, continuando seu toque em minha pele sensível, acendendo-me por dentro. — Na primeira manhã, eu saí correndo da cama e bati uma no chuveiro.

Arregalo os olhos.

— Eu achei que você estava com nojo de mim. Contei a Hattie e ela insistiu que esse não era o caso, que você devia estar se masturbando no chuveiro, mas eu achava difícil demais de acreditar.

— Pois acredite, princesa — ele diz, subindo os polegares para meus mamilos, a água batendo levemente em suas costas. — Eu estava duro pra caralho e não ia conseguir me livrar daquela ereção. A única solução era acalmá-la com a minha mão.

Prendo meu lábio inferior com os dentes.

— Se eu soubesse...

— Ia fazer o quê? Ficar olhando de novo?

Dou um beliscão leve na lateral de seu corpo, fazendo-o rir.

— Eu não estava olhando no primeiro dia.

— Por favor, você não conseguia tirar os olhos de mim. Uma tarada completa.

— Pare, eu não estava sendo tarada. Só estava chocada por ver que você não se importava em ter nem um pingo de decência.

— Por que eu teria alguma decência? Você descobriu em primeira mão o que eu tinha dentro das calças no casamento de Gary. Não importava.

— Quanta autoconfiança. E se eu achasse que você tinha um pau fininho e gasto dentro das calças?

Ele circula meus mamilos com os dedos e eu impulsiono a pélvis em sua ereção.

— Pelo jeito que você me apalpou aquela noite, não foi por achar que ali tinha um pau fininho e gasto. Você foi apresentada a um homem de verdade aquela noite e queria mais.

— Você é tão cheio de si.

— Não tanto quanto você quer estar cheia de mim. — Ele sorri com malícia e nos guia até o deque, colocando-me sobre a plataforma.

— Brody — digo, olhando em volta e cobrindo os seios, nervosa. Não tenho problemas em nadar pelada, mas ficar exposta assim aqui, sem nada me cobrindo...

Mas então meus olhos focam o homem diante de mim, saindo da lagoa, com água deslizando por cada ondulação de seu corpo. Percebo vagamente o momento em que ele joga a boia de lado, mas estou mais concentrada nos músculos de suas pernas, o V de seu quadril e a ereção enorme entre suas coxas.

Com um sorriso insinuante, ele me deita na madeira lisa do deque e separa minhas pernas. Seus lábios encontram meu pescoço, onde ele distribui beijos leves, mas cheios de urgência.

Qualquer preocupação quanto a quem pode nos ver desaparece no instante em que me perco nos braços de Brody McFadden, coberta por seu corpo, cintilando sob a luz da lua.

Ele coloca minhas mãos acima da minha cabeça e as prende ali, enquanto usa a dele para brincar com meus mamilos já enrijecidos por roçarem em seu peito nu.

— Porra, acho que nunca haverá um momento em que eu não vá precisar de você — ele sussurra antes de juntar sua boca à minha.

Delicio-me na maneira com que ele comanda nosso beijo, abrindo minha boca e me devorando com língua, lábios e o seu toque. Sua pélvis se movimenta lentamente contra a minha, sua ereção roçando em minha coxa. É erótico, perfeito e tudo que eu queria quando cheguei aqui. A única diferença? No início dessas férias, eu queria apenas algo casual, para me ajudar a relaxar por dez dias. Mas isto aqui, com Brody, quero que dure muito mais do que apenas dez dias. Quero continuar em São Francisco.

Quero que levemos isso adiante.

— Preciso de você — digo, abrindo mais as pernas para ele, sentindo seus lábios percorrerem minha mandíbula. — Agora, Brody.

Ele grunhe algo ininteligível antes de segurar o pau e se posicionar em minha entrada, penetrando-me profundamente.

— Isso — gemo, arqueando as costas.

— Tão... bom — ele diz, começando o movimento de vai e vem com seus quadris, causando uma fricção tão deliciosa, tão quente.

— Mais fundo — digo, e, então, ele ergue minha perna e a coloca por cima de seu ombro, nos dando um ângulo mais intenso conforme continua a estocar. — Isso, bem assim.

Ainda prendendo minhas mãos acima da minha cabeça, ele traz a boca para a minha. Seus lábios acariciam os meus preguiçosamente, explorando aos poucos antes de enroscar a língua na minha, intensificando ainda mais o meu desejo e acrescentando à luxúria da nossa conexão de tal forma que, quando sua mão livre apalpa meu seio e brinca com meu mamilo, a sensação parece quase impossível de aguentar.

É nesse momento, com seus dedos circulando meu mamilo, que um orgasmo vai se formando dentro de mim, começando na boca do estômago e se deslocando para a base da coluna, formigando, me entorpecendo, criando um vórtex de prazer entre as minhas pernas.

— Oh, Deus — gemo quando ele afasta a boca da minha por um breve momento.

— Perto? — pergunta.

Apenas faço que sim com a cabeça, e ele segue metendo enquanto brinca com meu mamilo. Os movimentos simultâneos me fazem me sentir como se estivesse resplandecendo por dentro, em um misto de paixão, fogo e êxtase.

A cada estocada de sua pélvis, a paixão fica mais reluzente.

A cada vez que seus lábios pressionam os meus, o fogo incandesce.

E a cada vez que ele rola meu mamilo entre os dedos, meu êxtase aumenta de maneira irreparável.

Envolvo seu corpo com minhas pernas e enterro os calcanhares em suas costas, segurando com força conforme meu corpo começa a espasmar.

Meus dedos se fecham em torno de sua mão, ancorando-me a ele.

E meus lábios se separam com a sensação do orgasmo começando a tomar conta de mim, se espalhando feito lava flamejante por minhas veias.

— Porra, Brody — grito, sentindo minha visão ficar turva e o prazer me arrebatar a cada estocada de seus quadris.

Tensiono em torno dele.

Espasmo.

Contraio-me em torno dele, até que ele deixa a cabeça cair em meu ombro, mordendo minha pele e gemendo ao retesar os quadris e gozar junto comigo.

É a sensação mais deliciosa do mundo, saber que o meu orgasmo é capaz de fazê-lo atingir o seu em questão de segundos.

Que estamos tão sintonizados que conseguimos dar prazer um ao outro ao mesmo tempo.

Nunca tive isso antes.

Nunca tive uma conexão que parece tão completa, tão certa.

Por isso ele é o melhor amante que já tive. É por isso que estou tão viciada em nós. É por isso que, quando voltarmos para São Francisco, não quero perder isso.

Quero ver aonde isso vai dar.

Ele solta minhas mãos e ergue o rosto apenas o suficiente para que eu possa olhar em seus olhos. Um sorriso bobo se espalha em seus lábios.

— Será que eu acabei de cegar alguém com a minha bunda branquela subindo e descendo?

Dou risada.

— A sua bunda branquela é a única coisa que está protegendo o público do nosso comportamento inadequado.

— Às vezes, ela vem a calhar. — Ele acaricia minha bochecha com o polegar. — Você é linda, Maggie.

Sinto um sorriso suave repuxar meus lábios.

— Você já disse isso.

— E vou continuar dizendo.

— Espero que sim.

CAPÍTULO QUINZE

BRODY

Brody

Soube de alguma coisa sobre a proposta de Deanna?

MANDO MENSAGEM PARA JALEESA ENQUANTO MAGGIE ESTÁ ESPARRAMADA NA cama, sua respiração leve se transformando ligeiramente em um ronco. Pode me chamar de louco, mas é uma visão adorável.

Também é adorável a maneira como ela dorme. Ela não tem o menor problema em reivindicar os dois lados da cama. Nas últimas duas noites, desde que ficamos juntos, ela grudou em mim feito celofane. Como se eu fosse ferro, e ela, um ímã. Ela se recusa a me soltar, e eu adoro. Adoro ficar agarradinho com ela. Adoro sentir seus cabelos roçando em meu peito nu. Adoro quando ela me faz carinhos antes de cairmos no sono. É como se fosse uma canção de ninar silenciosa.

Mas, ontem à noite, depois que Maggie e eu transamos várias vezes – três, para ser exato – e ela apagou, fiquei acordado, pensando em Deanna e no que sua ideia poderia fazer com Maggie. Por enquanto, é apenas especulação, mas basta uma ideia junto ao poder da Hopper Industries para arruinar uma pessoa.

E eu não posso vê-la arruinada.

Ela se esforçou tanto.

O que faz com que eu queira me esforçar mais ainda para derrotar Deanna e poder salvar Maggie e seu negócio.

Meu celular vibra em minha mão.

Jaleesa

Sim. Ela passou a semana toda aprimorando a apresentação. Ficou se gabando sobre como vai impressionar Reginald com sua proposta e que não importa o quanto você esteja puxando saco em Bora Bora, porque não há a menor chance de você ganhar com o que ela está planejando.

Brody

Ela precisa ir cuidar da vida dela.

Jaleesa

Ela está sedenta, Brody. Estou até meio preocupada.

Brody

Não, você não pode ficar preocupada. Você é a única que tem segurança nesse projeto. Você precisa manter a segurança, para que eu tenha segurança também.

Jaleesa

Encontrei a assistente de Reginald outro dia e ela me disse que Deanna também tem arranjado algumas noivas como potenciais clientes, até mesmo roubando de outras organizadoras. Tipo, noivas prontas para trabalharem com ela. Clientes, Brody. Ela tem dinheiro pronto para entrar. Nós não temos isso.

Esfrego o rosto. *Porra, não temos mesmo.*

Brody

Posso trabalhar em algumas coisas, se quiser. Descobrir se há marcas em ascensão procurando por uma loja temporária. Reunir um prospecto de faturamento.

Jaleesa

Mas não podemos garantir um espaço a elas, não quando não temos. Se Deanna estiver garantindo espaço às noivas, pelo menos há os hotéis como alternativa, entende?

Brody

Merda, você tem razão. Bom, o que eu posso fazer, então? Como posso melhorar para o nosso lado?

Jaleesa

Lambendo as botas de Reginald.

Brody

Ele me atiraria longe com um chute sem pensar duas vezes. O cara me odeia.

Jaleesa

Achei que estivesse tentando fazê-lo gostar de você. Por que ele te odeia?

Brody

Porra, sei lá. Quando eu o cumprimentei na festa de boas-vindas, ele ficou animado com a minha presença, mas depois disso, passou a agir como se tivesse algo contra mim. Não faço ideia do que é.

Jaleesa

Você disse ou fez algo que possa ter causado essa antipatia?

Brody

Durante as primeiras doze horas? Não.

Jaleesa

O que aconteceu na festa de boas-vindas, então?

Brody

A essa altura, já está tudo embaçado na minha mente. Fui pego completamente desprevenido por Maggie, e depois com Haisley me reconhecendo.

Jaleesa

Claro que ela te reconheceu, vocês fizeram estágio juntos.

Brody

Sim, mas ela acabou encurtando o estágio porque saiu da empresa logo depois que eu a ajudei com seu plano de negócios. Ela foi atrás dos próprios sonhos.

Jaleesa

Espere, Reginald sabe disso?

Brody

Hã... acho que não. Ah, espere. Ela mencionou algo sobre isso na festa de boas-vindas quando me apresentou ao seu pai novamente, que fui eu que a ajudei com o plano de negócios. Porra! Você acha que ele está zangado por isso?

Jaleesa

SIM! Pelo amor de Deus, Brody. Você não ficou sabendo o quanto Reginald ficou puto porque a filha saiu da empresa para fazer outra coisa? É um ponto muito sensível.

Brody

Merda, tem razão. Você acha que é por isso que ele está sendo tão hostil comigo?

Jaleesa

Gostaria de dizer que ele não é um homem maldoso, mas uma pessoa não se torna bilionária sem ter um pouquinho de maldade dentro de si.

Brody

Porra. Então você acha que ele vai usar isso contra mim na hora de escolher a proposta?

Jaleesa

Não acho que vá ajudar.

Brody

O que eu faço, então?

Jaleesa

Não sei. O que está planejado para o restante do tempo em que você vai ficar aí?

Brody

O casamento é amanhã. Então acho que tem um ensaio hoje à noite e, depois, as festas de despedida de solteiro e solteira.

Jaleesa

Preste muita atenção agora, Brody McFadden. Você não pode ficar bêbado hoje à noite, sob circunstância nenhuma. Está me entendendo? Ficar bêbado em uma despedida de solteiro à qual presumo que Reginald comparecerá, quando você está nervoso e inseguro em relação ao projeto, não vai acabar bem.

Brody

De acordo. Talvez eu possa me oferecer como motorista da noite, ajudar as pessoas a voltar para os bangalôs.

Jaleesa

Sim, e se certifique de dizer a Reginald que se ele precisar de ajuda com qualquer coisa durante a cerimônia ou até lá, pode contar com você. Vou trabalhar em algumas logísticas por aqui, mas a sua prioridade máxima é fazer aquele homem gostar de você.

Brody

Posso fazer isso... eu espero. Ele quase me castrou quando estávamos na praia, então talvez eu possa fazer alguma piada sobre isso.

Jaleesa

Ele não tem senso de humor. Não faça piadas, apenas seja útil.

Brody

Certo, ok. Posso fazer isso. E me avise se precisar de alguma coisa.

Jaleesa

Posso precisar que você aprove alguns slides. Vou potencializar essa apresentação. Talvez até mesmo ir a alguns dos espaços vazios e pedir a um amigo que faça um esboço do projeto para nós. Podemos ter uma renderização em 3D tanto em tela quanto em maquete.

Brody

Ótima ideia.

Jaleesa

É por isso que sou a chefe. Agora, tome jeito, McFadden. Não me decepcione.

Brody

Não se preocupe, deixe comigo.

...

— Essa roupa ficou boa? — pergunta Maggie ao sair do banheiro usando um vestido verde-claro que vai até seus tornozelos, mais comprido atrás e mais curto na frente. A parte de cima é cruzada no busto, exibindo um pouco da barriga e do decote.

— Você está gata — digo, aproximando-me dela e me inclinando para beijar seu pescoço, pousando as mãos em seus quadris.

Ela se apoia em meu peito, com as palmas em minha camisa.

— Não comece com isso, Brody.

— Isso o quê? — Sorrio em sua pele e ela inclina a cabeça para o lado.

— Tentar tirar o meu vestido.

— Não tenho que tentar. Consigo derretê-lo só com um olhar.

Ela dá um tapa em meu peito.

— Não sou tão fácil assim. — Ela passa por mim para pegar seu calçado.

— Que gracinha você achar isso.

Ela calça uma das sandálias de salto e olha para mim por cima do ombro.

— Me deixe ao menos fingir que não sou tão fácil assim. — Seu sorriso sugestivo me faz sentir uma fisgada de desejo na virilha. *Meu Deus, essa mulher.* Agora que sei como é estar com ela, nunca vou me cansar. Nunca.

— Não me olhe assim — ela diz ao calçar a outra sandália.

— Assim como?

— Como se me achasse a coisa mais linda que já viu.

Passo uma das mãos nos cabelos.

— Bom, você é, e não vejo como isso pode ser uma coisa ruim.

— É ruim quando temos um ensaio para ir. Não posso deixar você tirar o meu vestido. Não quero chegar atrasada.

Vou até ela e ergo seu queixo para salpicar beijos leves por sua boca.

— Também não quero que você chegue atrasada. — Recuo um pouco e deixo meus olhos percorrerem seu corpo mais uma vez. — Sério, Maggie, você está linda.

Suas bochechas ficam rosadas.

— Obrigada.

— Se algum cara tentar dar em cima de você quando estiver na despedida de solteira com as outras meninas, vai dizer a ele que já é comprometida?

Ela dá risada.

— Depende de quem for. Se ele chegar empunhando um martelo feito o Thor, pronto para salvar o universo, posso ter que me esquecer do fato de que você e eu estamos dividindo uma cama há uma semana.

— Porra, se o Thor chegar empunhando um martelo, pergunte se ele curte sexo a três.

Ela arregala os olhos antes de rir.

— Meu Deus, Brody! — Sussurrando, ela pergunta: — Você faria? Sexo a três?

Balanço a cabeça.

— Não consigo imaginar um cenário em que eu pudesse concordar em dividir você com outro homem ou mulher. Então desculpe se essa é uma fantasia sua. Não vou realizá-la.

Ela ri.

— Não é. Eu só queria investigar o seu nível de safadeza.

— Foder outras pessoas enquanto estou comprometido com alguém não faz parte dessa lista.

— Bom saber. — Ela se aproxima e beija meu queixo. — Vamos, não quero me atrasar.

Juntos, saímos do bangalô. Ajudo-a a subir no carrinho de golfe e, quando começo a me afastar, ela puxa minha mão, trazendo-me de volta para si.

— Tudo bem? — pergunto.

Ela me puxa pela nuca e, com o sorriso mais doce, pressiona a boca na minha, passando a língua em meus lábios. Abro para ela, deixando nossas línguas se enroscarem por um momento antes de ela interromper o beijo, cedo demais, na minha opinião.

— Por que fez isso? — pergunto, sentindo-me inebriado.

— Queria te mostrar quanto aprecio as pequenas coisas que você faz, como me ajudar a subir no carrinho, ou abotoar o meu vestido, ou pegar comida para mim sem que eu tenha que pedir.

Não consigo evitar o sorriso de orelha a orelha que se espalha em meu rosto.

— Gosto de cuidar da minha namorada.

Ela acaricia minha bochecha com os dedos.

— Obrigada.

Trago o dorso de sua mão até meus lábios, beijo-a mais uma vez e então vou para o meu lado do carrinho de golfe. Isso é tão surreal. Parece que passei tantos e tantos anos… esperando para ter essa mulher. E, agora, posso simplesmente beijá-la quando eu quiser. *O que fiz para merecer tanta sorte assim?* Quando me sento ao volante, ela pousa uma das mãos em minha coxa e se vira para mim.

— Isso é loucura?

Para alguém que não quer se atrasar, ela está prolongando bastante a nossa partida.

— O quê?

— Nós. Essa paixão. Essa conexão. Sinto que é muito louco e repentino, mas também parece tão certo. É algo estranho e absurdo de se dizer?

— Não. — Dou risada. — Sinto a mesma coisa. Como se tivesse que ser assim há muito tempo. Não é louco, nem absurdo. Não sei de onde você anda tirando esses adjetivos. — Sua mão desliza para a parte interna da minha coxa e eu a detenho. — A menos que você queira que eu chegue ao ensaio de pau duro, acho melhor manter a sua mão em um lugar mais seguro.

Ela ri e beija minha bochecha.

— Desculpe.

— Mas, falando sério, por que você acharia que é absurdo?

Ela dá de ombros, mas sustenta meu olhar.

— É que parece que fomos de zero a cem em três segundos.

— É o que acontece quando você gosta de uma pessoa há muito tempo e finalmente tem a chance de estar com ela. E, ainda por cima, ser correspondido. Você descobre que nunca se cansa dela. Que quer passar cada segundo com ela. É natural. É nesse ponto que estamos.

— Acho que tem razão. — Ela suspira. — Ok, vamos logo antes que a minha mente continue rodopiando com dúvidas.

— Tem certeza? — indago. — Porque posso ficar aqui e responder a qualquer dúvida que você tenha.

— Dirija, Brody.

Dou risada e ligo o carrinho de golfe. Envolvo seus ombros com meu braço e puxo-a para perto conforme guio o carrinho pela ponte de madeira já familiar em direção ao resort.

— Vou sentir falta disso — ela diz, aconchegando-se mais em mim.

— De quê? — pergunto.

— De estar aqui. Vou embora no dia seguinte ao casamento, e acho que não estou pronta para me despedir. Me diverti tanto, mesmo tendo que pensar em trabalho.

— Eu também — digo. — A realidade vai bater em breve e não sei se estou pronto para isso.

— Está preocupado com como vai ser quando voltarmos?

— Como assim? — indago. Ela está preocupada conosco?

— Com voltar à rotina de sempre e adequar as agendas com o nosso relacionamento. Não sei você, mas eu tendo a ficar bastante ocupada, e os fins de semana geralmente são lotados de eventos. — Olho de relance para ela e vejo-a mordiscando o lábio.

— Não estou preocupado — digo. — Só significa que os lugares estarão menos cheios quando eu te levar para sair no meio da semana.

— Você não acha que vai se irritar por eu trabalhar aos fins de semana?

— Não — respondo. — De jeito nenhum. Posso ajustar os meus horários de acordo com os seus. — Aperto sua mão. — Não há com o que se preocupar, Maggie. Nós vamos fazer dar certo.

— Mas você não está triste porque vamos ter que quebrar essa bolha em que estamos?

— Se eu queria poder ficar aqui com você e ignorar todas as responsabilidades que tenho em São Francisco? Com certeza. Mas eu sei que a realidade é que teremos que desenrolar um novo normal, e tudo bem. Eu sei que podemos fazer dar certo. — E conforme as palavras saem da minha boca, me dou conta de que realmente acredito nisso. Podemos fazer isso dar certo.

— Mas e se não der certo? E se o meu trabalho acabar sendo demais para você? E se você achar que não está recebendo atenção suficiente ou que eu não sou boa o suficiente…

— Maggie?

— Sim? — Ela se vira para mim enquanto estaciono o carrinho.

— Quem fez isso com você?

Ela franze o cenho.

— Quem fez o que comigo? — ela questiona de volta.

— Fez você ter todas essas inseguranças. — Estendo a mão e acaricio sua bochecha. — Porque tudo o que estou vendo agora é você duvidando de si mesma e do que acha que é capaz. O único motivo que você teria para fazer isso seria uma péssima experiência no passado. Então repito: quem fez isso com você?

Ela brinca com a barra da minha camisa, evitando contato visual.

— Basicamente todos os caras que já namorei. — Ela ergue o olhar para mim. — Sempre fui muito determinada com a minha carreira e aonde quero chegar, e os homens que namorei não curtiram muito essa determinação. Então acho que estou meio insegura.

Ergo seu queixo e aproximo meu rosto do seu.

— Comigo, você não precisa ficar insegura. Não precisa se preocupar se vou te julgar ou desaprovar uma das melhores coisas na sua personalidade, que é a sua determinação. Considere-me o seu fã número um, seu torcedor, seu líder de torcida. Eu quero o melhor para você, Maggie. Se isso significa que tenho que levar comida para você enquanto trabalha como parte do nosso encontro, então é o que farei. Se o único tempo que eu puder passar com você for ajudando a fazer lembrancinhas de só Deus sabe o quê para três casamentos diferentes, pode contar comigo.

— Lembrancinhas? — ela pergunta, seu sorriso voltando.

— Sim, lembrancinhas. Posso amarrá-las bem direitinho, montar uma cesta de boas-vindas incrível. Talvez até melhor do que você.

— Se tem alguém que vai fazer a melhor lembrancinha, será eu.

Saio do carrinho e dou a volta nele para ajudá-la a descer.

— Veremos — digo, com sua mão na minha. Inclino-me e dou um beijo leve em seus lábios. — Agora, vamos ver se consigo fazer o Reginald se apaixonar por mim esta noite.

...

Entendo por que Haisley quis se casar aqui. É de tirar o fôlego.

Estamos em uma praia de areia branca, com vista para uma lagoa privativa com água azul-turquesa cintilante. Parece quase irreal. O Monte Otemanu está perfeitamente posicionado ao fundo, oferecendo um cenário verde exuberante. É bem longe do resort, e livre da possibilidade de qualquer pessoa se deparar por acaso com a cerimônia. As ondas tranquilas quebram pela costa, e o sol está se pondo no horizonte. Sentado aqui, assistindo ao ensaio com a minha garota de pé no altar, sinto uma serenidade profunda.

— E então anunciarei que você pode beijar a noiva — diz o juiz de paz ao fechar seu livro. Jude se inclina para beijar Haisley, mas o juiz o detém. — Agora não, guarde para amanhã.

Rá, até parece.

— Depois que se beijarem e eu os anunciar como marido e mulher, você vai pegar o seu buquê… — Sloane entrega o buquê para Haisley. — E sairá pelo corredor em direção às árvores, onde creio que o seu fotógrafo estará. Correto?

Posso ver Maggie se animar, com vontade de fazer um comentário, mas se contém, enquanto a cerimonialista do resort assente.

— Correto.

— Então vamos continuar — ele diz.

Haisley enrosca o braço no de Jude e, juntos, os dois descem do altar.

— Agora, padrinhos e madrinhas, vocês saem um casal por vez.

O amigo de Jude que chegou ontem à noite, acho que seu nome é Bowie, entrelaça o braço ao de Stacey. Fiquei sabendo que as gêmeas decidiram no cara ou coroa quem iria primeiro. Stacey ganhou. Em seguida, são Hudson e Sloane, depois Hardy e Maggie. Vejo-o murmurar algo para ela que a faz rir, e se estiver se perguntando se senti uma pontada de ciúmes com essa cena, acertou.

Mas embora esteja com esses ciúmes no peito, pronto para explodir, sei que Maggie nunca faria nada para me magoar, e Hardy também não. Os irmãos Hopper deixaram bem claro que seus amigos não têm com o que se preocupar: seus relacionamentos estão protegidos dos bilionários bonitões.

Aplaudo com os outros espectadores e, em seguida, todos nos levantamos e nos reunimos enquanto a cerimonialista conversa algumas coisas com Reginald, Regina e Haisley.

Encontro Maggie rapidamente, que está batendo papo com Hardy, e pouso a mão na parte baixa de suas costas antes de lhe dar um beijo rápido na bochecha.

— Melhor madrinha de casamento que já vi — digo.

Ela faz uma reverência adorável.

— Obrigada. Tenho bastante experiência, então fico feliz por poder colocá-la em ação.

— Quantas vezes você já foi madrinha? — pergunta Hardy.

— Acho que umas cinco. Não foram tantas assim, mas já organizei casamentos o suficiente para saber exatamente o que precisa e o que não precisa ser feito.

— Alguma história cabulosa envolvendo madrinhas? — pergunta Hardy no instante em que Hudson se junta a nós.

— Claro. Eu não seria uma organizadora de eventos tão instruída e completa se não tivesse passado por poucas e boas com algumas madrinhas.

— Conte alguma pra gente — pede Hardy.

Maggie pousa a mão no peito.

— E quebrar a confidencialidade dos meus clientes?

Hudson revira os olhos.

— Você não precisa dar nomes, só contar a história.

Ela faz um gesto vago para os rapazes.

— Está bem, está bem. Sem entrar em muitos detalhes, houve um incidente em que uma das madrinhas, na noite anterior ao casamento, dormiu com um dos padrinhos. Nada de mais, eu sei. Tenho certeza de que isso acontece o tempo todo. Mas… nesse caso, ela era criadora de conteúdo para o OnlyFans e acabou gravando toda a cena. Isso também não é tão terrível… até descobrirmos que o noivo estava presente, o tempo todo, assistindo a tudo. Bom, não apenas o noivo, mas todos os convidados da festa, menos a noiva.

— Putz — diz Hardy.

— Pois é. Ela intitulou o vídeo "Trepando Na Frente dos Convidados de um Casamento" ou algo assim. A notícia chegou à noiva pouquíssimos momentos antes de ela ter que caminhar até o altar. Foi um suplício. Acabamos colocando a madrinha no final da fila, o noivo passou meia hora pedindo desculpas e disse que estava bêbado e não se lembrava de nada. No fim das contas, a madrinha decidiu agradecer a eles por emprestar os convidados do casamento pagando duas passagens de primeira classe para a Itália para o casal. Ela faturou seis dígitos só com aquele vídeo.

Esfrego a nuca.

— Esse pessoal vive em um mundo muito estranho.

— Realmente, foi uma das coisas mais estranhas com que já tive que lidar.

— O casal ainda está junto? — pergunta Hardy.

Maggie faz que sim.

— Estão e, pelo que fiquei sabendo, eles se juntaram à madrinha e fizeram algumas participações especiais na página do OnlyFans dela. Cada um sabe de si, não é?

— Parece que sim — diz Hudson.

— Que doideira — comenta Hardy, virando-se para Hudson. — Sabe, a gente podia abrir uma conta no OnlyFans...

— Nem pense nisso, porra — diz Hudson antes de começar a empurrar o irmão, conduzindo-o em direção ao resort. — Você vem, McFadden?

— Sim, espere só um segundo — digo.

Como o jantar de ensaio foi antes do ensaio em si, agora chegou o momento de nos dividirmos para as despedidas de solteiro e solteira. E é a minha hora de brilhar. Pelo menos, é o que eu espero. Jaleesa está contando comigo. Maggie está contando comigo.

Eu estou contando comigo.

Agarro a cintura de Maggie, tentando acalmar meu nervosismo.

— Que tal nós abrirmos uma conta no OnlyFans? — pergunto, tentando manter o clima leve. — Com os seus berros orgásticos e peitos perfeitos, meu pau divino e proeza sexual, poderíamos dar um show e tanto. Você conseguiria o seu espaço físico rapidinho.

— Berros orgásticos? — ela pergunta, com as sobrancelhas erguidas.

— Sim, são muito guturais. Naturais. Rústicos. Qualquer pessoa que ouvir vai sacar que você está levando uma macetada das boas.

— Está tentando parecer menos atraente?

Dou risada.

— Menos atraente? Mesmo depois de mencionar meu pau divino e proeza sexual?

— Sim, mesmo depois disso.

Puxo-a para meu peito, nós dois rindo, e beijo o topo de sua cabeça.

— Então vou entender como um não.

— Se você não quer fazer sexo a três, então como poderia compartilhar a nossa vida sexual com a internet inteira?

Passo uma das mãos em sua cabeça, mantendo-a pertinho.

— Faturar seis dígitos em uma noite faz a sua perspectiva mudar.

Ela ri e me olha.

— Não vai rolar.

Dou de ombros.

— Tentei.

Ela pousa as mãos em minha lombar, olhando para mim.

— É melhor você ir logo com os rapazes.

— Tentando se livrar de mim?

— Sim. — Ela abre um sorriso maroto e dá um beijo em meu queixo. — Te vejo mais tarde, ok?

— Quem chegar ao quarto primeiro tem que receber o outro pelado.

— Essa é a regra? — ela pergunta.

— Aham. — Beijo a pontinha de seu nariz. — Talvez eu me esconda nos arbustos até você chegar, só para poder ser recebido assim.

— Você é patético.

— Sou apenas muito ciente do que você faz comigo. — Ergo seu queixo e dou um beijo em seus lábios. — Você estava linda pra caralho lá no altar. Mal posso esperar para ver o seu vestido amanhã.

Seus olhos suavizam, cheios de ternura.

— Obrigada. — Com mais um beijo, ela dá tapinhas nas minhas costas. — Vá logo, estão esperando por você.

Olho por cima do ombro e avisto Hardy e Hudson ali perto.

— Ok, te vejo mais tarde — digo.

E, quando me viro para sair, ela me dá um tapa na bunda. Olho para ela por cima do ombro, erguendo uma sobrancelha inquisitiva.

— Uma prévia do que te espera — ela diz com um sorriso malicioso.

— Não brinque comigo, Maggie. Vou cobrar.

— Ótimo. — Ela balança os dedos para mim, e sou preenchido por um forte desejo de voltar para ela, mas, como Jaleesa disse, não posso me distrair. Então, relutantemente, junto-me aos rapazes. Tanto Hardy quanto Hudson colocam uma mão em meu ombro quando me junto a eles e me conduzem por um caminho bem iluminado, saindo do espaço da cerimônia e em direção ao resort.

— Aonde vamos? — pergunto.

— Meu pai reservou um espaço privativo no restaurante para experimentarmos amostras de cachaças polinésias.

Paro de repente.

Cachaça?

Hã, isso grita "péssima ideia".

— Hum... nós vamos ter que beber? — questiono.

Hardy e Hudson olham para mim.

— Você não precisa beber se não quiser — diz Hardy.

— Não gosta de cachaça? — pergunta Hudson.

— Não, é só que... hã, achei que poderia tomar conta do pessoal, sabe? Ser o motorista da vez.

Hardy dá risada.

— Não precisamos de um motorista da vez. Os funcionários podem nos ajudar a voltar para os bangalôs. Vamos apenas experimentar algumas amostras, cara. Não se preocupe, você mal vai ficar alterado.

Famosas últimas palavras.

CAPÍTULO DEZESSEIS

MAGGIE

— MENTIRA! — EXCLAMA HAISLEY AO PEGAR AS PANTUFAS BORDADAS QUE combinam com seu robe. Ela as abraça junto ao peito. — Maggie, que amor de presente. Obrigada.

— Por nada. Imaginei que seria legal, para você se sentir especial. Todas as minhas noivas recebem.

— E o cabide para o meu vestido. É demais.

Balanço a cabeça.

— De forma alguma. Espero que desfrute bastante.

— Com certeza.

— Que gracinha — diz Regina, dando uma olhada no cabide.

— Pode colocar as pantufas mais perto da tela? — pergunta a amiga de Haisley, Margie, olhando para nós na chamada de vídeo no celular de Haisley.

Margie é hilária. Dá para ver por que ela e Haisley são melhores amigas. Acabei de conhecê-la, mas ela é ousada, diz o que vem à mente, e se importa bastante com Haisley. Embora Margie esteja de repouso, ainda enviou um presente para esta noite, que consistia em todos os materiais para uma despedida de solteira bem obscena. Colares de pênis. Copinhos de shot em formato de pênis. Tiaras de pênis. Regina ficou horrorizada, Sloane e Stacey adoraram, Haisley apenas balançou a cabeça, e eu aplaudi mentalmente.

Às vezes, tudo que você precisa é fazer uma festa de despedida de solteira com tudo a que se tem direito, inclusive a cafonice, e essas sempre acabam sendo as festas mais divertidas, porque você pode simplesmente ser ridícula e ninguém liga. Não sei se Regina, careta como ela é, vai permitir que isso aconteça, mas pelo menos temos copinhos em formato de pênis.

Enquanto Haisley mostra as pantufas para Margie, viro-me para Regina.

— Tem algo em que eu possa ajudar para amanhã?

Regina nega com a cabeça.

— Já está tudo encaminhado, querida. — Parece uma resposta meio seca, mas é melhor eu não remoer demais isso.

— Maravilha. Bem, se precisarem de alguma coisa, é só me dizer. É para isso que estou aqui.

— Ficamos muito gratas — diz Regina antes de ir até a mesa de bebidas que os funcionários do hotel organizaram na praia para nós. Estamos em uma das cabanas, rodeadas por sobremesas e bebidas.

— Aceita uma bebida? — pergunto a Haisley.

— Vou pegar uma para você — ela diz ao apoiar o celular em uma garrafa de água bem grande. Em seguida, pega um copo de vidro, analisando as bebidas disponíveis. Estou surpresa por não ter um bartender aqui. Mas, pensando bem, são os Hopper, e parece que eles podem fazer o que quiserem em seu resort. — Você gosta de rum? — ela pergunta.

— Sim. Adoro rum.

— Ótimo. Vou misturar algumas coisas e fazer um drinque para você.

Ela pega os sucos de abacaxi e de laranja e coloca um pouco de cada no copo, seguido de licor de cereja e rum de coco. Ela mistura tudo e então me entrega.

— Vamos chamá-lo de *Haisley's Island Breeze.*

— Cuidado — diz Margie ao celular. — Os drinques da Haisley são mais fortes do que você pensa. Se não tomar cuidado, vai acabar com a calcinha na cabeça ao fim da noite.

Dou risada.

— Então esse será o meu primeiro e último drinque. — Ergo o copo para Margie, brindando com ela pelo celular.

— Esperta.

Haisley faz drinques para o restante do grupo e, em seguida, nos acomodamos nas espreguiçadeiras perto da lagoa. As gêmeas se sentam em uma, eu me sento em outra com Haisley e o celular fica apoiado com Margie na chamada de vídeo, formando nosso pequeno círculo.

— Que delícia — diz Sloane, erguendo seu drinque. — Talvez delicioso até demais.

— É melhor parar no primeiro. Não seja como eu e ache que aguenta mais do que isso — diz Margie.

— Não tenho a mão tão pesada assim — protesta Haisley. — E não é como se estivéssemos em uma degustação de cachaça, como os rapazes.

— Espere, eles estão em uma degustação de *cachaça*? — pergunto, minha mente imediatamente vai para Brody e o que pode acontecer nesse cenário. Com a sorte que ele tem, qualquer coisa. Talvez seja ele que vá acabar com a cueca na cabeça no fim da noite.

Espero muito que não.

— Estão — responde Haisley. — Meu pai que arranjou. Falei para Jude dar apenas golinhos. Não preciso dele de ressaca no dia do nosso casamento.

— Tomara que todos eles deem apenas golinhos — digo, sentindo minha preocupação subir até a nuca.

— Acho que esse é o objetivo — diz Haisley.

— Jude nunca fica bêbado — diz Sloane. — Nós nunca o vimos bêbado, pelo menos.

Stacey balança a cabeça.

— Nunca.

— Já nós duas, por outro lado… — Sloane se encolhe.

Haisley ri.

— Mas tinham o Jude para tomar conta de vocês.

— É por isso que ele é o melhor irmão mais velho do mundo — diz Stacey.

— Ele parece muito protetor — comento.

Haisley assente.

— É uma das coisas que eu mais amo nele. Ele é leal. Protetor. Honesto. Um homem lindo e íntegro.

— É mesmo — diz Margie. — Eu não poderia ter escolhido alguém mais perfeito para você. Maggie, você precisava ver esses dois no início. Agiam como se não estivessem caidinhos um pelo outro, mas todo mundo sabia… dava para ver pelos olhares que trocavam.

— Vocês se conheceram no seu projeto de São Francisco, não foi? — pergunto.

Haisley faz que sim e olha para a água, suspirando.

— Sim. Ele era meu empreiteiro. A princípio, um muito intimidador. Ele é um cara grandão e assustava até os caras mais durões perto dele, mas quanto mais tempo eu passava com ele, mais aprendia o quanto ele era carinhoso.

Coloco a mão no peito.

— Que amor. Você imaginava que ia acabar se casando com ele?

Haisley balança a cabeça.

— Não. Sinceramente, eu nem tinha certeza de que ele gostava mesmo de mim. Ele era muito reservado.

— Ah, ele gostava de você, sim — diz Sloane. — Gostava bastante.

Stacey faz que sim com a cabeça.

— Ele ficou tão diferente depois de conhecer você. — Ela dá um empurrãozinho na irmã com o ombro. — Lembra quando ele começou a arrumar o cabelo antes de ir trabalhar?

Sloane ri.

— Ai, meu Deus, sim. Nós temos um espelho em casa bem ao lado da porta da frente, e ele conferia a aparência toda vez antes de sair.

— Sério? — As bochechas de Haisley enrubescem. — Isso é tão fofo.

— Também era irônico, já que ele tinha que usar um capacete na obra — acrescenta Sloane, e eu solto uma risada.

— Vocês três moram juntos? — pergunto, um pouco confusa quanto à dinâmica da família de Jude.

Sloane confirma.

— Sim, mas agora seremos somente Stacey e eu na casa, já que Jude vai morar com Haisley. Mas eles podem nos visitar sempre que quiserem.

— Vai ser legal não ter um irmão superprotetor nos vigiando o tempo todo — comenta Stacey.

— E isso é graças a mim. — Haisley ri.

— É um dos motivos pelos quais nós te amamos tanto. — Sloane ergue seu drinque. — À Haisley, por ter conquistado o coração do nosso irmão e feito ele parar de pegar no nosso pé.

Rindo, erguemos nossos drinques e dizemos:

— À Haisley!

...

BRODY

— Vamos erguer os copos, por favor — pede Reginald, então pegamos nossos copinhos de dose que parecem conter gasolina pura. É o que parece, pelo cheiro.

Não sei se fazer degustação de cachaça na noite antes do casamento é uma boa ideia, mas aqui estamos.

— Eu gostaria de propor um brinde ao Jude. — Reginald limpa a garganta, uma das mãos segura a bebida enquanto a outra segura a lapela de seu paletó. — Jude, eu sei que tivemos nossos altos e baixos, e demorei um pouco para me dar conta do quanto você é perfeito para a minha filha, mas confio plenamente que você vai cuidar do coração dela e garantir que esteja sempre segura. Tenho orgulho de chamá-lo de genro.

Ora, mas veja só. Um discurso conciso, mas muito bonito.

Uma surpresa, considerando o grande pau no cu que ele é.

— Ao Jude — todos dizemos.

Olho em volta e vejo cada um dos rapazes tomar um golinho de sua dose, incentivando-me a fazer o mesmo. Só um pinguinho de nada. Não vou chegar nem a digerir esse treco.

— O que está fazendo, McFadden? — ouço Reginald perguntar quando começo a colocar o copo de volta na mesa.

Olho para ele por um instante, feito um cervo diante de faróis.

— Hã... eu não sei.

— Beba tudo — diz Reginald, gesticulando para que eu vire a gasolina.

— Ah, não, tudo bem, achei que seria melhor pegar leve e talvez ser o motorista da noite para todos vocês. Sabe, me certificar de que cheguem aos bangalôs em segurança — digo, na esperança de que ele se esqueça de sua equipe maravilhosa de funcionários que o auxiliam em absolutamente tudo.

— Que bobagem. É para isso que servem os funcionários. Agora, não desperdice as bebidas que arranjei para você.

Mas que maravilha.

É claro que ele diria isso.

Claro que me pegaria para Cristo.

E é claro que tenho que beber essa cachaça de merda, que vai fazer brotar pelo menos mais vinte pelos em meu peito.

Sob seu olhar severo, aproximo o copinho de dose dos lábios e os separo ligeiramente, deixando a cachaça passar por minha língua e descer por minha garganta.

Puta que pariu!

Tusso algumas vezes.

— Essa é para tomar aos pouquinhos mesmo — digo, engasgando um pouco. — Melhor não virar de uma vez, não.

E então... para minha irritação, vejo Reginald entregar seu copinho de dose praticamente cheio para o garçom, sem se dar ao trabalho de beber tudo também.

Gostaria de explicar por que está sendo um escroto, Papi Reggie?

— Ah, podem trazer a próxima rodada — diz Reginald. — Essa tem gostinho de abacaxi.

Coloco o copinho de dose na mesa enquanto Reginald não está olhando e empurro para o lado, deixando mais perto de Hardy. Isso faz parecer que foi ele que não terminou sua dose, e não eu.

Mais copinhos são servidos e, juntos, os pegamos e levamos aos lábios. Vejo todos os outros tirarem apenas uma provinha. Então sigo o exemplo, mas quando abaixo o copo e vejo Reginald me encarando, grunho internamente e viro a dose inteira.

— Meu São José, me ajude — digo, sentindo o líquido queimar minha garganta. Porra, eu nem sou religioso, nem sei quem é São José, ou se ao menos existe um São José que poderia me ajudar. Mas, de qualquer forma, se ele existir, por favor... por favor, me ajude, porque meu Deus do céu. Acho que não terei mais papilas gustativas ao fim desta noite.

— Gostei dessa — diz Jude.

Deve ser porque os seus níveis de testosterona são tão elevados que você não entende o que uma bebida cem por cento álcool pode fazer com um homem como eu.

Aposto que estão brotando mais pelos pubianos em mim.

— Não curti — diz Hardy.

— Nem eu — concordo, e no mesmo instante, colocam um pretzel diante de mim.

Graças a Deus.

Eu o pego e dou uma mordida enorme bem no meio. *Carboidratos, eu sei que tivemos um relacionamento atribulado no passado, em que achei que vocês estavam me dando pneuzinhos e os cortei da minha dieta. Mas, por favor, eu imploro que façam o que devem fazer. Por favor, ajudem a absorver todo esse álcool para que eu não vomite na frente desses homens de novo. Amém.*

— McFadden. — O som do meu sobrenome sendo chamado do outro lado da mesa é como uma faca perfurando meus ouvidos.

Com a boca cheia de pretzel, olho para Reginald, que está com as sobrancelhas juntas, demonstrando sua irritação.

— Sim? — pergunto após engolir.

— Esse pretzel é para você e Hardy.

Olho para Hardy, que está rindo.

— Oh, merda... foi mal, cara. — Olho para o pretzel já pela metade e tento arrancar as partes intactas. — Você pode ficar com esse pedaço.

— Tudo bem, eu peço outro. — Ele se inclina para mim. — Parece que você vai precisar mais do que eu.

Acho que todos à mesa sabem que vou precisar deste pretzel.

Até mesmo os garçons.

...

MAGGIE

— Você *acordou* Reginald? — pergunta Margie na tela do celular de Haisley, segurando sua garrafa de água. Enquanto bebemos nossos coquetéis, ela está bebendo água. Também precisou de várias idas ao banheiro. Eu também precisaria, se estivesse tão grávida assim.

— *Haisley* — repreendo, com um olhar reprovador.

Haisley dá risada e toma um gole de sua bebida.

— Nem me arrependo de ter contado isso a ela.

— Espere, eram vocês? — pergunta Sloane, e sinto minhas bochechas ficarem vermelhas. — Jude estava nos contando que Reginald ficou puto da vida por não ter conseguido dormir direito à noite graças aos vândalos fazendo safadezas no deque.

Graças a Deus Regina encerrou a noite e foi embora há dez minutos, ou acho que não conseguiria aguentar essa conversa.

— Não estávamos sendo vândalos — digo, mordiscando o canto do lábio ao me lembrar daquela noite. — Eu só tenho uma tendência a ser mais barulhenta.

— Você devia ter visto quanto Brody ficou orgulhoso quando contei isso.

— Ah, eu preciso conhecer esse Brody. Ele parece ser bem divertido — diz Margie.

— Ele é — confirma Haisley. — Tenho certeza de que ele diria que essa não tem sido uma viagem muito boa. Ele parece sempre estar no lugar errado, na hora errada, mas é tão querido. Até quando éramos estagiários ele era um querido, muito gentil. E o lance da cobra-barra-galho... — Haisley começa a rir, sendo acompanhada por Sloane e Stacey. — Não consegui parar de rir durante o resto da trilha. Jude ficava me cutucando com o cotovelo para que eu parasse.

Toco o braço de Haisley.

— Você sabia que precisei de todas as minhas forças para não rir dele? Sei que deveria ser a namorada amorosa, mas, meu Deus, os gritos estridentes dele ainda ecoam na minha cabeça.

Haisley gargalha e assente.

— Foram tão estridentes que achei que uma das gêmeas tinha se machucado.

— O que aconteceu? — pergunta Margie.

Haisley se vira para ela.

— Estávamos naquela trilha que te falei, e Brody encostou em um arbusto. Ele sentiu algo perfurar sua perna e, quando olhou para baixo, viu uma cobra se arrastando para longe dali. O coitado achou que tinha sido picado e surtou, mas, na verdade, tinha sido só um arranhão feito por um galho. Mas ele causou um alarde enorme. Até desmaiou.

— Mentira!

Faço que sim com a cabeça.

— Verdade. Mas, em sua defesa, ele não queria ir fazer a trilha, porque tem um medo mortal de cobras. Ele já estava com a adrenalina no topo, e o galho foi a gota d'água.

— Por que ele foi, então? — questiona Haisley. — Vocês não eram obrigados.

— Acho que ele está tentando impressionar o seu pai — digo antes que possa evitar. — Hã... quero dizer... — *Merda, Maggie. Você mal bebeu um drinque e já está entregando os segredos do Brody.* — Esqueça que eu disse isso.

— Por que Brody precisaria impressionar Reginald? — Margie quer saber.

Merda.

Bosta.

Ai, meu Deus.

Por que você é uma imbecil, Maggie?

— Por causa do trabalho? — indaga Haisley.

— Hum... err, eu me expressei mal. É melhor mudarmos de assunto antes que eu comece a suar descontroladamente.

— Por que você suaria por isso? — Haisley dá risada. — Entendo os motivos do Brody. Tecnicamente, meus irmãos e meu pai são chefes dele, então eu imaginaria que ele pudesse querer causar uma boa impressão na frente deles. Se bem que... — Ela se encolhe. — Ele meio que tem sido mais uma comédia do que qualquer coisa.

E é por isso que Haisley é tão maravilhosa. Ela pega um deslize e não faz você se sentir mal por isso. Ela é graciosa, doce e bondosa.

— É, ele tem se sentido meio estúpido com todos os contratempos.

— Ah, por favor. — Ela faz um gesto vago no ar. — Tem sido tão legal ver pessoas sendo reais perto de nós. Você não faz ideia de toda a falsidade que temos que aguentar. No máximo, Brody tem mostrado ao meu pai o quanto ele é genuíno.

— Foi o que eu disse. — Aponto para meu peito. — Mas ele parece achar que é uma coisa ruim.

Haisley balança a cabeça.

— Não, pode acreditar... são pontos a favor para o Brody.

...

BRODY

— Este copo é muito bonito — digo, esfregando o objeto em meu rosto. — Não acha, Hardy?

Ergo o olhar para Hardy e noto que ele está levemente embaçado.

Eita.

Isso só pode estar acontecendo por uma de duas razões:

Primeira: ele está se mexendo de um lado para o outro tão rápido que está se transformando em um borrão.

Segunda: estou oficialmente bêbado.

Considerando os quatro copinhos de dose vazios diante de mim, vou apostar na segunda opção.

— Cara... você tá frito. — Hardy solta uma gargalhada, recostando-se em sua cadeira.

— Eu não queimei no sol hoje — digo, desabotoando a camisa desajeitadamente e abrindo-a para que ele possa ver meu peito. — Viu, não estou queimado. — E então, só porque sim, toco meu mamilo com a ponta do dedo.

E de novo.

E de novo.

— Eu não quis dizer frito nesse sentido. Quis dizer que você está completamente mamado.

— Ah, sabe como é, né? — Apoio-me no cotovelo e olho-o bem nos olhos. — O seu pai me forçou a beber tudo isso. Não percebeu? Ele estava tentando me embebedar e conseguiu. — Olho em volta da mesa e digo: — Você acha que ele é a fim de mim ou algo assim?

Hardy ri novamente, agarrando meu ombro.

— Porra, espero muito que sim. Amo meus pais e o casamento deles, mas adoraria se ele estivesse a fim de um cara.

— Adoraria o quê? — pergunta Hudson.

Balanço a mão na frente de Hardy e digo:

— Shhhhhhh, não conte a ele. Ele vai contar ao Papi Reggie. — No instante em que as palavras me escapam, tapo a boca com a mão. Com os olhos arregalados, encaro Hardy, que me encara de volta.

— Porra, não brinca! — ele diz, aproximando-se de mim. — Então o lance do apelido é real?

— O quê? Hã, que apelido? Não ouvi um apelido. — Aponto para Hudson. — Você ouviu um apelido? Ninguém ouviu um apelido, então é melhor a gente continuar comendo esse pretzel. — Ergo um pedaço molenga para ele. — Quer um pedacinho?

Hardy se inclina para Hudson.

— Os rumores sobre "Papi Reggie" são verdadeiros.

Hudson bate o punho na mesa, sobressaltando todo mundo.

— Eu sabia. Você me deve mil dólares.

— O que está acontecendo aí? — Reginald pergunta, tragando seu charuto afastado do grupo, perto de uma das janelas abertas.

— Nada — respondo com a voz esganiçada, acenando para ele. — Está tudo ótimo aqui. Obrigado por perguntar. Como está o seu charuto? Bom de tragar?

— Cara... — murmura Hardy.

— Minhas bolas parecem estar encolhendo — digo, enquanto Reginald me encara.

— Por que você está nervoso? — pergunta Reginald.

Porque você me fez ficar bêbado.

Porque Jaleesa me disse para não ficar bêbado.

E também porque me sinto bêbado a ponto de achar que não vou conseguir manter o bico fechado.

— Hã... cansado — digo, balançando a cabeça. — É, acho melhor eu ir para a cama. Então obrigado pela ótima noite.

Começo a me levantar, mas Reginald me impede.

— Sente-se, McFadden.

— Ah, sim, ok. Claro. Eu nem queria ir mesmo. Só estava tentando evitar uma situação desconfortável, mas, sabe como é, né, eu faço o que o senhor manda, então vou ficar aqui sentado, como mandou.

— Brody, você não está falando nada com nada — diz Hudson.

— Eu sei. Esta é a parte em que você me dá um soco no pau para que eu vomite e ninguém queira ficar perto de mim. Sinta-se à vontade para fazer isso a qualquer momento para me tirar daqui.

— Pai — diz Hardy. — Apenas deixe-o voltar para o bangalô. Ele está claramente bêbado.

— Exatamente — diz Reginald. — É o momento perfeito para termos uma conversinha.

E é isso. Meus testículos acabaram de subir para minha garganta.

Se eu sair dessa vivo, vou ficar muito impressionado.

•••

MAGGIE

— Vocês acham que os rapazes estão falando sobre nervosismo pré-casamento? — pergunta Sloane.

Com o céu escuro da noite formando uma coberta de estrelas cintilantes acima de nós, ainda estamos à nossa mesa perto da praia, as ondas quebrando à distância, tochas tiki fornecendo a única iluminação à nossa volta. Tem sido uma noite divertida, mas tenho que admitir que estou surpresa por Sloane estar falando. Ela falou mais esta noite do que ouvi a semana toda. Deve ser o drinque especial que Haisley fez. Ela está no segundo. Eu parei no primeiro, porque de jeito nenhum eu ia me embebedar hoje.

Por muitas razões.

Primeira: profissionalismo.

Segunda: não quero estar inchada amanhã.

Terceira: tenho planos com Brody mais tarde e não quero ser relapsa.

— Não acho que Jude esteja nervoso — diz Haisley.

— Definitivamente não — Margie se manifesta. — Aquele homem quer ser seu marido desde a primeira vez que te beijou. Acho que não precisa se preocupar com nervosismo da parte dele.

— E você? — Sloane pergunta, claramente alheia ao conceito “não assuste a noiva na noite anterior ao casamento”.

Haisley balança a cabeça com confiança.

— Nem um pouco. Eu amo muito o seu irmão. Mal posso esperar para poder chamá-lo de marido. Acho que, a essa altura, estou mais impaciente do que qualquer outra coisa. Quero estar logo naquele momento, caminhando até o altar, olhando para ele sabendo que ele será meu para sempre.

— Isso é tão lindo — comento. — E ele será. Sra. Haisley Galloway. Oh, espere, você vai adotar o sobrenome dele?

Haisley faz que sim com a cabeça.

— Acho que o meu pai preferiria o contrário, mas eu nunca faria isso com Jude. Sei que é importante para ele, então, sim, vou adotar o sobrenome dele e provavelmente deixar Hopper como meu nome do meio.

— Haisley Hopper Galloway. Soa bem — digo.

— Não é? — Ela olha para o céu, suspirando. — E você, Maggie? Você se vê casando com o Brody? Sei que falamos sobre isso antes, mas ele estava presente. Adotaria o sobrenome dele?

Todas as garotas prestam atenção em mim, esperando por uma resposta.

— Sinceramente… — Faço uma pausa, pensando um pouco.

Quero dizer a elas que nosso relacionamento é tão recente que não faço a mínima ideia, mas também há uma parte de mim que já sentia há muitos anos o quão forte o nosso vínculo seria. E por isso eu fiquei tão chateada depois do casamento de Gary. Eu sabia que poderia haver algo real entre nós, mas ele me rejeitou. Faço que sim com a cabeça.

— Acho que existe uma possibilidade de nos casarmos. Ainda preciso ver o que Brody acha. Meu trabalho é um pouco caótico, mas sei que ele me apoia plenamente. Só quero ter certeza de como poderia dar certo. E se eu adotaria o sobrenome dele? É claro. Acho que Brody sentiria o mesmo que Jude, ficaria orgulhoso se eu adotasse seu sobrenome.

— Bom, eu nunca vou me casar — anuncia Stacey. Ela ergue uma das mãos. — Só me interesso por mulheres, e encontrar a mulher certa para ao menos sair para um encontro está quase impossível.

— Você a encontrará — diz Haisley com um sorriso. — Vai ser de um jeito inesperado. Eu sei disso. Tipo como aconteceu comigo e Jude.

— Bom, as chances de encontrar uma lésbica em um canteiro de obras são bem maiores… — Stacey abre um sorriso sugestivo, fazendo-nos rir.

Não que isso importe, mas eu não fazia ideia de que ela é lésbica. Interessante. Pergunto-me como deve ser a vida amorosa de Sloane.

— E você, Sloane? — pergunto. — Gostaria de se casar algum dia?

Ela assente.

— Sim. Com um homem mais velho. Todos os homens da minha idade são muito imaturos. Não aguento. Quero alguém que não dê mais valor a uma lata de cerveja do que a uma mulher.

— Tipo o Hudson? — diz Stacey, balançando as sobrancelhas.

Hã, como é que é?

Sloane empurra a irmã.

— Pare com isso. — Ela olha para Haisley. — Eu nunca faria isso.

Haisley abre um sorriso doce.

— Um homem mais velho, hein? Talvez Hudson e Hardy possam te apresentar a algum dos amigos deles. Se estiver interessada.

— Não é má ideia — diz Sloane antes de esconder seu sorrisinho maroto por trás do drinque.

Mas mesmo que ela esteja interessada nisso de conhecer algum amigo deles, parte de mim está curiosa. Sloane gosta de Hudson? Quero dizer, como não gostar? O homem é lindo e tem uma ótima personalidade. Não é nem um pouco metido – pelo menos, quando não está no trabalho – e é, de fato, mais velho...

Nossa, eu acharia o máximo ver isso acontecer.

Pergunto-me se Jude aprovaria. Ele parece gostar de seus futuros cunhados, mas até que ponto? Eles seriam bons o suficiente para suas irmãs?

Além disso, dois casais de irmãos em relacionamentos... isso não acontece sempre.

Meu Deus, tenho tantas perguntas e tanta esperança de que isso aconteça.

Qual é o meu problema? Talvez o drinque de Haisley esteja batendo mais forte do que eu pensava.

— Quando voltarmos da lua de mel, posso falar com meus irmãos e ver se eles têm algum amigo disponível.

— Ou você pode perguntar aos seus irmãos se eles estão disponíveis — diz Stacey.

— Pare. — Sloane empurra Stacey novamente, mais forte desta vez. — Mas se você perguntar mesmo algo a eles, acha que poderia perguntar se eles têm alguma vaga de estágio? Eu ficaria muito grata se tivessem.

— Olha, eles sempre precisam de ajuda extra. Posso te arranjar algo, com certeza. Sei que Hudson está precisando mais do que Hardy. Mas sim, a resposta é sim. Vamos resolver isso quando eu voltar.

— Obrigada — Sloane diz e, então, suspira. — Desculpe por desviar tanto do assunto. Então... e quanto à noite de núpcias? Está nervosa?

Rá.

Duvido.

Esse provavelmente será o evento principal de amanhã.

...

BRODY

— Que tal ficar de pé, Brody? — diz Reginald, acomodando-se em sua cadeira com o tipo de sorriso que somente homens podres de ricos podem conceder. O tipo que diz "estou prestes a te fazer de bobo da corte diante de mim".

— Pai, o que está fazendo? — pergunta Hudson. Um dos meus anjos da guarda. Se não fosse por ele e Hardy, acho que, a essa altura, eu já estaria desidratado de tanto babar os ovos do pai deles. Mas eles têm me ajudado a manter o pé no chão, e sou muito grato por isso.

— Acho que está na hora de conhecermos Brody melhor.

— Ah, mas vocês já me conhecem o suficiente. — Faço um gesto vago com a mão. — Vocês sabem que eu grito feito uma gata no cio quando sou picado por um galho, que tenho uma tendência a pirar quando a minha virilha é brutalizada e que dou salada de batata na boca do meu melhor amigo enquanto cantamos "Brilha, Brilha, Estrelinha".

— Ele não estava presente quando soubemos da salada de batata — diz Hudson.

— Oh... é mesmo. — Dou de ombros. — Enfim. Deu para entender. Ah... e a minha namorada é a espécime humana mais perfeita que já pisou neste planeta e... — Dou risada. — Ela gritou meu nome quando estávamos, você sabe... e acordou o senhor.

O rosto de Reginald fica sério.

Ergo as mãos.

— Não era a nossa intenção acordá-lo, senhor. Mas não posso evitar a maneira com que a minha garota reage ao prazer que meu pau oferece. — Gesticulo para meu colo e, em seguida, para os espectadores.

— Hum... talvez seja melhor você voltar para o seu bangalô — diz Hardy ao se levantar e fazer menção de me ajudar a fazer o mesmo, mas seu pai o repreende.

— Sente-se, Hardy. Ele não vai a lugar algum.

— Ouviu só? — Aponto para Reginald. — Papi Reggie disse que não vou a lugar algum. Ele gosta de mim.

— *Papi Reggie*? — indaga Reginald, erguendo as sobrancelhas.

— Ops! — Cubro a boca e rio. — Eu disse Papi Reggie? Quis dizer Sr. Hopper Papi Reggie. Desculpe.

— Puta que pariu — Hudson murmura.

Reginald me perfura com o olhar, despejando as cinzas de seu charuto.

— Brody, que tal você nos contar sobre a sua proposta?

— Pai, este não é o momento — diz Hudson.

— Mas não é para isso que ele está aqui? Ele não foi convidado para este casamento, e sim sua gestora, mas ele por acaso veio no lugar dela. Parece uma coincidência ele fazer isso logo antes de ter que nos apresentar sua proposta quando voltarmos. É quase como se ele estivesse aqui para puxar saco.

Dou um tapa em meu joelho.

— O senhor não deixa passar nada, não é? — Levanto-me, ajusto meu colarinho e me dirijo ao pessoal à mesa. Faço um aceno de cabeça para Jude e Bowie. — Obrigado por se juntarem a nós esta noite, cavalheiros. E caso eu tenha perdido a oportunidade de dizer, você é um homem de muita sorte, Jude. Haisley é maravilhosa. — Isso o faz sorrir. — Tive o prazer enorme de fazer estágio com ela quando entrei na Hopper Industries. — Enfio uma das mãos no bolso, sentindo-me muito confiante, finalmente recebendo a atenção que passei a viagem toda querendo. — E embora tenha sido por um curto período, já que pude ajudá-la a viver seu sonho de deixar o negócio da família e seguir seu próprio caminho, aqueles foram alguns dos melhores momentos que vivi quando comecei a trabalhar para a Hopper Industries. Então, um brinde a você, Jude... você e Maggie. — Pauso e penso por um segundo. — Espere... não. Maggie, não. Ela é minha. Um brinde a você e Haisley.

Viro o copinho de dose que eu não tinha terminado antes e nem sinto mais a queimação. Minha garganta morreu. Minhas papilas gustativas estão queimadas.

Coloco o copo sobre a mesa e esfrego as mãos.

— Agora, vamos à proposta. — Afasto-me da minha cadeira e começo a andar de um lado a outro do nosso espaço privativo. — Vocês devem estar pensando: será que o Brody tem alguma chance de ganhar da Pupila do Satanás? — Ergo um dedo. — A resposta é sim. Porque enquanto a ideia *dela* não é nada original... — Aponto para meu peito. — A ideia desse cara aqui é de alto nível.

— Está chamando a sua colega de trabalho, Deanna, de Pupila do Satanás? — pergunta Reginald.

Assinto devagar.

— Sim, estou, e tenho autoridade para afirmar que ela mereceu esse nome. Mas isso é o de menos. Estamos aqui para falar sobre a minha ideia de butiques. — Faço uma pausa, esperando por uma salva de palmas, mas quando parece que ninguém acha que meu anúncio é digno de aplausos, decido começar a bater palmas sozinho.

Dou até um empurrãozinho em Bowie, que começa a aplaudir, mas Jude o interrompe.

— Obrigado, meu chapa. — Dou um aceno de cabeça para Bowie. Limpo a garganta. — Então qual é esse meu plano grandioso que elevará a Hopper Industries ao mesmo nível, por exemplo... da Cane Enterprises? — Reginald emite um som de desdém. — Fácil. — Ergo a mão e a movimento de um lado até o outro. — Lojas temporárias. Sim, foi isso mesmo que ouviram, meus camaradas. Lojas temporárias. Vamos tomar conta dos espaços comerciais vazios de São Francisco. Vamos adquiri-los por uma pechincha, porque ninguém mais os quer. Graças à falência, vamos investir baixo e apostar alto! — Dou um soco no ar para ilustrar.

Faço mais uma pausa, esperando por alguma reação, mas só recebo silêncio.

Que plateia exigente.

Endireito minha camisa e continuo:

— A ideia é transformar esses espaços em locais para aluguel de lojas temporárias, escritórios, oportunidades de marketing, e assim por diante. Isso vai modernizar a Hopper Industries e monetizar o que está em alta, abrindo nossas portas para o marketing boca a boca com a capacidade de promover bastante o espaço nas redes sociais e, é claro, ajudar a economia de São Francisco ao atrair mais negócios a essas ruas.

Cheio de orgulho, apoio as mãos nos quadris e olho em volta.

— O que acha?

Reginald despeja as cinzas de seu charuto novamente e se inclina para a frente.

— Acho que isso não tem o mínimo potencial de fazer mais dinheiro do que a proposta da Discípula do Diabo.

— Tecnicamente. — Ergo meu dedo e me curvo um pouco para a frente, agradecendo mentalmente o fato de que o álcool me entorpeceu o suficiente para não ficar magoado com as palavras dele. — Eu a chamo de *Pupila do Satanás*. Mas isso não vem ao caso.

— Pai... — Hudson começa, mas Reginald levanta a mão.

Tentando não me agitar diante de sua rejeição, digo:

— Com todo o respeito, senhor, a Pupila do Satanás não colocou nenhuma originalidade em seu projeto. Ela está apenas pegando carona em uma indústria bilionária já bem estabelecida.

Reginald esfrega o queixo.

— E você acha que não estou interessado em lucro? Posso estar em competição com os Cane, mas não vou simplesmente desperdiçar dinheiro em uma ideia insignificante sem valor algum.

Ai. Mas não vamos deixar que isso nos detenha. Não, nós vamos insistir, porque o álcool nos dá a falsa coragem de que precisamos para fazer papel de trouxa.

— Oh, Papi... quero dizer, senhor. Não é uma ideia insignificante. Isso é o futuro do comércio. Sem ofensa ao senhor e à sua geração, mas o senhor, por acaso, está por dentro das redes sociais? Há tantos negócios on-line atualmente que vendem montes e montes de produtos. Assim que ganham popularidade, começam a alugar lojas temporárias. Isso já está acontecendo por toda parte em Nova York e Los Angeles. Naturalmente, São Francisco vem logo em seguida.

— A sua ideia é só isso? Lojas temporárias?

— Não. — Balanço a cabeça e dou a volta na mesa, sentindo os olhos de todos em mim conforme me movimento. — Serão espaços versáteis. Terá muitas opções. Pense neles como telas em branco. Pode-se fazer o que quiser.

— Não é uma indústria bilionária, e tudo se resume a isso, McFadden. A sua ideia é medíocre e não estou procurando por algo medíocre.

— *Pai* — diz Hudson mais uma vez, mas Reginald o interrompe.

— E como você já conseguiu o que queria quando veio para cá, pode ir embora agora. — Reginald gesticula para a saída, mas em meu estado de porre e desespero, continuo resistindo.

— É isso que o senhor quer? A indústria bilionária de casamentos? — pergunto, sentindo meu corpo balançar um pouco. *Ai, pelo amor de Deus, não vá cair agora, cara.* Encosto-me casualmente em uma das paredes, tentando parecer um cuzão pomposo igual a Reginald, mas acho que não está funcionando, já que percebo vagamente Bowie e Jude me lançarem olhares de soslaio nervosos.

Devo mudar meus pés de posição?

Cruzar um por cima do outro?

Hum, não é uma boa ideia, já que meu equilíbrio está comprometido.

Então junto as mãos diante de mim, formando um triângulo, igual a todos aqueles caras sabichões que dão palestras.

Pronto, melhorou.

Agora, tudo está indo de força a maior... é isso que dizem?

Não, não, de mal a pior.

— É o que estou tentando dizer, McFadden — diz Reginald, parecendo irritado demais para meu gosto.

— Bom, esses espaços também poderiam ser usados para casamentos — digo. — Tipo... hã... tipo *casamentos pocket.*

Reginald hesita e, então, dá uma longa tragada em seu charuto, soprando a fumaça em seguida.

— Casamentos pocket?

— Sim. É aí que usaríamos os espaços menores, em vez de um dos espaços comerciais grandes de Deanna. O casamento pocket seria privado, tranquilo, mais íntimo do que em um cartório lotado e o juiz de paz entraria no pacote. — Ele franze o cenho para mim por um momento, e não faço ideia de no que ele está pensando. *Eu também não faço ideia de como eu sabia disso.* Mas estou me sentindo bem impressionado comigo mesmo.

— É uma ideia muito boa, McFadden.

— É mesmo? — pergunto. Hum, de onde diabos eu tirei essa ideia? Parece familiar, mas não consigo me lembrar de onde a ouvi.

— Sim. — Ele olha para Hudson. — Dê essa ideia a Deanna e diga a ela que acrescente à sua proposta.

— Espere, o quê? — pergunto.

— Pai, essa ideia é do Brody.

— E Brody pode trabalhar nela sob supervisão de Deanna. Agora, chega de falar de negócios. McFadden conseguiu o que queria, passar tempo conosco, e agora que acabou, ele pode se retirar. Eu gostaria de passar o resto da noite com a minha família. — Ele gesticula com a mão, me expulsando.

— Espere, então o senhor não vai aceitar a minha proposta?

Reginald suspira e inclina a cabeça para o lado.

— McFadden, eu nunca pretendi aceitar a sua proposta. No instante em que o vi aqui, soube que você era uma farsa. Não estava aqui por Haisley ou Jude. Estava aqui por interesse. Agora que conseguiu o que queria, estou pedindo que vá embora. — Reginald estala os dedos, e dois funcionários do hotel surgem ao meu lado em segundos. — Não se dê ao trabalho de comparecer ao casamento amanhã. Seu convite está retirado.

— Pai, isso é mesmo necessário? — pergunta Hardy. — Maggie faz parte do casamento. Ela tem sido uma ajuda enorme para Haisley.

— O que foi a única vantagem que McFadden nos proporcionou desde que chegou.

Estou prestes a argumentar que eu ao menos proporcionei entretenimento quando Jude se levanta da mesa, com os ombros tensos e uma expressão inflexível.

— Brody, não se preocupe em ir embora. Bowie e eu já vamos nos recolher. Este é o meu casamento e sou grato a você, Reginald, mas não quero que trate meus convidados dessa maneira. Aliás, nenhum ser humano deveria ser tratado dessa maneira. Haisley quis sair da empresa da família com razão, e *esta* é uma delas. — Ele gesticula entre nós. — Este comportamento. Só porque você tem dinheiro, não significa que tem o direito de tratar as pessoas como inferiores. E sinto muito se não concorda com isso, mas não vou ficar quieto enquanto você desrespeita um homem de bem que não fez nada além de ser gentil comigo e com a minha futura esposa.

Reginald se levanta, com o rosto vermelho.

— Ele só está aqui porque está tentando usar o seu casamento como trunfo dentro da minha empresa.

Culpado.

— Talvez isso seja verdade — diz Jude. — Mas ele não falou de negócios em nenhum momento e, se não fosse por você tê-lo deixado bêbado e o forçado a fazer um discurso, continuaria assim. Então isso tudo é culpa sua, Reginald. — Jude se afasta da mesa e vem até mim, segurando meu braço. — Vou levá-lo ao seu bangalô.

— Nós podemos fazer isso — diz Hudson, e Hardy fica de pé. — Vá curtir o resto da sua noite com Bowie.

— E desculpe — diz Hardy. — Isso nunca deveria ter acontecido.

— É... desculpe — digo, cambaleando para o lado, mas Hardy me segura antes que eu vá ao chão.

— Então vocês vão todos embora? — pergunta Reginald. — Estão agindo como se eu fosse o vilão aqui. Não fiz nada de errado. Foi ele que passou dos limites. — Ele aponta para mim. — Foi ele que se infiltrou na nossa família. E eu aturei. Sorri. Eu já sabia por que ele estava aqui e não disse nada, por causa de Maggie. Porque precisamos de Maggie. E agora que estou expondo-o, vocês ficam do lado dele?

— Não estamos do lado dele, pai — diz Hudson. — Mas você não precisa tratá-lo com tanto desrespeito.

— Desrespeito é o que vocês estão fazendo, me tratando dessa maneira — ele diz antes de jogar seu charuto dentro de um dos copinhos de dose, fazendo com que pegue fogo. Em seguida, sai pisando duro.

Ok, eu sei que deveria estar me borrando de medo, mas, nossa, que saída espetacular.

Os rapazes começam a se desculpar novamente, mas tudo à minha volta começa a escurecer. *Cachaça polinésia, você NÃO é minha amiga.*

— Felicidades, Jude.

E, então, apago.

...

MAGGIE

Toc. Toc.

Estou na cama, usando um conjunto de lingerie bem safado, um dos mais provocantes que tenho, completamente pronta para uma noite de paixão.

— Entre — digo de um jeito fofo, mas sedutor.

Estive pensando no que Brody e eu podemos fazer esta noite, torcendo para que ele tope brincar com um dos meus vibradores de novo. Ter esperança não faz mal.

— Hã... Maggie. É o Hardy e o Hudson — ouço do outro lado da porta.

— Oh. — Levanto-me da cama em um salto e imediatamente pego um dos robes de cortesia no armário. Coloco-o em torno de mim e amarro a tira antes de abrir a porta.

Demora um segundo para meus olhos focarem no que está diante de mim, mas então meu coração aperta. Hudson e Hardy estão segurando Brody, que está *completamente desmaiado*.

— Ai, meu Deus — digo, curvando-me para tentar ver o rosto de Brody, mas ele está tão jogado para a frente que não consigo. — O que aconteceu?

Seguro a porta aberta e dou um passo para o lado para deixá-los entrar.

Enquanto eles arrastam Brody para a cama, Hardy diz:

— Cachaça local fortíssima. Foi isso que aconteceu.

— Oh, não — digo, fechando a porta e indo até o corpo molenga de Brody. — Ele me disse que não ia beber muito.

Hardy puxa os cabelos e suspira.

— Merda, Maggie. Quero ser sincero com você, mas... não foi uma noite nada boa.

— Como assim? — pergunto, alternando olhares entre os dois irmãos.

Hudson e Hardy trocam olhares, comunicando-se pelo silêncio, e sei que o que quer que estejam escondendo, não é nada bom. Preciso saber tudo que aconteceu.

— Ouçam, meninos, não sei o que aconteceu esta noite, de bom ou ruim, mas acho que é justo vocês me contarem. Este é o meu namorado e preciso de detalhes. Mesmo que vá me magoar.

— Oh. — Hudson ergue a mão. — Se está pensando que houve alguma interação com uma mulher ou algo assim, não foi isso. Estávamos só os caras degustando cachaça local, conversando e comendo pretzels. Não houve mulher alguma envolvida.

— Além disso, Brody nunca faria nada para colocar o relacionamento de vocês em risco. O cara é apaixonado pra caralho por você — diz Hardy.

Apaixonado... quanto a isso, eu não sei. Mas acredito que ele gosta de mim. Disso, tenho certeza.

— Então o que houve? — pergunto.

Hudson coloca as mãos nos bolsos e fica se balançando nos calcanhares.

— Nosso pai expôs por que o Brody veio para o casamento.

— Isso depois de forçar o Brody a virar várias doses de cachaça, enquanto o restante de nós tomava apenas golinhos — diz Hardy.

— Depois, nosso pai começou a forçá-lo a falar sobre sua proposta, o que... não deu muito certo — Hudson continua.

— E a partir daí, foi só ladeira abaixo — complementa Hardy.

— Ai, Deus. — Coloco uma das mãos no peito e olho para Brody. — Reginald não gostou da proposta?

Hudson balança a cabeça.

— Brody não tinha a mínima chance.

— Mesmo com a sugestão improvisada sobre o lance do casamento — diz Hardy.

— Que lance do casamento? — pergunto.

— Meu pai estava falando sobre a proposta de Deanna e como é lucrativa — responde Hudson. — Então Brody sugeriu uma ideia, que chamou de casamento pocket. — Sinto o sangue sumir do meu rosto. — Nosso pai adorou a ideia, porque combinaria perfeitamente com a proposta de Deanna. E agora, quer que Deanna cuide disso.

— Tem... tem certeza de que ele disse "casamento pocket"?

— Sim, por quê? — pergunta Hardy.

Balanço a cabeça, sentindo-me tonta. Brody contou a Reginald o meu conceito de casamento pocket? Vendeu a minha ideia para a concorrência? Deus, me sinto tão... usada.

— Só para confirmar.

Olho para Brody, completamente apagado na cama, a adoração que eu sentia por esse homem vai sumindo. *Como ele pôde roubar a minha ideia desse jeito?* Sim, ele estava bêbado, mas isso não é desculpa. A ideia era minha, e agora a Deanna Demônia vai pegar o conceito, fazê-lo acontecer com os milhões de dólares que a empresa tem disponíveis e deixar todos abismados. *A ideia era minha, porra. Minha chance de expandir o meu negócio.* Brody sabia disso. Brody é um homem leal, mas isso... isso é desespero para deixar um chefe feliz.

Não um ato de alguém que disse gostar de mim há anos.

Como. Ele. Pôde?

Agora, tudo que consigo ver é traição. Roubo. Alguém que achei que conhecia... mas, aparentemente, estava errada.

Esse será o fim do meu negócio.

— Precisa de ajuda para acomodá-lo? — Hardy pergunta. *Sim. Que tal levá-lo até a porta e atirá-lo na água?*

— Hum, sim. — Engulo minha dor. — Podem colocá-lo daquele lado da cama?

— Claro. — Hardy e Hudson movem o corpo completamente inerte de Brody, colocando-o no lado certo da cama. Parte de mim quer sentir pena dele, mas a maior parte tem vontade de gritar e berrar.

— Ele teve uma noite bem difícil — diz Hardy, indo para a porta. — Nosso pai retirou o convite dele para o casamento. Jude o convidou novamente. Não sei o que ele vai querer fazer. Não quero que aconteça nenhum drama, então acho que talvez seja melhor ele não ir, sabe?

Hudson agarra a nuca.

— É, acho que essa deve ser a coisa certa a fazer.

Assinto.

— Entendo. Gostariam que eu também não fosse?

— Não! — os dois dizem ao mesmo tempo.

— Por favor, não prejudique Haisley por causa da incapacidade do meu pai de ser a porra de um ser humano normal. — Hardy esfrega o rosto. — Isso… isso é culpa do nosso pai, e nós vamos conversar com ele. A situação é muito complexa, mas só para evitar qualquer problema amanhã, acho que é melhor ele manter distância.

— Está tudo bem. Eu entendo. E peço desculpas por qualquer problema que ele tenha criado.

Hudson se aproxima e gentilmente coloca a mão em meu ombro.

— Brody não fez nada, Maggie.

Balanço a cabeça.

— Não, ele veio para cá por um motivo, e o seu pai expôs isso.

— Mas, sendo justo, ele nunca falou sobre negócios, nenhuma vez. Acho que, no instante em que chegou aqui, deve ter se dado conta de que não era o momento apropriado. — Hardy dá de ombros. — Sei lá, tem sido muito divertido ter vocês por perto. Acho que enxergo as coisas de um modo diferente. Sei que Haisley tem muita gratidão por vocês, então nós também temos. Faríamos qualquer coisa por nossa irmã.

— Haisley e Jude — acrescenta Hudson.

— Bom, vocês são irmãos incríveis. Obrigada por trazerem o Brody. Vou me certificar de que ele fique aqui. Preciso dizer algo a ele?

— Só diga que falaremos com ele quando voltarmos ao trabalho. Pediremos à nossa assistente para marcar uma reunião — responde Hudson.

— Ok, pode deixar. Vejo vocês amanhã.

Eles me dão um último aceno de cabeça e saem do bangalô. No instante em que a porta se fecha, viro-me para Brody e meus olhos se enchem de lágrimas. Está ali, deitado, desmaiado, completamente alheio ao fato de que acabou de partir o meu coração.

Com apenas duas palavras descuidadas, ele pegou toda a confiança que eu tinha nele e a estilhaçou em um milhão de pedaços.

— Como… como você pôde? — sussurro.

Meu lábio treme.

Minha respiração fica pesada.

E minhas mãos começam a tremer.

Ele prometeu que não me magoaria. Jurou que me trataria com cuidado, e, ainda assim, agiu pelas minhas costas e roubou minha ideia, oferecendo-a para a concorrência como se fosse uma oportunidade fácil para ele, uma forma de impressionar.

Enquanto isso, aqui estou eu, lutando para conseguir clientes, batalhando contra a concorrência corporativa para que meu nome seja reconhecido, para crescer o meu negócio, e ele vem e puxa o meu tapete, fazendo com que tudo o que conquistei vá por água abaixo.

O que devo dizer?

A ideia era minha, e Brody a roubou, e ainda que eu decidisse seguir em frente com ela mesmo assim, as pessoas diriam que estou copiando uma empresa grande para meu proveito.

Ele não roubou apenas uma ideia, roubou um pedaço do meu negócio que eu vinha planejando meticulosamente, com o qual eu vinha sonhando há tanto tempo. E ele sabe quanto a minha empresa é importante para mim, quanto me esforcei, o tempo e a energia que dediquei. Porra, nós só estamos nessa situação porque eu estava desesperada o suficiente para fazer uma jogada estratégica quando deveria estar de férias.

E eu fiz essa jogada.

Estava conseguindo me aproximar.

Estava ajudando.

Sendo reconhecida.

Agora é como se tivesse dado um enorme passo para trás.

Não apenas um passo para trás, um empurrão para trás, como se Brody tivesse estendido seu braço firme para me impedir de me erguer.

Sinto-me devastada, e está ficando cada vez mais difícil respirar. Quanto mais olho para ele, mais sinto a traição me dilacerar por dentro. Não posso continuar aqui. Não posso ficar aqui. Não posso ficar perto dele.

É o que basta para que eu tome uma decisão rapidamente.

Tiro o robe e o jogo na poltrona do canto.

Preciso sair daqui.

E só consigo pensar em um lugar para onde posso ir.

•••

Minha mala está completamente cheia, e eu a arrasto pelos últimos passos que restam para chegar ao bangalô que estou rezando para que seja o certo.

Normalmente, eu arrumaria as minhas coisas com calma. Eu me certificaria de colocar tudo certinho e dobradinho em seus respectivos lugares, mas quanto mais eu ficava no meu bangalô, mais enjoada me sentia. Então enfiei tudo na mala e usei uma das bolsas de carregar roupas limpas do hotel para guardar todos os meus cosméticos e produtos de higiene. Posso organizar tudo depois.

Respiro fundo, ergo a mão e bato à porta do bangalô.

Nervosa, fico me mexendo de um lado para outro, tentando não ir às lágrimas.

Por favor, abra. Por favor, abra.

Demora alguns segundos, mas ouço a porta ser destrancada e, então, aberta, revelando um Hardy sem camisa, usando apenas uma bermuda. Quando me olha atentamente, franze o cenho.

— Está tudo bem?

Respiro fundo.

— Hardy, não estou em condições de responder perguntas. Só preciso saber se você tem um sofá-cama no seu bangalô e se posso dormir nele.

Ele abre mais a porta.

— Tenho. É seu, se quiser.

— Obrigada — digo e, quando entro, ele pega minha mala.

Felizmente, seu bangalô é dividido em dois cômodos: uma área comum e um quarto. A televisão está ligada no quarto, passando a reprise de alguma série de comédia com risadas gravadas que parecem vazias.

Hardy fecha a porta e se vira para mim.

— Se isso for por causa do Brody e do que aconteceu...

Ergo minha mão.

— Por favor, não tente justificar nada por ele e, por favor, não me pergunte nada. Eu só... só quero focar no casamento amanhã, pela sua irmã, e depois ir embora. Está bem?

Ele faz que sim.

— Posso pedir para a equipe do hotel te colocar em outro quarto amanhã. Se tiver algum disponível.

— Se não for muito incômodo. Não quero te atrapalhar. E posso colocar no meu cartão.

Ele balança a cabeça.

— Não se preocupe com isso, Maggie. Podemos cuidar de você.

— Obrigada — digo, sentindo lágrimas começarem a brotar em meus olhos. Viro-me de costas para ele e xingo baixinho, me obrigando a me recompor.

Sinto-o se aproximar de mim, mas não perto o suficiente para me tocar. Ele conhece os limites. É muito respeitável.

— Maggie, se você quiser falar sobre isso...

— Não quero. — Balanço a cabeça. — Só quero ir dormir, cumprir o que prometi à sua irmã e ir embora.

Quando torno a olhar para ele, vejo preocupação em sua expressão. Pergunto-me se ele vai me questionar ou dar ouvidos aos meus desejos. Após alguns segundos de contemplação, ele finalmente diz:

— Ok, vamos arrumar a sua cama.

CAPÍTULO DEZESSETE

BRODY

PUTA. QUE. PARIU.

Cabeça latejando.

Corpo pesado feito chumbo.

Estômago revirado.

Boca seca.

Estou no inferno.

— Maggie — sussurro, estendendo o braço na cama, procurando pela minha garota. Mas, quando tateio o colchão, encontro apenas o vazio.

Merda, que horas são?

Difícil saber quando não consigo sequer abrir os olhos.

Se ao menos o sol não estivesse resplandecendo tanto dentro do quarto, seria mais fácil.

Resmungando, rolo de lado e tento abrir um deles.

Uma da tarde.

— O quê? — quase grito ao me sentar na cama, meu estômago revirando com o movimento.

Porra, cara, vá devagar.

Coloco a mão na cabeça, tentando me lembrar de como diabos vim parar nessa situação e por que me sinto tão terrível.

Mas meu cérebro está parecendo mingau, tão enevoado e desorientado que não consigo pensar nada coerente.

Nem sei como cheguei aqui ontem à noite. Maggie me trouxe? Ou foram os rapazes? Olho para baixo e, então, noto que dormi por cima das cobertas, com a cama ainda feita, e ainda estou de sapato.

O quê?

Olho para o lado de Maggie na cama. Está arrumado, intacto, como se ninguém tivesse dormido lá na noite passada.

Cacete, será que estou no quarto certo?

Começo a sentir um pânico borbulhar por dentro ao olhar para sua mesa de cabeceira e não ver seu carregador nem suas vitaminas.

Meus olhos analisam a cômoda. As coisas dela não estão lá, e, quando olho na direção do banheiro, constato que não há um produto de cuidados para a pele alinhado na bancada.

Eu estou na porra do quarto errado.

Meu Deus. *Que não seja o quarto de outra mulher. Por favor, que não tenha uma estranha aqui comigo.* Não que eu ache que seria capaz de trair Maggie, não sou esse tipo de homem, mas como raios eu... espere, aquelas são as minhas roupas no canto?

Confuso, esfrego os olhos com a palma das mãos e me inclino para a frente, tentando enxergar melhor.

Sim, é a minha mala.

São as minhas roupas.

Vou ao banheiro e vejo uma bolsa de produtos de higiene na bancada. Também é minha. Então onde diabos estão as coisas de Maggie e, mais importante ainda, onde está Maggie?

O que está acontecendo?

Será que dormi durante o fim de semana inteiro? Perdi o casamento? Hoje é o dia após o casamento e ela teve que pegar seu voo? Sei que durmo pesado quando estou bêbado, mas não acho que *tão* pesado assim.

Em busca de explicações, pego meu celular para ver se há alguma mensagem, mas quando me deparo com minha tela limpa, tento revirar meu cérebro para lembrar o que aconteceu ontem à noite.

Pense, Brody.

Começou com a degustação. Disso eu me lembro muito bem. Reginald me incentivando a beber mais e mais... e mais.

E é a partir daí que tudo fica embaçado.

Não me lembro de muita coisa depois do terceiro shot.

— Porra — murmuro, levantando-me da cama. *Devagar, cara, devagar.*

Com as mãos nos quadris, respiro fundo algumas vezes, tentando me acalmar, e olho em volta do bangalô, buscando por alguma pista, qualquer coisa que...

Meus olhos encontram um bilhete sobre a cômoda.

Graças a Deus. *Talvez Haisley tenha pedido à Maggie que ficasse com ela ontem à noite. Isso faria sentido.* E com isso ela teria que levar todas as suas maquiagens e cosméticos.

Com calma, vou até a cômoda, tentando não expelir nada do meu estômago, e pego uma garrafa de água junto com o bilhete.

Quando me viro para voltar para a cama, a fim de me sentar e ler, noto a presença de mais um envelope – mas este está próximo à porta, como se alguém o tivesse deslizado por baixo dela.

Muito confuso, pego-o também e volto para me sentar na cama.

Decido ler o que veio por baixo da porta primeiro. Abro o envelope e retiro um papel-cartão de dentro.

McFadden,

O seu comportamento ontem à noite, junto à sua ideia ardilosa de se infiltrar no casamento da minha filha para seu próprio benefício, me decepcionou imensamente. Por favor, considere este o aviso formal da sua dispensa. O setor de Recursos Humanos o espera na terça-feira às oito da manhã. Não se atrase. Leve tudo o que for de propriedade da empresa. E, caso não se lembre, o seu convite para o casamento foi retirado. Envio também a conta equivalente à sua estadia aqui.

Hopper

— O quê? — sussurro, colocando a mão na testa. Meu comportamento? O que raios eu aprontei ontem à noite para me fazer perder a porra do meu emprego?

E, então, me dou conta.

Demitido.

Ele me demitiu.

Puta merda... ele me demitiu.

Alarmado, retiro o outro papel de dentro do envelope. Este está dobrado e, quando o abro, percebo que se trata de uma cobrança. Meus olhos percorrem os números absurdos até chegarem ao final da página.

Quando vejo o valor total, quase desmaio.

— Sete mil, novecentos e oitenta e oito dólares? — grito. — Mas que porra é essa?

Analiso a conta novamente, meu coração palpita a mil enquanto sinto o mundo desmoronar ao meu redor.

De alguma forma, fiz papel de idiota ontem à noite.

Maggie não está aqui e não há mensagens no meu celular.

Eu perdi a porcaria do meu emprego.

E agora tenho uma cobrança de mais de sete mil dólares em minha mão por uma viagem que, até onde eu sabia, seria por conta do meu, agora, ex-patrão.

— O que aconteceu? — murmuro, deixando o papel cair no chão.

Nesse momento, pego o outro bilhete. Este foi claramente deixado por Maggie.

Abro-o e começo a ler.

Brody,

Você prometeu que não me magoaria. Você jurou que isso não aconteceria, mas enquanto escrevo este bilhete para você, me sinto estilhaçada por dentro. Vou ficar com Hardy esta noite. Por favor, não me procure. Por favor, não tente me contatar. Só me deixe em paz. O que aconteceu entre nós dois foi um erro. Eu nunca deveria ter cedido a esses sentimentos. Deveria saber que não levaria a nada além de mágoa.

Respeite meus desejos e me deixe em paz.

Maggie

Fico olhando para o bilhete, atônito. Ela foi embora? Ela não quer que eu procure por ela? O que foi que eu fiz? Como fiz uma merda tão grande a esse ponto? Porra, estou tão confuso...

Então um pedacinho da carta prende minha atenção. Ela passou a noite com Hardy?

Onde?

Na porra da cama dele?

Fico de pé de uma vez e, sem pensar, começo a ir em direção à porta do bangalô, pronto para descobrir que caralhos está acontecendo. Mas então me dou conta de que todos devem estar se aprontando para o casamento neste momento. E apesar do fato de que a minha vida está ruindo à minha volta, tenho ao menos condições de perceber que invadir o casamento de Haisley e exigir respostas provavelmente não é uma ideia muito inteligente. Se eu quiser salvar ao menos um resquício de dignidade do que quer que tenha acontecido ontem à noite, preciso agir calma e racionalmente.

Mas, porra... ela passou a noite com Hardy.

Por que ele?

Por que ela não ficou aqui e tentou conversar comigo pela manhã? O que eu fiz de tão ruim ontem à noite a ponto de ela nem sequer querer fazer isso?

"Você prometeu que não me magoaria. Você jurou que isso não aconteceria, mas enquanto escrevo este bilhete para você, me sinto estilhaçada por dentro. O que aconteceu entre nós dois foi um erro."

Passo a mão pelos cabelos, revirando o cérebro em busca de qualquer coisa... qualquer coisa, mas nada me vem à mente. Nem mesmo um fragmento da noite que me fez perder Maggie e o meu emprego ao mesmo tempo.

— Porra! — grito, deitando na cama. — Por favor, se lembre de alguma coisa. Qualquer coisa.

Agarro a cabeça, querendo batê-la no chão até me lembrar, enquanto minha confusão se transforma em frustração.

Toc. Toc.

Olho em direção à porta e, apesar da náusea revirando em meu estômago e meu crânio latejando, levanto-me em um salto e abro a porta, torcendo para que seja Maggie.

Infelizmente, é Jude.

Ele não parece nem um pouco pronto para seu casamento, vestindo um calção de banho e uma camiseta preta. Ele não se lembra do que vai acontecer hoje?

— Ah... oi — digo. — Hã, você não vai se casar já, já?

Ele assente.

— Vou, sim.

Endireito a postura e tento ajeitar meus cabelos desgrenhados.

— Tem, hum... tem algo em que eu possa ajudar?

Cara, por que você está aqui?

— Não, mas preciso falar com você — ele diz, sério.

— Ok, claro — digo, abrindo mais a porta para que ele entre.

— Caralho, que fedor aqui dentro — ele diz, abrindo a porta do deque e saindo.

Está?

Dou uma fungada no ar, mas parece normal para mim, provavelmente porque estava dormindo na minha própria imundície e não consigo distinguir.

Desesperado para descobrir o que está acontecendo, junto-me a Jude no deque.

— O que está acontecendo? — pergunto, sem preambular.

Ele enfia as mãos nos bolsos.

— Este deveria ser o melhor dia da minha vida...

Puta merda, o que eu fiz?

Como arruinei esse dia para ele? De qualquer forma, preciso pedir desculpas imediatamente.

— Olha, cara, seja lá o que eu tenha feito ontem à noite, sinto muito, muito mesmo. Eu não queria... porra, eu não...

— Você não fez nada — diz Jude, olhando-me nos olhos.

— Hã... como assim? — pergunto, sentindo-me ainda mais confuso. Se eu não fiz nada, então por que a minha vida está desmoronando?

Jude vira-se para a lagoa.

— Quando conheci Haisley, não conseguia enxergar mais nada no mundo, somente ela. Me apaixonei por seu coração meigo e amoroso. Fiquei viciado em ouvir sua voz todos os dias. E descobri bem rápido que ela era a pessoa com quem eu queria estar o tempo todo. — Ele se vira para mim. — Dito isso, eu não sabia que me tornar parte da família dela seria tão difícil. — Ele balança a cabeça. — Nunca vou entender a importância que alguém sente quando sua carteira é mais pesada do que a das outras pessoas. Para mim, somos todos iguais, e o que nos separa como indivíduos é a paciência e a compreensão que carregamos no coração.

Não faço ideia de onde ele quer chegar com isso, mas sigo ouvindo atentamente.

— Reginald é meu futuro sogro, mas ele não se comporta de uma forma que ganhe meu respeito. Ele é calculista, se importa mais com seus resultados financeiros do que com as pessoas ao seu redor e, embora tente se projetar como um bom homem, ele carrega mais raiva e amargura em seu coração do que amor e compreensão. Isso ficou evidente ontem à noite.

Puxo a nuca.

— Jude, me desculpe, cara, mas... porra, eu não me lembro de nada que aconteceu ontem à noite. E sei que a última coisa que você quer fazer no dia do seu casamento é falar sobre isso...

— É por isso que estou aqui — ele diz, olhando para mim. — Não posso conscientemente entrar em uma família sem reconhecer como você foi tratado ontem à noite. Está me perturbando, e me recuso a dizer "aceito" à mulher dos meus sonhos com esse peso em meu peito.

— Ok — digo. — Então se puder me ajudar...

— Foi uma armação — diz. — Percebi no instante em que Reginald começou a forçar você *e mais ninguém* a terminar as bebidas. Ele está atrás de você desde o primeiro dia. Eu nunca disse nada para Haisley porque ela tem um... relacionamento delicado com o pai. Eles tiveram um desentendimento quando ela deixou a família e demoraram a se reconciliar. Eu não quero ser o responsável por atrapalhar isso. Mas no momento em que fiquei sabendo que você ajudou Haisley com seu plano de negócios, vi que você se tornou o inimigo número um de Reginald. Ele estava armando para que você falhasse em tudo o que fizéssemos. Antes dos jogos na praia, eu o ouvi dizer aos meninos para destruírem você. Eles contestaram, mas, no final, não tiveram escolha. Ele mandou funcionários do hotel ouvirem as suas conversas com Maggie, descobrir as suas fraquezas. Ele ficou sabendo que você ficou enjoado no barco quando estava vindo para cá, então usou isso a favor dele. Fez questão de que o capitão desse a você aqueles comprimidos para náusea para mexer com sua cabeça. Até na trilha, ele ficava brincando com suas fraquezas sempre que podia, provocando você, colocando você para baixo. Ontem à noite foi a gota d'água... e mesmo que ele estivesse tentando fazer você parecer fraco e incapaz, você saiu como sincero, como o cara legal que você é. Mas... sim, ele armou para você ontem à noite.

— Como? — pergunto.

— Ele te embebedou e anunciou que você estava aqui por apenas uma razão: progredir na empresa. Ele te forçou a fazer sua proposta para a empresa no meu jantar de despedida de solteiro, depreciou a sua ideia e ainda roubou um pedaço dela para dar à sua colega de trabalho. Foi conspiratório e meticulosamente planejado para estragar a sua imagem. Foi repugnante de assistir, e eu me recusei a aceitar isso, então fui embora com Bowie. Ele te embebedou de propósito para te humilhar. E eu acordei esta manhã me sentindo mal por isso. Eu tive que vir aqui, tive que me desculpar e te dizer que você é bem-vindo na minha turma. Você é bem-vindo ao meu casamento.

Puta.

Que.

Pariu.

É muita coisa para processar.

— Hã... cara, para ser sincero, nem sei por onde começar. — Preciso me sentar, então vou até a mesa do deque. Apoio os antebraços nas pernas e me inclino para a frente, tentando compreender tudo.

Então Reginald estava atrás de mim desde o início. Por que não fico surpreso? E Jaleesa tinha razão. No instante em que ele soube que ajudei Haisley a deixar a empresa da família, me tornei seu alvo principal. Eu desconfiava, mas agora tenho certeza. Já estava falhando antes mesmo de compreender que estava falhando. E eu aqui achando que só estava com um azar do caramba, quando, na verdade, era alvo de uma armação para me sair como idiota. Fiquei mordendo a isca, feito o imbecil que eu sou. *E, de alguma forma, também perdi a garota dos meus sonhos.*

Jude junta-se a mim, pega uma cadeira se senta nela ao contrário, com o peito no encosto, montando no assento. Eu não esperaria que ele se sentasse de outra forma.

— Só para constar, Hudson e Hardy estavam tentando impedir o pai, mas não havia muito que eles pudessem fazer.

— Estavam? — pergunto, erguendo o olhar para Jude enquanto minha mente pensa em Hardy e o que quer que possa ter acontecido entre ele e Maggie.

— Sim. Eles até me procuraram depois de te ajudarem a voltar para o bangalô. Me disseram que lamentavam muito pelo que aconteceu e que o pai deles estragou a véspera do meu casamento. Eles estavam preocupados com você, com o que o pai deles poderia fazer. Foi um show de horrores.

Mordo os lábios, recostando-me na cadeira.

— Maggie não passou a noite aqui — digo baixinho. — Ela arrumou as coisas e foi embora. Disse que ia ficar com Hardy. Não faço a mínima ideia do porquê.

Jude junta as sobrancelhas.

— Foi mesmo?

Faço que sim com a cabeça, passando a mão pelos cabelos.

— Eu não sei por quê, cara. Ela só me pediu que a deixasse em paz. Tipo, eu disse alguma coisa para ela ontem à noite quando os rapazes me trouxeram? Não faço ideia.

Jude balança a cabeça.

— Nah, cara. Hudson e Hardy disseram que você estava apagado.

— Porra — murmuro, inspirando e expirando profundamente. Afundo mais em minha cadeira, tentando encaixar as peças, mas não adianta de nada, não quando esse cara está prestes a se casar. Não quero que nada perturbe esse momento, então deixo de lado o desastre que a minha vida está agora e digo: — Sabe, você não precisa se preocupar com isso. É o dia do seu casamento, você precisa focar nisso, mas fico grato por ter vindo aqui. Significa muito para mim. Valeu, cara.

— Tem certeza? — ele questiona. — Posso perguntar à Maggie.

— Não faça isso, por favor — digo. — Ela precisa focar em Haisley e se certificar de que tudo corra bem. Conheço bem a Maggie. Ela está colocando toda sua energia na sua noiva, e é isso que tem que acontecer agora. Não podemos incomodá-la.

Ele assente.

— É, agradeço por isso. — Ele se levanta e eu faço o mesmo. Juntos, voltamos para o quarto, mas ele faz uma pausa ao ver algo em cima da cama. Quando sigo o foco de seu olhar, vejo-o pegando a conta que Reginald me mandou. — O que é isto?

— Nada — digo, tentando pegar de volta, mas ele me impede.

— Reginald te mandou isto?

— Cara, é um problema meu, não seu.

Ele se vira para mim.

— Reginald disse que cobriria os custos da sua estadia aqui, então por que tem uma cobrança endereçada a você?

Solto um suspiro pesado.

— Recebi isso hoje, com um bilhete que dizia que preciso ir ao setor de Recursos Humanos na terça-feira.

Jude junta as sobrancelhas.

— Ele vai te demitir?

Esfrego a testa.

— Parece que sim, mas, como eu disse, você não precisa se preocupar com isso. — Arranco a conta de sua mão. — Odeio admitir, mas Reginald estava certo sobre mim. Vim para cá por um motivo, que era cair nas graças dos Hopper para quem sabe ter uma vantagem com a minha proposta. Pode-se notar que deu tudo errado. Meu plano não valeu a pena e agora tenho que lidar com as consequências. Problema meu, não seu.

Consigo ver Jude tentando pesar o dilema em sua cabeça. Porque, sim, eu criei drama em seu casamento. Eu criei todo esse caos e, mesmo que Reginald tenha me sacaneado, sendo bem sincero comigo mesmo, não sou a vítima dessa situação. Sou qualquer coisa, *menos* uma vítima. Eu não tinha o direito de tentar progredir na minha carreira durante a semana de casamento de alguém. Não tinha o direito de sequer estar aqui, para começo de conversa.

Agarro o ombro de Jude.

— Jude, vá se casar. Tenha o melhor dia da sua vida. Vou ficar bem. Fico grato por você ter vindo aqui ver como eu estava. Não precisava, mas não estou surpreso, porque você é um cara do bem. — Conduzo-o para a porta. — Boa sorte com tudo. Haisley é maravilhosa e você é um cara de muita sorte. Desejo tudo de bom para vocês dois.

Jude me dá um aceno de cabeça.

— Obrigado. — Ele se vira para mim novamente e retira um cartão de visitas do bolso. — Se precisar de alguma coisa, me ligue. — Ele fica bem sério. — Mesmo que seja de alguém para te apoiar. Não tenho problema algum em enfrentar o meu sogro. — Com isso, ele vai embora, e eu fecho a porta.

O cara tem colhões.

Mas se bem que ele não quer nada de Reginald, nada além da mão de sua filha em casamento. E eu conheço Haisley bem o suficiente para entender que ela não precisa da permissão do pai para fazer nada. Ela provou isso quando se separou da família e abriu o próprio empreendimento.

Olho para a cobrança mais uma vez, sabendo muito bem que vou ter que usar minhas economias para pagar por isso, mas vou pagar.

Ele acha que me tem na palma da mão, mas não vou deixá-lo ter o prazer de pensar que me humilhou com uma cobrança.

Vou para o quarto e observo o espaço vazio que antes era preenchido com a risada de Maggie, seu sorriso brilhante, sua personalidade contagiante. E agora que ela não está aqui, não está falando comigo, parece que este quarto, esta ilha, perdeu a magia. Perdeu o brilho. E sei que não tenho mais nada para fazer aqui. Não vou transtornar o casamento. Não vou tentar falar com Maggie quando ela está tentando ter sucesso em seu compromisso com Haisley. Isso só a distrairia. Ela não precisa disso, e eu com certeza não preciso pagar por mais uma noite neste quarto, então… vou fazer as malas.

Hora de ir embora. Posso resolver todo o resto depois.

De jeito nenhum eu vou deixar Maggie escapar dessa forma. Não sem saber exatamente o que aconteceu. Nem a pau eu a deixarei acreditar que eu a magoaria pela segunda vez.

Prometi que não faria isso.

E farei qualquer coisa para garantir que ela saiba que pretendo cumprir essa promessa.

•••

Adivinha quem ainda teve que pagar por mais uma noite no bangalô?

Euzinho aqui.

É o que acontece quando se perde a hora do check-out.

Reginald deve ter contado aos funcionários do hotel que eu sou o diabo encarnado, porque não foram nada gentis comigo na recepção. Não importa, eu não estava pedindo esmola. Entreguei meu cartão de crédito para pagar e fui embora em seguida, arrastando minha mala atrás de mim ao seguir até o barco que me levaria ao aeroporto.

Felizmente, consegui mudar o meu voo.

Infelizmente, vomitei no barco de novo.

É por isso que, no momento, estou afundado em uma cadeira diante do meu portão de embarque, esperando o meu voo, usando um travesseiro de pescoço e agarrando uma garrafa de água contra o peito desesperadamente. Vou pegar um voo noturno, e estou muito animado por ter encontrado uns comprimidos para dormir do tipo que dão um nocaute e fazem qualquer um esquecer todos os problemas. Estou ansioso para tomá-los quando embarcar. Até lá, estou tentando acalmar meu estômago e não pensar demais no desastre que é a minha vida no momento.

Uma noite.

Foi o que bastou.

Perdi meu emprego.

Perdi o respeito.

Perdi a minha garota.

Aham.

Puf!

Já era.

Simples assim.

É chocante, se pensar bem. Como alguém é capaz de perder tudo assim, em questão de horas. Deve ser algum recorde.

Tiro a tampa da garrafa e tomo alguns golinhos de água, sentindo meu estômago ainda inquieto.

Maggie deve estar no altar neste momento, fazendo seu papel de madrinha de casamento, linda de morrer em seu vestido. Aposto que está com uma flor nos cabelos, os lábios pintados com um gloss que me deixaria de coração palpitando só de olhar para sua boca.

Eu deveria estar lá.

Ao menos para lhe dar apoio, dizer quanto ela está linda.

Para dançar com ela.

Porra... ela vai dançar com Hardy? Hudson, talvez? Será que eles estão dando em cima dela, sabendo que eu fiz merda? *Homens como eles sempre conquistam a garota. Eles conquistam tudo na vida.*

Passo a mão no rosto. Eu nem sei o que fiz, o que disse. Essa é a pior parte. Se eu estava desfalecido, então o que poderia ter feito para afastar Maggie de mim? Não está fazendo sentido. Ok, eu estraguei minhas chances com a família Hopper, mas não consigo ver como isso está conectado a Maggie.

Frustrado, desbloqueio meu telefone e abro a mensagem de texto que enviei para Jaleesa. Expliquei tudo a ela e disse que seria demitido na terça de manhã. Pedi desculpas, mas não recebi resposta, provavelmente porque está tarde lá.

Ou porque ela está tão brava comigo que não quer me responder. Afinal, isso a afeta também. O funcionário que ela deveria estar gerenciando vai ser demitido, o que tenho certeza de que aos olhos de Reginald significa que ela não estava fazendo seu trabalho direito. *Cara, eu fiz muita cagada.*

Fecho as mensagens e, só por via das dúvidas, verifico meus e-mails – quem sabe eu ainda tenha acesso a eles. Seria um milagre.

Abro minha caixa de entrada no celular e eis que ainda tenho acesso. Parece que o Papi Reggie não é tão astuto quanto pensa. Arrasto a tela para baixo, atualizando a caixa de entrada, e é aí que aparece um e-mail de Deanna.

Que maravilha.

Ela já está se gabando.

Abro o e-mail e leio.

Noite difícil na ilha ontem? Não sei se você ouviu risadas hoje de manhã, mas era eu, daqui de São Francisco. É engraçado como você tentou cair nas graças da família e acabou sendo demitido. Eu sei, não é oficial ainda, mas o boato pelo escritório é que a sua terça-feira não será muito promissora. Que pena, você até que tinha potencial. Entretanto, tenho que lhe agradecer pela ideia adicional para a minha proposta, acho que complementa perfeitamente. Casamentos pocket, uma ideia realmente inovadora...

Espere... o quê?

Endireito-me na cadeira, sentindo o coração martelar no peito enquanto fito a tela do meu celular.

Por que ela disse "casamento pocket"?

E por que está me agradecendo pela ideia?

Essa... essa ideia é de Maggie.

Não, não, não. Isso não pode estar acontecendo. Eu não... eu não sugeri essa ideia, sugeri?

Fecho os olhos com força, tentando me lembrar de ontem à noite.

As doses.

O pretzel.

Reginald insistindo que eu bebesse mais.

Mais.

E mais.

E, então... a ficha cai.

Abro os olhos de repente, sentindo como se meu coração afundasse até o chão. A proposta. A discussão sobre Deanna e, então, minha sugestão de casamento pocket.

Puta que pariu.

Eu... eu entreguei a ideia de Maggie. Entreguei a Reginald sem ao menos pensar. Como eu poderia? E ela deve ter descoberto. Por isso ela desapareceu, por isso não quer falar comigo.

Sinto o sangue fugir do meu rosto e espalmo a mão na testa, em choque.

Seu imbecil do caralho.

Maggie trabalhando pra cacete para fazer seu negócio dar certo, para abrir o espaço físico que tanto quer, e eu acabei de oferecer uma de suas ideias únicas e inovadoras para seu maior concorrente.

É, eu também me mandaria ir me foder.

— Porra — murmuro, recostando-me na cadeira.

Ela deve me odiar. Por isso foi passar a noite no bangalô de Hardy. Ela provavelmente não conseguia sequer olhar para mim. Não a culpo. Nesse momento, nem eu mesmo me suporto, porque quebrei a confiança dela. Eu a magoei como prometi que não faria. E agora, enquanto está lá ajudando os Hopper, ela deve estar pensando em como eles estão prestes a usar sua ideia, como se fosse deles... por minha causa.

Você é um idiota de marca maior!

Balanço a cabeça. Preciso consertar isso.

Mas como?

Não vou invadir o casamento e exigir justiça por Maggie. Isso somente a constrangeria e pioraria ainda mais a situação. Não, eu preciso pensar em alguma coisa para fazer pelos bastidores. Tomo um gole trêmulo de água, com a ressaca voltando aos solavancos. Preciso consertar isso, mesmo que ela nunca mais confie em mim, nunca mais me dê outra chance. Preciso protegê-la e proteger sua propriedade intelectual. Preciso proteger seu negócio e garantir que ela receba o reconhecimento que merece.

CAPÍTULO DEZOITO

MAGGIE

O SOL RELUZ LOGO ACIMA DO HORIZONTE ENQUANTO MÚSICOS LOCAIS TOCAM UMA linda versão acústica da canção "My Girl". Os convidados estão sentados em cadeiras brancas, de frente para a lagoa azul cintilante. Há folhas de bananeira encadeadas, formando uma guirlanda tão única quanto deslumbrante que percorre todo o espaço da cerimônia e o caminho até o altar.

Posiciono-me na entrada, esperando minha vez de começar a andar, e assimilo todo o cenário.

O resort conseguiu reunir algumas flores para o casamento, mas foram distribuídas bem esparsamente pelo espaço da cerimônia, já que Haisley realmente queria uma atmosfera mais natural. Mas, preciso dizer, os pequenos toques de flores taitianas em meio ao verde da guirlanda deixaram tudo ainda mais lindo do que eu esperava.

Meu buquê está lindamente trançado e embrulhado de modo a parecer um conjunto de rosas, quando, na verdade, são folhas. Pode ter sido ideia minha, mas nunca vi algo igual. Tão estonteante.

E por falar em estonteante, Haisley deve ser a noiva mais linda que já vi. Ela escolheu um vestido translúcido com flores decorando o corpete. Fica bem justo em seu torso, delineando e exibindo suas curvas, enquanto a saia esvoaça naturalmente. Seus cabelos estão soltos, modelados em ondas e presos de um lado com uma presilha rústica, uma herança de família que sua mãe lhe trouxe.

Haisley não faz ideia do pesadelo que vivi ontem. Passou o dia inteiro feliz, empolgada e muito bem cuidada.

Ela usou seu robe e suas pantufas e fez piadas com Margie via chamada de vídeo. Tomou alguns goles de champanhe, comeu abacaxi fresquinho e sentou-se pacientemente para que fizessem seu cabelo e maquiagem. E quando chegou a hora do vestido, ela ficou radiante de felicidade, sabendo que estava prestes a caminhar até o altar para se casar com o amor de sua vida.

Isso é tudo que eu amo em casamentos.

A alegria.

O encanto.

O romance.

E, ainda assim, esta é a primeira vez na vida que compareço a um casamento e não sinto a mesma euforia pairando no ar. Não estou envolvida pela magia do evento. Em vez disso, me sinto morta por dentro, como se o ar tivesse sido arrancado dos meus pulmões e eu não conseguisse respirar direito. Fico olhando para trás por cima do ombro, esperando Brody aparecer. Fico checando meu celular, esperando para ver *se* ele vai me contatar. Prendi a respiração nas vezes em que Hardy entrou no quarto onde estávamos nos arrumando, esperando para ver se ele tinha algum recado para mim.

Mas nada.

O que confirma o meu medo.

O que aconteceu ontem à noite foi real.

E essa conclusão me destroça, porque... eu acho... acho que estava me apaixonando por ele.

Não, preciso ser sincera, eu não acho; eu *sei* que estava me apaixonando por ele.

Perdidamente.

No instante em que ele me assegurou que não me magoaria novamente, deixei que todos os sentimentos lascivos acumulados que nutri por Brody no decorrer dos anos tomassem conta de mim e me envolvessem como um cobertor quentinho em um dia frio de inverno.

Permiti que meu coração sentisse.

Permiti que meu corpo se apegasse.

E permiti que minha mente imaginasse o que poderia ser.

Acreditei que esse homem era meu, que nada poderia acontecer entre nós, que nada poderia nos machucar. Ele era meu para tocar. Para beijar. Para me apoiar em busca de conforto. Ele era meu para proteger e possuir quando voltássemos de Bora Bora. Convenci-me de que, depois de tanto esperar, eu poderia finalmente segurar sua mão e começar um futuro com ele.

De que...

De que eu não ia mais ficar tão sozinha.

Teria um parceiro nesse mundo...

Como tudo pôde desmoronar assim, em um piscar de olhos?

— Maggie, está pronta? — pergunta Sloane, tocando-me com seu buquê.

— Oh, sim. Desculpe. — Forço um sorriso e olho para Haisley, que está com os olhos marejando com lágrimas de felicidade. — Tudo bem? — pergunto a ela.

Ela faz que sim.

— Estou pronta.

Olho para a cerimonialista, esperando por seu sinal, e quando ela gesticula para que eu comece a andar, posiciono meu buquê na frente da barriga, dou a volta nos arbustos, que estavam nos separando dos convidados, e piso na areia, onde a cerimônia está acontecendo.

Jude está de pé no altar com uma calça cáqui clara e uma camisa social branca e simples com as mangas arregaçadas. Bowie, Hudson e Hardy estão vestidos de forma muito parecida, mas as camisas sociais são todas em tons pastel de azul, assim como os vestidos das madrinhas. Nada se compara, tudo se complementa e está muito lindo. O casamento de praia perfeito, na minha opinião.

E enquanto caminho até o altar, olho para Hardy, que tem sido muito gentil comigo desde a noite passada. Ele me deu espaço, não me perguntou nada e fez questão de me levar para onde eu precisava ir esta manhã. Disse a ele que era somente isso que importava, e ele aceitou.

Ele acena com a cabeça e eu lhe dou um sorriso antes de ir para o lado da noiva no altar, certificando-me de que há espaço suficiente para as gêmeas.

A água bate suavemente na praia atrás de nós, e a areia branca brilhante foi meticulosamente inspecionada pelo menos cinco vezes esta manhã, apenas para garantir que estivesse em sua condição mais imaculada. O som dos ukuleles acompanhado pelo vento flutuando pelas palmeiras acima de nós me faz mergulhar em uma atmosfera calmante, mas romântica, me dando arrepios.

Sloane é a próxima, seguida por Stacey, e então, quando a música muda para uma versão acústica de "Wildest Dreams", todos os convidados se levantam no momento em que Haisley aparece com Reginald ao seu lado. Meus olhos pousam em Jude. Fico observando-o enquanto ele permanece parado, como o homem gentil e sensato que ele é, mas conforme ela se aproxima, seus olhos marejam, até que uma lágrima rola por sua bochecha.

Ele não se dá ao trabalho de enxugá-la.

Nem mesmo treme diante da emoção que está sentindo.

Em vez disso, ele mantém os olhos fixos em Haisley o tempo todo, observando-a flutuar direto para seus braços.

E embora minha vida esteja uma bagunça, deixo isso de lado por este momento especial, o momento em que o casal compartilha uma conversa íntima antes de a cerimônia começar.

Na minha experiência, isso mostra a verdadeira personalidade do casal e é uma das minhas partes favoritas de toda cerimônia.

Alguns brincam e comentam o quanto estão suados.

Alguns abrem sorrisos nervosos, sem saber o que fazer na frente de um monte de espectadores.

Alguns agradecem ao pai por entregar a filha em casamento.

E há os meus favoritos, que são os casais como Jude e Haisley.

Jude se aproxima de Haisley e segura sua mão, antes de acariciar sua bochecha e dizer baixinho:

— Eu tenho sorte pra caralho.

É um momento de derreter qualquer um. É muito claro o quanto esse homem está apaixonado, e ele não tem problema algum em demonstrar.

Ele continua segurando Haisley durante toda a cerimônia, mantendo-a perto, sussurrando o quanto a ama. O quanto ela está linda. Minha mente, traiçoeira que é, pensa em Brody e nas vezes em que ele me disse o quanto eu era linda.

Isso me faz pensar em todas as vezes em que o peguei me encarando, para em seguida me elogiar e me fazer me sentir incrivelmente especial.

Me traz de volta ao nosso tempo no bangalô, sempre que ele me segurava perto, beijando meu pescoço, sem querer me soltar.

Me lembra dos momentos carinhosos que compartilhamos, dos toques quase imperceptíveis, mas toques que consigo sentir até agora. Eles me mostraram que mesmo quando não estávamos falando, ele ainda estava se certificando de que eu estava perto dele, ao lado dele, sem me perder de vista.

A posse que ele tinha sobre meu coração…

Droga. Não quero pensar nele, mas parece inevitável conforme a cerimônia continua. A cada onda que bate na costa, lembro-me do dia tranquilo que passamos na cabana. Conforme o sol vai se pondo no horizonte, me recordo de como ele me puxou para si no iate enquanto eu usava seu moletom. Com a brisa em meu cabelo, lembro-me dos sorrisos bobos que ele me deu enquanto caminhávamos pela praia.

Parece uma tortura saber que, depois dessa cerimônia, não vou dançar com Brody. Não vou voltar para o bangalô onde ele vai tirar meu vestido e fazer amor comigo. Não vou acordar com ele sabendo que, mesmo que tenhamos que ir embora da ilha, não significa o fim do nosso relacionamento, apenas o começo.

Quando, na realidade, está tudo acabado.

Morto.

Completamente arruinado.

O resto da cerimônia passa em um borrão. Perco o foco depois que minha mente começa a se encher de lembranças de Brody, e antes que eu dê por mim, o juiz de paz está anunciando Jude e Haisley como marido e mulher e eles se beijam.

Volto à realidade com os convidados aplaudindo em polvorosa os recém-casados. Jude inclina Haisley para trás, em um beijo mais profundo, dando ao fotógrafo a foto mais épica possível com a lagoa ao fundo e o juiz de paz ao lado. Ao erguê-la de volta, ele segura a mão dela e os dois descem do altar, com os padrinhos e madrinhas logo atrás.

Quando é minha vez, sorrio para Hardy ao prender meu braço ao dele e seguirmos para a área de fotos.

— Você está bem? — ele pergunta baixinho conforme andamos.

— Ótima — respondo, abrindo um sorriso falso. — Que casamento mais lindo.

— Sério? Porque me pareceu que você estava viajando.

— Só fiquei perdida nas palavras da cerimônia.

— Também conhecido como sonhar acordada com outra pessoa.

Suspiro.

— Hardy, por favor.

— Desculpe, eu só… estou confuso. Não entendo o que está acontecendo. Se for porque ele bebeu demais ontem à noite, não foi culpa dele.

— Não preciso que você o defenda. Agradeço a preocupação, mas…

— Ele fez o check-out hoje à tarde. Foi embora da ilha.

Isso me faz hesitar quando chegamos ao fotógrafo, que já está posicionando Haisley e Jude para uma de suas primeiras fotos como um casal.

— Você não sabia, né? — Hardy pergunta, puxando-me mais para o lado. — Fui pedir um quarto para você e me disseram que ele já tinha saído, mas que a noite já estava paga, caso você quisesse voltar ao bangalô.

Quando perguntei se ele tinha ido embora, me disseram que ele pegou o barco até o aeroporto.

Oh, nossa... ok, então ele fez o que pedi.

Eu deveria estar feliz por isso.

Radiante.

Satisfeita por não ter que me deparar com seu rosto lindo ao tentar andar pelo resort. Ou que, Deus me livre, pegar o mesmo voo que ele para casa.

Não, ele já foi embora.

Simplesmente... foi embora.

Ele nem lutou por mim. Que covarde do caralho. Pegou o que queria e deu no pé. Que homem.

— Diante da derrota nos seus ombros, acho que não era isso que você queria ouvir.

Ergo o queixo e tento parecer serena e indiferente.

— Na verdade, eu estava esperando por isso.

— Maggie, qual é — diz Hardy. — Seja sincera...

— Se os padrinhos e madrinhas puderem vir aqui para tirarmos algumas fotos, seria ótimo — grita o fotógrafo.

— Apenas deixe isso para lá, Hardy — digo e, então, forço uma expressão feliz, porque tenho ao menos profissionalismo e me recuso a deixar que qualquer coisa ou qualquer um atrapalhe isso.

•••

— Cadê o Brody? — pergunta Haisley, vindo até mim após cumprimentar todo mundo no salão de festas.

E foi uma missão e tanto. O salão de festas onde está acontecendo a recepção de seu casamento é tão grande que parece ter a capacidade para umas quinhentas pessoas. Em harmonia com a natureza ao redor, o teto é de sapê, árvores nativas delineiam os arredores e lâmpadas de bulbo penduradas complementam a atmosfera da noite. É um espaço lindo e simples, nada muito chique, perfeito para Jude e Haisley.

— Ah, ele não estava se sentindo muito bem, então voltou para o bangalô para descansar — digo, a mentira saindo da minha boca facilmente. Eu já tinha me preparado, porque sabia que ela ia perguntar. Ela foi tão atenciosa e gentil durante toda essa semana, sempre nos incluindo, então é claro que ia querer saber onde Brody está.

— Oh, não. Ele está bem?

— Sim, ele vai ficar bem — digo. — Acho que ele acabou bebendo além da conta ontem à noite e tomou muito sol hoje mais cedo.

— Bom, se ele precisar que peçamos à equipe do hotel para mandar alguma coisa para ele, podemos fazer isso.

— É muito gentil da sua parte. — Toco sua mão. — Mas concentre-se apenas em ter a melhor noite da sua vida. — Sorrio para ela, que retribui, segurando minha mão entre as suas.

— Sério, Maggie, eu não sei o que teria feito sem você. Você realmente preencheu o que faltava nesse casamento e serei eternamente grata. Margie está muito grata também.

— Foi um prazer, Haisley. Foi um casamento muito lindo de se presenciar. Sinto até que te devo uma por ter me deixado fazer parte dele.

— Que tal isto: quando eu voltar da minha lua de mel, vamos marcar um almoço? Porque agora que passei uma semana com você, não quero que essa amizade acabe.

— Nem eu.

Puxo-a para um abraço, muito grata por essa mulher. E, sim, talvez minhas intenções iniciais tenham sido egoístas, mas conforme fui conhecendo Haisley, e o ser humano lindo que ela é, quis verdadeiramente fazer parte de seu dia especial.

E eu também quero dar continuidade a essa amizade, não pela perspectiva de alguma parceria profissional, mas porque ela é uma pessoa com a mesma mentalidade que a minha. Ela abriu um negócio por conta própria, assim como eu. Ela dedicou todo o seu tempo e energia nesse negócio e estabeleceu metas para si mesma. Não conheço muitas pessoas como ela, e é libertador encontrar alguém que tem os mesmos ideais.

— Por que está nos rondando, Hardy? — Haisley pergunta quando seu irmão surge à minha direita.

— Não estou rondando — ele rebate. — Só vim ver se Maggie quer dançar.

— Você sabe que o namorado dela pode não estar aqui agora, mas não significa que ele não vá te dar uma surra se te pegar dando em cima dela, não é?

— Eu nunca faria isso — diz Hardy. — Não me subestime. — Ele dá um empurrãozinho na irmã, fazendo-a rir e se afastar dali, deixando-me sozinha com Hardy.

Sei exatamente por que ele quer dançar. Para continuar me fazendo perguntas. Francamente, minha vontade é ir embora, mas sei que recusar essa dança e me retirar seria grosseria da minha parte, então forço mais um sorriso e seguro sua mão para que me conduza até a pista de dança.

Uma de suas mãos pousa em minhas costas enquanto a outra segura a minha, e então ele começa a me guiar pela música delicada.

— Pedi aos funcionários do hotel que colocassem as suas coisas de volta no seu bangalô — ele diz baixinho. — Pode voltar para lá na hora que quiser. Agora que a parte principal do casamento acabou, sei que Haisley e Jude vão passar o resto da noite olhando um para o outro, então você não precisa ficar aqui se não quiser.

— Pareço tão deplorável assim? — pergunto.

— Não, está disfarçando bem, mas sei que você deve estar sofrendo.

— Como se eu fosse permitir que um homem me fizesse sofrer.

Ele ergue meu queixo, forçando-me a olhar em seus olhos.

— Maggie, você não tem que ser tão forte. Pode se permitir sofrer.

Sinto o lábio tremer.

— Se eu ceder ao sofrimento, Hardy, nunca mais conseguirei me recuperar. Preciso manter a máscara.

Ele assente.

— Ok, então use a sua máscara. — Ele continua a me guiar pela pista de dança. — Mas quero que saiba que estamos aqui, se precisar.

— Fico muito grata por isso. Muito mesmo.

— Posso interromper? — pergunta Reginald, sobressaltando nós dois.

Hardy olha para mim e em seguida para o pai, mas Reginald não lhe dá uma chance de decidir, pois simplesmente empurra o filho de lado e me toma em seus braços.

Sinto o suor brotar imediatamente em minha nuca, sentindo os olhos de Hardy permanecerem fixados em mim enquanto Reginald nos conduz para outra direção.

Quando estamos um pouco mais distantes, ele diz baixinho:

— Lindo casamento, não acha?

Isso não está me cheirando bem...

— Muito lindo. Haisley e Jude são um casal perfeito. Obrigada por me deixar fazer parte disto.

— Ficamos gratos por você ter aceitado nos ajudar. Sei que Regina está bastante feliz com o resultado.

— Maravilha.

Sua mão se firma mais em minhas costas.

— Agora, que história é essa de que você foi escondida ao quarto de Hardy ontem à noite?

Ai, Deus.

Como ele poderia saber?

A menos que...

Esse homem tem olhos por todo o resort. Tenho certeza de que algum funcionário viu isso e relatou a ele.

— Algumas complicações com Brody — respondo. — Nada com que precise se preocupar.

— Interessante.

Por que esse "interessante" soa tão calculado?

— Bem, eu queria que você fosse a primeira a saber que seguiremos sem Brody e sua proposta. — Ai, meu Deus, por que ele está me contando isso? — Não sei em que pé vocês dois estão, mas parece que ele usou a empresa e minha família para benefício próprio e não toleramos isso na Hopper Industries.

O que isso significa? Brody foi demitido?

E, novamente... por que ele está me dizendo isso? Está fazendo alusão ao fato de que eu fiz a mesma coisa?

Engulo em seco, torcendo e rezando para que ele não perceba as minhas intenções iniciais, porque, sim, elas vieram de um lugar de egoísmo, mas, no fim das contas, passei a querer somente dar apoio à sua filha.

— Eu, hã, não falei com ele — digo, tentando parecer casual. — Passei o dia inteiro totalmente focada em Haisley e garantindo que ela tivesse tudo de que precisasse.

— Talvez seja mesmo uma boa ideia se distanciar dele. Ele não parece que vai chegar a lugar algum em sua carreira.

Embora eu esteja furiosa com Brody, fico na defensiva. Ele pode ter arruinado a minha carreira, mas é um bom homem, inteligente, e sua proposta tinha bastante mérito.

Mas não estou em condições de enfrentar Reginald. Não é o momento, nem o lugar apropriado.

— Sabe, talvez eu tenha interesse em conversar com você sobre a possibilidade de trabalharmos juntos no futuro. — Ele nos gira e eu quase perco o equilíbrio tentando acompanhá-lo.

— O senhor… talvez tenha? — pergunto, sentindo todas as minhas esperanças emergirem gritando.

Era isso que você queria, Maggie. Uma chance de trabalhar com a Hopper Industries e a oportunidade pode muito bem estar diante de você. Mas a que custo? Porque, mesmo que a possibilidade exista, uma voz no fundo da minha mente sussurra que Reginald não vai me oferecer o mundo. Ele vai usar o meu conceito, mesmo sem saber que é meu, então não tenho muito a lhe oferecer. Ele deve querer alguma outra coisa.

— Talvez tenha, sim. Veja… — Ele abaixa o tom de voz. — Perder a minha filha para seu próprio negócio não foi algo fácil de aceitar. Não gosto do fato de ela ter ido trabalhar por contra própria em um empreendimento separado. Não sei se você reparou, mas sou um homem que preza muito pela família e quero mantê-la por perto, protegê-la de pessoas que queiram se aproveitar. — Seu braço fica mais firme em torno de mim.

Ah, porra, ele sabe.

Ele sabe sobre mim.

— Eu, hum… compreendo — digo.

— Haisley mencionou algumas das ideias excepcionais que você tem que podem ajudar a fazer o negócio dela se expandir, especialmente quando se trata de casamentos, e eu gostaria que você me ajudasse a convencê-la de que essas ideias se sairiam melhores se aplicadas sob a gestão da Hopper Industries.

— O quê? — indago, confusa.

— Então, Maggie, vamos dar início a um novo ramo da Hopper Industries com foco em dominar o mercado de casamentos em São Francisco. Como você é proprietária de um pequeno negócio nesse ramo, entendo que poderia temer ser derrubada por um mandachuva. — Engulo em seco. — Bom, nós somos os mandachuvas e vamos mirar na indústria em que você está inserida. Você pode ficar do nosso lado ou contra nós, mas acho melhor avisar de antemão que você não durará três meses se ficar contra nós.

Sinto meu corpo começar a desacelerar, minha mente girar… toda a esperança e o sonho de colaborar com um nome grande como Hopper descendo pelo ralo. Porque o que ele está sugerindo é… isso é chantagem.

— Diante do seu silêncio, imagino que esteja chocada ou disposta a aceitar. — Esse homem não falou de negócios a semana inteira e escolheu justamente este momento, na pista de dança do casamento da filha, para fazer alguma coisa? — O acordo é este, Maggie: ou você me ajuda a trazer Haisley de volta para a Hopper Industries com as suas ideias para os imóveis dela, ou vou me certificar de que você nunca mais faça outro evento em São Francisco.

— Você... você não pode fazer isso — digo, meu coração acelerado.

— *Maggie*. — Ele dá uma risada debochada. — Eu sou Reginald Hopper, posso fazer o que me der na telha. E não pense por um segundo que eu não sei o que você e Brody estavam tramando no instante em que apareceram na festa de boas-vindas. Apenas compactuei com o seu plano porque Haisley precisava de alguém. Felizmente, você é mesmo um ser humano decente e útil, diferente daquele seu namoradinho. Mas não tenho problema algum em expor você, se é assim que quer fazer as coisas.

Que homem perverso. Por que raios eu fui querer impressioná-lo?

Ele recua um pouco e encontra meu olhar, com um sorriso torto. Estou nos braços do diabo neste momento.

E eu tenho uma escolha a fazer: aceitar o acordo ou me afastar do negócio que passei anos desenvolvendo.

— Então estamos entendidos? — ele questiona. — Você traz a Haisley de volta, ou pode dar adeus ao seu negócio. A escolha é sua. — Ele então se afasta e enfia a mão de maneira pomposa no bolso de seu paletó. — Será um prazer trabalhar com você, Maggie. — E então sai andando, indo diretamente para um grupo de pessoas, trocando apertos de mão, agindo como se não tivesse acabado de arruinar vidas.

Enquanto isso, aqui sozinha no meio da pista de dança, sentindo o peso do meu negócio, do meu futuro, da minha moral em meus ombros, tudo em que consigo pensar é que tudo isso não adiantou de nada.

"Ou você me ajuda a trazer Haisley de volta para a Hopper Industries com as suas ideias para os imóveis dela, ou vou me certificar de que você nunca mais faça outro evento em São Francisco."

Eu vou fracassar. A Momentos Mágicos da Maggie vai fracassar.

E sabe o que é pior? Sem querer, entreguei o poder de garantir o meu fracasso ao monstro mais desprezível que já conheci.

CAPÍTULO DEZENOVE

BRODY

— E AQUI ESTÁ UM CHEQUE EQUIVALENTE ÀS FÉRIAS QUE VOCÊ NUNCA TIROU — diz Beatrice alegremente, deslizando o envelope para mim.

— Obrigado — digo, sentindo-me um otário completo.

Se você acha que Reginald foi em frente com a minha demissão, está correto.

Cheguei esta manhã às oito, fui recebido por um segurança e conduzido até uma sala de reuniões, onde Beatrice me explicou os detalhes da minha demissão: o que esperar, o que não esperar e, agora que estamos finalizando, meu último pagamento.

Que beleza.

Sem contar que, quando entrei na sala de reuniões, senti o cheiro do perfume fedorento de Deanna, o que significa que ela está perambulando por perto, pronta para apontar o dedo para mim e rir.

Bom, ria o quanto quiser, sua vaca, porque eu não quero trabalhar para Reginald Hopper mesmo. E não estou dizendo isso por petulância.

Estou falando sério.

Meu voo de volta para casa foi longo pra caramba e, mesmo tomando remédio para dormir, meu cérebro não parava de matutar, questionando cada coisinha que fiz durante a semana que passei em Bora Bora. E sabe a que conclusões eu cheguei?

Sou um idiota.

Sou péssimo nisso de ascender na carreira corporativa.

Talvez eu nunca consiga ter filhos depois da sova que minhas bolas levaram.

Viajar para Bora Bora a fim de conseguir alguma vantagem na competição foi um erro imenso, porque eu não sou um cuzão implacável que consegue fechar qualquer negócio. Não considero mais o que meu pai me disse como uma crítica. Ele me criou para ser um homem do bem. Um homem humilde incapaz de apunhalar alguém pelas costas.

"As pessoas sempre vão gostar de você porque você é humilde e faz o que tem que ser feito."

Bora Bora foi... bom, foi uma merda. Mas eu faria tudo de novo em um piscar de olhos, porque apesar da tragédia de sofrer um golpe enorme em meu ego, dia após dia, ganhei a coragem de que precisava para enfim tomar a iniciativa que queria tomar havia anos. Finalmente cedi à pressão que vinha carregando em meu peito para dizer a Maggie Mitchell o quanto gosto dela.

Aham. Fui em uma viagem de negócios com o objetivo de avançar em minha carreira, mas, na verdade, não conquistei nada nesse quesito. Em vez disso, me apaixonei pela garota de quem gostava havia tanto tempo, e isso foi muito mais importante do que qualquer proposta.

É por causa dela que ainda estou de cabeça erguida neste escritório.

É por causa dela que sei que o que estou prestes a fazer é uma loucura.

Mas também é por causa dela que estou pouco me fodendo.

Porque ela merece o mundo inteiro

E, sim, eu posso ter sido o responsável por ferrar tudo e posso nunca mais tê-la em meus braços, mas vou me certificar de consertar o erro que cometi.

— Obrigado, Beatrice — digo, guardando o envelope no bolso. — Desde que comecei a trabalhar aqui, notei que você não era nada além de uma mocreia azeda, e claramente não mudou nem um pouco até hoje. Parabéns.

Pisco para ela, adorando sua expressão ofendida, não estou aqui para conquistar fãs, e sigo para a porta.

Estou aqui para fazer a coisa certa.

Se acabar insultando algumas pessoas no processo, pelo menos vou saber que fui embora com a minha sinceridade intacta.

— Sr. McFadden, a saída é para a esquerda — Beatrice diz atrás de mim.

— Estou sabendo. Só preciso fazer uma paradinha rápida.

Sabendo que meu tempo é curto e que os seguranças estarão atrás de mim dentro de segundos, caminho o mais rápido possível pelos corredores da empresa.

— Oh, olha ele aí, fazendo seu último desfile — diz Deanna quando passo com pressa por ela. Ao longe, ouço Beatrice chamar os seguranças.

Merda.

— Do que está fugindo? De si mesmo? Eu também fugiria — Deanna grita, fazendo-me parar.

Essa vaca do caralho.

Viro-me para ela e vejo um segurança olhando em volta. Porra, só tenho alguns segundos.

— Deanna, eu acredito piamente que um ser humano como você merece tudo o que há de pior. Então que os seus dias sejam preenchidos pela ausência dolorosa de amigos e que as suas noites se preencham de crises de hemorroidas bem longas e desconfortáveis.

Com isso, disparo pelo corredor, viro à esquerda na cozinha e saio correndo direto até o escritório de canto.

— Ali está ele — um segurança grita, me deixando com o cu na mão.

Aproximo-me cada vez mais do escritório e não vejo nenhuma assistente, então começo a rezar para que ele esteja ali. *Você só tem uma chance; aproveite.*

Andando o mais rápido que consigo, ofegante e, francamente, exultante por causa do comentário sobre a hemorroida, abro a porta do escritório de Hudson de uma vez – um espaço lustroso e bem decorado onde nunca estive, já que nunca trabalhei diretamente com ele.

— Estão atrás de mim — digo. — Mas só preciso de um segundo do seu tempo...

Minhas palavras se perdem quando meus olhos pousam na cadeira vazia. *Merda...*

Meus braços são agarrados por dois seguranças que me puxam dali. Por que ele não está aqui esta manhã? Ele sempre está aqui. É o primeiro a chegar. O primeiro a andar pelo escritório. O primeiro a cumprimentar as pessoas e, porra, ele não está aqui.

Essa era a minha chance de acertar as coisas por Maggie. Como é que eu vou fazer isso se ele não está aqui?

E ele provavelmente não está aqui por um motivo.

Hudson e Hardy deviam saber que eu ia ser demitido hoje e, depois de tudo o que aconteceu, provavelmente queriam evitar se envolver em qualquer drama. Não os culpo.

Porque enquanto os seguranças me carregam até a saída, com meus calcanhares se arrastando pelo chão, tudo em que consigo pensar é que eu também não quero estar aqui.

...

Suspiro, segurando uma lata de suco de abacaxi e olhando para a rua movimentada diante de mim. No momento, estou sentado em um canteiro de plantas do lado de fora da Hopper Industries, com as minhas coisas jogadas de qualquer jeito dentro de uma caixa ao meu lado e contemplando como diabos eu vim parar aqui.

Uma série de erros infelizes.

Muitos... muitos erros.

— Brody? — Jaleesa pergunta, se aproximando de mim.

Balanço meus pés pendurados ao erguer minha lata de suco de abacaxi até os lábios. Estava na minha mesa, então pensei: o que seria mais apropriado do que beber algo que me transportaria de volta a Bora Bora, onde tudo deu tão certo por ao menos um momento?

— O que você está fazendo?

— Não lhe contaram? — pergunto. — Fui demitido.

— O quê? — Jaleesa indaga, furiosa, e chega mais perto. — Como assim, você foi demitido? Eu não soube de nada disso.

Olho para ela, que está segurando um copo de café e um pão doce no qual o pombo ao meu lado parece estar muito interessado. *Eu não tentaria, cara, ela não divide.*

— Ah, tenho certeza de que você será informada quando entrar lá. Armei uma cena e tanto. Acho que chamei Beatrice de mocreia. Nem tenho mais certeza. Mas sei que desejei que Deanna tivesse hemorroidas muito desconfortáveis. — Olho para o céu e acrescento: — E, sendo bem sincero, acho que o universo vai me conceder esse desejo.

— Você está bêbado?

— Não. Mas se estou à beira da insanidade? Eu diria que sim. — Apoio-me em uma das mãos e, com a outra, seguro a lata de suco de abacaxi perto do coração. — Sabe, Jaleesa, eu perdi tudo. A proposta, meu emprego e minha namorada. É quase cômico, se pensar bem, como alguém poderia perder tantas coisas em tão pouco tempo. Mas, quer saber? Se tem alguém capaz de alcançar essa façanha, sou eu mesmo. — Toco meu peito. — Euzinho aqui. Meu pai sempre disse que eu era uma pessoa que superava expectativas, mas acho que ele não sabe do potencial que eu realmente tenho. Provei isso hoje.

— Brody, o que raios aconteceu? — Jaleesa pergunta.

— Ah, o Papi Reggie sacou qual era a minha e me colocou no olho da rua. Disse que a minha proposta nunca teve chance. E, além disso, eu pisei *feio* na bola com Maggie. Tipo... fiz a pior coisa que poderia ter feito. Então ela me deu um pé na bunda e pediu que eu não a contatasse. Então não a contatei. — Balanço a cabeça, sentindo minhas emoções tomarem conta de mim. — Não falei com ela.

Jaleesa aperta a ponte do nariz.

— Mas como você chegou a esse ponto?

— Álcool.

— Brody. — Ela grunhe. — Eu te avisei para não ficar bêbado.

— Eu sei. — Viro o suco de abacaxi, sentindo o sabor doce e azedo ao mesmo tempo derreter em minha língua. — E eu fui à despedida de solteiro sem a mínima intenção de beber, mas Reginald não quis aceitar. Ele me mandou beber... e beber... e beber. Então obedeci ao Papi.

— Dá para não o chamar assim?

— Quando decidiu que eu já estava pra lá de Bagdá, ele me curvou e estapeou a minha bunda.

— *O quê?* — ela indaga, ultrajada.

Balanço a cabeça.

— Metaforicamente.

— Caramba, Brody. — Ela apoia um ombro contra a parede da frente do edifício, mantendo o olhar em mim.

— Ele me obrigou a fazer a minha proposta ali mesmo. Não sei se preciso dizer, mas deu tudo errado. Não era uma ideia que ele queria e, no meu estado embriagado, dei a ele uma ideia que, na verdade, é de Maggie, e o Papi Reggie agora quer entregar para aquela vaca lá em cima. Ah, e eles vão levar Maggie à falência, então... pois é. Ela terminou comigo e agora tudo que eu tenho é essa lata de suco de abacaxi e esse pombo aqui para chamar de amigo. — Gesticulo para ele, mas isso acaba assustando-o e ele vai embora voando.

É, fazer o quê?

Jaleesa esfrega o rosto e diz baixinho:

— Ok, Brody, vou descobrir o que vai acontecer agora. Vá para casa.

— Mas essa é a questão — digo, descendo do canteiro. — Eu não quero que você descubra o que vai acontecer. Não quero esse emprego. Não quero mais me vincular à Hopper Industries. Prefiro levar a minha ideia para os irmãos Cane, dizer que eles podem ficar com ela, fazer o que quiserem com ela. De preferência, enterrar o Papi Reggie, e então, sei lá, fazer alguma coisa da minha vida que não exija participar de relações comerciais e hierarquia corporativa. Tipo... talvez eu possa ser passeador de cães, ou algo assim.

— Você não tem um cão — ela diz, confusa.

— O que me faz um ótimo candidato para passear com cães, porque não vou assustar os amiguinhos com o meu cheiro territorial. É brilhante.

— Brody, você não é passeador de cães.

— Você não sabe disso. — Coloco minha caixa debaixo do braço e endireito as costas. — Esse pode ser o início de uma nova aventura para mim. Serviços Caninos do Brody.

— Jesus Cristo — ela sussurra. — Você pode, por favor, ir para casa?

— Não — respondo, balançando a cabeça. — Não quero ficar sozinho... preciso do Gary.

— Então vá ver o Gary.

Estremeço.

— Mas ele vai ficar bravo comigo por ter magoado a irmã dele. E se eu perder o Gary?

— Você vai perder alguma coisa já, já se não sair logo daqui. — Ela acena para algo atrás de mim. — Tem dois seguranças se aproximando.

Olho por cima do ombro e vejo os dois brutamontes que me colocaram para fora.

— Um deles precisa cortar as unhas. Fiquei cheio de arranhões enquanto eles me arrastavam para fora do prédio. — Toco o ombro de Jaleesa. — Dê esse toque quando passar por eles.

E então vou embora, sabendo que a minha próxima parada vai ser complicada, mas precisa ser feita.

Gary precisa saber.

...

MAGGIE

— Espere... ele fez o quê? — pergunta Hattie, sentando-se no meu sofá.

Quando eu estava no aeroporto, pronta para embarcar, mandei mensagem para Hattie para dizer que precisava que ela me encontrasse em meu apartamento quando eu chegasse. Ela não fez perguntas. Apenas me disse que estaria me esperando com os meus biscoitos favoritos: cereja e amêndoas, de sua loja em Almond Bay.

E ela mandou ver.

Há um prato com duas dúzias de biscoitos diante de nós enquanto seguramos taças cheias de vinho branco.

— Brody contou ao Reginald sobre a minha ideia de casamento pocket e agora eles vão usá-la.

— Por que diabos ele faria isso?

— Não sei — respondo. — Fico me perguntando a mesma coisa. Não sei exatamente o que rolou aquela noite. Não me contaram muita coisa e, obviamente, não falei com Brody porque ele estava desmaiado quando voltou para o bangalô. Sei que, antes disso, ele estava sentindo que não estava se esforçando o suficiente para ter sua proposta escolhida e cair nas graças do Hopper, então talvez ele tenha achado que seria uma boa pegar o meu conceito e dar como sugestão. — Dou de ombros. — De qualquer forma, descobri isso pelo Hardy e depois eu simplesmente... pirei. Arrumei as minhas coisas e deixei um bilhete para Brody dizendo que nunca mais quero falar com ele.

— Ele tentou entrar em contato com você?

Balanço a cabeça.

— Nem uma vez.

— Nossa. — Hattie toma um gole de vinho. — Imagino que, se ele não fosse culpado, teria tentado entrar em contato com você. Mas a culpa... é isso que o está impedindo de tentar te reconquistar.

Contorço os lábios para o lado, pegando um biscoito.

— Foi o que pensei também, mas você acha que essa teoria pode estar correta?

— Como assim? — pergunta Hattie. — Claro que está correta. Por que a pergunta? Você quer que ele tente entrar em contato com você?

— Não sei — digo, sentindo-me derrotada. — E sei como isso soa, porque pedi que ele não me contatasse, mas, bem lá no fundo, eu meio que queria que ele falasse comigo, porque isso confirmaria que ele não é o culpado. Aff, não sei se isso faz sentido. Tudo o que sei é que eu gosto muito dele, Hattie. E mesmo que ele tenha me magoado, é difícil deixar esses sentimentos de lado.

— Acredite, eu sei. Passei pela mesma coisa com Hayes. Depois que você nutre um sentimento por alguém, não vai embora assim tão fácil. Mas a minha pergunta para você é: você quer que ele entre em contato?

Dou de ombros.

— Provavelmente não. Acho que vê-lo só vai me fazer sofrer ainda mais, mas acho que uma parte de mim achava... ou melhor, esperava que Hudson tivesse entendido errado, sabe? Que, tipo... se ele tentasse falar comigo, talvez significasse que tudo fosse apenas um grande mal-entendido. Acho que, se fosse um mal-entendido, ele ao menos tentaria me explicar o que aconteceu. Limpar o nome dele. Mas ele não fez isso. Está completamente em silêncio, o que só me faz acreditar que ele vendeu a minha ideia de propósito, ou talvez nunca tenha gostado de mim de verdade e estava apenas me usando esse tempo todo.

— Não tem como. — Hattie balança a cabeça. — Eu vi as fotos de vocês dois que você me enviou, e é impossível que aquele homem estivesse fingindo seus sentimentos por você.

— Então ele é apenas um escroto que escolheu o emprego em vez de nós. — Assinto devagar. — Bom, pelo que eu soube, ele perdeu o emprego.

— Putz, sério? Que péssimo fim de semana. Perdeu a namorada e o emprego. É estranho eu sentir um pouco de pena dele?

— Sim! — quase grito. — Hattie, você deveria estar do meu lado.

— Eu estou do seu lado — ela diz rapidamente. — Mas, sei lá, essa situação deve estar sendo péssima para ele, só isso.

— Sim, deve mesmo, porque eu sou um partidão. Ele teve sorte por eu ter ao menos o notado.

— Tem razão, ele teve sorte mesmo.

— E ele deveria estar feliz com o fato de que eu nunca o julguei, nem um pouquinho. Depois de tudo que passamos, tudo que aconteceu com ele naquela ilha, eu fiquei ao lado dele. Tudo bem, talvez eu tenha dado risada da picada de cobra imaginária, mas foi só essa vez. Em todas as outras vezes, eu me mantive ao lado dele, me certificando de que ele tivesse alguém com quem conversar, alguém o apoiando. E é assim que ele me trata. — Jogo uma das mãos para cima. — Já foi tarde, então. Não preciso dele, mesmo.

Sinto meu lábio tremer e minha voz vacilar quando emito a última palavra. Hattie percebe e coloca a mão sobre a minha.

— Tudo bem você ficar triste, Maggie. Você não tem que bancar a forte na minha frente.

E isso é o que basta para que eu caia no choro.

Pouso minha taça de vinho, puxo as pernas para o peito e permito que as lágrimas desçam por meu rosto.

— Eu só… estou muito brava com ele. Ele prometeu que não me magoaria e eu acreditei nele.

— Eu sei. — Hattie muda os biscoitos de lugar e me puxa para si, envolvendo-me em um abraço. — Sinto muito, Maggie.

— Eu gosto muito dele — digo baixinho. — Acho… acho que talvez até…

Não digo as palavras, porque são pesadas demais, e não consigo me fazer proferi-las.

Para minha sorte, minha melhor amiga me entende.

— Eu sei, Maggie.

Meu lábio tremelica.

— Não é justo, sabe? Eu deveria ser capaz de encontrar alguém com quem passar o resto da minha vida. Deveria encontrar romance. Deveria ter uma pessoa especial. Por que isso não acontece para mim?

— Vai acontecer. Você vai encontrar o amor, Maggie. Eu sei que vai.

Limpo o olho.

— Eu achei que tivesse encontrado. — Solto um longo suspiro. — E para completar, tenho que descobrir o que fazer em relação à Haisley.

— Do que está falando? — Hattie pergunta.

— Reginald está me chantageando.

— Como é que é? — ela questiona, afastando-se para me olhar nos olhos. — Ok, espere aí. Eu sei que estamos tristes porque o Brody é um idiota, mas por que não começou por essa história de chantagem?

— Porque ainda não consegui assimilar isso, já o lance do Brody...

— Está te consumindo, entendo. Vamos voltar a esse assunto, mas o que está acontecendo com Reginald?

— Ele quer que Haisley volte a trabalhar na empresa da família. Ela contou a ele que eu tinha algumas ideias para uma parceria e assim expandir seu negócio de imóveis de aluguel. Ele disse que ou eu a convenço a fazer isso trabalhando para a Hopper Industries ou posso dar adeus ao meu negócio, porque ele não tem problema algum em acabar com ele.

— Ele lhe disse isso?

— Aham. E estava falando muito sério. — Puxo as pernas um pouco mais. — Não tenho ideia do que fazer. Parece que tudo está desmoronando. E eu sei que se Brody e eu estivéssemos nos falando, ele me ajudaria a descobrir o que fazer, mas, bom, você sabe o que rolou.

— Bem, converse comigo, então. Posso não conhecer os Hopper, mas entendo de negócios.

— Não há muito o que falar — digo. — Não vou forçar Haisley a trabalhar para o pai, simples assim.

— Então você vai simplesmente desistir do seu negócio?

Mordisco o canto da boca.

— Não faço a mínima ideia.

CAPÍTULO VINTE

BRODY

OLHO PARA O TAPETE DE BOAS-VINDAS DIANTE DE MIM. É GENÉRICO, ALGO QUE Patricia escolheu quando decidiu incrementar a entrada da casa deles. Lembro-me de Gary me mandando fotos de antes e depois e do quanto ele ficou orgulhoso de sua esposa por fazer a casa deles parecer um lar.

Lembro-me de me perguntar o que aconteceu com o cara que um dia enfiou a cabeça em uma privada para fazer seus colegas de fraternidade rirem. Ele está muito diferente desse cara, mas ao olhar para o tapete de boas-vindas agora, tenho que admitir que é bem legal.

Meio que me faz querer ter um no meu apartamento.

A porta destranca, abre e, quando o rosto de Gary surge diante de mim, quase me jogo nos braços dele.

— Cara — diz Gary, alegre puxando-me para um abraço. — Você voltou.

Claramente, Maggie não falou com ele ainda, ou então ele não estaria me abraçando assim.

— Bem a tempo para o jogo dos Rebels. Patricia não está em casa, foi trabalhar em um evento de caridade lá no píer, então entre. Pedi pizza e está a caminho. Você pode me contar tudo sobre a sua… — Ele hesita e seu rosto azeda. — Merda. Me esqueci de você e Maggie. — Oh, porra, talvez ela tenha falado com ele.

— Olha, cara, me deixe explicar.

Ele ergue uma das mãos.

— Não, tudo bem. Patricia me disse que eu estava sendo infantil e precisava crescer. Se o meu melhor amigo quer namorar a minha irmã, então preciso deixar acontecer. Ela tentou argumentar que já sabia que havia algo rolando entre vocês dois, mas eu disse, respeitosamente, que ela estava falando merda. — Ele balança a cabeça. — Sendo sincero, vou levar um tempinho para me acostumar, mas se você quer amar a minha irmã, então que a ame.

Sinto o sangue fugir do meu corpo e derramar na varanda de sua casa. Porque, *porra*, como eu quero amar a irmã dele. Quero tanto. E ainda assim, cometi um erro tão monumental que acho que amar Maggie nem é mais uma opção.

— Cara — digo, engolindo seco. — Eu fiz merda.

Ele estreita os olhos e aperta os lábios.

— De que tamanho?

— Muito grande.

Ele fecha os olhos com força, inflando as narinas. Preparo-me para receber uma porta na cara, mas, em vez disso, ele dá um passo para o lado, deixando-me entrar.

E é por isso que ele é meu melhor amigo.

Com o rabo entre as pernas, entro na casa dele, subindo pelos degraus que levam até sua sala de estar e indo direto para o sofá. Na TV, está passando o aquecimento para o jogo. Gary vai até a cozinha e ouço-o pegar duas cervejas para nós antes de trazê-las para a sala.

Ele me entrega uma e senta-se ao meu lado no sofá.

— Você a magoou?

Tomo um gole de cerveja e engulo antes de responder.

— Não de propósito.

É tão rápido que não consigo prever, mas, antes que eu possa impedi-lo, seu punho atinge meu braço com força, fazendo-me derramar cerveja na camisa enquanto uma dor aguda irradia por meu ombro.

— Porra — digo, massageando o local dolorido. — Será que posso ao menos explicar? — peço.

— Sim, mas eu disse para não magoar a minha irmã, então esse soco foi por me desobedecer.

— Desobedecer a você? — indago, chocado pela masculinidade vinda do meu chapa Garyzinho.

— Sim. Eu te avisei para não magoar a Maggie, você desobedeceu, portanto, levou um soco no braço. Agora, a gravidade da merda que você fez vai determinar qual vai ser o meu próximo ataque. — Ele aponta o dedo para mim. — Mas saiba que isso me machuca tanto quanto a você. Então não pense que estou curtindo isso.

Pelo menos, ele é honesto.

— Entendo.

Gary gesticula para mim.

— Agora, me conte que merda você fez.

— Bom, posso primeiro dizer que eu nunca tive a intenção de magoá-la?

— Sim, isso vai te fazer ganhar alguns pontos.

— Ótimo. — Passo uma das mãos pelo cabelo. — Eu nunca quis magoá-la. Na verdade, estava planejando vários encontros para nós quando voltássemos, mas aconteceu uma coisa na noite anterior ao casamento Hopper.

— Eu perguntaria se você a traiu, mas te conheço melhor do que isso.

— Eu nunca faria isso — digo. *Graças a Deus ele sabe que eu nunca faria isso. Que eu nunca* poderia *fazer isso.*

Ele assente devagar.

— Eu sei. Prossiga.

— Eu estava na despedida de solteiro de Jude. Acontece que o propósito de Reginald era me embebedar e me constranger. Resumindo, ele expôs que eu tinha segundas intenções ao ir ao casamento, me obrigou a fazer a minha proposta na frente de todo mundo enquanto eu estava bêbado e, bem... aparentemente, eu contei a eles uma das ideias de Maggie, o casamento pocket. — Vejo Gary se encolher. — Eu não fazia a menor ideia de que tinha feito isso, mas ela descobriu e basicamente me deu um pé na bunda. Com razão. Agora, os Hopper vão seguir em frente com a ideia dela, eu fui demitido e não consigo consertar porra nenhuma. A sua irmã não quer falar comigo, porque eu sou um tremendo idiota, e tudo que importa para mim é preservar a ideia de Maggie e devolvê-la a ela.

Preparo-me para o próximo soco, sem saber qual lugar ele vai escolher, mas fico pronto. Então, quando ele se vira para mim, preparo-me para o impacto, encolhendo-me antes mesmo que ele feche o punho.

— Você estava bêbado?

— Só porque Reginald foi um filho da puta e me forçou a beber uma cachaça local. Cara, até hoje não consigo sentir o gosto de comida direito.

Ele se inclina para a frente e pressiona um dedo em sua coxa.

— Está me dizendo que armaram para o meu melhor amigo?

— Sim — respondo, confuso.

— E, já que estava bêbado, você acabou dizendo uma estupidez que te custou não somente o seu emprego, mas também a minha irmã?

— Sim — confirmo, um pouco mais confiante.

— Bem… que merda, hein? — Ele coloca sua cerveja na mesinha de centro e estende os braços para mim. Preparo-me para o impacto, mas, em vez de ser arremessado no chão, sou puxado para o peito macio e fofo de Gary. — Pelo amor de Deus! Tudo pelo que você passou. — Ele acaricia minhas costas e, sei lá, talvez eu tenha perdido todas as minhas forças de tão exausto que estou da última semana, mas me aconchego em seu abraço, apoiando a bochecha em seu ombro.

— Foi um inferno — digo.

— Nem consigo imaginar. — Ele me dá alguns tapinhas leves nas costas e me aperta ainda mais, no mesmo instante em que há uma batida na porta. Ao se afastar, diz: — É a pizza. Que tal você ir ao meu quarto, pegar uma calça de moletom emprestada e ficar mais confortável?

Faço que sim com a cabeça.

— Seria uma boa.

E então nós dois nos levantamos do sofá: ele indo buscar a comida, e eu indo buscar conforto.

...

— Eu te contei que sempre que ela sorria para mim era como raios de sol me preenchendo de alegria? — pergunto a Gary, segurando minha terceira cerveja em uma das mãos e minha terceira fatia de pizza na outra.

— Você mencionou algo sobre raios de sol — ele responde.

— É, eu gosto muito do sorriso dela. E de seus dentes. E da boca. Porra, a boca, mano…

— Epa, pode ir parando aí. — Gary ergue a mão. — Você pode falar à vontade sobre quanto sente falta dela, mas não comece a falar das partes íntimas da minha irmã.

— A boca não é uma parte íntima.

— No contexto que você estava usando, é, sim. Guarde essas merdas para si. — Ele dá uma mordida em sua fatia de pizza.

— Desculpe — murmuro e viro o restante da minha cerveja. — E quanto aos olhos dela? Já falei sobre os olhos dela com todos os detalhes?

— Sim — responde Gary. — Gostei dessa parte, já que nós temos os mesmos olhos. Foi quase como se você estivesse falando de mim.

— Eu não estava — digo.

— Eu sei — Gary rebate, ofendido. — Só foi legal ser reconhecido.

— E, cara, ela me fazia rir. Ela é tão perspicaz e encantadora. Porra, como ela é encantadora. No início, eu me irritava com o quanto ela era encantadora, tipo, todo mundo gostava dela e eu me sentia insignificante, mas então quanto mais tempo eu passava com ela, mais eu compreendia. A garota é encantadora pra caralho, e isso é magnético. Minha vontade era ficar perto dela o tempo todo.

— Ela aprendeu comigo. — Gary estufa o peito.

Se tem uma coisa que eu posso garantir, é que ela não aprendeu isso com ele coisa nenhuma. Amo meu amigo, mas Gary é um pateta e Maggie, ela... ela é um anjo.

— Queria não ter estragado tudo. Você... está bravo comigo?

Gary limpa a boca com um guardanapo.

— Não estou muito satisfeito com você, mas você estava bêbado, então, cara, não sei.

— Entendo. — Contorço os lábios para o lado, pensando. — Será que você poderia, sei lá, convidá-la para vir aqui ou algo assim, para que eu pudesse conversar com ela?

— Ela disse que não queria falar com você, não disse?

— Sim — respondo. — Mas, Gary, qual é? Eu preciso consertar as coisas.

— Então conserte o que fez, não tente consertar as coisas com ela.

— Como assim? — questiono.

— Veja, para reconquistar a garota, você vai ter que ir até a raiz do problema. E a raiz do problema foi você ter entregue um pedaço do negócio dela à concorrência. Então você precisa acertar isso primeiro, se quiser ao menos uma chance de reconquistá-la.

— Mas como? — indago. — Eu fui demitido. Até tentei quando ainda estava no escritório, mas não tenho mais acesso à família Hopper. E, a essa altura, não tenho dúvidas de que Reginald deve ter feito a minha caveira para todo mundo. O que significa que nem a pau Hardy ou Hudson vão me dar ouvidos, mesmo que eu envie um e-mail a eles ou algo assim.

— Não tinha pensado nisso — diz Gary, afundando no sofá. — E a sua chefe? Você não pode pedir a ela?

— Ela disse que ia ver o que podia fazer e manteria contato.

Gary dá um tapa em minha perna.

— Bom, então é isso. Deixe que ela faça o que tiver que fazer. Enquanto isso, aproveite um tempinho com o seu Garyzinho.

Aconchego-me no sofá.

— Posso passar a noite aqui?

— Pode ficar o tempo que quiser.

...

Três dias depois...

— E esta foi quando estávamos fazendo uma trilha e uma cobra me picou, mas não me picou, mas achei que me picou, mas na verdade foi um galho. Não parecemos felizes? — pergunto a Patricia, sentado à bancada da cozinha, mostrando a ela uma das minhas fotos favoritas com Maggie.

— Sim, você me mostrou ontem à noite — ela responde, mexendo o molho de macarrão que está fazendo há uma hora. Perguntei por que ela simplesmente não comprou molho pré-pronto no mercado, e ela respondeu que o objetivo de o fazer era ter um tempinho para si mesma, mas foi um plano que falhou, porque eu decidi me juntar a ela.

Acho que foi um jeito sutil de pedir que eu a deixasse em paz, mas quando ela começou a misturar ingredientes em uma panela, fiquei curioso.

— Essa é a sua foto favorita de nós dois? — pergunto a Patricia, olhando para o rosto sorridente de Maggie na tela.

Nem estávamos juntos ainda nesse dia, e, mesmo assim, parecemos muito um casal apaixonado. Deus, como sinto falta da maneira com que ela pousava a mão em meu peito. Era tão delicada, porém possessiva. Eu deveria ter sacado desde essa foto que ela gostava de mim. Tanto tempo desperdiçado.

— Sabe, eu não decidi qual é a minha favorita — ela responde.

— Você quer que eu as coloque na TV de novo esta noite para que possa decidir qual é a sua favorita?

— Quer saber? É a foto da cachoeira. Sim, aham, é a minha favorita — ela diz, colocando um creme no molho e transformando-o de vermelho-vivo em laranja-queimado.

— É, eu também gosto muito dessa. — Solto um suspiro pesado. — Tem algumas que eu não te mostrei, porque não acho que sejam apropriadas. Mas tenho uma foto dela dormindo no meu peito, em que ela está sem blusa, mas não dá para ver nada. Sempre fico olhando para essa antes de dormir, porque me lembra do quanto eu me sentia confortável com ela.

— Que... hã... que fofo.

— Obrigado. — Deixo o celular de lado e junto as mãos. — Posso te perguntar uma coisa, Patricia?

— Bom, você não para de fazer perguntas desde que chegou, então claro, por que não? — Ela soa quase sarcástica, mas entendo por que Maggie adora tanto Patricia. Ela é definitivamente a cara-metade dela e de Gary.

— Quando você e o Gary terminaram na faculdade porque ele foi um idiota, ficou bêbado e fez uma dança sensual no colo daquela garota... — Vejo a mandíbula de Patricia tensionar. — Quando vocês ficaram separados, você ainda o amava?

— Sim — ela diz, concisa, ainda mexendo o molho.

— Mesmo brava com ele, você ainda o amava?

— Sim. Não é fácil simplesmente esquecer sentimentos que você passou anos nutrindo. Eu estava furiosa com ele e foi difícil perdoá-lo, mas eu nunca deixei de amá-lo. Está perguntando porque tem esperanças de que Maggie ainda sinta algo por você?

— Sim. — Ergo o olhar para Patricia. — Você falou com ela? Sei que vocês são próximas. Ela te disse alguma coisa?

Patricia balança a cabeça.

— Não tive notícias dela.

— Está dizendo isso porque ela pediu que você não me contasse, ou está dizendo isso porque ela realmente não falou com você?

Patricia se vira para mim e me olha nos olhos.

— Brody, eu gosto de você. Te considero um amigo. Mas você está sendo extremamente irritante. Muito carente, grudento e, francamente, só estou permitindo que isso continue porque sei que, se eu pedir que você vá embora da minha casa, vou ter que lidar com Gary preocupado com você. Prefiro mantê-lo aqui e ouvi-lo tagarelar sem parar sobre Maggie. Portanto, se eu tivesse notícias dela no momento, não acha que eu te contaria para que isso acabasse de uma vez e o quanto antes acontecesse, melhor?

Penso um pouco.

— Está dizendo que a minha chatice supera as suas regras femininas?

— Sim — ela diz, exasperada.

Assinto.

— Bom saber.

...

Dois dias depois...

— Eu sei que vocês disseram que não querem se envolver nisso — digo, juntando-me a eles na sala de estar, onde estão assistindo a um episódio de *Jeopardy!* Gary é péssimo nesse jogo, mas ele grita suas respostas com tanta autoconfiança que merece um crédito. — Mas...

— O que é milho amarelo? — grita Gary.

— O que é o Dia de Finados? — diz o participante na TV, acertando a resposta. Gary dá um tapa na perna e vira a atenção para mim.

— O que você estava dizendo?

— Estava dizendo que sei que vocês não querem se envolver nesse romance que foi para o beleléu, mas eu estava navegando pelas redes sociais e vi um GIF de Kris Jenner em que ela diz: "O que aconteceria se você simplesmente ligasse para Taylor?", e isso me fez pensar...

— Quem é Patricia Arquette? — grita Gary.

— O que é uma forquilha? — o participante e Patricia dizem ao mesmo tempo. Gary se encolhe.

— Hã... enfim, e se, err... e se você simplesmente ligasse para Maggie?

Gary pega o controle remoto e pausa a TV.

— Você quer que eu ligue para a minha irmã? E diga o quê?

— Sei lá. — Dou de ombros. — Diga que só queria saber como ela está.

— Eu nunca faço isso. Ela vai ficar desconfiada.

— Então que tal você, Patricia? — pergunto. — Não quer, tipo, sei lá... bater um papo com a sua amiguinha?

— Nós não ligamos uma para a outra. Só nos falamos por mensagem.

— Perfeito — digo, aproximando-me dela. — Cadê o seu celular? Vamos mandar mensagem para ela.

— Não vou mandar mensagem para ela, Brody.

— Por que não? — indago. — Acho que seria uma coisa cordial de se fazer. Sabe, perguntar como foram as férias dela.

— Ela vai saber que nós falamos com você — argumenta Patricia.

— Você não precisa mencionar meu nome — insisto, me sentindo tão desesperado que chega a ser patético. — Só pergunte se ela pegou um bronze ou algo assim. E se estiver se perguntando, ela pegou, sim. A pele dela era tão macia e...

— O que foi que eu disse sobre partes íntimas, porra? — reclama Gary, apontando o controle remoto para mim. — Pare com essa merda.

Mas a pele dela era tão macia e sedosa e, *porra*, como sinto falta de distribuir beijos por suas pernas, no meio de suas pernas, em todo seu corpo.

— Eca, acho que ele está pensando na pele dela — diz Patricia, arrancando-me do meu breve devaneio.

— Meu Deus, mande logo uma mensagem para ela e acabe com essa baboseira. — Gary aperta play no controle remoto, então me viro para Patricia e junto as mãos.

— Por favor...

Ela resmunga alguma coisa baixinho e pega seu celular.

— É isso aí, garota — digo, ficando ainda mais perto dela, ombro com ombro.

— Você vai ser expulso desta casa a qualquer momento.

— Entendido — digo, praticamente espumando pela boca por saber que terei notícias de Maggie. Tudo bem, não vai ser uma conversa direta, mas a essa altura do campeonato, aceito o que vier.

Patricia abre o contato de Maggie e começa a digitar.

Patricia

Oi, garota, como foi em Bora Bora? Espero que tenha se divertido.

— Mensagem perfeita, bastante casual. Muito bem, Patricia.

— Fico muito feliz com a sua aprovação — ela diz, com a voz pingando sarcasmo.

— O que é o Telescópio Gigante de Magalhães? — grita Gary.

— O que é o Rochedo de Gibraltar? — diz o participante.

— Droga, quase acertei — diz Gary.

— Não exatamente — diz Patricia. — Um é o telescópio mais poderoso do mundo, e o outro é um monumento de calcário.

— Ei — digo para Patricia, tocando a tela de seu celular. — Vamos focar nisto.

Ela ergue uma sobrancelha para mim e eu me recosto no sofá, dando uma risada nervosa.

— Sabe como é, né, só quero que você esteja ligada e...

Bipe.

— Oh, porra, ela respondeu. — Levanto-me do sofá em um salto e começo a correr em círculos. — Ela respondeu. Puta merda. — Pego uma almofada e entrego para Gary antes de me sentar novamente no sofá, estendendo a mão para o celular de Patricia.

Ela afasta minha mão com um tapa.

— Recomponha-se, ou não vou ler essa mensagem para você.

— Tem razão. Desculpe. — Respiro fundo. — Pode ler, estou calmo.

Ela me olha por um segundo antes de desbloquear a tela do celular e mostrar a mensagem para mim.

Maggie

A viagem foi ótima. Obrigada.

— Só isso? — pergunto. — Isso é tudo que ela vai dizer? E quanto ao... hum, não sei, o homem com quem ela transou várias vezes por noite durante...

— O que são partes íntimas? — grita Gary. — Pelo amor de Deus, cara.

— Desculpe. — Jogo o braço por cima do rosto. — Mas... é só isso? Foi ótimo? Achei que ela fosse dizer ao menos que foi... orgástica.

— Cai fora — diz Gary, apontando para a porta da frente.

Mas eu não saio. Apenas me afundo no sofá e deslizo para o chão, onde passo o resto da noite, amuado.

...

Três dias depois...

— Acho que não sirvo para esse lance de passear com cães — digo, sentando-me no sofá ao lado de Gary e Patricia.

— Você só fez isso por um dia — diz Gary, ficando mais irritado. Notei isso hoje de manhã, quando disse a ele que tinha acabado o iogurte e que acrescentaria à nossa lista do mercado.

— Um dia foi o suficiente. Os cães não gostaram de mim. Eu não era o alfa da matilha.

— Deve ser porque você está deprimente — diz Patricia. — Quero dizer, olhe só para você, Brody. Está usando a bermuda de algodão do Gary e meias de cano longo. Só Deus sabe há quanto tempo você não se barbeia, o seu cabelo está um desastre e você usou a porcaria de uma pochete hoje. Uma pochete. Você acha mesmo que vai reconquistar a Maggie usando uma pochete? Você ligou total o modo Gary.

— *Ei!* — diz Gary, ajeitando uma de suas meias de cano longo. — Assim você me insulta.

— Querido. — Patricia coloca a mão no ombro dele. — O modo Gary é perfeito para você porque é quem você é, e é isso que o faz ser tão amável. Mas em Brody, o cara que, sem ofensa, deveria ser o maneiro, cheio de estilo e bem-vestido de vocês dois, não fica legal. Ele está no fundo do poço, e não vou ficar aqui encorajando-o ainda mais. — Patricia olha em meus olhos. — Está na hora de você voltar para o seu apartamento.

— Não posso — digo.

— Hã, você pode, sim. É fácil: basta se levantar e ir.

Balanço a cabeça.

— Não posso. Eu não... não descobri ainda como consertar as coisas, e eu preciso consertar as coisas. Preciso melhorar essa situação.

— E ficar aqui vai te ajudar a consertar as coisas, por acaso? — pergunta Patricia.

— Você é o meio que tenho para chegar a Maggie. Se eu ficar aqui, há uma chance. Se eu for embora... minhas chances diminuem.

— Meu Senhor — diz Patricia, virando-se para o marido. — Gary, eu te amo e fico muito feliz por você ter um melhor amigo como o Brody, mas, pelo amor de Deus, livre-se dele. Não me importo com o que seja preciso fazer, apenas livre-se dele.

— O que você espera que eu faça? — pergunta Gary. — Ligue para Maggie e diga a ela que o Brody está praticamente morando com a gente?

— Não é má ideia — digo, me animando. — Mas em vez de dizer que estou morando com você, só, sabe, mencione que eu passei aqui e pedi desculpas por magoá-la. Veja o que ela diz.

Gary nega com a cabeça.

— Eu não vou...

— Ele vai, sim — diz Patricia, pegando o celular de Gary e entregando a ele. — Ele vai ligar.

— Amor, ela vai saber.

— E daí? Que ela saiba. Não ligo. Só me devolva a minha paz. Eu quero paz. Não posso ter dois Garys na minha casa. — Em uma voz mais profunda e assustadora, Patricia diz: — *Me devolva a minha paz.*

Amedrontado, Gary desbloqueia a tela do celular e começa a digitar.

— Ligar para ela? — pergunta.

— Siiiimmm! — digo, caindo de joelhos diante dele e juntando as mãos. — Qualquer coisa para ouvir a voz dela. Por favor.

Patricia aponta para mim.

— Viu só? Ele está deplorável. Ajude-o. Ligue para ela e diga: "Fiquei sabendo que as coisas estão ruins entre você e o Brody".

— E coloque no viva-voz. Pelo amor de Deus, acabe com o meu sofrimento. Por favor.

Gary me encara, balançando a cabeça. Mas, para minha sorte, ele coloca o celular no viva-voz, e eu agarro sua perna enquanto esperamos que ela atenda.

Chama três vezes e, então, sua linda e doce voz surge do outro lado da linha.

— Oi, Gary.

Aperto mais a perna de Gary e ele me afasta com um tapa.

— Oi, mana. Como vai?

CAPÍTULO VINTE E UM

MAGGIE

MEU CELULAR TOCA E FICO OLHANDO PARA A TELA, SUSPIRANDO MENTALMENTE. Estou surpresa por ele ter demorado tanto a ligar.

Não estou no clima, mas sei que não vou poder evitar sua ligação, então atendo.

— Oi, Gary.

— Oi, mana. Como vai?

Sento-me em meu sofá e puxo a manga da minha blusa ao me recostar.

— Bem — respondo.

— Ah, legal... — Ele fica em silêncio por um segundo, como se estivesse pensando no que falar, então decido ajudá-lo.

— Presumo que você falou com Brody.

— O quê? Brody... bom, err...

— Tudo bem, Gary. Eu sei que vocês conversaram. Ficaria chocada se não tivessem.

— É, nós conversamos. Hum, eu sinto muito pelo que aconteceu.

— É o que é. — Suspiro. — Na verdade, não quero falar sobre ele.

— Ok, claro. É, eu também não quero falar sobre ele. Cara nojento.

Dou risada.

— Você é um idiota, Gary.

— Patricia faz questão de me informar isso todos os dias. Então se não vamos falar sobre o Brody, me conte sobre a sua viagem, tirando a parte do Brody. O lance com o seu negócio deu certo?

Meu lábio treme.

Não falei com mais ninguém além de Hattie sobre o que aconteceu porque, sinceramente, não consigo nem imaginar que escolha terei que fazer.

Parece impossível sequer tentar tomar uma decisão. E agora que Haisley voltará em breve da lua de mel, sei que Reginald vai me contatar, pressionando-me a fazer alguma coisa, e não tenho a menor ideia do que fazer.

No trabalho, tenho apenas empurrado com a barriga. Não falei com Everly sobre essa situação, porque não quero que ela pense que eu nos coloquei em perigo, mas foi o que fiz. Coloquei tudo em perigo, inclusive a carreira dela. O que diabos devo fazer em relação a isso?

— Maggie, ainda está aí?

— Desculpe... sim. — Minha garganta aperta. Estou prestes a chorar e odeio isso, mas, sinceramente, não sei o que fazer. — Eu, hã... na verdade, não estou muito bem, Gary.

— Por causa do Brody? — ele pergunta.

— Bom... sim, eu não consigo pensar nele nem nessa situação sem desabar completamente, mas não é disso que estou falando agora.

— Então do que está... oh, porra, ele te engravidou?

— O quê? Não... não, não é isso. É a minha empresa.

— Ah. — Ele faz uma pausa e, então, pergunta: — O que está acontecendo com a sua empresa?

— Bom, eu não contei isso a mais ninguém além de Hattie, porque eu sinceramente não sei o que fazer, mas... — Respiro fundo. — No casamento, Reginald me encurralou e meio que me chantageou.

Há silêncio por um instante e, depois, um barulho de agitação do outro lado da linha.

— Gary?

— Oi, desculpe, eu só... ai — Mais silêncio e, então, Gary pigarreia. — Bati o dedo do pé em uma quina. — *Ok, ele está agindo estranho.* — Como assim, ele te chantageou?

— Ele descobriu que Haisley e eu andamos conversando sobre parcerias com os nossos negócios, então disse que queria que levássemos essas parcerias para a Hopper Industries. — Gary sussurra algo que não consigo entender. — O que foi, Gary?

— Desculpe — ele diz, com a voz tensa. — Patricia está tentando tirar a minha calça.

— O quê? — pergunto.

— Não estou, não — diz Patricia ao fundo.

— Ela me quer. Não tenho culpa.

— Eca, Gary — digo.

— É, hum... espere um segundo. — Então ouço sua voz bem abafada, o que significa que ele deve estar cobrindo o celular. Após alguns segundos, ele volta para a linha e diz: — Pronto, dei um jeito nela. Maggie, isso é sério? Reginald Hopper está te chantageando? — E pela primeira vez, consigo ouvir raiva pura na voz do meu irmão. *É o que eu precisava. Validação de que isso é muito errado.*

— Está.

— *Porra* — ele rosna. *Nunca o ouvi rosnar antes.*

— Ele também disse que sabia por que eu estava lá, para começo de conversa; para basicamente me infiltrar no casamento. Não confirmei, nem neguei, mas ele me disse que eu tenho duas opções. Como ele vai expandir a empresa para a indústria de casamentos, disse que eu poderia trabalhar com ele ou contra ele, ou seja: se eu não convencer Haisley a voltar para a Hopper Industries, ele vai fazer o meu negócio falir.

Há um silêncio e então...

— Porra, ele te disse isso?

— Sim — respondo, sentindo meus olhos marejarem. Tento conter as lágrimas, mas esse é o meu futuro, meu ganha-pão. *Roubado por um cretino pretensioso e arrogante.* — Eu não sei o que fazer, Gary. — Fungo e limpo o nariz. — Sei quanto foi importante para Haisley criar seu próprio negócio. Eu a admiro muito como empresária e amiga. Não consigo sequer me ver obedecendo às exigências de Reginald, mas... o que *eu* faço? Dei tudo de mim pelo meu negócio, tudo, e para quê? Para ter tudo arruinado por um homem perverso que precisa controlar toda a família? Como isso pode ser justo comigo?

— Não é — diz Gary. — Não é nem um pouco justo.

— O que devo fazer?

— Já pensou em falar sobre isso com Haisley? Talvez se você contasse a ela o que está acontecendo, ela pudesse falar com o pai.

— Não quero fazer isso — digo baixinho. — Ela me disse que as coisas ficaram tensas entre eles por causa de seu negócio. O relacionamento deles passou a melhorar recentemente e ela acredita que ele tem orgulho dela. Eles estão tentando se reconciliar. Não posso estragar isso.

— Mas é ele quem está estragando — diz Gary. — É errado da parte dele pedir isso a você. Ele está manipulando a situação e se aproveitando de você.

— Eu sei, mas simplesmente não sei como agir. Ele também pode muito bem negar tudo, dizer que sou uma mentirosa. Que estou tentando colocar

Haisley contra ele e ainda contar a ela minhas motivações iniciais para estar no casamento dela. Não quero perder a amizade dela. Não quero magoá-la... e isso tudo é uma droga, Gary. Não sei o que fazer.

Ele solta uma lufada de ar.

— É, eu também não sei o que te dizer.

Mais lágrimas descem por minhas bochechas.

— Talvez... talvez eu deva jogar a toalha de uma vez.

— Maggie, não.

— Apenas me escute, Gary. Eu... eu achei que estava arrasando, mas o meu contador me disse que não faturei o suficiente para abrir o espaço físico. Sem isso, não sei até que ponto esse negócio é viável para mim a longo prazo. Especialmente com a Hopper Industries entrando no ramo. Eles terão clientes, provavelmente até já têm, eu perdi duas propostas em uma semana. Se eu quiser ter sucesso, preciso passar todo o meu tempo me promovendo em eventos e nas redes sociais, mas não tenho tempo para fazer isso por causa dos casamentos que já estou organizando. É só... é coisa demais para lidar, Gary.

— Você não pode desistir, Maggie — ele diz delicadamente. — Olha... me deixe pensar um pouco, ok? Eu sei que podemos encontrar uma solução. Que tal você vir jantar aqui hoje à noite?

— Não, eu estou um caos. Não paro de chorar e, sinceramente, acho que não consigo visitar a sua casa agora, você tem muitas fotos de Brody expostas.

— Posso tirá-las.

— Não, tudo bem. Vou me deitar em posição fetal e chorar no sofá, talvez tomar um sorvete, quem sabe até lavar algumas roupas.

— Quer que eu vá aí? Ou Patricia?

— Obrigada, mas estou bem. Hattie acabou de ir embora e acho que preciso de um tempinho sozinha agora.

— Ok... bom... me dê um tempo. Prometo que vou te ajudar a resolver isso.

— Obrigada, Gary — digo antes de nos despedirmos.

Deito de lado no sofá e cubro os olhos bem a tempo de ser arrebatada por mais uma onda de lágrimas.

...

BRODY

Gary encerra a ligação e eu me contorço embaixo dele, que está sentado em meu peito, prendendo meus braços e meu corpo no chão enquanto Patricia segura um pano de prato contra minha boca, fazendo-me quase engasgar com a pressão.

— *Grrrmmmmpff* — digo, lutando contra eles.

Patricia solta o pano e eu ofego.

— Isso foi mesmo necessário?

— Sim — diz Gary, saindo de cima de mim. — Você ia acabar nos entregando.

— Vocês quase me sufocaram.

— Nós teríamos te ressuscitado — diz Patricia, sentando-se no sofá.

Levanto-me do chão, cambaleando um pouco, e passo uma das mãos nos cabelos.

— Mas que porra aquele homem está pensando? Ele quer falir a minha garota? — Aponto para meu peito.

Gary ergue um dedo.

— Tecnicamente, ela não é mais sua garota.

Afasto seu dedo com um tapa.

— É minha garota, sim, porra. Ela sempre será minha.

— Oh, veja só, o verdadeiro Brody está começando a ressurgir. Talvez devêssemos ter ligado para Maggie antes.

Ando de um lado para outro na sala de estar, tentando pensar em como posso consertar isso.

— Sabe qual é o problema de pessoas como Reginald? Ele acha que, só porque tem dinheiro, tem poder e que pode usá-lo para obrigar as pessoas a atenderem suas vontades. Bom, isso não vai acontecer. Maggie colocou todo seu coração e sua alma em seu negócio, e nem fodendo eu vou deixar Reginald destruí-lo.

— O que você vai fazer? — pergunta Gary. — Falar com Haisley? Você tem um relacionamento com ela, não tem?

— Sim, mas Maggie tem razão, é melhor preservarmos as coisas entre ela e Reginald, embora ele esteja claramente tentando mandar qualquer relacionamento que eles tenham pra casa do caralho. Preciso pensar em... — E então tenho uma ideia.

— Acho que acabou de acender uma luz na cabeça dele, você viu? — pergunta Patricia.

— Parece que sim. Nunca vi isso acontecer pessoalmente antes — responde Gary. — O que foi? No que você pensou?

— Jude — digo. — Ele foi ao meu bangalô no dia do casamento, me deu seu cartão e disse que eu podia ligar para ele se precisasse de alguma coisa. Ele estava na despedida de solteiro e achou muito errada a forma como fui tratado. Disse que ficaria do meu lado. Ele é a solução. Ele vai me ajudar.

— Por que não pensou nisso desde o começo? — questiona Patricia, jogando as mãos para o ar. — Teria poupado a gente de ter que presenciar você choramingando por horas a fio no sofá.

— Porque eu estava arrasado — rebato. — Não estava pensando direito.

— Claramente.

— Deveríamos mesmo ter ligado para Maggie antes. — Gary esfrega o queixo. — A culpa é nossa.

Ignorando os dois, corro até o quarto de hóspedes e pego minha carteira, onde guardei o cartão de visitas de Jude. Sento-me na cama e digito seu número em meu celular. Não sei onde ele foi passar a lua de mel, então decido mandar mensagem em vez de ligar.

Brody

> Oi, Jude, é o Brody. Desculpe por mandar mensagem durante a sua lua de mel, mas tenho um assunto urgente para falar com você. Envolve a Haisley.

Envio a mensagem e aguardo.

Não dá para acreditar naquele filho da puta. Uma coisa é mexer comigo, mas mexer com Maggie? Uma pessoa com coração de ouro, que ajudou a deixar o casamento de sua própria filha ainda mais incrível... que se ofereceu de bom grado e deu tudo de si? Ele está enganado pra caralho se pensa que pode tratar a ela, e a *seu negócio*, com tanto desrespeito. *Como se ele fosse irrepreensível*. Não vai acontecer, porra.

Meu celular vibra em minha mão e abro rapidamente a resposta de Jude.

Jude

> Voltamos mais cedo. Estou livre hoje à noite. Não brinco em serviço quando se trata de Haisley.

Idem, Jude. Eu também não brinco em serviço quando se trata da minha garota.

Brody

Me encontre na The Bean às oito. Precisamos conversar.

...

Gary

Tem certeza de que não quer que eu vá? E se ele te der uma surra?

Brody

Por que ele me daria uma surra?

Gary

Depois que você me mostrou uma foto, só consigo pensar no punho dele amassando a sua cara. Ele pode não gostar do que você tem a dizer.

Brody

Ele não vai me dar um soco.

Gary

Não tem como ter certeza disso. Vai que você diz alguma coisa sobre a mulher dele e ele tira um martelo do bolso de trás e te acerta bem na testa.

Brody

Gary, eu te amo, mas ele não vai fazer isso.

Gary

Não vou arriscar. Estou a caminho.

Brody

Jesus. Fique em casa, homem.

— E aí, cara? — diz Jude, vindo até mim com um copo de café na mão.

Ergo o olhar do meu celular e começo a sorrir. Até ver Hudson e Hardy logo atrás dele.

Ah... merda.

Talvez eu precise de Gary aqui, afinal.

— Hã, oi, gente — digo, nervoso, levantando-me e estendendo a mão.

Jude a aperta e, para minha surpresa, Hudson e Hardy também.

Em seguida, nos sentamos a uma mesinha que parece ainda menor com nós quatro ao redor dela.

— Então... — começo. — Como foi a lua de mel?

— Dispense as formalidades — diz Jude em uma voz ríspida. — O que está havendo?

Ok, certo, eu deveria ter previsto isso. Disse a ele que precisava falar algo que envolvia sua esposa, então ele não quer fazer rodeios.

— Primeiro, quero me desculpar pela despedida de solteiro — digo. — Sei que passei dos limites...

— Pode ir parando — diz Jude. — Já falei com você sobre isso e conversei com Hardy e Hudson a caminho daqui. Você não teve culpa pelo que aconteceu aquela noite e eles concordam comigo.

— Concordam? — indago.

Hardy faz que sim com a cabeça.

— Estou com vergonha do meu pai, essa é a verdade. Ele nunca deveria ter tratado você daquela forma, não importa quais fossem as circunstâncias.

— De acordo — diz Hudson. — Nós três temos conversado bastante sobre o que queremos fazer em relação a Reginald, porque, francamente, ele não é o tipo de homem que queremos ser, tampouco o tipo de homem que queremos que nos represente.

Ok, então talvez isso acabe sendo mais fácil do que pensei.

— Bem, eu fico grato por isso. Mas, antes de qualquer coisa, preciso te contar que a ideia do casamento pocket é de Maggie. Não sei o que aconteceu comigo, talvez eu tenha começado a divagar no meu estado inebriado. Sinceramente, não fazia ideia de que tinha sido por isso que Maggie terminou comigo até Deanna me mandar um e-mail me agradecendo pela ideia. — O rosto de Hudson fica sombrio de raiva. — E não vou agir como se eu não tivesse culpa, porque tenho. Eu queria mesmo entrar em contato com você, descobrir uma maneira de te contar a verdade e estou feliz por ter a chance, porque essa ideia foi unicamente de Maggie. Faz parte do plano de expansão dela, e estou implorando para que não a use. Não me importo de ter perdido meu emprego, não me importo se não puder mais sequer trabalhar em São Francisco depois dessa conversa, mas, por favor, por favor, não tire isso de Maggie. Foi muita estupidez da minha parte e estou agoniado pra caralho por isso.

Hudson assente.

— É preciso ser um homem corajoso para admitir isso.

— Ou um homem covarde que sabe que fez merda.

Hardy balança a cabeça.

— Não, um homem corajoso.

— Vamos cuidar disso — diz Hudson, fazendo-me sentir uma onda de alívio. *Ok, um já foi, agora falta mais um.*

— Obrigado — digo. — E agora, a segunda coisa. Eu, err... tecnicamente, não era para eu saber disso, mas como o irmão de Maggie é meu melhor amigo, eu meio que o usei para ver como ela estava. Ele ligou para ela, colocou no viva-voz e pude ouvir a conversa deles. Eu sei, isso também é errado, mas, porra, como eu estava desesperado para ouvir a voz dela.

— Como ela está? — pergunta Hardy, o que me dá um pouco nos nervos, mas digo a mim mesmo que ele está apenas sendo um bom amigo, não agindo com interesse.

— Não está muito bem. O seu pai disse uma coisa a ela no casamento.

Hardy enrijece.

— Foi quando ele dançou com ela? Achei mesmo que tinha algo estranho no ar.

Assinto.

— Sim. Bom, ele basicamente a chantageou.

— Puta que pariu — murmura Hudson.

— O que ele disse? — questiona Hardy. — Deve ser algo ruim, porque ela foi embora do casamento logo depois disso e nenhum de nós teve notícias dela desde então. Nem mesmo Haisley.

— Ele disse que sabia do potencial de Haisley e Maggie trabalharem juntas. Ele quer que Maggie diga a Haisley que só vai fazer essa parceria se ela retornar à Hopper Industries. Se Maggie não obedecer, ele prometeu que faria o negócio dela fracassar com o novo ramo de casamentos da Hopper Industries.

Jude fecha a mão em punho e se vira para Hardy e Hudson.

— Porra, eu avisei que ele ia aprontar uma dessas. — As veias em seu pescoço saltam e seu rosto fica vermelho. É amedrontador. — Isso não pode acontecer. Ele age feito um santo e finge que quer melhorar o relacionamento com a filha, mas então vai e apronta uma coisa dessas. Humilha um de seus funcionários, tenta chantagear uma mulher que não foi nada além de bondosa com a minha esposa... não vou tolerar essa porra.

Hudson assente e se recosta na cadeira.

— Eu sei, Jude. Você tem razão.

— É a gota d'água. Vocês precisam puxar o gatilho.

O gatilho? Tipo... levar as coisas para o homicídio? Assim, eu não gosto do cara, mas acho que isso pode ser um pouco extremo.

— Hum... — Pouso a mão na mesa. — Olha, talvez eu não tenha o direito de dizer isso, mas não acho que vamos conseguir resolver a situação com violência.

— Não estamos falando de um gatilho de verdade — diz Hardy e, então, olha para Hudson. — Acho que é melhor você contar. Ele tem que fazer parte disso.

— Parte de quê? — questiono, confuso pra cacete.

— Ele não assinou um termo de confidencialidade — diz Hudson.

— Não vai precisar — diz Jude, com o punho ainda fechado sobre a mesa. — Não é? — pergunta para mim.

Engolindo seco, faço que sim.

— Claro. Acredite, não tenho mais nada a perder. — Sim, eu preciso de uma fonte de renda, mas perder Maggie foi o que realmente acabou comigo. Ela é a melhor coisa que já me aconteceu, *não conte ao Gary que eu disse isso*, e saber que ela está sofrendo me estilhaçou por dentro. Me sinto perdido sem ela.

Hudson assente e inclina-se para a frente. Com a voz baixa, começa a dizer:

— Nós, no caso, Hardy, Jude e eu, temos conversado com os irmãos Cane nos últimos meses.

— Hã, você quer dizer Huxley, JP e Breaker Cane?

— Sim — Hudson confirma. — Hardy e eu não estamos muito felizes com a forma como nosso pai vem administrando o negócio, e ele já deixou bem claro que não está interessado em sugestões. Recentemente, Hardy conseguiu adquirir a propriedade total do ramo de amêndoas, que vale seu peso em ouro. Nosso pai nunca gostou desse lado agrícola, por achar que não estava à nossa altura, então quando Hardy o abordou com a ideia de assumir o controle em troca de seu fundo fiduciário, ele aprovou.

— O bocó nunca se deu ao trabalho de olhar os relatórios, porque o negócio de amêndoas é bem lucrativo. — Hardy abre um sorriso animado.

Imagino, especialmente porque eles são um dos provedores de amêndoas mais ágeis da Califórnia.

— Continuando — diz Hudson. — O objetivo era assumir a Hopper Industries quando papai se aposentasse, mas parece que ele não quer fazer isso tão cedo. E do jeito que ele vem administrando as coisas, não queremos nos associar ao negócio, então abordamos os Cane para falarmos sobre começar uma cooperativa. Mesma participação, mesma ideologia. O objetivo é focar na infraestrutura em São Francisco. Eles têm procurado ajuda com suas moradias populares, que é algo em que Jude e eu estamos muito interessados, e eles têm pesquisado também o espaço agrícola, que funciona muito bem conosco. Queremos expandir para espaços como a sua ideia, reformar vitrines vazias pela cidade e revitalizar algumas das partes degradadas, sem expulsar as pessoas que já moram lá. Os Cane entendem a nossa paixão pela cidade, e entendemos a paixão que eles têm em ajudar os outros. Todos saem ganhando. Já estamos resolvendo os detalhes com os nossos advogados.

Puta.

Que.

Pariu.

Não consigo conter o sorriso que surge em meu rosto.

— O pai de vocês vai pirar.

— Ótimo — diz Jude. — É bom que aprenda a não sacanear as pessoas erradas.

Eu sou um homem hétero e com olhos apaixonados somente para Maggie Mitchell, mas estaria mentindo se dissesse que não fiquei meio duro com os instintos protetores de Jude.

— O plano é também trazermos Haisley para a cooperativa — Hudson continua. — Se ela topar, é claro. Daríamos a ela mais capital para continuar seu negócio, e se ela quiser trabalhar conosco, daríamos a Maggie o capital de que ela precisa também.

Isso faz meu coração disparar no peito.

— Está falando sério? Puta merda. Sério? Isso seria... — Tenho que respirar fundo para me acalmar. — Sei que você não está fazendo isso somente para me deixar feliz, mas, porra, cara, isso me faria o filho da puta mais feliz do mundo. Ela é tão especial. Se esforça tanto. Ela construiu uma marca apenas com seu nome e só precisa de um empurrãozinho extra para abrir sua loja e realizar todos os seus sonhos. Isso mudaria a vida dela.

— Estamos nessa para apoiar boas ideias, boas pessoas — diz Jude. — Maggie é uma delas.

— E você também — diz Hudson.

Balanço a cabeça.

— Nah, cara. Não precisa me levar junto para usar a minha ideia. Se gostarem mesmo, podem pegar. Eu posso te enviar a apresentação, minha pesquisa, tudo, mas eu não preciso de nada. Eu só preciso que vocês apoiem a minha garota.

Hudson torce os lábios para o lado.

— Tem certeza disso?

Assinto.

— Sim, Maggie é tudo que importa.

— Você fala como se ainda estivessem juntos — comenta Hardy.

Balanço a cabeça.

— Não, ela não quer mais saber de mim, e eu não a culpo. Ela me pediu para deixá-la em paz e estou respeitando sua vontade. Eu só não podia ficar parado e ver seus sonhos serem arrancados de suas mãos. Vocês deviam tê-la ouvido ao telefone. — Umedeço os lábios, lembrando-me da desolação em sua voz. — Ela estava pronta para desistir do próprio negócio, porque não está disposta a trair Haisley. Isso vai mudar tudo. — Olho nos olhos dos rapazes. — Obrigado. Obrigado por virem me encontrar, por me ouvirem.

— Ficamos gratos pela sua sinceridade — diz Jude.

E sabendo que não há mais nada a discutir, levanto-me.

— Disponha. Boa sorte com a cooperativa. Não quero ofender, mas tomara que afundem o pai de vocês.

Hudson e Hardy sorriem, enquanto Jude apenas assente. Ele não precisa dizer muita coisa, sei que é exatamente o que ele espera também.

Trocamos apertos de mão e, quando saio da cafeteria, pego meu celular do bolso e envio mensagem para Gary.

Brody

Ela está segura. Hudson e Hardy também vieram. Eles vão cuidar de tudo. Não conte nada a ela, porque eles vão procurá-la.

Começo a andar pela rua com determinação e Gary me responde.

Gary

Ela merece você.

Brody

Ela merece o mundo.

...

MAGGIE

Cinco dias depois...

— Quem é esse cliente novo que vamos encontrar? — pergunto a Everly ao caminharmos pela rua movimentada em direção à minha cafeteria favorita, The Bean.

— Hã... não recebi muitas informações. Só sei que está querendo trabalhar com você e adoraria conversar a respeito.

— Nossa, e você não fez perguntas? — brinco. — E se essa pessoa for uma assassina?

— É nisso que você pensa? — pergunta Everly.

— É nisso que sempre temos que pensar — digo ao abrir a porta da The Bean, o aroma intenso de café me reconforta imediatamente, apesar do meu cérebro ainda estar cheio de indecisão.

Não pensei muito nessa reunião porque, francamente, não sei o que vou fazer em relação à situação com Haisley. É apenas uma tarefa a cumprir antes de eu ter que voltar a me angustiar com essa decisão.

— Eles disseram que nos encontrariam perto do canteiro de plantas nos fundos — diz Everly. — Você vai na frente, já que é o rosto do negócio. — Ela me empurra para a frente e eu ajusto a blusa antes de nos conduzir.

— Quando chegarmos lá, anote o pedido de todos e pegue nossas bebidas — digo por cima do ombro.

— Claro.

Passamos pelo balcão, viramos à direita, atravessamos uma passagem abobadada, viramos à direita de novo... e paro de uma vez. Everly esbarra em minhas costas.

— O que houve? — pergunta.

Sinto meus nervos dispararem. Jude, Hudson e Hardy estão sentados à mesa perto do canteiro.

— Hum... eles mencionaram algum nome? — pergunto.

— O quê? — Everly questiona, e, no mesmo instante, os três homens se levantam da mesa. — Santa Mãe de Deus — Everly sussurra. — Aqueles... aqueles são...?

— Aham — respondo.

— Músculos — ela sussurra. Consigo praticamente ver a baba escorrendo de sua boca.

— Recomponha-se — sussurro de volta.

Hudson vem até nós.

— Maggie, que bom vê-la. — Seu sorriso é simpático, mas não está me cheirando muito bem. Sinto como se estivesse prestes a ser emboscada.

Mas, como sou profissional, digo:

— Igualmente, Hudson. Como foi o seu retorno?

— Movimentado — ele diz, gesticulando para a mesa. — A sua reunião das três da tarde é conosco. Que tal se sentar?

— Oh, hã... claro.

— Oi, eu sou a Everly — diz minha assistente, praticamente me empurrando. — Sou assistente da Maggie. Ela me falou coisas maravilhosas sobre vocês.

— Bom, o sentimento é recíproco — diz Hudson.

E, então, Everly passa por mim e vai direto até Hardy.

— Você deve ser o Hardy. Sou a Everly. Posso dizer uma coisa? Os comerciais das amêndoas são hilários.

— Ah, você os viu? — pergunta Hardy.

— Sim, cada um deles. São incríveis.

— Obrigado. — Hardy abre um sorriso radiante para sua nova fã. — Ouviu isso, Hud? Ela gosta dos comerciais.

— Isso dá um total de uma pessoa — murmura Hudson enquanto nos juntamos a eles à mesa. Para meu horror, Everly senta-se na cadeira de Hudson, ficando entre os dois irmãos. Nunca vi essa garota tão empolgada. Igual a uma criança em uma loja de doces, mas em vez de lamber pirulitos, ela está se preparando para lamber peitorais... ou pirulitos humanos, eu acho, para descer um pouco o nível.

— E você deve ser o Jude — diz Everly, estendendo a mão. — Sou a Everly. Meus parabéns pelo casamento. Maggie me contou tudo e imagino que deve ter sido encantador.

Jude aperta a mão dela.

— Obrigado. De longe, o melhor dia da minha vida. Sem dúvidas.

E é por isso que Jude é tão "encantador".

Everly pousa a mão no peito, admirada.

— Que amor. — Ela olha em volta e percebe que ninguém tem café. — Ai, minha nossa, o que vocês gostariam de beber? — Ela pega o celular e abre o aplicativo de notas.

— Tudo bem — diz Hardy. — Você não precisa pegar nada para nós.

— Vocês têm certeza? — pergunto.

Já me dei conta de que provavelmente não estamos aqui para falar de algum evento ou casamento, mas, mesmo assim, quero tratá-los com educação. Estou bastante confusa. Achei que Hudson e Hardy eram completamente diferentes do pai deles, mas eles têm o mesmo carisma. Charme para dar e vender, talvez prontos para devorar qualquer um, assim como o pai faz. Eu me enganei em relação a eles. *A presença de Jude está me confundindo ainda mais. Ele não deve estar envolvido nisso*. Pelo visto, também o julguei errado. Porém, eu não saquei a de Brody, então o meu radar está bem ruim.

— Temos, sim — diz Hudson, encontrando meu olhar. — Posso deduzir que estou livre para falar na frente de Everly?

— Sim — respondo, com os nervos começando a disparar.

Acho que ela percebe o pânico em meu olhar, porque diz:

— Posso dar espaço a vocês, se precisarem.

Balanço a cabeça.

— Não, tudo bem. — Olho para os rapazes. — Hum, isso tem a ver com o casamento? Porque, se tiver, acho que não contei exatamente *tudo* a Everly e... bom, se isso for me constranger, eu gostaria de poupá-la.

Hudson nega com a cabeça.

— Isso não será nada constrangedor, e peço desculpas por bombardeá-la dessa maneira. Aposto que a sua mente deve estar a mil. Para aliviar a sua ansiedade, não estamos aqui para dar más notícias. Na verdade, estamos aqui para pedir desculpas.

— Desculpas? — pergunto, confusa. — Pelo que vocês precisam se desculpar?

— Acho que precisamos começar pela despedida de solteiro — diz Jude.

Hudson assente e olha para Hardy, que coloca a mão na mesa e me olha nos olhos.

— Nosso pai embebedou o Brody na noite da despedida de solteiro e o forçou a propor sua ideia para a empresa. Foi no lugar errado, na hora errada e completamente inapropriado. Brody não estava com a cabeça no lugar; ele foi pressionado e, pelo que nos contou, disse algo que não deveria ter dito. — Engulo o nó na garganta. — Ele falou sobre um dos seus conceitos, o casamento pocket.

— Falou? — indaga Everly, parecendo chocada. — Por que você não me contou?

— Ainda estou processando — digo com a voz tensa, porque a simples menção do nome de Brody faz minhas emoções se agitarem. *Não chore, Maggie. Agora, não. Aqui, não.*

Hudson torna a falar.

— Nosso pai pegou a ideia e a entregou para a concorrente de Brody, Deanna, que está planejando abrir um setor de casamentos na Hopper Industries, algo de que sei que vocês estão cientes. Bom, nós queríamos pedir desculpas pela tomada de uma propriedade intelectual sobre a qual não tínhamos direito. Falamos com o nosso pai, e essa parte foi retirada da proposta de Deanna.

— Oh... sério? — pergunto. Sinto como se uma bolha enorme estourasse no meu peito, aliviando-me da ansiedade e da raiva que vinha nutrindo pelo fato de que a minha ideia havia sido roubada por uma empresa bilionária.

— Sim, esse conceito é seu por direito — diz Hardy.

— Bem, obrigada. Fico muito grata mesmo. — Sorrio, sentindo-me aliviada por um lado. Mas isso não resolve o outro problema que tenho.

— Próximo tópico — diz Jude, sobressaltando-me com sua voz profunda. — Nós ficamos sabendo sobre a situação em que Reginald a colocou na festa de casamento.

Ai, meu Deus... como eles descobriram?

— Hã... que situação? — questiono, tentando me fazer de desentendida.

— Reginald ter pedido que você convencesse Haisley a levar seu negócio para a Hopper Industries — Jude explica.

Ok, então eles sabem mesmo.

— Quero que saibam que eu não ia fazer isso com ela. Eu nunca faria isso. Sei o quanto é importante para ela fazer o próprio nome, então, por favor, não achem nem por um segundo que...

— Não achamos — diz Jude.

— Queremos pedir desculpas pelo comportamento do nosso pai — diz Hardy. — Queremos que saiba que não concordamos com o que ele pediu que você fizesse e também não concordamos com as ameaças dele.

— Na verdade, tivemos uma conversa com ele recentemente e o informamos que vamos nos desligar da empresa — diz Hudson.

— Espere… o quê? — pergunto, enquanto Everly fica de queixo caído.

— Nós abrimos um novo empreendimento — informa Hudson. — Se chama Cooperativa Cane-Hopper.

— Cane-Hopper? Quer dizer, vocês e os irmãos Cane?

Hudson confirma com a cabeça.

— Precisamente. Jude também é sócio.

— Mas não com o mesmo peso que os outros — Jude esclarece.

— E adotamos uma abordagem de negócios diferente. Valorizamos ideias inteligentes, trabalhadores esforçados e projetos que ajudam a comunidade. Trouxemos o ramo das amêndoas da Hopper Industries para a nossa alçada e estamos nos concentrando em uma agricultura sustentável, ao mesmo tempo que apoiamos os fazendeiros ao nosso redor… um esforço cooperativo, pode-se dizer. Haisley também trará seu negócio para a cooperativa, fornecendo seus imóveis de aluguel temáticos, ao mesmo tempo que desenvolve propriedades para famílias necessitadas. Como, por exemplo, famílias que podem ter um ente querido no hospital e precisam de uma estadia de longo prazo sem gastar muito.

— Uau — digo. — Isso é… isso é maravilhoso.

— Quanto aos irmãos Cane, já estão trabalhando em moradias populares aqui na cidade, mas o processo é meio opressivo, e é aí que Jude entra. Ele supervisionará todas as construções

— Isso é incrível — digo. — Meus parabéns.

Mas… por que estão me contando isso? Claro, é sensacional, mas não estou entendendo o que posso ter a ver com isso.

— Também queremos ajudar a impulsionar pequenos negócios — diz Hudson. — E é aí que você entra.

— O… o quê? — pergunto.

Hudson sorri.

— Admiramos sua ética de trabalho, Maggie. Admiramos sua honestidade e integridade. Achamos que você faz um lindo trabalho e sabemos que deseja abrir uma loja. Se nos permitir, queremos te ajudar com parte do capital para isso. Nossos advogados podem entrar em contato com você para discutir os detalhes do acordo, mas não tiraremos nada de você, apenas a apoiaremos. Claro, adoraríamos ver o seu negócio fazendo parceria com o de Haisley, mas acreditamos muito em você e no que pode realizar de qualquer maneira. Sem contar que a Cooperativa Cane-Hopper sediará muitos eventos de caridade e precisaremos de uma organizadora para nos ajudar com eles.

— Você... você está falando sério? — pergunto, sentindo um tsunâmi de emoções me preencherem de uma vez só. — Vocês querem investir na minha empresa?

— Queremos — Hudson confirma.

— Eu... eu não acredito nisso. — Balanço a cabeça, atordoada. Não era isso que eu esperava quando cheguei a essa reunião. Olho para eles, meus pensamentos acelerados. — Eu pensei... — Lágrimas brotam em meus olhos. — Meu Deus, pensei que teria que dar adeus ao meu negócio. Não queria contar nada a Haisley sobre as exigências do pai de vocês, para proteger o relacionamento dela com ele, mas sabia que não conseguiria competir com ele. Estava realmente tentando encontrar uma maneira de me desligar sem ficar com o coração partido. — Lágrimas começam a escorrer pelo meu rosto, e eu as enxugo. — Vocês estão me dando uma nova vida. — Everly coloca a mão no meu ombro, e sinto tanta solidariedade em seu gesto. *Ela está sendo tão compreensiva.*

Hudson sorri.

— Estamos apenas investindo em negócios inteligentes. Você é um investimento inteligente.

— Não sei o que dizer.

— *Meu Deus*, diga sim! — grita Everly, arrancando risadas de todos. — Temos tanto a oferecer. O espaço físico, os casamentos pocket e o meu projeto favorito: a nova divisão de madrinhas de aluguel com assistência para nossas noivas. Precisamos da ajuda e do capital. Diga sim!

Dou risada diante da insistência de Everly.

— É claro que sim. Seria uma honra. Muito obrigada.

— Disponha sempre — diz Hardy.

— Caramba — sussurro, completamente abismada.

— Sabe... nós oferecemos auxílio para outro negócio — diz Jude. — Um no qual estamos bastante interessados, mas não conseguimos fechar.

— Quem não iria querer trabalhar com vocês? — pergunto.

— Não acho que se trate de trabalhar conosco. A pessoa nos entregou a ideia, porque... não parece estar interessada em mais nada... além de você.

Sinto minha pele arrepiar ao encontrar o olhar de Jude.

— Nós falamos com Brody — diz Hardy. — Ele entrou em contato com Jude, pedindo para conversar. Ele descobriu o que o nosso pai fez com você.

Não fazíamos ideia. Nos sentamos a essa mesma mesa com Brody e ele nos contou como pisou na bola com o lance do casamento pocket, e que não fazia a menor ideia até a colega de trabalho contar tudo. Ele implorou que não pegássemos o conceito, dizendo que pertencia a você. E, então, pediu a nossa ajuda para tentar convencer o nosso pai a não se aproveitar de você e de Haisley.

Minha boca fica seca e meu coração martela tão forte no peito que mal consigo ouvi-los.

— Ele fez isso? — Engulo em seco.

— Fez — Hudson confirma. — É por causa dele que estamos aqui. Ele não precisava nos convencer do seu talento, mas com certeza nos ajudou a puxar o gatilho para fazer uma jogada inteligente. E quando dissemos que queríamos investir na ideia de butiques dele, ele apenas balançou a cabeça e disse: "Não, concentrem-se em Maggie. Ela merece o mundo. Realizem os sonhos dela".

Mais lágrimas.

— Ele te ama, Maggie — diz Jude, chamando minha atenção. Tudo o que vejo é um borrão corpulento através das minhas lágrimas. — O que ele disse na despedida de solteiro... não era ele, não era o homem que você conhece e ama. Era uma versão assustada de um homem bêbado que estava se agarrando a qualquer coisa para manter o emprego. E, no final, ele acabou perdendo o emprego mesmo assim. Ele passou por momentos difíceis, e a única coisa com que ele se importa... é você. Ele se importa com sua felicidade, seu sucesso. Para mim, é o tipo de homem para se querer por perto.

Limpo as lágrimas.

— Sinto falta dele — sussurro.

— Que bom — diz Hardy. — Ele sente muito a sua falta e eu não vou aguentar ver o rosto inconsolável daquele homem mais uma vez. Meu Deus. Foi horrível.

— Foi mesmo — Hudson acrescenta. — A vida é sua, mas não acho que você será feliz até acertar as coisas, Maggie... até perdoá-lo.

— Eu nem o conheci ainda e sei que você precisa perdoá-lo — diz Everly. — Ouça esses rapazes. Eles sabem do que estão falando.

Hardy aponta para Everly.

— Ela é uma boa assistente.

Mais uma vez, Everly coloca a mão no coração.

— Obrigada. Significa muito para mim.

Jude toca meu pé com o seu, chamando minha atenção.

— É preciso ser muito corajoso para admitir que está errado. E é preciso ser mais corajoso ainda para reconhecer o que teve e o que perdeu. Brody fez as duas coisas. Se você ainda sente alguma coisa por ele, vá atrás dele. Vocês merecem essa felicidade.

Abro um sorriso suave e pego meu celular.

— Tem razão.

— Uhhh, ela vai mandar mensagem para ele — diz Hardy.

— Não, tenho um plano ainda melhor — digo.

Maggie

Maninho, vou precisar da sua ajuda.

...

BRODY

Gary abre a porta com um sorriso radiante.

— Aí está o meu garotão. — Ele agarra meus ombros e olha em meus olhos. — Como estamos?

— Exausto — respondo. — Esse lance de passear com cães não é brincadeira.

— Eu disse pra você parar de fazer isso. — Ele me deixa entrar em sua casa e eu o sigo pelos degraus que levam até a sala de estar.

— Dá pra ganhar um bom dinheiro, mas não é nada que vá muito longe. Preciso fazer alguma coisa até descobrir que carreira eu quero seguir.

— Teve alguma notícia de Jaleesa? — ele pergunta.

— Tive. Ela entrou em aviso prévio quando descobriu que Reginald não tinha a mínima intenção de acertar as coisas. Ela já ia pedir demissão, de qualquer forma. Disse que talvez precise de um assistente virtual para seu negócio de marketing digital, mas não acho que seja algo que quero fazer. Ao passear com cães, pelo menos eu faço exercício.

— Bem, obrigado por tomar banho antes de vir.

— Acho que Patricia não me deixaria entrar aqui se não tomasse. — Inclino-me para a frente. — A propósito, ela vai achar ruim quando souber que estou aqui? Sei que ela estava "dando um tempo" de Brody.

— Ela não vai achar ruim — afirma Gary.

— Tem certeza? — Ele apenas faz que sim, conduzindo-me para a cozinha. — Você, hã, teve alguma notícia de Maggie?

— Na verdade, sim.

— Sério? — pergunto quando ele abre a geladeira e me entrega uma cerveja. — Ela disse alguma coisa sobre mim?

Patético, eu sei, mas não custa tentar.

— Não, mas ela falou com Hudson e Hardy e eles ofereceram a ela o capital para o negócio. Ela aceitou. O advogado dela já está analisando o contrato.

— Puta merda, que incrível! — digo, me encostando no balcão, quase fraco de alívio. — Estou tão feliz por ela.

Gary me analisa por um segundo.

— Dá para ver. Você está feliz por ela.

— Claro que estou. Por que não estaria?

— Porque ela não está falando com você.

Dou de ombros.

— Isso foi por culpa minha. Tenho que sofrer as consequências.

— É isso? Você não vai lutar por ela? — pergunta Gary.

— Cara, eu quebrei a confiança dela. Fiz uma coisa imperdoável e não tem como voltar atrás. Se eu tivesse uma chance, sim, eu lutaria por ela, mas ela me disse para deixá-la em paz. E vou respeitar isso.

— E se ela dissesse que você poderia falar com ela?

Minha mão congela com a cerveja a caminho da boca e eu olho para o meu amigo.

— Ela disse isso? Você contou que ela não falou nada de mim, mas você teve a sensação de que ela *queria* falar de mim? Ela parecia querer me ver?

— Olha, vamos continuar essa conversa lá no deque — diz Gary.

— Por quê? Vai ser longa? — Eu o sigo pela sala de jantar até a porta de vidro deslizante. Ele puxa a cortina e a porta ao mesmo tempo, revelando o pátio dos fundos iluminado por velas. Paro e olho para ele. — Hã, escuta, a Patricia está planejando algo para você?

— É para você — Gary explica.

Dou uma risada nervosa.

— Eu te amo, cara, mas acho que isso já é um exagero.

— Ai, ai — ele diz no momento em que uma figura aparece na frente da porta.

Demoro um segundo, mas quando percebo que é Maggie parada na minha frente, sinto meu coração deslizar até o chão porque, puta que pariu, olhe só para ela.

Ela está usando um vestido verde esvoaçante, e o cabelo está preso em um rabo de cavalo alto, exibindo seu pescoço fino. Os cílios estão cobertos de rímel, fazendo seus lindos olhos se destacarem, e seus lábios estão brilhantes, implorando para que eu os beije. E, para minha surpresa, há um sorriso em seu lindo rosto.

— M-Maggie — digo, atordoado.

Ela estende a mão para mim e meu corpo inteiro treme quando ela me toca. Então ela me puxa para o deque e Gary fecha a porta e a cortina, nos dando um pouco de privacidade.

— O que, hum... o que você está fazendo aqui? — pergunto.

Sua mão pousa em meu peito e sua cabeça inclina conforme ela me examina.

— Sua barba cresceu bastante.

— Eu me esqueci de como ser um humano e me cuidar.

Ela ri.

— Bom, você está cheiroso.

— Eu não queria ficar com cheiro de cachorro. Patricia não gosta quando eu fico com cheiro de cachorro.

Seu sorriso cresce.

— Bem, graças a Deus por Patricia. — Seus dedos acariciam meu peito e eu juro pela minha vida que parece que estou tendo um ataque cardíaco. Nunca pensei que veria Maggie novamente, muito menos tê-la me tocando assim.

— Maggie. — Engulo em seco. — Me desculpe — falo antes que ela possa começar a dizer o que quer que tenha a dizer. — Eu pisei feio na bola e sinto muito por isso. Você merece muito mais do que um homem que pega as suas ideias e as oferece a outras pessoas. Isso foi uma merda e eu sinto muito, muito mesmo.

— Eu sei — diz ela, esfregando meu peito, sua mão passando bem sobre meu coração, que está batendo tão rápido que fico com vergonha da possibilidade de ela sentir.

— Você sabe? — pergunto.

Ela faz que sim.

— Eu sei que você está arrependido e sinto muito por não ter te dado uma chance de se explicar.

— Me explicar sobre o quê? — pergunto. — Eu fiz merda. Não tem explicação. Não tem desculpa.

Ela continua acariciando meu peito, seus olhos suavizando.

— Você estava bêbado, Brody. Foi pressionado. Eu sei de tudo o que aconteceu naquela noite. Em vez de tirar conclusões precipitadas, eu deveria ter perguntado, deveria ter falado com você. Eu não lhe dei essa chance.

— Isso teria mudado alguma coisa? — pergunto.

— Talvez — ela responde.

Assinto devagar.

— Bom, de qualquer forma, eu estraguei tudo e não posso te culpar pela forma como você reagiu. Foi uma reação honesta e merecida.

— Não fui justa — ela diz. — Não foi certo. E me deixou completamente infeliz. — Ela se aproxima, agora pressionando as duas mãos no meu peito. Arrisco e apoio as mãos em seus quadris, esperando que ela mande eu me afastar, mas como ela não o faz, sinto uma pequena vitória. — Sinto sua falta, Brody. Sinto falta de rir com você. Sinto falta de acordar ao seu lado. Sinto falta de segurar sua mão. Sinto falta dos seus abraços e das nossas conversas. Tenho me sentido tão... apagada desde que voltei de Bora Bora. Nada parece certo, tudo está uma bagunça e ontem foi a primeira vez que realmente senti que algo estava sendo colocado de volta no lugar.

Porra... ela sentiu minha falta.

Não chore, cara. Porra, não chore.

— O que, hum, o que teve ontem?

— Hardy, Hudson e Jude vieram até mim. Eles me contaram tudo sobre um homem que tomou uma iniciativa, que disse a eles o quanto eu era incrível, que eu merecia o mundo. E quando disseram que era você, foi como se uma peça do meu quebra-cabeça inacabado tivesse sido colocada de volta no lugar. Percebi que o motivo pelo qual fiquei tão chateada com a forma como tudo aconteceu é porque finalmente tive você... mas depois te perdi. Tive um breve gostinho e, então, me foi arrancado. Eu ansiava por você, Brody, por cada pedacinho seu. E estou aqui, dizendo que quero isso de volta. Quero você de volta. Quero nós dois de volta.

— É sério mesmo? — pergunto, minhas mãos agora tremendo nos quadris dela.

— Sim. — Ela abre um sorriso resplandecente. — Você quer isso?

— Porra, tá brincando? — pergunto antes de pegá-la nos braços e girá-la. — Sim, Maggie, eu quero. Quero você. Quero nós dois. Passei todo esse tempo infeliz pra cacete pensando que tinha perdido para sempre uma das melhores coisas que já me aconteceram. — Seguro seu rosto entre as mãos. — Achei que a possibilidade não existia mais.

— Existe, sim — ela diz antes de ficar na ponta dos pés e pressionar os lábios nos meus.

Porra, eu me derreto nesse beijo.

Nos braços dela.

Deleito-me no fato de que a minha garota, Maggie, me quer de volta.

Ela separa os lábios e eu a acompanho, enquanto deslizo os dedos em seus cabelos. Mergulho nesse momento, saboreando o que perdi e reencontrei. Esse amor. Essa mulher. Esse vínculo que temos e escondemos e negamos por tanto tempo.

Afasto-me apenas o suficiente para roçar meu polegar em sua bochecha.

— Isso é real, não é? Não estou sonhando?

— É real — ela diz baixinho.

— Você é minha?

— Sou sua.

— Gary está olhando?

Ela ri e olha por cima do meu ombro.

— Ele está espiando pela cortina, chorando.

— Perfeito — digo, puxando-a para um beijo bem mais escandaloso, porque se vou namorar a irmã do meu melhor amigo, pode apostar que vou fazer isso direito.

EPÍLOGO

BRODY

— SABE, ESTOU MEIO TRISTE COM ISSO — DIGO PARA MAGGIE CONFORME ANdamos de mãos dadas pela rua pitoresca.

— Você odiava aquele trabalho — ela diz. — Nem sei por que começou a passear com cães, sério.

— Perder sua garota faz um cara cometer loucuras. — Trago nossas mãos juntas até os lábios e beijo os nós de seus dedos. — Mas eu me apeguei ao sr. Focinho Brilhante. Ele era um bom cachorro. E acho que gostava de mim.

— Ele te mordia todo dia.

— Porque era um merdinha valente. Não dá para julgá-lo por ter personalidade.

Ela ri.

— Bom, está animado para começar no seu novo emprego?

— Estou — respondo. — Ainda acho que Hudson e Hardy são malucos, mas se querem ir em frente com a minha ideia de butiques para deixar o pai deles puto da cara, estou dentro. Mas preciso admitir uma coisa, quando voltarmos na segunda-feira, terei que trabalhar com Jude em algumas coisas e aquele cara me assusta.

— Ah, por favor, ele é um ursinho.

— A sobrancelha dele tem batimento cardíaco próprio. Quando ele fica zangado, a sobrancelha faz estrago.

— Bom, então não deixe a sobrancelha zangada — diz Maggie ao chegarmos à The Almond Store.

Decidimos fazer uma pequena viagem durante o fim de semana para Almond Bay, onde Hattie, a melhor amiga de Maggie, mora com seu namorado, Hayes Farrow. Sim, *esse* Hayes Farrow. Aparentemente, Hattie queria me conhecer, então reservamos um quarto na pousada chamada Cinco Seis Sete Oito, administrada por uma ex-artista da Broadway, e planejamos uma escapadinha de fim de semana que inclui muito sexo. Por isso decidimos nos hospedar na pousada.

Esperamos cerca de duas semanas por essa escapada, mas fiquei contando os dias; não só porque levei meu último cachorro para passear hoje antes de virmos para cá, mas também porque planejo dizer a Maggie que a amo. Ainda não dissemos essas palavras um ao outro porque, bem, acho que estamos um pouco nervosos depois do que aconteceu, mas pedi permissão a Gary, e ele me disse que eu tinha permissão para amar a irmã dele, mas não tanto quanto o amo. Eu disse a ele que isso nunca aconteceria, embora lá no fundo eu saiba que, se Maggie e Gary estivessem pendurados em um penhasco, Maggie seria a primeira a ser salva. *Desculpe, Garyzinho, você foi ótimo, mas Maggie é muito mais importante.*

Achei que poderíamos dar uma volta na praia, ver alguns vidros marinhos e, então, eu diria que a amo. Espero que ela diga de volta? Não. Mas seria incrível? Demais.

— Este lugar é bacana — comento ao entrarmos na loja. Limpa, com piso de tábuas largas, prateleiras brancas e pacotes azuis de amêndoas perfeitamente estilizados, este é o tipo de loja em que alguém como Jaleesa ou Patricia se perderia.

Hattie é a dona da The Almond Store, uma empresa familiar muito estimada que se concentra em vender seu mundialmente famoso extrato de amêndoa, seus biscoitos de cereja e amêndoa e sua vodca de amêndoa, que eles fazem do zero. Eu gosto de tudo que é de amêndoa, então é bem a minha praia.

— Meu Deus, vocês chegaram! — ouço uma voz dizer, seguido de um lampejo de cabelo loiro-mel correndo até nós. Sou puxado para um abraço e apertado com força. — Brody, é tão bom finalmente te conhecer.

Ela se afasta e eu dou uma olhada em seu rosto. Hattie. Já vi muitas fotos dela no apartamento de Maggie, mas seu sorriso é ainda mais contagiante pessoalmente.

— Hattie, é um prazer te conhecer — digo. — A loja é muito linda.

— Obrigada — ela diz e dá um passo para trás, me medindo de cima a baixo. — Meu Deus, Maggie. Ele *é* lindo. — Ela diz como se estivesse surpresa. — E parece mesmo com o Henry Cavill, que doideira.

Ergo uma sobrancelha, olhando para Maggie, que está corando.

— Você me acha parecido com o Henry Cavill?

— Idêntico — ela confirma.

— Considere-me lisonjeado. — Beijo o topo de sua cabeça. — O que mais você disse?

— Que você é o melhor sexo da vida dela. Que você abala o mundo dela. Que ela te a... — Hattie tapa a boca com a mão.

Coloco a mão em concha em torno de uma orelha, inclinando-me.

— Como é a história?

Com os olhos arregalados, Hattie se vira para Maggie, e eu também.

Agora, as bochechas de Maggie estão intensamente vermelhas.

— Hã... — ela diz, lançando um olhar irritado para a amiga.

Rindo, digo:

— Bom, eu também te amooooooo. Pretendia dizer quando estivéssemos sozinhos andando pela praia, mas, né, esse momento também serve.

— Ai, meu Deus, ele te ama. — Hattie começa a saltitar, batendo palmas, e Maggie se vira para mim.

— Sério? — pergunta.

Pouso a palma da mão em sua bochecha e apoio minha testa na sua.

— Sério... princesa.

Ela sorri e segura minha nuca, dando um beijo em meus lábios.

— Também te amo.

— Aun, isso é tão fofo — diz Hattie. — Eu estava animada por esse fim de semana, mas nunca pensei que presenciaria o primeiro "Eu te amo". Espere só até eu contar ao Hayes. Ele vai me repreender por ter a língua grande, mas se bem que, Maggie, você foi terrível quando Hayes e eu estávamos tentando entender nossos sentimentos. Acho que isso é apenas o troco.

— Tudo bem — diz Maggie, me beijando mais uma vez antes de se encostar em mim.

— Aff, se ao menos Aubree fosse do mesmo jeito com Wyatt.

— Do que você está falando? — Maggie questiona. — Quem é Wyatt?

— Quem é Aubree? — pergunto.

— Minha irmã — responde Hattie. — Aparentemente, ela está apaixonada e vai se casar.

— O *quê?* — Maggie praticamente grita. — Desde quando?

— Desde alguns dias atrás — diz Hattie ao irmos mais para os fundos da loja. — Wyatt é, *tecnicamente*, meu cunhado.

— Ah, espere. Aquele Wyatt? — *Aquele Wyatt?* Não peço que ela explique, sabendo que posso pedir detalhes mais tarde.

Hattie faz que sim com a cabeça.

— Pois é, ele chegou à cidade e arrebatou o coração dela. Não entendo. É tudo muito abrupto, mas, sim, eles vão se casar e... ah... você deveria ajudar a planejar o casamento. Escute só. — Hattie se inclina para a frente. — Ela quer uma cerimônia rápida nos campos de batata e pronto. Ryland e eu dissemos que só por cima do nosso cadáver. Isso é algo a se celebrar, mesmo que ainda estejamos tentando entender.

— Ela está grávida? — Maggie pergunta.

— Ryland acha que eles ainda nem fizeram se...

O sino acima da porta ressoa e uma mulher parecida com Hattie entra.

— Falando no diabo — Hattie sussurra. — Aubree, eu estava contando para Maggie sobre o seu casamento iminente.

Aubree se aproxima de Maggie e lhe dá um abraço.

— É mesmo?

— Eu adoraria ajudar — diz Maggie. — Você sabe que não posso deixá-la se casar em um campo de batatas. Me deixe ao menos pendurar algumas flores para você.

— Não vai ser necess...

— Ótimo, quando será o grande dia? Posso começar a trabalhar nisso agora.

Dou risada, o que faz Aubree olhar para mim. Estendo minha mão.

— Oi, eu sou o Brody, namorado da Maggie. Ela me ama.

Aubree abre um sorriso maroto.

— Ah, que bom. Boa sorte. Com essa daqui, você vai precisar.

Maggie puxa Aubree de lado, pegando um pedaço de papel e uma caneta e começando a rascunhar várias ideias. Durante todo o tempo, Aubree parece extremamente desconfortável. Deve ter alguma coisa por trás disso. Estou bem intrigado.

Mas então foco na minha garota. Não consigo parar de olhar para ela.

Ela me ama.

Simples assim.

Se eu tivesse cedido há alguns anos, talvez fosse a nossa vez de nos casarmos.

Bom, sei que isso está no nosso futuro; é inevitável com uma garota como Maggie. Só espero que não precisemos de uma madrinha de aluguel no nosso casamento.

Acreditamos nos livros

Este livro foi composto em Sabon LT Pro, Officina Sans ITC Pro e Cafeteria e impresso pela Lis Gráfica para a Editora Planeta do Brasil em junho de 2025.